양귀비와
간신들

양귀비와
간신들

초판 1쇄 발행 2025. 1. 21.

지은이 김상규
펴낸이 김병호
펴낸곳 주식회사 바른북스

편집진행 이지나
디자인 김효나

등록 2019년 4월 3일 제2019-000040호
주소 서울시 성동구 연무장5길 9-16, 301호 (성수동2가, 블루스톤타워)
대표전화 070-7857-9719 | **경영지원** 02-3409-9719 | **팩스** 070-7610-9820

•바른북스는 여러분의 다양한 아이디어와 원고 투고를 설레는 마음으로 기다리고 있습니다.

이메일 barunbooks21@naver.com | **원고투고** barunbooks21@naver.com
홈페이지 www.barunbooks.com | **공식 블로그** blog.naver.com/barunbooks7
공식 포스트 post.naver.com/barunbooks7 | **페이스북** facebook.com/barunbooks7

ⓒ 김상규, 2025
ISBN 979-11-7263-943-3 03810

•파본이나 잘못된 책은 구입하신 곳에서 교환해드립니다.
•이 책은 저작권법에 따라 보호를 받는 저작물이므로 무단전재 및 복제를 금지하며,
 이 책 내용의 전부 및 일부를 이용하려면 반드시 저작권자와 도서출판 바른북스의 서면동의를 받아야 합니다.

양귀비와 간신들

김상규 지음

통치자는 반드시
도리의 길을 선택해야 한다.

세인의 입처럼 간사한 것은 없고, 세인의 눈처럼 명확한 것도 없으며,
세인들의 노래처럼 무서운 것도 없다.

작가의 말

 양귀비란 단어를 떠올리면 사람보다 꽃이 먼저 떠오른다. 그만큼 많이 알려진 이름이다. 한때는 꽃처럼 아름다운 여인을 보면 양귀비를 닮았다고 한 적이 있다. 얼마나 예뻤으면 한 나라의 통치자가 그녀의 치마폭에 푹 빠져 탕아처럼 되었을까 싶다. 그 순간 꽃잎에 착 달라붙어 꿀을 빠는 벌, 나비처럼 간신배들이 밀려들었다.
 시대를 막론하고 간신배는 있었다. 그들은 권력을 차지하기 위해 물불을 가리지 않았다. 때론 불나방이 되어 섶을 지고 활활 타오르는 불길 속으로 뛰어들었다. 당나라 현종 때만 간신이 득실거렸던 것만은 아니다. 아마도 태초부터 간신들이 있었다고 해도 과언이 아닐 정도로 간신들이 들끓었다. 간신들은 권력의 정점인 제왕의 눈을 멀게 하고 이해득실만 따지려 들었다. 또한 충신을 표방한 얼굴 두꺼운 간신배의 등쌀에 올곧은 자들이 무수히 희생되었다.

이 책은 그런 간신들의 생리와 몰락을 담아내고 있다. 간신들이 설쳐댈 수 있었던 것은 통치자의 무사안일적인 정신 상태와 통치 방식 그리고 무능함 때문이라고 할 수 있다.

 오랫동안 당나라의 치세가 연속되는 가운데 '개원의 치(開元의 治)'를 실천한 현종의 안일함에 간신들은 독버섯이 되어 나라를 망치고 있었다. 만인지상의 눈과 귀를 가리고 일인지하의 세상을 꿈꾸는 자들이 바로 간신이었다.

 구밀복검(口蜜腹劍)의 간신 이임보가 있었다. 그는 특유의 꿀단지를 꿰찬 채 현종의 눈을 가렸다. 그를 제거하자 또 다른 간신이 등장한다. '양소'라는 자였다. 그는 정치에는 문외한에 불과한 불한당이었다. 현종이 양귀비와 사랑놀이에 빠져든 틈새의 후광으로 입궐하여 나라를 좌지우지하다 결국 망국의 길로 치닫게 한다.

그런 치열함과 어지러운 정국 속에 황실도 무사할 수 없었다. 상관완아는 살아남기 위해 양다리를 걸쳤다가 죽임을 당했다. 하지만 상관완아의 꾀 주머니가 아니었다면 중종의 복위도, 상황 이단의 정치 참여도, 성공적인 거사도 없었을 것인데 너무 큰 공을 세운 자는 죽어야만 했다. 그것이 황실의 불문율인 것을 그녀의 머리는 미처 거기까지 돌아가지 않았던 것이다. 천하를 한 손에 움켜쥐고 자자손손 영화(榮華)를 누리려던 과욕의 결과이기도 했다.

세인의 입처럼 간사한 것은 없고, 세인의 눈처럼 명확한 것도 없으며, 세인들의 노래처럼 무서운 것도 없다. 세인을 외면하는 순간 통치자의 목숨은 살아도 산 것이 아니다. 죽음의 그림자가 서서히 또는 갑작스레 밀어닥쳐 자신은 물론 씨족의 씨를 말리는 경우가 허다하다. 그래서 권력이나 물질도 항상 마음을 자제하고 경계하여 분수에 넘치지 않도록 힘써야 한다. 권세와 명리는 겉보기에 매우 화려해 보이지만, 실상을 들여다보면 매우 더러운 것이다. 권모술수는 정도가 아니므로 처음부터 싹을 자르고 차라리 모르는 것이 고상한 것이다.

사람에게는 두 갈래의 길이 있다. 사욕의 길과 도리의 길이다. 사욕의 길은 필히 재앙을 부르고 파멸을 가져오며, 도리의 길은 복되고 삶을 보람 있게 한다. 그러므로 통치자는 반드시 도리의 길을 선택해야 한다.

하지만 사람들은 어리석게도 끝없이 명예와 지위를 추구하며 이를 얻는 것을 최대의 즐거움으로 여긴다. 그러나 벼슬길의 풍파(宦海風波)라는 말이 있듯이 명예와 지위의 이면에는 무한한 고난이 따르고, 아침에도 저녁의 재앙을 예측할 수 없다. 현종의 총애를 한 몸에 받던 양귀비와 그의 사촌 오빠인 양소도 명예와 부를 쌓더니 한날한시, 같은 시간에 불귀의 객이 되고 말았다.

비록 중국의 역사지만 역사를 뒤돌아봄으로써 오늘의 명철한 판단과 사욕을 버리고 백성을 두려워하는 통치자, 정치인이 되길 바라는 마음으로 썼다.

나를 아껴주고 사랑해 준 많은 지인들과 나를 위한 것이라면 어떤 희생도 감수하며 아낌없이 지원해 준 아내에게 감사의 말을 전하고 싶다.

2024년 11월
미국 뉴저지에서

김상규

차례

작가의 말

제1장
구밀복검(口蜜腹劍)

노인과 건달　　　　　　　12
음험한 꿈을 꾸는 사람들　　33
휘파람새　　　　　　　　　52
계략에 빠져드는 하수　　　69

제2장
소리장도(笑裏藏刀)

며느리를 빼앗은 늙은 황제　　88
반전, 또 반전의 세월　　　　111
지체 높은 오라버니　　　　　134
무지렁이들의 장안 입성　　　152

제3장
이간제간(以奸制奸)

여우 품에 안긴 새끼 범   176
지는 해와 뜨는 별들   199
약조를 지키소서   218
제 무덤을 파는 음모들   238

제4장
이독제독(以毒制毒)

독과 독의 결탁   260
끝없는 욕망의 나날   278
지은 죄가 너무 컸소   297
누구를 위한 모반인가   315
짐을 위해 그대가 죽어야   332

제1장

구밀복검(口蜜腹劍)

노인과 건달

"저 못된 놈을 적벽의 고기밥이나 되게 하라!"

검남절도사 자유(子由)의 명이었다.

절도사의 명이 떨어지자마자 무장을 한 병사들이 피투성이의 한 젊은이를 밖으로 끌고 나갔다. 뜨거운 불볕이 그의 정수리를 쪼듯 이글거리며 타올랐다. 갈증으로 젊은이의 목이 타들어 갔다. 그러나 물 한 모금도 얻어먹지 못한 채 이미 그들의 발걸음은 장강(長江, 양자강)으로 향하고 있었다.

검남은 옛날 촉나라 땅이었다. 유비가 제갈공명의 조언을 받아 조조와 손권과 천하를 삼분하여 차지한 땅이기도 하였다. 그곳이 당(唐)나라가 들어서면서부터 검남도로 명명되고 있었다. 검남도의 동편으로 산남도가 있었고 산남을 지나면 회남도였다. 회남도는 황해를 옆구리에 끼고 있었다. 산남과 회남은 더 먼 옛날 초나라 땅이었다. 검남의 서편은 토번(吐蕃, 티베트)이 자리 잡고 있었다. 그와 같이 장강은 토번의 고산지대에서 시작하여 촉과 초를 지나 황해로 흘러갔다. 강이 길어도 보통 긴 것이 아니었다. 그래서 장강이라 했다. 그 장강으로, 한 젊은이가 죄를 짓고 머나먼 회남도의 적벽(赤壁)으로 압송되는 중이었다.

적벽이라면 오나라의 장수 주유가 유비와 연합하여 조조의 백만 대군을 물리친 곳이 아니던가. 하필이면 그 먼 곳까지 압송하여 고기밥이 되라 하는가. 그 이유는 간단하다. 검남의 절도사가 관할구역을 벗어나게 하면서까지 그 젊은이를 수장시키려는 것은 옥에 가두어 죽을 때까지 밥을 먹이는 것조차 아까웠기 때문이다.

나이 서른이 훌쩍 넘었지만 망나니 중에 개망나니 짓을 하며 밥만 축내는 몰지각한 날건달에 무뢰배인지라 일찍 숨을 끊어서, 그것도 자기 손이 아닌 물고기의 입을 빌려 뼈만 남게 하려는 것이었다. 적벽대전 때 억울하게 죽은 수많은 병사들의 영혼이 그 젊은이의 영혼마저 갈기갈기 찢어놓게 하는 방법을 절도사 자유는 택했던 것이다. 그런 자는 사람의 탈을 썼을 뿐, 짐승보다 못하다는 뜻이기도 하였다.

검남에서 적벽까지는 퍽이나 멀었다. 그들은 보름을 걷고 또 걸어 천신만고 끝에 적벽에 당도하여 주유가 묻힌 산등성이를 올라가기 시작하였다. 주유가 묻힌 곳에서 바라보는 장강은 누런 강물이 금방이라도 산덩이를 집어삼킬 듯이 넘실거리고 있었다. 그곳에는 장강으로 곧장 떨어지는 깎아지른 듯한 절벽이 있었다.

젊은이를 호송하는 두 명의 병사들도 지칠 대로 지쳐 있었다. 하지만 젖 먹던 힘을 다하여 산등성이를 오르고 있었다. 잠시 후 절벽의 너른 바위에서 젊은이를 장강으로 밀쳐버리기만 하면 그들의 임무를 다하는 것이다. 조금만 참으면 된다며 서로를 달랜다. 마침내 거친 숨을 몰아쉬며 주유의 무덤을 지나 바다처럼 펼쳐진 장강이 한눈에 들어오는 절벽의 너른 바위에 당도하였다.

너른 바위에 올라서자 두 병사는 그자를 곧추서게 하였다. 그리곤 그자를 절벽 아래로 떠밀기 직전, 마지막으로 할 말이 있냐고 물었다. 마지막 인정을 베푸는 순간이다.

"없소. 이래 죽나 저래 죽나 죽는 건 마찬가지요. 나를 여기까지 데리고 오느라 노고가 많았소, 젊은 병사. 후회 없이 살았으니 다음 생에 다시 태어나면 좋은 인연으로 만납시다."

그자는 담담한 표정으로 다음 생에는 좋은 인연으로 만나자는 말을 마지막으로 내뱉고는 제 스스로 뛰어들려 하더니 꽁꽁 묶은 포승줄을 풀어달라 하였다. 그들은 그자의 마지막 소원을 들어주지 않을 수 없었다. 어차피 절벽 아래로 떨어지면 살아도 산목숨은 아닐 것이었다. 포승을 풀어준 대신 검은 무명으로 그자의 눈을 가렸다.

"나 먼저 가오."

그자가 절벽 아래로 뛰어내릴 찰나, 너른 바위 위에 있던 세 명이 한꺼번에 벌렁 나자빠졌다.

"웬 놈이냐!"

병사 하나가 몸을 추스르며 크게 소리쳤다. 그러나 다리가 꺾여 일어나지 못하고 있었다. 꺾인 다리가 칼로 베인 듯 끊어지는 통증이 있었다. 그들의 다리에는 표창이 하나씩 꽂혀 있었다. 누군가가 그들을 향해 표창을 날린 것이다. 하지만 표창을 날린 자는 모습을 드러내지 않았다. 다만 숲속에서 낮은 목소리로 명을 내리고 있었다.

"그자의 눈을 가린 무명을 벗겨주라. 섣부른 짓은 목숨을 재촉하는 것이다. 숨통을 죽을 때까지 고이 간직하려면 나의 명을 따르라."

병사들이 발을 절뚝거리며 그자의 눈에서 무명을 벗겨냈다. 그다음 명이 떨어졌다.

"그자는 그곳에 두고 너희들은 바람처럼 사라져라."

그들은 사력을 다해 적벽을 벗어나고 있었다.

서산에 해가 뉘엿뉘엿하며 저물어 갈 무렵까지 그 젊은이는 너른 바위 위에서 장강을 바라보고 있었다. 강물에 몸을 던져야 하나 마나, 넋을 잃은 듯 세찬 물줄기만 바라본다. 바람을 잔뜩 머금은 물줄기는 금세라도 그 젊은이를 집어삼킬 것처럼 크게 원을 그리며 굼실굼실 내달린다. 그토록 오랜 시간 동안 그를 구해준 자는 나타나지 않고 있었다. 그러나 그의 뒤통수가 묵직한 것으로 보아 어딘가에 몸을 숨긴 채 자신을 주시하고 있음을 느낄 수 있었다.

털이 북슬북슬한 젊은이의 얼굴에는 구릿빛이 돌고 체격은 건장했으나 웅크리고 있는 탓에 저 멀리서 보면 작은 맷돌 같았다. 맷돌을 돌리듯 그의 머릿속은 지난날들이 빙글거리며 떠올랐다. 하찮은 기억들은 물줄기에 실어 흘려보냈고 가슴에 남은 것들만 성글게 굴러다녔다.

부모가 누구인지 모른다. 기억이 없다. 아버지의 이름만 알고 있었다. '순(珣)'자를 쓴다고 했다. 조실부모했기에 삼촌의 손에서 자랐다. 가문이 좋은 집안도 아니었다. 권세를 가져본 인척도 없었고 배두드리며 밥을 먹어본 기억도 없는, 일반의 성(姓)인 양(楊)가의 피가 흐를 뿐. 게다가 가깝다는 친척은 있으나 마나 하여 남보다 못하면 못했지, 나은 건 하나도 없는 외톨이 신세였다. 시정잡배로 떠돌다 군(軍)에 들어갔고, 그곳에서 도박을 일삼다 쫓겨났다. '제 버릇 개한테 못 준다' 했듯이 고향으로 돌아와서도 술과 도박과 계집질로 세월을 보내다 몽둥이찜질을 당하고 나서 쫓겨났다. 그렇게 고향을 떠나 검남으로 왔지만 그 행실이 어딜 가겠는가. 부녀자를 겁탈하고 달아나다 붙잡혀 급기야 절도사가 직접 그를 문초하였고 이 지경에 이른 것이다.

 몰지각한 그가 시정잡배로 떠도는 데에는 또 다른 삼촌의 후광이 큰 몫을 했다. 그 삼촌은 여자 황제로 군림하던 측천무후의 정부(情夫) 노릇을 하다 끝내 참살당하고 말았다. 비록 삼촌은 참살당했지만 삼촌의 후광은 오랫동안 지속되었다. 군에서 제대할 때까지 아무도 그를 건드리지 않았다. 뭇사람들은 강철보다 더 튼튼한 줄을 매달고 다니는 것으로 생각했다. 하지만 그 줄은 끊어진 지 오래되었고, 그가 아무리 발버둥 쳐도 닿을 수 없는 것이었으나 뭇사람들은 그 줄을 호랑이만큼 두려워하고 있었다. 그는 단 한 번도 장역지(張易之)가 내 삼촌이오, 하고 떠벌린 적도 없었다. 술꾼이나 도박꾼들 사이에 소문이 그렇게 나 있었고 그것을 미끼로 건달 생활을 편하게 할 수 있었다. 군에 가 있는 동안, 아니 그 전부터 삼촌과는 만날 수 없었다. 오래전에 죽었으니까. 측천무후가 누구인가. 지금의 현종 황제의 할머니 시대였으니 쥐꼬리만 한 권세가 뭇사람들에게는 후광으로 비치고 있었다. 참으로 권세의 후광이란 좋은 것이었다.

 '왜, 하필이면 소(釗)라고 지었을까?'

 원망스러운 때가 한두 번이 아니었다. 소나 말처럼 힘만 쓰다 죽으라는 말인가. 아니면 노비의 자식이었든가. '쇠'로 불리지 않고 '소'로 불린 것으로 짐작하건대 노비 출신은 아닌 것 같았다.

 모든 일이 제대로 풀리지 않은 지난날이었으니 자신의 이름자를 놓고 시비를 걸어본다. 그 이름을 강물에 던져버리고 싶었다. 그 대신 금이니 옥이니 하는 부자가 되는 이름자거나, '나라 국(國)' 자나 '충성 충(忠)' 자를 강물에서 건저 올려 권력층에 몸을 담을 수 있는 자신이 되었으면 하는 생각을 하다가 이내 털어낸다. 부질없다. 모두 헛된 꿈에 지나지 않았다. 앞날에 대한 희망이 없다. 절망뿐이었다.

장가는 일찍 갔다. 아들을 둘 두었을 때 집에서 쫓겨났다. 그리곤 잊어버릴 만하면 살그머니 찾아가 아내와 잠자리를 한 뒤 남의 눈에 띌까, 꽁지가 빠지게 마을을 벗어나곤 하였다. 그마저 발길을 끊은 지 오래되었다. 풍문에 아들이 셋이니, 넷이니 하는 말만 들었다. 이제까지 남편 노릇은 고사하고 아비 노릇마저 제대로 한 적 없이 떠돌아다녔다. 생각할수록 살맛이 안 난다.

날은 겨우 사위를 분간할 정도로 어둑어둑해지고 있었다. 그는 마침내 결심을 하며 일어섰다. 도도하게 흐르는 장강에 몸을 던지는 것만이 그가 마지막으로 택할 수 있는 길이었다. 절도사 자유의 명을 따르려는 것은 아니다. 더 이상 살고 싶지 않았다. 죽으러 왔으니 죽는 것이 당연하다 생각하며 뛰어내릴 준비를 하고 적벽이 흔들릴 만큼 크게 외쳤다.

"이 땅에 양소(楊釗)는 없다. 잘 있어라. 이 세상아……."

그렇게 외치고 난 후 낭떠러지를 향하여 발걸음을 한 발짝 옮겼을 때였다.

"꼼짝 말고 서 있어라!"

뛰어오는 발자국 소리가 들리더니 양소의 뒷덜미를 낚아채는 자가 있었다. 돌아보니 그와 엇비슷해 보이는 젊은 청년이었다. 그의 뒤를 따라 다가온 자는 늙수그레하였다. 양소는 그들이 부자지간이려니 생각하며 그들과 마주 보고 섰다.

"무슨 일이 있소?"

죽으려는 자가 알 필요는 없지만 금세 잊어버리고 황급히 달려온 그들이 궁금해서 물었다.

"젊음이 아깝지 않느냐? 살아서 좋은 일을 하라."

늙수그레한 자의 말이었다.

"따라오너라."

 양소는 코뚜레를 한 조랑말처럼 고분고분 노인을 따라나서기 시작했다. 노인이 앞장을 서고 양소와 아들이 그 뒤를 따르고 있었다.
 그들이 도착한 곳은 강에서 그리 멀지 않은 갈대숲 옆이었다. 그곳에 돌로 쌓은 움막이 있었다. 거적을 들고 안으로 들어간 노인이 등잔불을 켰다. 아무도 그를 반겨주는 사람이 없었다. 꺼질 듯 말듯 너울춤을 추는 불빛은 간신히 어둠을 걷어낼 뿐, 일렁이는 그림자가 벽을 더 어둡게 만들고 있었다. 양소는 어둠이 익숙해지자, 움막 안을 훑어보기 시작했다. 움막은 허술했고 돌 틈 사이로 구멍이 숭숭 뚫린 데다 바닥은 온통 비린내가 진동했다. 구멍 난 틈 사이에 나뭇가지를 끼워 말린 물고기들이 목을 매어 자살한 것처럼 주렁주렁 걸려 있었다. 오른쪽 모서리에는 불을 지피는 아궁이가 있었는데 어둠 속에서도 선명하게 시꺼먼 그을음이 미끄럼을 타고 있었다. 또 다른 한쪽 구석에는 나무로 엮은 키 낮은 침상에 마른 갈대가 깔려 있었고, 그 앞에 바닥이 꺼칠꺼칠한 나무 탁자를 사이에 두고 나무 밑둥치로 만든 걸상이 두 개 놓여 있었다. 노인은 혼자 사는 것 같았다. 그러고 보니 뒤따라오던 노인의 아들은 보이지 않았다.
 노인이 아궁이 쪽으로 다가가서 마른 갈대를 쑤셔 넣으며 말했다.
"앉아라."
 노인은 뱃노래를 하듯 흥얼거리며 마른 갈대에 불을 댕겼다.
"온종일 굶주렸을 터이니 배가 몹시 고플 것이오, 생각이 많았으니 심신이 노곤할 것인즉, 갑자기 많이 먹으면 급체가 발동할 것이고, 그렇다고 누런 강물로 허기를 채우면 복통이 일어나고 설사를 할 것이니, 어죽(魚粥) 한 그릇이면 족하리다. 잠시 기다려라."
 불은 금세 타올랐다. 이가 듬성듬성 빠지고 땟물이 줄줄 흐르는 도기(陶器)를 아궁이에 올려놓았다. 이내 고소한 어죽 냄새가 움막 안에 가득했다.

어죽이 끓는 동안 노인은 아무 말도 하지 않았다. 조바심이 나는 건 양소였다. 어찌 나를 구해주었는가. 노인의 정체는 무엇일까. 그러나 먼저 말을 건네기엔 두려움이 앞섰다. 노인이 말을 건넬 때까지 꾹 참기로 한다.

"다 되었구나. 먹자."

노인은 어죽을 나무 탁자 위에 올려놓으며 그 말 한 마디만 하고 또다시 입을 다물었다.

어죽은 꿀맛이었다. 입에 넣자마자 목구멍으로 넘어갔다. 하지만 장정의 뱃구레를 채우기에는 턱없이 부족한 양이었다. 도기를 힐끔 쳐다보았다. 더 먹고 싶었으나 어죽은 한 톨도 남아 있지 않았다. 여러 날 굶은 뱃속이었다. 따끈한 어죽으로 허기를 달래자 졸음이 밀려왔다. 눈꺼풀을 아무리 잡아당겨도 내리감기는 눈꺼풀을 치켜세울 수 없었다. 그대로 잠이 들었다.

눈을 뜨니 어둑새벽인데 노인은 온데간데없고 자신만 홀로 침상에 누워 있지 않은가. 밖으로 뛰쳐나갔다. 강바람이 매섭게 몰아쳤다. 사방을 둘러보고 강가를 헤맸지만, 노인의 발자취는 찾아볼 수 없었다. 저물녘이 되어 움막으로 다시 돌아왔다. 노인이 왔다 간 흔적은 없었다. 말린 생선만 고개를 빳빳이 치켜들고 그를 맞이하고 있었다.

양소는 어제와 그제처럼 종일 굶었다. 노인이 끓여준 어죽 생각이 간절했다. 군침이 흐른다. 생각할수록 뱃속에서 꾸르륵 쿵, 꾸르륵 쿵, 방아타령을 한다. 땟물이 줄줄 흐르는 도기는 홀로 아궁이를 지키고 있다. 말린 생선이 눈에 들어온다. 그러나 마른 생선을 뜯어 먹고 싶은 생각은 없다. 차라리 굶자. 말린 생선을 뜯어 먹고 입가에 묻은 비린내를 밤새도록 핥는 것보다 굶는 게 속 편히 잠을 청하는 데 좋을 것 같았다. 이른 새벽이 되어서 잠이 들었다.

"이놈이 아직까지 잠을 자는구나. 퍼떡 일어나라, 이놈!"

노인의 일갈이었다.

양소는 놀란 사슴이 되어 발딱 일어났다.

"해가 중천에서 춤을 춘다. 움막이 시원하니 복중(伏中)에도 땀 한 방울 안 흘리고 잘도 자빠져 자는구나. 네놈이 상팔자다, 상팔자야."

노인은 희뿌연 눈동자를 이리저리 굴리며 움막을 서성인다.

"어딜 갔다 오셨소? 어제 종일 찾았소이다."

"네놈이 날 왜 찾아. 장승처럼 우두커니 서 있지 말고 마른 나뭇가지하고 갈대 좀 꺾어오너라. 배는 채워야 살 게 아니냐. 허우대는 멀쩡한 놈이, 쯧쯧."

양소는 노인의 혀 차는 소리를 뒤통수에 달고 기지개를 켜며 움막을 나섰다. 따가운 햇살이 정수리에 꽂혔다. 금세 이마에서 땀방울이 솟았다.

나뭇가지는 사방에 널려 있었다. 갈대도 한 아름 가지고 움막으로 돌아왔다.

노인은 익숙한 솜씨로 불을 지피고 조그마한 솥단지에 무엇인가 집어넣었다. 한 시진쯤 되었을까, 고소한 냄새가 뭉실뭉실 퍼지며 양소의 허기진 뱃속을 뒤집어 놓고 있었다.

'아, 고기 냄새다'

사냥개처럼 코를 킁킁거리지 않아도 고기가 끓고 있음을 알 수 있었다. 네발 달린 짐승은 아니었다. 분명 닭고기 냄새였다.

'백숙을……'

양소의 생각대로 노인은 솥단지에서 펄펄 끓는 백숙을 건져내서 탁자로 가져갔다. 탁자 위에는 누런 소금 한 가지만이 야들야들한 백숙을 기다리고 있었다.

　양소는 의아했다.

　'왜 이렇게 후하게 대접을 하는가. 무엇을 시키려고 하는가. 혹시 청부살인이라도 시킬 요량인가?'

　양소가 눈을 크게 뜨고 노인의 눈을 보았다. 노인의 눈은 백태가 낀 것처럼 눈동자가 하얗다.

　'맹인이었구나. 한데 어떻게 보이는 자보다 더 능숙하게 몸을 움직일 수 있단 말인가?'

　의아한 눈빛이 노인에게 전해지고 있었다.

　"무얼 그리 쳐다보느냐? 백숙이나 먹어두어라."

　노인은 허연 눈을 치켜뜨고 손가락으로는 나무 탁자를 가리키며 말했다.

　양소는 노인의 허연 눈동자만 아니면 솜처럼 부드러운 눈빛이라고 느꼈다. 절로 고개를 떨어뜨리며 늙은이의 정강이를 본다. 바싹 마른 풀 같은 정강이 위로 무명바지가 구겨진 채 접혀 있었다.

　탁자로 다가간 양소는 백숙을 죽죽 찢어 아귀같이 입속에 쑤셔 넣으면서도 의문은 꼬리를 물고 있었다.

　"오늘이 중복(中伏)이다. 아무리 가난하게 살지언정 손님 대접은 해야 도리를 다하는 것이 우리네 풍습이다. 닭 한 마리가 네놈의 허기진 뱃구레를 다 채우지는 못할 것이나 복 땜으로 생각하라."

　노인은 앞가슴 살을 몇 점 먹는 둥 마는 둥 하며 손을 무명바지 자락에 슥슥 문질러 닦았다.

　양소는 체면 불고하고 닭 한 마리를 다 먹어치웠다.

　"세상이 어찌 될 모양인지……."

노인의 혼잣말이었다. 양소는 다음 말을 기다렸다.

노인은 강물을 보려는 듯 허연 눈동자를 움막 밖으로 걸쳐두고 말을 이어갔다. 강물도 노인의 옛말을 엿듣고 싶은지 넘실거리고 있었다.

"천상(天上)의 눈을 가리고 문무백관을 허수아비로 세우는 것도 부족해서 백성들의 피를 빨아먹고 굶주리게 하는 국적(國賊) 한 놈을 죽이지 못한 내가 서글프구나."

노인의 허여멀건 눈에서 눈물이 흘러내렸다. 핏물 같은 눈물이었다.

양소는 노인의 말을 곱씹어 보았다. 천상은 현종 황제를, 국적은 나라 도둑을 말하는 것 같은데 과연 누구를 말하는 것일까. 그리고 이런 말을 함부로 할 수 있는 이 노인의 정체는 무엇일까. 물어볼까 말까. 두 마음이 콩닥거리며 싸움을 하고 있었다. 그러다 참지 못하고.

"저기, 노인장께서……."

"묻지 마라. 그저 늙은이의 푸념이라 생각하고 그냥 들어라."

노인은 허연 눈동자를 양소의 이마빡에 꽂으며 말을 가로막았다.

노인의 이야기는 이랬다.

황제를 등에 업은 채 나라를 말아먹고 있는 자는 구밀복검(口蜜腹劍)이란 고사성어(古事成語)를 만든 장본인으로 이름은 이임보(李林甫)요, 지금의 재상이었다. 구밀복검이란 '겉으로는 꿀처럼 달콤한 말만 앞세우며, 뱃속에는 시퍼런 칼을 숨기고 맘에 들지 않은 자는 모조리 죽여버린다'는 뜻이었다.

그런 이임보의 농간으로 배광정(裵光庭)이란 시중(侍中, 재상)과 함께 조정에서 쫓겨났는데, 그냥 쫓겨난 것이 아니라 곤장 백여 대를 맞고 실신한 몸에다 눈을 까뒤집고 맹독을 들이부어 눈을 멀게 하였다. 그리고 노인의 친인척까지 모조리 귀양 보냈다는 것이다.

눈을 잃은 후 노인의 생은 비루하기 이를 데 없었다. 목숨을 유지하기 위해 모든 자존심을 버렸고 옛 신분을 숨기며 살았다. 오로지 이임보를 죽이려는 생각뿐이었다. 하지만 번번이 실패하였다. 이제는 육신이 따라주지 않아 모든 걸 포기하고 신선의 흉내만 내며 살아간다. 눈은 멀었으나 마음의 눈으로 세상을 본다고 하였다.

양소는 물었다. 나라 도둑 이임보를 죽이려는 계획을 왜 포기했는지.

"천운이지. 명이 긴 놈이야. 어찌 나뿐이겠는가. 많은 사람들이 놈을 죽이려 했지. 그러나 아무리 죽이려 해도 죽지 않아. 죽이려는 계획이 한 번 실패할 때마다 놈은 방비를 이중 삼중으로 펼쳐나가니 죽이려는 자들이 맥이 빠져 포기할 수밖에 없었지."

그랬다. 이임보를 죽이려고 계획했던 사람들이 하나둘씩 먼저 명을 달리했고 고작 남은 몇몇은 노인처럼 스스로 여력이 소진됐던 것이다.

노인은 주글주글한 볼을 타고 흘러내린 눈물을 손등으로 훔치며 묻는다.

"촉(蜀, 지금의 사천성)이 고향이라 했던가?"

"고향은 포주(蒲州) 영락(永樂, 지금의 산서성 영제(永濟))이오. 촉에서 오래 살았으니 그곳 또한 고향과 다를 바 없소."

"이제 어디로 갈 것인가?"

"갈 곳이 없소."

"갈 곳이 없으면 고향으로 돌아가라. 아무려면 고향이 타향보다야 좋지. 그래서 고향인 게야. 다시는 죽을 생각을 하지 마라. 사람의 목숨이란 함부로 끊는 것이 아니다. 어떻게 해서든 살아서 옛말을 하며 사는 게 인생이지. 젊음이 얼마나 큰 재산인가. 나를 보라. 눈은 멀었고 육신은 쥐어짠 걸레 같으나 이렇게 명줄을 잡고 있지 않는가. 죽으면 꿈도 희망도 옛일도 없는 것이야. 개과천선해야지. 사람으로 태어나 잘못을 많이 했으면 죗값을 치러야 하고 죗값을 다하였으면 사람답게 살아야 하는 법. 남을 위해 살아가는 삶의 아름다움을 느껴보라."

고향으로 돌아가고 싶은 마음이야 굴뚝 같았다. 하지만 검남 땅이 그리웠다. 그곳에는 사랑하는 여인, 양옥쟁(楊玉箏)이 있었다. 그녀가 보고 싶었다. 비록 사촌간이고 남편이 있는 여인이었으나 두 사람은 목숨을 내놓고 사랑을 불태우지 않았던가.

그러나 한편으론 검남절도사 자유에게 몽둥이찜질을 당하고 적벽의 물고기 밥이 되려 했던 생각을 하면 사지가 떨렸다. 가고 싶어도 그자가 있는 동안은 갈 수 없는 곳이었다.

"아마 네놈이 촉에 당도하면 절도사가 바뀌었을 것이다. 장구겸경이란 자가 그 자리를 꿰차고 있을 게야."

노인은 양소의 마음을 들여다보고 있는 것 같았다. 촉은 옛 이름이요, 지금은 검남이었다. 노인은 검남이란 말이 익숙하지 않은지 촉으로 일관하고 있었다.

"촉으로 가거든 선우중통(鮮于仲通)을 찾아라."

선우중통, 그는 검남 출신이라면 모르는 자가 없을 정도로 이름난 거부(巨富)였다. 양소 또한 선우중통을 잘 알고 있었다. 그와는 특별한 관계였다. 아는체하지 않았다.

노인은 계속해서 말을 이었다.

"테 두른 혹하고 중심이 문제로다. 목숨이 왔다 갔다 하는 마음의 중심 말이다."

무슨 말을 하려는 것인가? 혹시 이임보를 죽이라는 주문일까? 하지만 섣불리 끼어들었다간 무슨 날벼락이 떨어질지 모른다. 가만히 다음 말에 귀를 기울였다.

"……그 일은 강산이 두 번쯤 바뀐 다음의 일일 것이나, 그리되고 싶지 않거든 지금부터 몸과 마음을 닦아야 할 것이다. 명심해라."
 쐐기를 박듯 하며 말을 마친 노인은 긴 숨을 토해낸다.
 양소는 노인의 말을 여러 차례 되짚어 보았다. 도대체 무슨 말인지 알 수 없었다. 머리가 썩 좋지 않은 그로서는 풀 수 없는 수수께끼였다.
 "노인장. 딱 한 가지만 물어봅시다."
 "뭐냐?"
 노인의 희멀건 눈이 양소를 향해 달려오고 있었다.
 "함께 나를 구해준 젊은이는 아들이오? 그 아들은 어딜 갔소?"
 "그놈은 내 아들이 아니다. 너처럼 구해준 놈이었지. 너를 구했으니 놈이 갈 곳을 간 게야. 늘 그리해 왔거든."
 참으로 모를 일이다.
 "그럼 나도 그리해야 되지 않소. 한 사람 목숨을 구한 다음 떠나기로 하겠소."
 "그럴 필요 없다. 네놈 갈 길이나 재촉하라. 이젠 나도 지쳤다. 명줄도 다 되었느니라. 떠나거라."
 노인의 희멀건 눈동자가 스르르 무너지는 듯했다.
 "그랬군요. 목숨을 구해줘 정말 고맙소. 오래오래 사시오."
 노인과 작별한 양소가 멀어질 즈음 한 무리의 병사들이 움막을 에워싸고 있었다. 하지만 그들의 손이 닿기 전에 노인은 싸늘한 시신이 되어 뻣뻣한 나무토막처럼 누워 있었다.
 움막을 떠난 양소는 딱히 갈 곳이 없었다. 아무리 생각을 해봐도 검남밖에 없었다. 갈 곳이 없다 보니 슬그머니 오기도 들고 일어났다. 노인의 말처럼 절도사가 바뀌었는지 자신의 두 눈으로 꼭 확인하고 싶었다. 무작정 검남으로 걸음을 내딛기 시작했다. 검남으로 가는 동안 그의 머릿속에는 노인의 마지막 말이 떠나지 않았다. 노인의 말을 수백 번 곱씹어 본다.
'테 두른 혹하고 중심이 문제다. 목숨이 달려 있다. 목숨이……?'
 적벽의 누런 강줄기를 떠나 검남에 도착할 때까지 해답을 얻을 수 없었다. 노인의 말처럼 강산이 두어 번쯤 바뀐 뒤의 일이라면 굳이 지금에서 해답을 얻지 않아도 될 먼 훗날의 일이기도 했다.

 선우중통의 집은 검남 지역의 부호답게 화려하면서 궁궐같이 컸고, 성(城)처럼 견고했다. 사방이 성벽을 둘러쌓은 것처럼 되어 있어 그 안에서는 가지각색의 거래가 이루어졌다. 장안의 동시(東市)와 서시(西市)에서 구하지 못하는 것도 이곳에서는 구할 수 있다고 할 정도였다. 항간에 떠도는 소문으로는 이런 곳이 대여섯 개나 더 있다고 했다. 검남 사람들은 선우중통의 거대한 집을 영화대(榮華臺)라 불렀다.
 양소가 영화대로 들어가려 할 때 아는 자가 밖으로 나오고 있었다.
 "이거 누군가? 길온이 아닌가."
 길온(吉溫)의 가는 길을 막고 양소가 너스레를 떨기 시작했다.
 "양, 양소구면. 그렇지 않아도 자네를 찾고 있었네. 검남을 다 뒤졌다네. 아무도 자네의 행방을 모르더군. 잘 만났네."
 눈빛이 날카롭고 목이 학처럼 긴 길온이 반갑게 양소를 맞이했다. 길온은 선우중통의 일을 도와주며 용돈이나 타 쓰는 건달이었다.
 길온의 말에 의하면 선우중통이 양소를 찾고 있다고 했다.
 양소는 길온을 앞세우고 선우중통을 찾아가려 했으나 길온은 장안으로 가는 중이라고 했다. 장안은 성도(城都)였다.
 "난 이제부터 장안 사람이다. 촉에서의 건달, 길온은 잊어야 한다."
 촌놈이 장안으로 간다고, 마치 장원급제라도 한 것처럼 으스대며 사라진다.

양소는 선우중통이 왜 자신을 찾고 있는지 짐작할 수 있었다.

'접대도박꾼'

그 일은 양소의 으뜸 직업이었다. 선우중통은 꾼에게 밑천을 대주었다. 꾼은 영화대를 이용하는 거상들을 상대로 도박판을 벌였다. 꾼이 있어야 돈의 흐름을 조절하며 재미있는 시간을 보낼 수 있었다. 한번 빠지면 그 맛을 못 잊어 또다시 영화대를 찾곤 했다. 선우중통은 꾼을 통해 꿩도 먹고 알도 먹는 셈이었다.

양소가 없는 동안 꾼의 일을 길온이 대신하였다. 이제 그마저 장안으로 갔다. 꾼의 자리를 믿고 맡길 자가 없어 찾고 있는 것이었다.

"대인을 만나러 왔네."

양소가 첫 번째 문지기에게 용무를 말하자 문지기는 표찰 하나를 주었다. 표찰이 있어야 선우중통이 있는 곳까지 갈 수 있었다.

선우중통을 만나러 가는 곳은 미로로 되어 있었다. 하나의 문을 통과하면 또 문이 나타났고, 그 문을 지나면 또 다른 문이 가로막고 있었다. 그를 만나는 일은 황제를 알현하는 것처럼 겹겹의 문을 통과해야 했다. 문마다 문지기가 있었는데 모두 하나같이 생긴 모습은 우락부락하였고 힘깨나 쓰는 장정들이었다. 길을 안내하는 자 또한 같았다. 그들은 병사들처럼 칼을 차고 있었다. 어떤 자는 무쇠 창을 들고 있었고, 어떤 자는 어깨에 활을 둘러메고 있었다. 황궁에서 길을 안내하는 자는 수염 없는 내관들이었으나 이곳은 산적수염에 눈초리마저 매서운 무사들이었다.

양소는 문을 지날 때마다 호패처럼 생긴 통행표찰을 내밀었다. 그가 내민 표찰은 동찰이었다. 통행표찰은 옥으로 만든 옥찰과 은으로 만든 은찰, 구리로 만든 동찰이 있었다. 옥찰은 최측근 인척이나 직계가족 또는 귀중한 인사에게 미리 준 것으로 항시 무사통행이었고,

은찰은 조정에서 왔거나 검남 지역에서 공무로 내방하는 관리들에게 임시로 주는 것이었으며, 동찰은 영화대에 소속되거나 용무가 급한 방문자들이 사용하는 표찰이었다. 문지기들은 표찰만 보아도 내방객의 신분과 용무를 대략 짐작할 수 있었다.

선우중통은 연못 한가운데에 있는 이 층 누각에서 누군가와 이야기를 나누고 있었다. 이 층 누각은 팔각지붕이었고 처마 끝은 하늘을 향해 펼쳐져 있어 마치 공작이 꼬리를 활짝 편 것 같이 아름다웠다.

"대인께서 모시고 오라 하였사옵니다."

누각을 들어서는 구름다리 앞에서 아리따운 여인이 양소를 안내하였다. 문을 지나오는 동안 소도적같이 생긴 놈들만 보아오다 아리따운 여인의 목소리를 들으니 하늘 궁궐의 선녀를 만난 기분이었다. 걸음걸이가 구름을 밟고 지나가는 듯 둥실둥실했고, 돌로 만든 구름다리마저 출렁이는 듯했다.

"소인을 찾아계시옵니까."

양소는 두 손을 포개서 앞으로 내밀며 선우중통에게 예를 올렸다.

"오, 양손가. 이리 오게."

선우중통은 호인기풍(好人氣風)이었다. 목소리도 순풍처럼 부드러웠다.

양소는 두 사람이 마주 앉은 옆의 빈 좌석에 무릎을 꿇고 앉았다.

"인사 올리게. 새로 부임하신 절도사 어른이시네."

선우중통이 마주 앉은 손님을 가리키며 말했다.

절도사? 양소는 절도사란 말에 오줌을 지리고 말았다. 지난날 자유 절도사한테 복날 개 패듯이 맞은 부위가 쓰리고 아파왔다.

양소는 덜덜 떨며 예를 올렸다.

"반갑소. 장구겸경이오."

검남절도사 장구겸경(張仇兼瓊), 노인이 말했던 그 절도사였다. 눈에서는 광채가 번뜩했고 무인답게 어깨가 딱 벌어졌다. 나이는 육십을 바라보는 것 같았다.

장구겸경이 손수 잔을 들어 양소에게 술을 권한다.

이렇게 지체 높은 분의 잔을 받아본 적 없었다. 난생처음이었다. 절도사가 누군가. 황제의 신임 아래 부임하고, 영지(領地)에서는 작은 황제 같은 분이 아니던가. 온몸이 사시나무 떨듯 흔들렸다.

그 모습이 애처로웠는지 선우중통의 선처로 자리를 물리고 밖으로 나올 수 있었다. 밖으로 나온 양소는 거친 숨을 골라본다. 제정신이 아니었다. 몸은 오한이 든 것처럼 푸들거리며 으슬으슬했다. 선우중통이 마련해 준 거처까지 어떻게 왔는지 기억이 없다.

선우중통이 마련해 준 거처에서 양소는 며칠째 잠에 빠져들고 있었다. 수천 리 길을 걸어오지 않았던가. 여독은 오랫동안 가시지 않았다. 꿈속에서 검남의 절도사가 되어 선우중통을 수하로 부리고, 재상이 되어 황제를 보필하곤 했다. 때론 궁녀들과 숨바꼭질을 하며 여색에 푹 파묻히기도 하였다.

"잠이 깼으면 눈 좀 떠보쇼!"

여인은 점심참부터 저녁이 가까워 올 때까지 양소가 일어나길 기다렸으나 더 이상 참을 수 없었다. 깬 것 같아 말을 넣었는데 반응이 없으니 신경질이 났다.

"퍼뜩 일어나시오!"

다시 한번 귓구멍에 입을 들이대고 소리를 질렀다.

꿈속의 여인이 그를 부르는 것 같았고, 황제가 재상인 그를 부르는 소리 같기도 하였다. 양소는 머리를 세차게 흔들며 눈을 떴다. 황제는 없고 궁녀도 아닌 여인이 있었다. 눈을 비비며 정신을 차려보니 그토록 보고팠던 그 여인이 아니던가.

"오옥, 재앵!"

여인을 부르는 소리가 바람결에 흔들리는 가랑잎처럼 파르르 떨렸다.

"오라버니, 어딜 갔다 오셨소. 내가 얼마나 찾았는지 알기나 하시오. 보시오, 눈알이 다 튀어나왔소."

울음 섞인 말이었다.

양소는 그녀를 와락 끌어안으며 입을 맞추었다.

양옥쟁은 양소의 사촌 누이였다. 빼어난 미모에 몸매는 더할 나위 없었다. 그녀뿐만 아니었다. 자매들이 한결같았다. 사람들은 말했다. 하늘은 그녀의 집안에 가난을 주었지만, 그 대신 미인을 주었다고. 그녀는 딸 넷 가운데 둘째였다. 첫째 옥패(玉佩), 셋째 옥차(玉釵), 막내는 옥환(玉環)이었다. 그녀의 아버지는 양현염(楊玄琰)으로 양소의 작은아버지였다. 고향인 포주의 영락에서 말단 관직 생활을 하다가 촉으로 왔다. 그러나 얼마 안 되어 풍토병으로 죽었다. 피붙이 하나 없는 낯선 땅에서의 부음은 막막하였다. 그때 양소가 달려왔다. 그리고 작은아버지의 장례를 치렀다. 그것이 인연이 되어 왕래가 잦아졌고 촉에 뿌리를 내렸다. 양소의 사촌 누이들은 그를 은인으로 생각했다. 그런 가운데 옥쟁은 양소의 꾐에 빠져 사랑을 나누었고 지금까지 그의 품을 떠날 줄 모르고 있었다.

이게 얼마 만인가.

두 사람의 가슴은 쿵쾅쿵쾅, 북소리, 천둥소리가 울려 퍼진다. 입에서 단내가 서서히 퍼지기 시작했다. 꿀단지가 된 입술은 빨대를 꽂은 것처럼 빨고 또 빨았다. 불꽃이 튀어 오르고 심장이 멎을 것만 같았다. 빨대에 빨려 나온 혓바닥이 비비 꼬며 뱀 춤을 춘다. 뱀 춤 사이로 거친 숨소리가 뒤엉킨다. 그 숨소리에 최음제가 묻어 나온다. 점점 귀가 멍하고 정신이 몽롱해진다. 신음 소리가 끊이지 않고 흘러나온다. 아, 오, 어, 으, 음. 단음절이다. 때로는 짧게, 때로는 조금 길게 외마디가 지속된다. 이윽고 옥쟁의 무릎이 꺾이고 스르르 무너진다. 익숙한 손놀림 속에 옷들이 훌렁훌렁 벗겨진다. 묵은 껍질 벗겨지듯이 그렇게. 밖은 저녁노을에 붉게 물든다. 두 연인의 얼굴에도 노을빛이 물든다. 그녀의 다리가 벌어지고 그의 몸이 실린다. 살이 하나가 된다. 척, 척, 척, 물고기가 빠르게 헤엄치는 소리가 들리기 시작한다. 아아, 어음, 으음, 아까와는 다르게 신음 소리가 가늘고 길어진다. 몸은 불구덩이다. 이내 땀투성이다. 땡볕에 김을 매는 농사꾼도 그렇게 땀을 흘리지 않았다. 온천탕에서도 그랬다. 두 연인은 죽을 둥 살 둥 하며 허기진 아랫도리를 채워준다. 무지개가 뜨고 어죽보다 묽은 액체가 몸에서 빠져나간다. 연이어 이합, 삼합을 마친 다음 길게 늘어진다. 감은 눈에서 수많은 잔별들이 떠오른다.

그 잔별들이 하나둘 사라질 때였다.

"쾅! 쾅! 쾅!"

대문을 두드리는 소리가 들렸다. 행랑아범이 문을 열어주는 소리도 들렸다.

"양소! 야, 양소!"

고막을 뚫는 외침에 두 사람은 허겁지겁하며 옷도 못 입고 버둥댄다.

"어이쿠, 놈이 왔구나."

양소는 모깃소리로 말했다. 옥쟁도 그자가 누군지 안다. 저벅거리는 발걸음 소리가 방문 앞에서 멈춘다. 들짐승이 내뿜는 듯한 거친 숨소리가 안으로 밀려왔다.

"양소 이놈! 너 오늘 잘 만났다. 냉큼 밖으로 나와라!"

수염투성이의 산적 같은 장정이 큼지막한 도끼를 들고 방문 앞에서 고래 멱을 따고 있었다. 그러나 아무런 응답이 없다. 수염 산적은 도끼로 방문을 찍어 내리기 시작했다. 문이 부서지며 방안이 드러났다. 아무도 없다. 이부자리만 어지럽게 널려 있었다. 옥쟁은 얼른 다락으로 숨었고, 양소는 달랑 속곳만 걸친 채 뒷문으로 줄행랑을 친 다음이었다.

"도망쳤구나! 아이고, 분해라."

허탕을 친 산적수염이 들짐승의 콧바람 소리를 내며 돌아간다. 양소에게 아내를 겁탈당했고, 돈꿰미마저 떼인 자였다.

음험한 꿈을 꾸는
사람들

개원 22년(서력 734년).

이임보가 예부상서가 되었다. 상서로 임명되고 먹물도 마르기 전에 현종 황제는 재상의 반열인 중서문하성 삼품까지 주었다. 중서령 장구령(張九齡), 시중 배요경(裵耀卿)과 함께 세 명의 재상 가운데 하나가 된 것이다.

음직(蔭職) 출신이었다. 그의 증조부가 당을 세운 고조 이연(李淵)과 사촌이었다. 그 덕에 말단 관직으로 시작해서 최고위직에 오른 것이다. 무학이었다. 배운 적이 없어 글자를 제대로 읽고 쓰지도 못했다. 말투마저 어눌했다. 오로지 황실의 종친이란 배경과 황제의 총애를 받는 무혜비의 공으로 재상이 된 것이었다.

이임보는 제일 먼저 무혜비를 찾아갔다.

그가 십수 년 동안 관직에 있으면서 한 일은 단 하나뿐이었다. 겉으로는 부드러운 표정으로 달콤한 말만 뱉어내며 공손하게 머리를 숙여 문무백관과 황제의 눈을 가리고 귀를 어둡게 하는 것이었다. 그러나 돌아서면 모두가 정적이었다. 그는 남다른 무기를 갖고 있었다. 정적을 해치는 무기는 칼이나 활, 창과 같은 쇳덩이가 아니었다. 중상모략, 음해, 음흉, 아부와 아첨과 떠받들기, 거짓말, 이간질, 질투, 증오, 교활, 영악, 핍박, 간교한 지략 등 세상에 펼쳐진 나쁜 것은 모두 그의 무기였다. 수단과 방법을 가리지 않았다. 그 무기를 동원하면 안 되는 것이 없었다. 아무리 많은 정적이라도 그의 천악(仟惡, 천 가지 악)의 술수에 걸려들면 쓸쓸한 낙엽의 신세가 되고 말았다.

그에겐 꿈이 있었다. 과거 출신의 고위 관료들을 몰아내는 것과 현종 황제의 귀와 눈을 점점 멀게 하는 것이었다. 아예 "나라 다스림은 잊어버리고 도인(道人)의 반열에 오르시오." 그렇게 말하고 싶었다. 황제는 있되 정치는 그가 좌지우지하는 것, 그것이 꿈이었다.

고민도 있었다. 어떻게 하면 황제 앞에서 조금 더 바보스럽게 우물쭈물하고 말더듬이가 될 수 있을까, 어떻게 하면 혜비마마를 기쁘게 해주는가, 하는 것이었다. 현종과 무혜비는 이임보의 그런 충성스러운 무능함을 칭찬하고 좋아했다.

무혜비는 영선궁(迎仙宮)의 장생전(長生殿)에 있었다.

"마마. 이 은혜 잊지 않겠습니다. 신(臣) 이임보는 신명을 다하여 혜비마마의 영원한 충복이 될 것이옵니다. 원하시는 것이 있사오면 언제라도 불러주시옵소서. 화살같이 달려오겠습니다."

이임보는 장생전에 들자마자 넙죽 엎드려 무혜비에게 큰절을 올렸다.

"경하하오. 이젠 재상이 되시었소. 중서령, 시중과 대등한 지위이니 그들도 함부로 대하지 못할 게요. 그들이 황제 폐하를 너무 힘들게 하고 있소. 나랏일을 잘 부탁하오."

"여부가 있겠습니까. 소인이 잘 처리하겠습니다, 마마."

얼굴에 화사한 미소를 띠고 상대의 심중을 헤아려 달콤하게, 그렇지만 절대 서두르지 않는 어눌한 말투로 무혜비를 안심시키고 있었다.

이임보는 무혜비가 의도하는 바를 알고 있었다. 황제를 힘들게 하는 중서령 장구령과 시중 배요경을 도려내야 함과 황태자의 자리를 잘 부탁한다는 말임을.

황태자의 자리는 비어 있었다. 무혜비는 자신의 아들을 황태자로 세우고 싶었다. 현종은 수많은 후궁들로부터 서른 명의 아들과 스물 아홉 명의 딸을 두고 있었다. 그녀가 낳은 아들은 열여덟 번째 수왕(壽王) 이모(李瑁)와 스물한 번째 성왕 이기(李琦)였다. 현종은 특히 수왕을 좋아했다. 무혜비를 사랑하는 마음이 수왕에게 지속됨이었다. 무혜비가 아들 둘과 딸 하나를 어렸을 때 잃어버린 다음 가까스로 수왕 이모를 생산했기에 현종은 총애를 아끼지 않았다. 측실로서 일곱 남매를 생산한 그녀였다. 그만큼 현종은 무혜비에 푹 빠져 있었던 것이다. 스무 살, 성인이 된 수왕 이모였다. 지금이 적기였다. 더 이상 늦으면 안 된다.

얼마 전까지만 해도 황태자가 있었다. 둘째 아들 영왕 이영(李瑛)이었다. 현종이 보위에 오르고 삼 년 만인 715년에 황태자로 세워졌으니 이십여 년을 황태자로 있었다.

황태자 이영은 아버지의 총애를 받는 무혜비가 자신을 폐하고자 함을 알아차렸다. 이영은 동생들을 불렀다. 그가 맘을 터놓고 애기할 만한 동생들이었다. 다섯째 악왕 이요(李瑤)와 일곱째 광왕 이거(李)였다.

"황제 폐하께서 우리를 너무 홀대하고 있다고 생각되지 않은가? 온통 신경이 무혜비에게 쏠려 있으니 말일세."

이영이 말을 꺼내자, 이요가 단호하게 말했다.

"형님, 쏠려 있기만 해도 말을 안 해요. 형님을 폐하려 하고 있소. 먼저 손을 써야 하오."

"맞아요. 무혜비를 없애든지, 수왕의 모가지를 꺾든지 해야겠소." 광왕 이거도 끼어들었다.

"뚜렷한 명분이 없지 않은가. 무슨 수를 써야 할지."

이영이 근심 어린 표정으로 아우들에게 되물었다.

"명분이야 만들면 되지 않소. 황태자를 모함한다는 명분 말이오."

이들은 이틀이 멀다 할 정도로 자주 만났고, 만날 때마다 울분을 토했다. 마침내 군사를 동원하는 계획까지 진행되고 있었다.

그러나 꼬리가 길면 들통이 나는 법이었다. 이임보와 무혜비의 끄나풀인 동궁(東宮)의 내관 이보국(李輔國)이 황자들의 모임을 이임보에게 고하였다. 이임보는 쾌재를 부르며 무혜비에게 아뢰었다. 무혜비는 곧장 현종 황제에게 달려갔다. 그리고 울면서 말했다.

"황제 폐하! 소첩을 죽여주시옵소서. 죽여주시옵소서. 흐흑 흑."

무혜비의 갑작스러운 언동에 현종은 어찌할 바를 몰랐다.

"혜비, 무슨 일이오. 짐이 알아듣도록 말해보시오."

현종이 달래는 투로 나오자 무혜비는 기회를 놓치지 않았다.

"황태자가 황자들과 합세하여 소첩과 수왕을 죽이려 합니다."

"이유가 무엇인고?"

"소첩이나 수왕이 폐하의 총애를 받고 있어 황태자의 지위가 위태롭게 느껴졌다고 하옵니다. 그래서 소첩과 수왕을……."

무혜비는 거짓으로 고하고 있었다. 이보국이 전한 말은 황자들이 자주 모이고 뭔지 모르지만 술을 먹고 울분을 달래는 듯하였다는 것뿐이었는데, 무혜비는 자신의 욕망을 대신 말하고 있었다.

현종은 대로하였다.

"황태자를 지금 즉시 폐하라!"

서릿발 같은 황제의 명이 떨어졌다.

"황제 폐하, 황태자를 폐할 수 없사옵니다."

중서령 장구령이었다.

"짐의 명을 어길 참이더냐!"

"폐하께서는 황태자를 모함하는 말씀만 들으시고 진위는 가리지 않았습니다. 황태자는 장차 폐하의 뒤를 이어 보위에 오를 만백성의 우상이옵니다. 옛날 진(晉)의 헌공(獻公)은……."

"그만두어라. 듣기 싫다."

현종 황제는 장구령의 긴 사설에 진절머리를 쳤다. 장구령은 늘 그랬다. 황제를 가르치려 했고, 잘못을 고치려 했다. 예전 같으면 수긍했으나 이젠 싫었다. 보위에 오른 지 이십 년이 넘었다. 이임보처럼 순종하는 신하가 좋았다. 장구령 같은 신하는 제발 물러났으면 싶다. 쫓아낼 명분이 없을 따름이었다.

황제는 명을 거두었다. 하지만 가만히 있을 이임보가 아니었다. 장구령과 배요경이 황태자의 폐위를 극구 반대할 때는 꿀 먹은 벙어리처럼 가만히 있었다. 그러나 그들이 자리를 뜨자 황제를 따로 알현한다.

"황제, 폐하. 혜비께서, 또 수왕께서, 오죽이나 목숨이 위태하셨으면, 직접 고하셨겠습니까. 황태자는 반역을 꾀하고 있습니다. 황태자를 폐하심이 옳을까, 하옵니다. 그와 동조한 황자들도 예욀 수는 없겠지요. 헤아려, 주시옵소서."

이임보는 황제의 눈치를 보며 바보처럼 떠듬떠듬, 몸 둘 바를 모르는 소인의 몸짓으로 아뢴다.

"짐이 그대의 말을 들으니 그렇구나. 당장 폐하도록 하라!"

현종은 흔쾌히 명을 내린다.

장구령과 배요경이 황제를 알현하려 해도 만나주지 않았다. 그 사이 이임보는 조서를 내려 황태자를 폐하고 말았다. 그와 동조한 이요와 이거는 종실에서 쫓겨났다. 폐위당한 황태자와 종실에서 쫓겨난 그들은 황궁에 머물 수 없었다. 평민으로 강등되고 귀양을 가야 했다. 또다시 이임보가 수작을 부린다.

"귀양지로 가서 반란을 도모할까 두렵사옵니다. 폐하. 이참에 후환이 없도록 하시옵소서. 그래야 종묘사직이 바로 설 것이옵니다. 그들이 황제 폐하를 욕까지 하고 있사옵니다. 막보기로 가고 있습니다, 폐하."

두서도 없고 언변마저 없는 어눌한 말투였다. 어느 때부턴가 현종은 그 말투가 정감 있게 들렸다. 미약에 취하는 것처럼 그의 말을 거역할 수 없게 되었다.

"사사하라!"

순식간에 황태자와 황자들의 모가지가 남문 앞에 걸렸다.

한 해가 지나도록 현종은 황태자를 세우지 않고 있었다. 황태자를 세우면 그자가 자신을 죽이고 보위에 오를 것만 같았다. 감히 어느 누구도 황태자를 세우자는 말을 할 수도 없었다. 그 말을 할 수 있는 자는 이임보뿐이었다. 그러나 그마저 입을 다물고 있었다. 무혜비는 속이 새까맣게 타들어 가고 있었다. 황제의 환심을 사려면 큰일을 벌여야 했다. 수왕 이모를 결혼시키는 것, 그것만이 황제의 마음을 수왕에게 돌릴 수 있었다. 무혜비는 이임보를 불러 명을 내렸다.

"간택을 서두르시오."

간택은 빠르게 진행되었다. 삼간택에 선발된 세 명의 처녀가 무혜비 앞에 섰다. 현종이나 무혜비는 살이 여윈 처자를 싫어했다. 살이 보기 좋게 오르고 얼굴 형태가 이국적인 모습을 좋아했다. 황실에서 좋아하는 것은 백성들의 풍습으로 이어졌다. 옛날의 서시나 초선 같이 하늘하늘한 몸매는 며느릿감으로 젬병이었다. 누가 보아도 맏며느릿감처럼 둥실하고 탄탄한 몸매를 선호하였다. 그리고 가문이 좋고 고위 관직 출신의 처자를 싫어했다. 외척이 나랏일을 좌지우지하고 황실을 간섭하는 것이 싫었다. 황실을 욕보이지 않을 정도의 가문과 품계가 낮은 자의 여식이면 적격이었다.

최종 간택에 오른 세 명의 처녀는 몸매와 미모가 우열을 가릴 수 없을 만큼 훌륭했다. 그 가운데 둘은 가문이 너무 좋은 것이 흠이었다. 마지막 남은 한 처녀, 그녀는 황실이 원하는 자격에 꼭 맞춘듯하였다.

'보기 드문 절색이로세!'

현종 황제는 속으로 감탄하였다.

"그대의 이름이 무엇인고?"

황제는 일부러 묻고 있었다. 그녀의 목소리라도 듣고 싶었기 때문이다.

"옥환이라 하옵니다."

황제는 더 이상 묻지 않았다. 가슴에 새겨두었다.

얼굴 윤곽이 뚜렷하고 단정한 그녀의 이름은 양옥환(楊玉環)이었다.

방년 열일곱이었고, 양현요(楊玄璬)의 장녀였다. 부친의 직위는 하남부(河南府)의 사조참군(士曹參軍) 출신이었다. 정7품의 사조참군은 무관을 선발하거나 무기를 담당하고(器仗), 역마, 성의 보수, 봉수 등을 담당하는 관직이었다.

그러나 양옥환의 생부는 양현요가 아니었다. 실은 양현염의 네 번째 딸이었다. 포주의 영락에서 태어나 아버지를 따라 촉주로 갔다. 사호참군(司戶參軍, 주와 부에서 호적, 도로, 객관 등을 담당하는 벼슬)이었던 양현염이 그곳에서 병들어 죽었다. 양옥환은 코를 흘리는 어린 나이였다. 끼니가 없는 살림이었다. 그녀를 양현요가 데려갔다. 양현요는 그녀의 작은아버지였다. 그래서 호적상 양현요의 장녀가 되어 그곳에서 자랐던 것이다. 황실에서는 그런 속사정까지 알 수 없었고 알려고도 하지 않았다. 속가의 일은 속가 사람만이 알고 있었다.

양옥환, 그녀는 양옥쟁의 막내 여동생이었고, 양소의 사촌 누이였다. 하지만 양현요의 자식으로 된 그녀가 아니던가. 언니 양옥쟁과도 왕래가 뜸했고, 양소는 기억조차 없다. 검남의 양소와 양옥쟁은 그녀가 수왕비로 책봉되었다는 사실조차 모르고 있었다. 누군가 진실을 전해주어도 곧이들을 수 없는 형편이었다.

'내게 이런 아름다운 여인을 주시다니……!'

수왕 이모는 양옥환을 천상에서 내려온 여인으로 착각할 정도였다. 꿈만 같은 신혼생활에 파묻혀 날과 달이 어떻게 가는지 몰랐다. 꿈을 꿀 때도 온통 그녀의 꿈이었고, 선잠에서 깰라치면 선녀 같은 그녀가 옆에서 자고 있는 모습에 기쁨을 감출 수 없었다. 행여 천상으로 다시 돌아갈까 봐 조마조마했다.

"내가 황제가 되면 그대는 황후가 될 것이오. 내 기필코 그대를 황후로 만들겠소. 그대처럼 천상의 여인을 둔 황제는 없었소. 오직 나뿐이오. 조금만 기다리시오."

이모는 팔베개를 해주며 늘 그렇게 말했다. 그 팔베개에서 양옥환도 황후가 되는 꿈을 꾸곤 하였다.

무혜비는 며느리의 용모에는 관심이 없다. 수왕 이모가 하루빨리 황태자가 되고 자신은 황대비가 되는 것이 간절한 바람이었다. 현종 황제는 정실 황후가 없었다. 십여 년 전에 왕황후가 명을 달리한 후, 후궁만 있었다. 무혜비를 황후의 자리에 올려놓고 싶었으나 대신들의 반대로 뜻을 이루지 못했다. 그녀는 후궁 가운데 황후를 대신하는 으뜸 후궁이었고, 그것으로 만족해야 했다. 황후가 되는 꿈은 접었으나 황대비의 꿈은 펼쳤다. 그 길은 오로지 이모가 황태자가 되고 황제의 보위에 오르는 것뿐이었다.

동지가 그렇게 지나고 섣달이 되었다. 무혜비의 마음은 점점 다급해지고 있었다. 금년을 넘기기 전에 끝내야 했다. 왠지 모르게 서두르고 싶어졌다.

황궁에 하얀 눈이 소복소복 쌓이던 날이었다.

"황태자를 세우시오."

무혜비의 엄명이 이임보에게 떨어졌다.

이임보는 내일이라도 황태자를 세울 수 있는 것처럼 아첨을 하며 물러 나온다. 하지만 무혜비는 다음 날 아침 싸늘한 시신으로 변해 있었다. 급사였다. 황태자와 황자를 모함하여 죽인, 그 원혼의 앙갚음이었을까. 여섯 달을 넘기지 못하였다. 성격이 음험하여 남에게 지기 싫어했고 오기만 남았던 무혜비였다. 그녀의 꿈은 마흔 살에 명줄을 놓으면서 물거품처럼 사라지고 말았다.

"혜비! 혜비가……. 오, 혜비가 먼저 가다니. 아마도 짐이 꿈을……."

그토록 사랑하고 아끼던 여인의 죽음 앞에 황제도 말을 잇지 못하였다. 낮잠을 자다 꿈을 꾼 것이길 바랐다.

무혜비가 죽은 다음 날부터 현종 황제는 정사를 더 멀리했고, 나라를 쥐락펴락하던 어미를 잃은 이모는 숨을 죽이고 수왕궁의 대문을 굳게 잠갔다. 신혼의 나래를 펼치던 미모의 수왕비 양옥환은 궁 안에 갇힌 가엾은 새가 되고 말았다. 장차 황후가 될 것이라는 부푼 기대도 일 년 만에 곱게 접어야 했다.

현종 황제가 정사를 멀리할수록 이임보는 활개를 칠 수 있었다. 정국이 어수선한 이때 권력을 틀어쥐어야 한다. 눈에 가장 거슬리는 두 사람. 그들을 제거해야 한다. 그래야 그의 꿈을 실현할 수 있었다. 그의 눈빛이 살쾡이의 눈처럼 반들거리고 있었다.

그 무렵,
포승줄에 꽁꽁 묶인 장수가 장안으로 들어오고 있었다.
앞뒤로 말을 탄 병사들이 호위하는 가운데 묵직한 걸음걸이로 뚜벅뚜벅 발을 옮기고 있었다.
그 장수는 몸집이 크고 비대해 보였다. 포승줄은 갑옷 위로 동여져 있었고, 두 명의 병사가 고삐를 쥔 것처럼 동여맨 포승줄을 늘어뜨려 이끌고 있었다.
그들은 황궁이라 불리는 대명궁(大明宮)의 남문을 지나 함원전(含元殿)으로 향하였다. 그리고 그곳에서 발걸음을 멈추었다. 함원전은 궁의 정전이었다. 정전은 황제가 문무백관들과 정사를 논하는 곳이었다. 포승줄에 묶인 장수는 무릎을 꿇고 어명을 기다리고 있었다.
"폐하, 유주절도사 장수규(張守珪)가 보낸 죄인이옵니다."
키가 크고 허리가 구부정한 내관 고역사가 아뢰었다.
땅덩어리가 큰 나라였다. 자연히 여러 국가와 국경을 접하고 있었다. 유주(幽州, 오늘날의 북경지역)는 거란, 발해 등과 국경을 맞대고 있는 곳이었다. 절도사 장수규는 거란족이 가장 두려워하는 장수였다. 그가 죄인을 압송시켰다면 매우 중한 일이었다.
"장계(狀啓, 지방 관리의 보고서)를 읽어라."

고역사가 장계를 읽어나가자 정전(正殿) 안의 백관들이 술렁이기 시작했다. 죄인을 사형시켜 달라는 내용이었다. 그러나 사형을 선포하고 집행하려면 황제의 재가를 받아야 했고, 황제는 백관의 결정을 참고로 하는 것이 절차며 법이었다.

"논의하여 죄인의 형량을 정하도록 하라."

백관에게 칼자루를 넘겨주었지만, 현종은 근심이 앞섰다. 문무백관과는 달랐다. 국경을 수비하는 장수의 목을 베는 일은 조정의 중대 사안이었다. 한편, 일면식이 있는 자였다. 과연 이자를 죽여야 하는가, 살려야 하는가.

포승에 묶인 채 무릎을 꿇고 있는 죄인, 그는 안녹산(安祿山)으로 유주절도사 장수규의 부관이었다.

전투에 임하면 승승장구하여 한 번도 패전을 모르던 그였다. 조정에서도 그의 명성을 익히 알고 있었다. 그런 그가 패전을 하였다. 전략이 잘못되었다. 전승 또 전승에 들떠 있던 안녹산은 거란의 적장이 파 놓은 함정에 빠졌고, 많은 병사들을 잃었다. 공을 세운 자는 상을 주고 승진하지만, 패장은 죽음이 기다리고 있었다. 그것이 장수의 도리이며 운명이었다. 장수규는 절도사로서 패전의 책임을 묻지 않을 수 없었다.

황제는 안녹산을 기억하고 있었다. 두 해 전이었다. 유주의 진사관(奏事官, 지방관이 중앙으로 보고할 때 파견하는 사신)으로 와서 알현했을 때였다. 그는 거란의 추장 굴렬(屈烈)과 가돌우(可突于)의 수급을 바쳤다. 젊은 장수가 당당하게 승전을 보고하던 모습이 아직도 눈에 선했다. 그때 누군가가 말하기를 "의롭고 용기 있는 무인이며 지략이 뛰어나다."라고 하였던가? 정확하지는 않았으나 어렴풋이 떠올랐다.

황제가 그를 기억하듯이 장구령과 배요경도 그를 기억하고 있었다.

"상(相)이 좋지 않아. 유주를 혼란에 빠뜨릴 상이야."

장구령이 그를 처음 보았을 때 배요경에게 그렇게 말했다.

그 말은 유주를 국한해서 하였지만 장차 더 큰 일을 저지를 수 있다는 말과 같았다. 비대한 몸집에 추한 얼굴 모습이 어느 누구에게도 신뢰를 줄 수 없을 만큼 감점으로 작용되고 있었다.

그런 자를, 더구나 적과의 싸움에서 패전한 자를 논의한다는 것은 시간 낭비였다. 하지만 장구령은 이임보의 의중을 물어보지 않을 수 없었다.

"그대의 생각은 어떻소. 어찌하였으면 좋겠소?"

"저야 뭐……, 중서령께서 하시는 대로지요. 저야, 항시, 중서령님이나 시중님의 뜻과 같지 않습니까. 중서령께서 결정하시는 대로, 그대로 따릅지요."

하인인 양 낮고 낮은 자세로 말했다.

'참으로 구밀복검이로다'

장구령은 이임보의 검디검은 속내를 들여다보는 것 같아 혓바늘이 돋고 씀바귀를 씹은 것처럼 쓰고 아렸다.

"사형시킬 생각이오."

"참으로 지당한 결단이옵지요."

"감형도 생각해 보았소이다."

"그것도 매우 좋은 생각이십니다."

어깃장을 부려보았으나 변함없었다. 쓸개와 간덩이를 몽땅 빼버린 자 같았다. 이임보는 자신의 의견은 손톱만큼도 드러내지 않았다.

장구령은 백관들과 논의한 결론을 황제에게 아뢴다.

"안녹산은 군의 장수로서 패전하였사옵니다. 적을 섬멸하지 못하고 패전함으로써 군의 사기를 떨어뜨리고 종사를 위축시켰습니다.

패장은 군율을 따라야 합니다. 그래야 군의 기강과 군령이 바로 설 것이옵니다. 감히 아뢰옵건대, 사형에 처함이 옳은 줄 아옵니다."

원칙을 고수하는 장구령이었다. 군율을 들어 일벌백계를 주창하고 있었다.

그러나 황제의 뜻은 달랐다. 그동안 안녹산이 세운 공이 있었다. 아직도 거란은 당나라를 괴롭히는 존재였다. 승전을 거듭하다가 단 한 번의 패전으로 젊은 장수를 처형한다면……? 생각이 깊어진다.

"백관의 뜻이 그러하다면 짐도 어쩔 수 없이 따라야 할 것이다. 하나, 한 번 실패는 병가의 상사라 하였다. 또 그날의 운이 작용한다고 들었다. 운이란 일기가 불순하거나 돌발 상황을 말한다. 짐이 듣자 하니, 그는 여섯 나라의 말을 할 줄 알고, 적의 동정을 꿰뚫고 있다 하였다. 한 번 더 심사숙고하길 바란다."

황제는 젊은 장수를 살리고 싶었다. 깊은 속내에서 우러나는 참마음을 전하고 있었다.

"아니 되옵니다, 폐하. 옛날,《손자병법》을 저술한 손무(孫武)는 군령을 어긴 오나라 왕의 총희(寵姬)들을 군령에 따라 참하였습니다. 하물며 적과 싸움에서 진 패장이옵니다. 입이 열 개라도 할 말이 없을 것이옵니다. 통촉해 주시옵소서."

장구령은 물러서지 않는다. 백관들도 한통속이다. 입을 모아 아뢴다.

"참하여야 하옵니다. 참하여야 하옵니다."

머리가 어지럽다. 군율만 내세우는 백관들의 짧은 생각이 황제의 심기를 불편하게 하고 있었다.

"패장은 군율에 따라 참해야 한다는 것을 짐도 알고 있다. 하나, 때에 따라서는 변화의 묘가 약이 될 수 있다. 짐의 군대에는 수많은 이민족들이 있다. 용맹을 떨치는 장수들은 모두 그들이다. 한 번의 패전으로 이민족 출신인 그를 참한다면, 이민족 장수들과 그를 따르는 무리들이 어찌 목숨을 내걸고 짐을 위해 충성을 다할 것인가. 깊이 생각하라."

황제의 말처럼 안녹산은 이민족이었다. 아버지는 속특(粟特)으로 불리는 소그드(이란 동쪽 소그디아나에 거주하는 원주민)인이었고, 어머니는 투르크(돌궐) 계통이었다. 그는 한족이 비하해서 말하는 잡호(雜胡, 혼혈아) 출신이었던 것이다.

그렇지 않아도 병사가 모자라는 당의 군대였다. 땅덩어리는 크고 넓었다. 변방의 강력한 군대는 모두 이민족 출신의 병사들로 꽉 차 있었다. 현종은 거기까지 내다보고 있었다.

"폐하, 군율을 저버리지 마시옵소서."

"참하옵소서. 황제 폐하."

격론이 격해질수록 대신들의 고함이 현종을 압박하고 있었다. 장년의 보령에 들어선 황제는 힘에 부친다.

"다시 아뢰옵니다. 수많은 병사를 잃은 패장 안녹산입니다. 안녹산을 참하고자 하는 것은 군율의 엄격함을 모든 병사들에게 알리고자 함이옵니다. 참하소서. 폐하."

장구령은 조금도 물러날 기색이 없었다.

황제도 물러서지 않았다.

"참, 참, 참, 듣기 싫다! 짐은 안녹산을 사형에서 한 등 감하여 살리고 싶다. 삭탈관직하고, 차후 다시 공을 세울 기회를 주어라. 짐의 명을 어기는 자는 관직을 박탈할 것이다."

황제의 마지막 엄명에 조정 대신들은 얼어붙은 동태가 되고 말았다. 그런 와중에 또다시 진언하는 자가 있었다. 장구령이었다.

"신이 안녹산의 관상을 보니 역모의 상이었습니다. 그를 참하지 아니하면 반드시 후회할 것이옵니다. 신의 충정을 헤아려 주시옵소서."

현종은 더 이상 참을 수 없었다. 어좌(御座)에서 벌떡 일어서며 크게 호통을 친다.

"중서령은 석륵(石勒)의 고사도 모르는가! 왕연(王衍)의 허황된 안목으로 석륵을 죽이려 했듯이 패장의 관상까지 들먹인단 말인가!"

현종의 노기는 좀처럼 수그러들지 않고 있었다.

석륵의 고사는 이랬다.

석륵이 어렸을 때였다. 집이 가난하여 떠돌이 장사치가 되었다. 어느 날 보부상을 따라 낙양으로 갔다. 아직 해가 중천에 떠 있는데 가져간 물건은 동이 났다. 기분이 좋아서 낙양동문에 기대어 피리를 불고 있었다. 그때 진(晉)나라 재상 왕연이 동문을 지나치다 석륵을 보게 된다. 왕연은 관상을 잘 보았다. 석륵의 상을 본 왕연은 흠칫 놀랐다. 모반의 상이었다. 그렇지 않으면 진나라와 원수가 될, 그런 관상이었다. 왕연은 동문으로 들어가서 포졸에게 석륵을 붙잡아 오라고 하였다. 석륵은 그 자리에 없었다. 이미 도망친 것이었다. 훗날, 반란이 일어났다. 왕연은 반란군을 쳐부수려고 진나라 군대를 동원하였다. 그런데 반란군에게 왕연이 잡히고 말았다. 반란군의 장수는 석륵이었다. 얼마 후 석륵은 나라를 세웠다. 후조(後趙)였다. 후조는 오호십육국의 하나였다. 진나라와는 원수지간이 되었다. 왕연의 관상은 적중했다. 그가 반란을 일으킨 것은 진나라가 정치를 잘못하였기 때문이다. 특히 왕연의 잘못이 컸다.

장구령이 안녹산의 관상으로 말을 몰고 가자, 현종은 석륵의 고사로 일격을 가했다. 그 고사는 장구령이 왕연처럼 보필을 잘못한다는 질책과, 석륵은 안녹산같이 이민족이란 것을 내세웠던 것이다.

마침내 안녹산은 사형에서 감면되었다. 황제의 배려로 목숨은 구했으나 삭탈관직되어 옥에 갇혔다.

 이 소식은 나라 안팎으로 퍼졌다. 더불어 안녹산이란 장수의 이름도 널리 알려졌다. 황제의 신임마저 얻게 되었다. 그러나 그 무엇보다 중요한 것은 황제의 머릿속에 그의 이름이 굳게 새겨졌다는 것이다.

 안녹산이 옥에 갇혔다는 소식을 접한 유주절도사 장수규는 쾌재를 외쳤다.

 그를 장안으로 압송시킨 것은 장수규의 승부수였다. 그는 안녹산을 양자로 삼을 만큼 아꼈다. 수하의 패장은 절도사 자신이 직접 사형을 집행할 수 있었다. 그렇지만 사형집행을 조정으로 넘겼다. 어차피 죽을죄를 진 패장이었다. 유주에서 죽든, 장안에서 죽든, 죽는 건 마찬가지였다. 진사관으로 하여금 조정에 패전 사실을 알리고 황제의 재가를 얻어 사형을 집행하느니, 황제가 직접 패장을 보고 맘이 변하기를 바라고 있었다. 바로 동정심을 일으키는 것, 장수규의 승부수는 적중하였다.

 황궁에 어둠이 깔리고 있었다. 조정 대신들은 모두 퇴청한 뒤였다. 유난히 얼굴이 빛이 뽀얗고 둥글납작한 자가 황제의 침전으로 향하고 있었다. 야간 통행이 가능한 자가 아니면 갈 수 없는 곳이었다. 익숙한 발걸음이었다. 길을 훤히 꿰고 있음이었다. 문 앞에 이르렀다. 그자는 어둠을 흠뻑 적신 목소리로 누군가를 부르고 있었다.

 "아옹(阿翁), 아옹 계시오?"

 목소리가 너무 작은 것일까. 응답이 없다. 잠시 어둠 속에 묻혔다.

 "누구시오?"

 남자의 목소리였다. 그런데 조금 달랐다. 가늘었다.

 "나, 문하 삼품이오."

소리 없이 문이 열렸다.
"웬일이시오, 야심한 시각에?"
　문을 연 자는 환관 고역사(高力士)였고, 그를 부른 자는 이임보였다.
　대전내관인 고역사는 어릴 때부터 현종과 우정이 두터웠다. 함께 궁에서 자랐다. 나이는 고역사가 한 살 많았다. 눈치가 매우 빠르고 현종의 말이라면 모가지가 백 개라도 모두 내놓을 만큼 충직했다. 소년기부터 지금까지 현종을 보필했고 그림자처럼 항상 붙어 있었다. 현종은 그를 굳게 믿었고, 그가 밤을 새워 지켜주지 않으면 맘 놓고 잠자리에 들 수 없었다. 비록 수염 없는 환관에 불구했으나 조정 대신들과 황실 사람들은 '아야(阿爺, 어르신)'라는 존칭을 사용했다. 하지만 이임보는 한발 더 나아가 '아옹(阿翁)'이라 하였다. 아옹은 아버지란 말과 같았다. 그가 아니면 그렇게 부를 수 없는 존칭이었다.
"폐하께 진언할 것이 있소. 자리에 드셨소?"
"폐하께서는 경전을 읽고 계시오."
　현종은 무혜비를 잃은 다음부터 후궁을 멀리하였고, 그 대신 도교의 경전에 푹 빠져 있었다. 도교는 국교(國敎)였다. 나날이 번성하는 불교를 멀리하게 하려는 정책이기도 했다.
"화급을 다투는 일이오. 소인이 왔노라고 말씀을 올려주시오."
　그때 옥음이 들렸다.
"들라 하라."
　황제는 물었다.
"무슨 일인고?"
　이임보는 특유의 몸짓과 어투로 진언하기 시작했다.
"폐하. 지난번, 장구령이 어명을 어기며 폐하께 대들었사옵니다. 어찌하여 책임을 묻지 않으신지요?"

"짐에게 대들었다?"

"그러하옵니다. 소인의 두 눈으로 보았습니다. 폐하."

현종은 기억할 수 없었다. 아무리 기억을 되살려도 떠오르는 것이 없었다.

"무엇인고?"

"안녹산의 참을 논의할 때입니다. 그때, 폐하께서 명을 어기는 자는 관직을 박탈한다 하셨습니다. 그런데 장구령은 안녹산의 상을 들고 나왔습니다. 이는 어명을 거스르고 폐하께 대든 것이 아니고 무엇이겠습니까. 그의 관직을 박탈하옵소서. 조정 대신들이 쑥덕거리옵니다. 늦추시면 아니 되옵니다. 통촉하시옵소서."

또 거짓말이다. 중상모략의 거두답게 조정 대신들이 쑥덕거린다 하였다. 현종의 귀가 움직였다. 그렇지 않아도 구실이 없었다. 기억을 떠올리게 한 이임보가 충성스럽기만 했다.

다음 날, 백관들이 조정에 몰려들었다. 심상치 않은 기운이 조정을 짓누르고 있었다. 백관 한 명이 황제에게 소를 올리고 있었다.

"폐하, 탄핵 상소이옵니다."

어사대부 왕홍(王鴻)이었다. 그는 이임보가 가장 신뢰하는 충복이었다. 이임보 못지않게 현종의 두터운 신임을 받는 자였다.

황제는 탄핵 상소를 시중 배요경에게 넘겨주었다.

"읽어라!"

배요경은 상소를 읽어내려 가다가 무릎을 꺾고 말았다.

그것은 배요경 자신과 장구령을 탄핵하는 상소였다. 어젯밤, 이임보가 황제의 침전을 찾아 무고한 그 내용이 그대로 적혀 있었다.

"그들의 관직을 박탈하라!"

어명과 함께 중서령 장구령과 시중 배요경은 귀양길에 올랐다. 이임보의 엉큼한 꿈이 현실로 다가오고 있었다.

"예부상서 겸 중서문하성 삼품 이임보를 중서령으로 임명한다. 전의 관직도 겸하라!"

백관들은 입을 봉한 채 쓸쓸하게 흐느꼈다.

또 한 무리의 정적이 사라졌다. 수많은 인재들이 그의 뱃속에 숨겨둔 음모와 술수라는 예리한 칼을 맞고 쓰러졌다. 이임보는 음흉한 눈빛으로 다음의 정적을 떠올리고 있었다.

개원 24년(736년)이 그렇게 저물어 갔다. 현종은 즉위하면서부터 '개원'이란 연호를 썼으니, 황제의 보위에 오른 지 스물네 해가 지나가고 있었다.

휘파람새

 붉은 노을이 점점 짙게 퍼지고 있었다. 넓게 퍼진 노을은 하늘뿐만 아니라 땅까지 붉게 물들였다.
 그 노을 속에 파묻힌 자가 있었다. 양소였다. 간신히 속곳만 꿰고 줄행랑을 쳤으나 막상 갈 곳이 없었다. 무턱대고 한적한 담벼락 밑에 쭈그리고 앉아 한참 동안 숨을 고른다. 얼마나 다급하게 뛰었는지 숨이 턱을 치받고 다리마저 후들거린다. 양옥쟁과 불이 튀는 삼합까지 치른 몸뚱이였다. 긴장이 풀리고 나니 온몸이 마구 떨렸다. 쭈그린 채 머리를 처박았다. 그래도 떨림은 멈추지 않았다. 붉은 노을까지 뒤집어쓰며 떨고 있는 그 모습은 영락없는 간질병 환자였다. 양소는 그렇게 떨면서도 산적 같은 놈이 휘두르는 도끼에 골통이 박살 나지 않은 것을 다행으로 생각하고 있었다.
 세상에는 눈이 많았다. 아무도 모르게 몸을 숨겼으나 그 모습을 보고 있는 사람이 있었다. 그 사람은 담장 위에서 거위 목을 내밀고 있었다.

"웬 놈이냐?"

느닷없이 네댓 명의 나졸들이 달려와 양소를 에워싸며 소리쳤다.

양소는 엉거주춤 일어섰다. 나졸 따위는 무섭지 않다. 떨림도 멈췄다. 여차하면 놈들을 때려눕힐 생각이었다.

"선우 대인의 녹을 먹는 양소다. 물러서라."

두 주먹을 말아 쥐고 눈을 부릅떴다.

"맨발에 속곳만 입고 있는 걸 보니 죄를 짓고 도망친 놈이 분명하다. 묶어라."

나장인 듯한 자가 명을 내린다.

양소는 벌거벗은 것을 잊고 있었다. 그 말에 아차, 했지만 이미 일은 벌어졌다. 맥이 풀렸다. 싸울 수 없었다. 꼼짝없이 묶였다.

포청은 두렵지 않다. 걸핏하면 다녀오는 곳이 아니던가. '그래, 가자. 가보자' 하며 다짐을 하고 있었다. 그런데 가는 길이 달랐다. 담벼락을 돌아 집 안으로 끌고 가는 것이 아닌가. 불길했다.

그들은 양소를 마당 한가운데에 무릎을 꿇렸다. 그는 무릎을 꿇지 않으려고 발버둥을 쳤지만 소용없었다.

"고개를 들라."

근엄한 목소리였다.

양소는 고개를 들지 않았다.

"이놈, 절도사님이시다. 명을 따르라."

앞쪽에서 누군가가 묵직한 목소리로 거들고 있었다.

절도사? 몸이 얼어붙었다. 절도사란 말만 들어도 넌더리가 났다. 겨우 고개를 들어 앞을 보았다. 대청마루에 기골이 장대한 자가 있었고, 그 옆에 또 한 사람이 있었다.

절도사라면 선우중통의 영화대 누각에서 만난 적이 있었으나 얼떨결에 본 얼굴이라 기억이 없다. 장구겸경이란 이름만 떠올릴 수 있었다. 그러고 보니 눈에서 광채가 났고 어깨가 딱 벌어졌다.

'절도사가 왜 여염집에 있을까'

잠시 그런 생각을 하고 있을 때, 장구겸경이 먼저 아는 체를 하며 물었다.

"벗은 모습도 과히 나쁘지 않군. 어디서 헤엄이라도 친 모양이지?"

양소는 대답도 못 하고 땅바닥에 코를 박으며 머리를 조아렸다.

재수가 없었다. 도망친 곳이 하필이면 절도사가 애지중지하는 애첩의 담벼락이었다.

장구겸경이 부관과 나졸의 호위를 받으며 애첩의 집으로 오다가 담벼락 밑에 쭈그리고 앉아 있는 수상한 자를 본 것이다. 그것도 옷을 홀랑 벗고 노을빛에 물든 괴이한 자를. 부관의 명으로 나졸이 그를 덮쳤고, 부관은 담장 위에서 그 모습을 보고 있었던 것이다.

선우중통이 문을 열고 앞마당에 들어선 것은 양소가 땅바닥에 코를 박을 때였다. 무심코 대청마루로 다가가자 절도사가 눈짓을 하였다. 그가 가리키는 자를 보았다. 양소임을 단박에 알아볼 수 있었다. 벌거벗은 채 속곳만 걸친 걸 보니 저절로 웃음이 나왔다.

"어찌하여 이 모양인고?"

양소는 어찌할 바를 모른다. 그러나 마냥 추한 모습을 보여줄 수 없었다. 몸을 일으켜 세웠다. 그리고 한바탕 너털웃음을 웃으며 힘이 실린 목소리로 나장에게 말했다.

"오라를 풀어라!"

장구겸경이 오라를 풀게 명하였다.

"붉은 노을빛이 너무나 좋아서, 돌아버릴 것만 같아서, 소인이 미친 짓을 한번 해본 것입니다. 옷을 벗고 한바탕 뜀박질이라도 해야 가슴이 후련해질 것 같아서 말씀이외다."

너무도 당당하고 그럴싸한 변명이었다.

"오, 그랬구먼. 허허."

장구겸경이 엷은 웃음을 지으며 옷을 내주라고 하였다. 젊은 여인이 옷을 가져왔다. 짐작하건대 그가 입던 옷인 것 같았다. 체격이 좋은 양소였다. 맞춘 것 같이 꼭 들어맞았다. 난생처음 절도사의 옷을 입어보는 순간이었다.

"새로운 거처를 마련했네. 다시는 나희석이 찾아오지 않을 것일세. 놈은 길온이 불러들였다네. 지금쯤 장안으로 달려가고 있을 게야."

선우중통의 부드러운 말이었다. 자초지종을 알고 있는 것 같았다.

그는 덧붙였다. 이곳에서 절도사와 술 한잔할 것이니 어서 가보라 하며, 노복이 밖에서 기다릴 것이라고 하였다.

선우중통과 장구겸경은 양소의 누이가 수왕비로 책봉된 것을 알고 있었다. 그렇다면 황실의 나부랭이가 된 것이다. 언젠가 그를 써먹을 때가 있을 것이다. 더구나 장구겸경은 이임보와 사이가 좋지 않아 검남으로 좌천되었다. 각박하게 대할 자가 아니었다.

밖으로 나온 양소는 안도의 숨을 쉬었다. 어느덧 붉은 노을은 사라지고 어둠이 밀려오고 있었다.

나희석이 장안으로 갔다면 더욱 안심이다. 그는 옥쟁과 살을 맞붙이고 있을 때 산적수염을 하고 도끼로 쳐 죽이려 했던 자였다. 장안으로 떠나기 직전에 양소를 찾아왔던 것이다.

양소는 자신의 모가지를 만져보았다. 모가지는 탄탄하게 붙어 있었다. 씁쓸하게 웃었다. 문득, 살갑게 다가와 목을 껴안던 옥쟁이 떠올랐다. 어떻게 되었을까. 그녀를 생각하며 새로운 거처로 발길을 옮졌다.

　노복을 따라가는 길은 짐작했던 것보다 멀었다. 딱히 할 일이 없는 처량한 신세였다. 이런저런 잡생각을 하며 걸었다. 설핏 떠오른 의문이 있었다.

　'길온과 나희석 같은 건달 놈이 장안으로 갔다. 왜 갔을까. 촉의 촌놈들이 장안으로 가서 무엇을 할까. 혹시 나 같은 놈은 쓸모가 없을까'

　한 번도 장안을 가보지 못한 그였다. 그림도 보지 못했다. 듣기만 했다. 금으로 만든 황궁이 있고, 그 궁 안에 수천 명의 아리따운 궁녀들이 있다던데……. 가고 싶었다. 언젠가, 꼭 한번 가서 두 눈으로 직접 확인하고 싶었다.

　한동안 도교경전에 푹 빠져 있던 현종이었다. 그런데 요즘 들어 불현듯이 황태자를 세워야겠다는 생각이 들기 시작했다.

　'으음, 과연 누구를……'

　황태자를 폐위시킨 다음부터 지난 두 해 동안 그 자리는 비어 있었다. 황태자가 없는 황실은 불안하다. 아니, 백성들도 불안해하며 걱정을 한다. 수많은 황자들이 그 자리를 호시탐탐 노리고 있었다.

　'무혜비도 갑자기 죽지 않았던가. 내게, 갑자기 무슨 일이라도 생기는 날이면……. 서로 보위에 오르려 할 것이고……. 그러면 피바람이 불고 황실은 걷잡을 수 없는 혼란에 빠질 것이 아니겠는가'

　경전의 글자는 눈에 들어오지 않고 그 생각만 떠오른다.

　고역사를 불렀다. 그리고 물었다.

　"누구를 황태자로 세워야 하느냐. 짐이 너의 생각은 어떤지 묻고 싶다."

　참으로 어려운 하문이었다. 자칫하면 목숨을 보장하지 못한다. 내관으로 있으면서 입을 잘못 놀려 멸문지화를 당한 자가 헤아릴 수 없을 만큼 많았다. 바윗덩이로 어깨를 짓누르는 압박감을 느낀다. 견딜 수 없었다. 특히 보위에 관한 물음은 죽음을 각오해야 했다. 온몸에 소름이 돋고 식은땀이 흘러내렸다.

그러나 고역사는 황제가 자신을 믿어주듯이 그도 황제를 믿고 있었다. 하문에 사심 없이 솔직한 답을 하면 된다.

"수왕 저하와 충왕 저하 중에 한 분이면 좋을듯하옵니다. 폐하."

간신히 입을 열어 아뢰었다.

"짐도 그리 생각하고 있다. 한데……. 한데, 그게 문제란 말이다. 누구로 할지 말이다."

충왕 이여(李璵)는 셋째, 수왕은 열여덟째 아들이었다. 황태자 이영이 살아 있을 때는 충왕은 눈곱만큼도 생각하지 않았다. 게다가 무혜비와 이임보가 수왕을 강력하게 밀고 있었기 때문에 다른 황자들은 생각지도 않았던 것이다.

순서로 보면 충왕이 황태자가 되어야 했다. 하지만 죽은 무혜비와 이임보를 생각하면 수왕이었다. 현종은 그게 고민이었다. 이여를 세우면 무혜비한테 몹쓸 짓을 하는 것 같았고, 수왕을 세우자니 이여를 비롯한 황자들이 가만히 있지 않을 것 같았다. 무혜비가 살아 있을 때만 하여도 힘이 되고 의지할 수 있었다. 그런데 이젠 기댈 곳이 없었다. 황태자를 세우는 것조차 맘을 터놓고 얘기할 상대도 없었다. 두려움이었다. 자식에 대한 두려움이 엄습하고 있었다. 예전의 늠름했던 황제의 모습을 점점 잃어가고 있음이었다.

고역사는 황제의 눈치만 살피며 입을 잠갔다.

"중서령을 불러라. 중서령은 바른말을 할 것이다. 어려울 때마다 중서령이 짐을 도왔노라. 속히 불러라."

이임보가 반질거리는 낯짝을 앞세우며 불려왔다.

"폐하, 부르셨사옵니까?"

"어서 오시오, 중서령. 짐이 긴히 할 말이 있어 불렀소. 중서령의 솔직한 조언을 듣고 싶으니 사심 없이 말해주시오."

"폐하, 소인 이임보는 단 한 번도 사심으로 진언을 올린 적이 없사옵니다. 무슨 하문이신지요?"

떠듬거리며 몸 둘 바를 몰라 하는 태도는 여전히 같았다. 최고의 재상 자리에 올랐으면서도 몸에 밴 아첨은 계속되고 있었다.

"그래, 맞소. 중서령은 한 번도 짐에게 거짓으로 진언한 적이 없음을 알고 있소. 섭섭하게 생각지 마시오. 짐이 요즘 들어 고민이 하나 생겼소. 다른 것이 아니라, 누굴 황태자로 세워야 하는지 그게 고민이오. 중서령의 생각은 어떻소? 혹시 맘에 정해놓은 황자라도 있으면 말해보시오."

현종은 예전과는 달리, 아주 부드러운 어조로 친근하게 말하고 있었다.

이임보는 황제의 그 모습에 더욱 주눅이 드는체하며 답한다.

"폐하께서 솔직하게 진언하라 하셨으니, 소인의 속을 그대로, 아주 그대로 드러내 놓겠습니다. 소인은 오래전부터 충왕을 점찍어 놓았습니다."

중서령이 되고 나서부터 어눌한 말이 한층 더 어눌해지고 있었다. 현종은 그의 버벅거리는 모습을 매우 좋아했다. 똑똑한 인재보다 몸 둘 바를 몰라 하며 쩔쩔매고 순종하는 그런 신하들이 되길 바라고 있었다.

"충왕이라 했는가?"

"네, 폐하."

현종은 자신의 귀를 의심하고 있었다. 짐이 잘못 들은 게 아닌가. 그토록 수왕을 황태자로 세우라 하더니 지금은 충왕이 아니던가. 의아해하며 다시 물었다.

"진정 충왕이라 했는고?"

"그렇사옵니다. 분명 충왕이라 했사옵니다."

얼굴색 하나 변하지 않고 꼬박꼬박 답하고 있었다.

"어찌하여 그런고?"

황제의 옥음이 조금 높아지고 있었다. 심상치 않음이었다.

"수왕도 괜찮습니다. 폐하."

눈치 빠른 이임보가 아니던가. 얼른 말을 바꾸었다.

"그럼 그렇지. 수왕도 괜찮지."

현종은 아직도 무혜비를 잊지 못하고 있었다. 그의 입에서 수왕이 먼저 튀어나오길 바랐다. 늦은 감은 있었으나 지금이라도 수왕을 거론하였으니 맘을 놓을 수 있었다.

"수왕이 적격이야. 암, 수왕이고 말고."

현종은 그렇게 독백하듯 하다가, 또다시 말을 바꾸었다.

"충왕? 수왕보다 충왕이 낫지 않을까. 충왕도 괜찮아."

갈피를 못 잡고 있었다.

황제를 누구보다도 더 잘 아는 고역사였다. 황망히 끼어들었다.

"폐하, 수왕도 좋으나 충왕이 맏형을 대신하고 있사옵니다. 폐하신 이영 황태자를 이어 적통의 질서를 지키는 것이오니 백관들도 아무런 이의를 제기하지 못할 것이옵니다. 충왕으로 황태자를 책봉하소서."

고역사는 이임보를 불러올 때 수차 알아듣게 말했다.

'황제께서 황태자를 누구로 세울 것이냐 하문할 것이오. 두말 말고

충왕을 천거하시오. 황제께서 이미 충왕을 생각하고 계시오'

여러 차례 다짐을 받았다. 이임보는 걱정 마라 하였다. 그런데 갑자기 수왕 쪽으로 흐르자 고역사가 목을 내놓고 진언한 것이었다.

때를 놓칠 이임보가 아니었다. 그도 끼어들었다.

"폐하, 충왕을 세우소서. 소인은 처음부터 충왕을 추천하였사옵니다. 통촉해 주시옵소서."

황제는 은근히 부아가 치밀어 올랐다.

"그런데, 그대의 뜻이 그랬는데, 어찌하여 충왕을 고집하지 않고 수왕도 괜찮다 하였는고?"

이임보를 향해 따지듯 물었다.

"소, 소인은, 단지, 폐하께서 수, 수왕도 괜찮다 하시어, 폐, 폐하의 명을 따, 따랐사옵니다. 폐하."

온몸을 부들부들 떨면서 현종의 발아래에 머리를 조아리며 울부짖듯 하였다.

그의 모습이 가련해 보였다. 잠시 생각에 잠긴다.

'수왕은……. 그렇다, 무혜비가 없는 수왕이다. 잊자'

뜻이 거기에 머물자, 현종은 더 이상 따지고 싶지 않았다. 믿을 만한 신하라고는 오직 그 둘뿐이다. 그들의 뜻도 알았다. 자신이 우겨서 될 일이 아니었다. 그동안 도교경전에 푹 파묻혀 있던 것도 보탬이 되었다. 물 흐르듯이 그렇게, 그렇게 신하의 뜻을 따라야 했다.

황제의 명이 떨어졌다.

"충왕을 황태자로 책봉한다."

오랫동안 빈자리였다. 그 자리에 푸르고 푸른, 그리고 씨앗이 영글대로 영근, 믿음직한 잣나무가 놓인듯했다.

"감축드리옵니다. 폐하."

"황제 폐하, 만, 만세이옵니다."

황태자를 세우고 나니 현종은 크게 한시름 놓았다.

꽁지가 빠질세라 하며 어전을 빠져나온 이임보는 얼굴에 흐른 진땀부터 닦아냈다. 그러면서 후회하고 있었다. 고역사가 충왕을 세우라고 한 의도를 알 것 같았다. 무엇 때문에 수왕을 황태자로 세워야 하는가. 그는 이제 힘없는 이파리가 아니던가. 죽은 무혜비가 다시 살아나올 것도 아니라는 것을.

'내, 반드시 이 수모를 만회하리라!'

가늘게 뜬 눈에 그의 빠른 머리가 획획 소리를 내며 돌아가기 시작했다.

충왕 이여는 황태자로 책봉되자마자 이름부터 바꿨다.

'여' 자의 운이 다하였다는 술사의 말을 따랐다. 대신 '형통할 형(亨)' 자를 썼다. 황자들의 이름에는 모두 '구슬 옥(玉)' 자가 들어 있었다. 돌림자였다.

술사는 "옥 자 변을 쓰면 둘째 형, 이영처럼 폐위되고 죽을 수 있다."고 하였다.

황태자는 술사의 말을 찰떡같이 믿고 있었다.

학문을 좋아하고, 남다른 재주가 있고, 그 누구보다 덕망이 높은 황태자였다. 그런 황태자가 이름자에 연연하는 행동이 백관의 눈살을 찌푸리게 하고 있었다. 그렇지만 황태자는 두렵고 무서운 것이 있었다. 아버지였다. 눈 하나 깜짝하지 않고 여러 형제들을 죽인 아버지가 아니던가. 죽지 않으려면 황자들이 쓰는 돌림자에서 빠져나오고 싶었다. 술사의 말처럼 죽은 형제들의 이름을 살펴본다. '옥빛 영(瑛)', '아름다운 옥 요(瑤)', '붉은 옥 거(琚)', 모두 '구슬 옥' 변이 수문장처럼 떡하니 버티고 있었다. 자신의 이름 '여(璵)' 자에도 그들과 같은 옥 변을 벗어나지 못했다. 옥, 옥, 옥, 징그러웠다. 정나미가 떨어지는 그 옥을 버리고 싶었다. 옥이 들어가지 않는 이름이라면 아무 글자라도 좋은 심정이었다. '형통할 형'은 만사형통한다는 뜻이었다. 그 이름자를 얼른 집어삼켰다. 이젠 죽지 않겠지, 크게 안심한다. 그에겐 '형통할 형' 자가 든든한 버팀목이 되고 있었다. 두려움이 사라지고 있었다.

이른 봄, 나른한 오후였다.
봄바람을 등에 업고 황궁을 파고드는 오후의 햇살은 긴장의 끈을 놓게 하고 있었다. 황제의 눈에도 졸음이 파고들었다. 모든 것이 싫어졌다. 정사를 누군가에게 떠맡기고 싶었다. 생각이 갈래를 이룬다.
'황태자에게 보위를 넘길까. 고역사는 어떤가. 아니다, 이임보가 적격이다'
생각의 갈래가 또 다른 갈래를 만들며 종잡을 수 없게 만든다. 옆에 고역사가 그림자처럼 붙어 있다. 그에게 물어본다.
"짐이 중서령에게 정사를 맡기고 싶다. 맡긴 다음 짐은 편히 쉬고 싶다. 아주 편히 말이다. 그대는 어떻게 생각하는가?"
황제의 물음에 고역사는 황급히 아뢰었다.
"아니 되옵니다. 중서령이라니요, 아니 되옵니다. 폐하. 정사는 오직 폐하께서만 할 수 있는 것이옵니다. 명을 거두어 주시옵소서."
고역사는 죽을힘을 다하여 막고 또 막았다.
그렇지 않아도 이임보는 자신처럼 글도 읽을 줄 모르는 우선객(牛仙客)과 도술에 빠져 있는 진희열(陳希烈) 같은 자들을 재상으로 올려놓았다. 허수아비였다. 뿐만 아니었다. 그는 조정 구석구석에 심복을 풀어서 모든 백관들을 감시하고 있었다. 그리하여 백관들은 숨도 크게 못 쉬고 쥐 죽은 듯이 몸을 사리고 있었다. 또한 자신을 따르는 무리를 모아 당(黨)을 만들고 있었다. 그를 따르지 않은 대신들이 조정에서 얼마나 많이 쫓겨났던가. 생각만 해도 끔찍했다.

고역사는 그렇게 막으면서 재빠르게 머리를 굴렸다.

"폐하, 황후를 간택하소서. 잠자리 시중이 편치 않으신 줄 알고 있사옵니다. 간택하시어 황후를 세우소서. 황후를 세우소서."

황제의 연약한 부위를 건드렸다. 그것만이 황제의 마음을 돌릴 수 있었기 때문이었다.

"황후? 황후는 싫다. 짐을 아주 불편하게 하는 게 황후가 아니더냐. 그대도 보지 않았더냐. 왕황후가, 자식도 못 낳은 왕황후가 짐의 속을 훌떡 뒤집어 놓은 것을 말이다. 후비라면 몰라도 황후는 싫다."

열다섯 해를 황후 없이 지낸 현종이었다. 황후라는 말에 진저리 친다.

고역사는 황제의 후비라는 말에 퍼뜩 떠오르는 것이 있었다.

"매비를 잊으셨사옵니까? 혜비마마에 버금가는 매비마마가 아니옵니까. 폐하께서 얼마나 사랑을 주셨습니까. 매비마마께서는 요즈음도 매화를 심고 있다 하옵니다. 매비마마를……."

"그만두어라."

이마에 후줄근한 땀방울이 맺히고 있었다. 이를 어찌한다, 순간 옥음이 들렸다. 귀가 활짝 열린다.

"매비라 하였더냐?"

"그러하옵니다."

황제의 머릿속에서 매비와 매화꽃이 겹친다.

"그래, 매비가 있었지. 매비라면 짐이 알고 말고. 지금쯤 매화꽃이 활짝 피었겠구나. 그러고 보니 매정을 둘러본 지 퍽이나 오래되었음이야."

 고역사의 무릎이 스르르 풀리고 있었다. 숨 가쁘게 둘러댄 순간이었다.

 무혜비만큼 총애를 아끼지 않았던 매비(梅妃)였다. 고역사의 짐작대로 황제의 마음이 매비로 돌아서고 있었다.

 강남도 보전(莆田, 지금의 복건성 보전)에서 대를 잇는 의원의 딸로 태어난 그녀의 이름은 강채평(江采苹)이었다. 동해의 남쪽 바다가 보이는 강남에서 자란 그녀가 머나먼 곳 장안까지 왔다. 열다섯 나이였다. 북쪽 내륙 깊숙이 자리 잡은 장안은 너무나 낯선 땅이었다. 바다가 없는 북녘땅은 춥고 삭막했다. 황제의 얼굴만 바라보는 후궁이 되었으나 그나마 무혜비와 반쪽을 나누어야 했다. 빈자리는 매화나무를 심어 달랬다. 매화나무는 잘 자랐다. 황제는 그녀가 머무르는 궁을 매정(梅庭)이라 하였고, 그녀를 매비라 불렀던 것이다. 그러나 그 반쪽마저 잊어버린 지 오래되었다. 꽃잎을 틔우기도 전에 꽃샘을 주었고, 꽃을 피울 때 떠난 임이었다. 스물여섯, 성숙한 여인의 독수공방은, 그녀가 처음 장안으로 와서 느꼈던 춥고 삭막한 두려움과는 견줄 수 없는 생지옥 고통이었다.

 다음 날, 황제는 고역사를 앞세우고 매정을 찾았다.

 매화나무 숲을 이룬 매정은 산속처럼 고요했다. 앞을 다투며 꽃망울 터트린 매정은 함박눈이 소복이 내려앉은 듯했다. 하늘하늘한 봄바람을 실은 맑디맑은 매화향이 매정을 가득 채우고 있었다. 매정을 들어서자마자 두 사람은 향기에 취하기 시작했다.

 불현듯이 매정을 찾은 황제였다. 그럼에도 불구하고 매비는 전과 다름없이 곱게 단장을 한 모습이었다. 늘 그렇게 고운 자태를 갖추고 있었다는 것이다. 그것은 황제를 기다리고 있었다는 뜻이기도 했다.

"폐하, 옥체 무강하셨사옵니까. 소첩 문안드리옵니다."

매비는 옥을 굴리는 듯, 맑은 매화 향기를 흠뻑 적신 듯한 목소리로 문안 인사를 올린다.

"미안하오, 매비. 짐이 그동안 정신없이 살았소. 그대는 여전히 곱고 또 곱소."

현종은 그녀를 멀리했던 지난날을 후회하고 있었다.

"안으로 드시옵소서."

매비의 말에 현종은 고개를 저었다.

"아니다. 매정을 둘러보고 싶구나."

남달리 감성이 풍부한 황제였다. 매화를 보면 매화꽃에 취했고, 여인을 보면 여인에 취했다. 그렇게 취해 꽃과 여인을 따로 보았다. 그러나 지금은 두 꽃이 하나가 되어 황제를 흠뻑 취하게 하고 있었다.

현종은 매비의 손을 잡고 꽃이 활짝 핀 매화나무 숲을 걷기 시작했다. 매화나무 숲은 두 사람을 포근히 감싸안았다. 나뭇가지에서 떨어질세라 다닥다닥 들러붙은 하얀 꽃들이 시샘하듯 고개를 갸웃거리고 있었다. 황제도 뭇사람과 다를 바 없었다. 매화꽃 송이에 코를 대고 향기를 맡는가 하면, 꽃을 따서 그녀의 머리에 꽂아준다. 짙은 눈썹같이 수북하고 길게 뻗어 나온 꽃술이 바람결에 춤을 추고 있었다. 그녀는 꿈길을 걷는듯했다.

그렇게 미주(美酒)에 취한 듯이 매화나무 숲을 거닐며 푹 빠져 있고 보니, 황제는 그녀가 왜 매화를 심고 있는지 알 수 있었다.

한설(寒雪)을 당당히 이겨낸 매화, 고결한 인내의 기품이 서려 있는 매화, 그리고 그 고고한 결백이 일궈낸 가슴앓이를.

'매화는 매비였고, 매비는 매화였구나'

현종은 생각이 거기에 이르자 더 이상 그녀를 볼 낯이 없었다. 너무 뻔뻔한 자신이었다. 미안하고 또 미안했다. 불의에 굴하지 않는 선비를 대하는 것 같았다. 그녀를 취할 용기가 나지 않았다.

"다시 또 오겠소."

매화나무 숲 속에 매비를 남겨 두고 등을 돌렸다.

그녀는 황제의 뒷모습에 대고 머리를 숙여 다소곳이 예를 올렸다. 숙인 머리가 한동안 올려지지 않았다. 앙증맞은 꽃잎 위로 한줄기 눈물이 떨어졌다. 연이어 굵은 눈물이 소리 없이 흘러내렸다. 꽃잎 하나가 맴돌이를 하며 땅 위로 살포시 내려앉았다. 황제의 모습은 보이지 않았다.

황제는 늘 그랬다. 오고 싶으면 오고, 가고 싶으면 갔다. 그녀에게는 하나밖에 없는 소중한 임이었으나 황제에게는 임이 아니었다. 단지 알록달록한 장신구에 불과했다. 그것도 주인의 손길이 닿기를 학수고대하며 서랍 속에서 깊은 잠을 자는 노리개였다. 어쩌다 손길이 닿으면 한 번 치장했다 다시 버려지는 일회용 장식품이었다.

다른 뭇꽃들이 겨울잠에서 깨어나기 전에 서둘러 꽃잎을 틔우는 매화처럼, 그녀는 이팔에 꽃잎을 바쳤다. 매화의 청초한 아름다움이 돋보였듯이, 그녀의 청순한 아름다움이 돋보였었다. 거친 꽃샘추위를 이겨낸 매화같이, 그녀는 긴긴 독수공방을 이겨내고 있었다. 그러나 임은 꽃구경을 온 손님같이 꽃만 구경하고 돌아갔다.

황제가 한없이 원망스러웠다.

매화꽃은 꽃이고, 독수공방하는 꽃은 꽃이 아니더란 말인가.

매비는 울부짖기 시작했다. 통곡이었다. 그것도 한이 서린 대성통곡이었다.

"폐하! 폐하는 어찌하여 휘파람새만도 못한 임이시옵니까? 정령 휘파람새를 모르신단 말입니까, 폐하! 그렇게도 긴긴날들을 매화에 매달린 소첩의 뜻이 무엇인지 모르셨단 말씀이옵니까? 제발, 소첩을 저버리지 마시옵소서. 소첩의 마음을 헤아려 주시옵소서, 폐하!"

피를 토하는 통곡이 새하얀 꽃 이파리에 스며들어 연분홍 꽃으로 변하고 있었다. 매비는 통곡을 하다 혼절하고 말았다. 새 한 마리가 매화나무에 살포시 내려앉았다. 그리고 매비를 대신하듯 울고 있었다.

그녀가 태어난 강남에는 오래전부터 내려오는 전설이 있었다.

도기를 굽는 잘생긴 청년이 있었다. 그 청년을 사모하는 양갓집 처녀가 있었는데, 부모가 반대하여 짝을 이룰 수 없었다. 양갓집 처녀는 그만 상사병에 걸려 시름시름 앓다가 죽고 말았다. 그 소식을 뒤늦게 들은 청년이 무덤가로 달려가서 밤낮없이 울음으로 처녀의 넋을 달래주었다. 무덤을 찾는 그의 발길은 해가 지나도 변함없었다. 봄이 왔다. 무덤가에서 식음을 전폐하고 울다 지친 청년이 깜박 잠이 들었다. 꿈속에 처녀가 나타나서 손에 나무 하나를 쥐여주고 사라졌다. 청년은 생시인 줄 알고 소리쳐 처녀를 불렀다. 그 소리에 깜짝 놀라 잠에서 깨어나 보니, 무덤가에 있는 키 작은 나무 하나를 손에 쥐고 있는 게 아닌가. 청년은 그 나무가 처녀라고 생각하고 집으로 가져와서 양지바른 곳에 심었다. 나무는 무럭무럭 잘 자랐다. 봄이 되면 어김없이 꽃을 피웠는데 맑은 향이 가득한 하얀 꽃이었다.

그러던 어느 날, 강남의 유수가 그곳을 지나다 꽃향기에 이끌려 도기장까지 왔다. 유수는 그 나무를 가져가려 했다. 줄 수 없었다. 나무를 감싸안았다. 몽둥이와 발길질이 난무했다. 청년은 무수한 매를 맞으면서도 나무를 지켰다.

장날이었다. 열심히 구워낸 도기들을 등에 지고 장에 가서 팔고 있을 때였다. 장졸들이 들이닥쳐 그를 잡아갔다. 도둑의 누명을 썼다. 앙심을 먹은 유수의 모진 형벌을 받다 그만 죽고 말았다.

청년은 억울하게 죽었지만, 나무는 깊게 뿌리를 내리고 있었다. 그 나무는 잎이 나오기 전에 새하얀 꽃부터 틔우기 시작했다. 꽃향기가 짙어질 무렵이었다. 새 한 마리가 날아들었다. 새는 나무 위에 앉아 울고 있었다. 휘휘익, 휘르르 휘익. 목이 쉰 소리를 내고 있었다. 휘파람새였다. 휘파람새는 하루도 거르지 않고 나무를 찾아왔다. 마치 나무를 지키는 새 같았다.

훗날 그 사연을 전해 들은 사람들은 휘파람새가 그 청년임을 알게 되었다. 청년의 순결한 마음과 죄 없음의 결백을 휘파람으로 처녀에게 알리고 있었던 것이다. 휘파람 소리를 들은 나무는 결백과 순결의 품성을 가지게 되었다. 사람들은 휘파람새가 목메어 울었다 하여 그 나무를 목매(木梅)라고 이름 지어주었다. 그게 매화나무였던 것이다.

그렇듯, 매비는 황제가 매화나무 전설 속에 나오는 휘파람새이길 바랐다. 그것도 영원한 휘파람새이기를.

계략에
빠져드는 하수

　태평성대는 지속되고 있었다.
　현종은 자신의 치적이라 생각하며 흡족해하였다. 가장 큰 골칫거리였던 황태자 책봉도 끝난 지 오래되었고, 황태자는 제 몫을 톡톡히 하고 있었다. 그는 언제든 아비를 대신할 수 있을 만큼 커다란 버팀목이 되었다. 거대한 땅덩이는 절도사들이 잘 통치하고 있었다. 변경에서도 큰 싸움은 없었다. 일 년간 옥살이를 한 안녹산도 백의종군하여 다시 유주로 돌아갔다. 유주절도사 장수규는 그를 전과 같이 부장으로 임명하였다. 황제는 그의 뚱뚱한 배를 기억하고 있었다. 조정에 흠이 있다면 재상들이 하나 같이 글을 잘 모른다는 것이었는데, 그나마 시중 진희열은 문맹이 아니었기에 안심할 수 있었다. 이임보와 우선객은 글을 모르는 대신 황제에게 충성을 다하는 자들이라 근심이 없었다. 옆에는 믿음직한 고역사가 있었다.
　현종은 알고 있었다. 태평성대가 지속되려면 법(法)과 술(術)과 세

(勢)를 꼭 틀어쥐고 있으면 된다는 것을. 그래서일까. 정사는 하나둘씩 그의 손을 떠나고 있었다.

백관들은 조정에서 정사를 돕고, 무장들은 임전 태세로 나라를 지키니 짐은 정사를 잊고 가무음곡에 흠뻑 취할 것이다. 그렇게 외치는 것 같았다.

그는 법곡(法曲)을 매우 좋아했다. 황궁에는 배, 살구, 복숭아, 사과나무 등이 즐비한 과수원이 있었다. 그곳을 이원(梨園)이라 하였다. 예악을 좋아하는 그는 그곳에 악부(樂府)를 두었다. 악공들에게 마음껏 기량을 펼칠 수 있는 기회를 주었고, 궁녀들에게는 가무를 배우게 하였다. 그는 친히 태상악공을 조직하여 가르칠 만큼 음률에 조예가 깊었다. 이원에 소속된 악공들은 삼백 명을 넘었고, 궁녀들은 무수히 많았다.

때때로 궁녀들을 모아놓고 예쁜 꽃으로 치장시켰다. 꽃 치장을 마친 궁녀들은 악공들의 연주에 맞춰 춤을 추었다. 황제는 나비를 풀어놓고 꽃 궁녀들과 이리저리 들뛰며 나비잡기 놀이에 빠져들곤 하였다.

오늘도 어제와 다르지 않았다. 꽃 궁녀와 이리 뛰고 저리 뛰며 나비를 잡느라 법석을 떤다. 아지랑이가 아롱거리며 피어오르는 사이로 나비들이 팔랑대며 날아간다. 한 번 잡혔던 나비인지라 제정신을 차리지 못한다. 금세 꽃 궁녀의 손에 잡히고 말았다.

"폐하, 황금 나비이옵니다."

꽃 궁녀 한 명이 샛노란 나비를 잡아 와 황제에게 올리고 있었다.

"나비가 참으로 예쁘구나. 나비가 너를 닮았는지, 아니면 네가 나비를 닮았는지……."

황제는 갑자기 말을 잇지 못했다.

'매비! 매비가 이원에 어찌 오시었소?'

하마터면 그렇게 말할 뻔했다. 헛것이 보였다. 그녀는 매비를 쏙 빼닮았던 것이다. 나비를 놓쳤다. 손을 떠난 노랑나비는 따라오라는 듯이 사푼사푼 춤을 추며 날아가고 있었다. 남자는 사랑했던 여인과 닮은 여자를 보면 까맣게 잊어버린 옛사랑도 되살아난다고 하였다. 그것은 연인의 잊을 수 없는 사슬이었다. 황제 또한 남자였다. 그 사슬, 남녀 간의 갈망하는 순리를 벗어나지 못했다.

"역사, 역사 어디 있느냐? 대전내관을 찾으라."

황제는 고역사가 달려오자 황급히 이원을 빠져나오면서 말했다.

"매정으로 가자."

고역사는 귀를 의심했다. 정사는 젖혀두고 매일같이 이원에 흠뻑 젖어 있는 황제가 아니던가. 매정은 일 년 전에 찾았다가 발길을 끊은 곳이었다. 무슨 일인지 알 수는 없었으나 매몰차게 매정을 떠났던 것을 기억하고 있었다. 그 후로 한 번도 입에 올린 적 없었다. 그랬던 황제가 매정으로 가자 하니 그는 갈피를 잡지 못하고 있었다.

"오늘따라 매화꽃이 보고 싶구나. 배꽃보다 매화꽃 향기가 한결 좋아."

둘러대고 있었다. 노랑나비를 건네주던 궁녀가 매비를 쏙 빼닮았다는 말, 그 말은 차마 할 수 없었던 것이다.

"향이 맑고 짙었다. 역사도 그 향을 기억하느냐?"

"네, 폐하. 미약에 취한듯하였사옵니다."

고역사는 황제의 기분을 파악할 수 있었다. 그를 역사라고 부를 땐, 화급을 다툴 때와 기분이 매우 좋았을 때였다. 그러나 지금은 매화꽃이 다 떨어지고 없을 것이다. 잎이 무성하게 자랐을 것이고, 그 잎 사이로 어린아이의 젖꼭지만 한 매실이 나뭇가지에 매달리기 시작했을 것이다. 황제의 기분이 나쁘지 않을 때 이 사실을 고하여야 한다. 행여 실망하여 전처럼 되돌아오지 않으려면.

"하오나, 폐하. 지금은 꽃보다 잎의 향기를 느낄 때라 사료되옵니다."

"오, 그런가. 그럼 매실주라도 한잔해야겠구나. 서둘러라."

봄볕은 짧았다. 햇볕이 드는가 하면 이내 숨어버린다. 해가 떨어지기 전에 도착하려면 급히 서둘러야 했다.

부지런히 발품을 판 덕에 해가 한 뼘쯤 남았을 때 당도할 수 있었다.

고역사의 짐작대로 매화나무는 꽃을 떨어내고 푸른 나뭇잎만 무성했다. 매화꽃의 향기가 맑았다면, 숲은 청아하고 싱그러운 내음을 뿜어내고 있었다. 속이 확 트였다. 이원에서 뿜어내는 그 무엇과는 확연히 달랐다.

통기도 없이 매정을 찾은 것이었다. 매비는 매화나무를 손을 보고 있는 중이었다. 황제의 거동에 손을 털고 달려와 예를 올렸다. 그러나 전혀 놀라워하는 기색이 아니었다. 덤덤하게 대하였다.

"폐하, 그간 옥체 무강하시었습니까. 소첩 문안 올립니다."

매비는 곱게 단장하고 있었다. 일 년 전과 다름없었다. 옥을 굴리는 듯 다소곳이 문안을 올리는 품행도 같았다.

늘 그랬듯이 이번에도 오고 싶어 왔을 것이다. 가고 싶으면 하시라도 갈 것이다. 가지 마시오, 그렇게 말할 수도 없다. 그냥 장신구처럼, 준비된 노리개의 심정으로 예를 올린 것이었다.

여인을 많이 다룬 황제였다. 그녀의 눈빛에서 그 심정을 느낄 수 있었다. 하지만 노여움은 없었다. 여인의 새초롬함, 그것이 아름다움을 더욱 느끼게 하는 것이 아니던가. 미안함이 앞섰다.

"안으로 드세."

그녀가 말하기 전에 먼저 청했다.

황제는 서둘러 댓돌을 밟고 대청마루를 지나 안으로 들어갔다.

방 안에도 온통 매화였다. 은은한 매화 향기가 몸에 스며들고 있었다.

"소첩이 주안상을 보아 오겠사옵니다. 잠시……."

매비는 매실주를 올렸다. 매화나무를 심고 처음 수확한 매실로 담근 술이었다. 푸른 매실이 누렇게 변해 있었다. 땅속에서 수년간 묵었음이었다. 잔을 기울이자마자 혀끝에서부터 매향(梅香)에 취하고 있었다.

"오, 매비……."

연인 사이에 무슨 말이 필요할까. 술이 몇 순배 돌아가기 무섭게 그녀를 품에 안는다. 그녀는 잠시 동안 몸을 맡겼다가 품에서 떨어져 나왔다.

"금침을 준비하겠사옵니다."

그녀는 품을 빠져나온 다음 황제를 맞을 준비를 마치고 몸을 맡긴다.

금침에는 매화나무에 올라앉은 휘파람새가 수놓아져 있었다.

오랫동안 여체를 멀리한 황제였다. 여체를 다루는 손길이 거칠었다. 하지만 거친 것은 잠시였고 이내 능숙한 손놀림으로 변했다. 손길이 속곳에 다다랐을 때, 그녀는 몸을 살짝 비틀었다.

"두렵사옵니다."

가늘게 떨리는 목소리였다.

"두려워하지 마오. 짐은 이제 그대뿐이오. 죽을 때까지 그대를 곁에 둘 것이오. 그동안 미안했소."

황제는 진심으로 그녀를 대하고 있었다. 그녀는 황제의 말에 취해 속곳 속에 감춰둔 꽃잎을 보여주었다. 꽃잎은 해가 지면 오므리는 민들레처럼, 그렇게 오므리고 있었다. 황제는 그녀의 오므린 꽃잎을 향해 시뻘건 촛대를 곧추세웠다. 오므렸던 꽃잎은 해가 떴나, 하고 꽃잎을 열었다. 곧추선 촛대는 그녀의 깊은 계곡에 활짝 핀 꽃을 찾아 나섰다. 그리고 온 힘을 다하여 꽃을 따기 시작했다. 한번 불이 붙은 촛대는 그 꽃을 따고 또 따도 꺼질 줄 몰랐다. 그녀는 밤을 새워 꽃잎과 꽃을 내주었고 그는 원 없이 꽃을 따 먹었다.

검남의 영화대에 손님이 찾아왔다. 손님은 중년의 이방인이었다.
이방인은 코뿔소의 뿔을 가져왔다. 한두 개도 아니고 열댓 개를 가져왔다. 코뿔소의 뿔은 아주 귀한 것이었다. 비싼 값에 팔렸다.
그는 쌍륙(雙六)을 할 상대를 찾고 있었다. 아마도 일정이 넉넉한 것 같았다.
쌍륙이라면 양소가 아니던가. 낙양과 장안을 제외한 지역에서는 그를 당해낼 자가 없었다. 그 두 곳은 가본 적이 없어서 제외한 것이었다. 그렇지 않아도 접대도박은 그의 일이었다.
두 사람은 영화대의 이 층 누각에서 첫 대면을 하였다. 그리고 쌍륙판을 사이에 두고 마주 앉았다. 이 층 누각은 양소에겐 감회가 새로운 곳이었다. 선우중통과 장구검경이 대화를 나누던 곳, 그곳에서 오줌을 찔끔했던, 숨기고 싶은 기억이 먼저 떠올랐다.
연못 위에 세운 누각이라 통풍이 잘 되고 있었다.
양소는 이방인을 만날 때부터 묻고 싶은 것이 많았으나 꾹 참고 있었다. 그것은 이방인의 모습이 너무도 해괴망측하였기 때문이었다. 머리카락은 한 올도 보이지 않게 천으로 둥그렇게 감쌌고, 가무잡잡한 얼굴에는 온통 수염이 뒤덮여 있었다. 양소의 덥수룩한 수염과는 비교가 되지 않았다. 그에 비하면 양소의 수염은 염소수염에 불과했다.
양소는 천으로 머리를 두른 이방인과 마주 앉고 보니 그 모습이 더욱더 괴상망측하게 느껴졌다.

　가만히 앉아 있어도 푹푹 찌는 여름이 아니던가. 그동안 꾹 참았던 입이 터지기 시작했다.

　"어디서 오셨소?"

　어느 나라에서 왔는지 그게 가장 궁금했었다. 그것부터 물었다.

　"바르다나 왕조에서 왔소."

　듣는 것이 처음이었다. 속으로 그런 나라가 있었나 싶었다. 이방인은 당나라 말을 잘하였다. 말만 들으면 이방인이 아니었다.

　"바르단가 하는 나라는 어느 쪽에 있소?"

　생소한 지명이라 그대로 따라 할 수 없었다. 스쳐 지나가는 앞머리의 말로만 물었다.

　"토번을 지나면 바르다나요. 토번의 서너 곱쯤 큰 나라요."

　토번도 땅덩이가 큰 나라였다. 토번은 검남과 경계를 마주하고 있어 그들과는 왕래가 잦았으므로 양소도 그 정도는 알고 있었다. 그러나 바르다나는 생소했다. 토번보다 크다 하니 그런 나라도 있었구나, 하고 생각할 따름이었다.

　"여기까지 오는 데 얼마나 걸렸소?"

　"반년이오."

　"그렇게 멀단 말이오?"

　"바르다나의 남쪽 지방에서 왔소. 이곳보다 볕이 두 곱은 더 뜨겁소."

　"볕이 뜨거워 머리에 천을 둘렀소?"

　"이것 말이오? 이것은 여기 말로 포두(包頭)라 하는 것이오. 대하(大河)의 종교를 가진 사람이오.

　그는 손가락으로 포두를 가리키며 말했다.

"그 나라 사람들은 모두 머리에 천을 두르오?"

"천이 아니라 포두라 하였소. 믿는 자만 포두를 한다오."

아무리 물어도 모르는 답변만 되돌아온다.

"모를 일이오. 머리가 무겁소."

"하나도 안 무겁소. 한번 해보시겠소?"

"그런 말이 아니오. 내 머리가 무겁다는 말이오."

양소는 더 이상 묻지 않았다.

이방인이 말하는 토번은 오늘날의 티베트였고, 바르다나 왕조는 인도였으며, 포두는 터번을, 대하는 힌두교였던 것이다.

"이 나라는 도교를 믿소. 이렇게 얇은 두건(頭巾)을 쓰니 가벼워서 허깨비를 쓴 것 같다오. 그건 그렇고, 도대체 쌍륙은 어디서 배웠소?"

양소는 자신의 두건을 툭툭 치면서, 포두를 두른 이방인이 어떻게 쌍륙을 알게 되었는지 궁금했다. 한편으로는 그의 실력을 가늠하는 방법이기도 했다.

"쌍륙은 바르다나의 왕족들도 즐기는 놀이요."

'엇!'

정말 모를 일이었다. 쌍륙을 하는 나라가 또 있다니. 벌에 쏘인 것처럼 속이 뜨끔했다. 하지만 양소는 쌍륙의 최고수가 아니던가. 상대의 눈을 보았다. 눈빛이 여렸다. 분명 한 수 아래인 것 같았다.

"한 판에 얼마를 걸겠소?"

양소가 먼저 물었다.

"백 민(百緡)."

이방인은 거상답게 판돈을 크게 걸고 있었다.

하기야 도박이란 것이, 밑돈이 많은 자는 걸이에 주눅이 들지 않으나, 적은 자는 과감한 걸이를 할 수 없는 것이 아니던가.

이방인은 코뿔소 뿔을 비싼 값에 팔아서 큰돈이 있을 것이다. 그러니 두둑한 배짱도 생겼을 것이다.

"초면에 백 민이라면 너무 과한 것 같소."

"많다 하였소? 그러면 절반으로 합시다."

"그것도 너무 많소. 십 민으로 합시다."

접대도박치고는 한 판에 십 민이면 큰돈이었다. 물정을 모르는 것 같았다.

일 민이 일천 전이니, 십 민이면 일만 전이었다. 쌀로 치면 한 말이 이백 전이었고, 한 가마니는 이천 전, 일만 전이면 쌀 다섯 가마니에 해당하는 돈이었다.

실은 양소가 가지고 있는 돈은 십 민이 전부였다. 선우중통이 그 정도 돈이면 충분할 것이라 하며 밑돈으로 준 것이었다. 밑돈을 탁탁 털었다.

쌍륙이 시작되었다.

판돈을 걸지 않으면 놀이요, 돈을 걸면 도박인 것이다.

쌍륙은 판과 말, 투자(骰子, 주사위)가 전부였다. 판에는 방이 넷, 각 방은 여섯 개의 밭이 있었다. 투자는 정육면체의 여섯 면에 점이 하나부터 여섯까지 새겨져 있었고, 말은 검은 말과 흰 말이 각각 열여섯 개였다.

놀이 방법은 판 위에 두 개의 투자를 던졌을 때 점의 숫자만큼 말을 써서 먼저 밭에 들여보내는 것이었다. 투자의 여섯 점이 큰 숫자였고, 두 개의 투자를 사용하기에 쌍륙이라 했다. 또 두 개의 여섯 점이 많이 나와야 이길 수 있기에 그리 불리었다.

쌍륙판은 다리가 넷이었고, 바탕은 자단(紫檀)으로, 테두리는 화초문(花草紋)에 구름과 봉황 등속이 새겨져 있었다. 말은 상아로 깎은 것이었고, 투자는 코뿔소의 뿔로 만든 것이었다. 그래서 쌍륙은 부자들의 놀이였고, 궁중의 놀이였다. 백성들은 언감생심이었다.

먼저 말을 가렸다.

이방인이 검은 말, 양소는 흰 말이었다.

이방인이 먼저 투자를 던졌고 양소가 뒤를 이었다. 검은 말이 움직였고, 흰 말도 뛰었다. 초반은 격전이 없었다. 군사를 배치하듯 판을 짜고 있었다. 투자를 던질 때마다 말들은 전진과 후퇴를 했다. 초반을 지나자, 말의 배치가 팽팽했다. 서로 말의 진로를 꿰뚫으면서 창과 방패가 되었다. 방패는 어느새 창이 되었고, 창은 방패가 되어 공격과 수비를 하였다. 속임수는 없었다. 양소도 정수를 썼고, 이방인도 정수로 응수하고 있었다. 투자는 의도한 대로 정확하게 숫자를 뽑아내고 있었고, 서로 밀고 밀리는 싸움이 지속되고 있었다. 그렇게 중반을 넘어서자 이방인의 콧잔등에 땀이 송골송골 맺히기 시작했고, 양소는 이마빡에서 땀이 흐르고 있었다. 두 사람 모두 긴장의 연속이었다. 마침내 종반으로 치닫고 있었다.

양소는 여덟 점이 필요했다. 여덟 점이라면 이와 육, 삼과 오, 중사(重四) 등이 있었다. 기회가 많았다. 그만큼 매우 쉽고도 쉬운 패였다. 뿌듯해하며 승리를 장담하고 있었다.

반면, 이방인은 중일(重一)이 필요했다. 중일이라면 오로지 일과 일뿐이 없는 사지의 숫자였다. 이길 수 있는 확률이 거의 없음이었다.

양수는 이방인의 눈을 주시하였다.

'앗!'

그의 눈에서 예리한 빛을 발산하고 있었다. 처음의 흐리멍덩하고 여린 눈빛이 아니었다. 다시 한번 뾰족한 바늘이 들고 일어나며 온몸을 쑤셔대고 있었다.

이방인이 투자를 던질 차례였다.

그는 예리한 눈초리로 판을 응시하며 입으로는 주문을 외우고 있었다.

"옴, 마니, 마니. 옴 마니……."

자세하지는 않았으나 그렇게 외는듯했다. 이방인의 콧등에 맺혔던 땀방울이 뚝뚝 떨어지고 있었다. 이번에는 손에 쥔 투자에 대고 주문을 외우기 시작했다.

"오옴, 오옴, 오……."

양수는 그자가 무슨 짓을 하더라도 결코 중일이 나올 수 없다고 판단하고 있었다. 네 마음대로 해라, 그런 심정으로 그자가 하는 짓을 바라보고 있었다.

그 순간, 투자를 감아쥔 손이 펼쳐지며 판을 향해 투자를 던졌다. 투자가 판 위로 떨어졌다.

"툭, 툭."

투자는 구르지 않았다. 툭툭 하는 소리와 동시에 두 개의 투자는 멈춰 섰다. 아무런 움직임도 없었다. 마치 표창을 던진 것처럼 판에 꽂히듯 하며 멈추었던 것이다.

양소는 눈을 부릅뜨고 투자를 보았다.

정확하게 일과 일, 중일이었다.

"내가 졌소."

고개를 떨어뜨리며 씁쓸하게 패배를 시인했다.

"이 모두 대하신의 뜻이오." 하며,

이방인은 또다시 알 수 없는 주문을 외우기 시작했다. 그의 옹알거리는 주문은 전과 달리 짧게 끝났다. 한 판 더 하자고 했으나 양소는 다음날로 미루었다. 밑돈도 없었지만 패배의 아픔을 견딜 수 없었다.

집으로 돌아온 양소는 잠을 이룰 수 없었다.

무엇을 잘못하였나, 곰곰이 생각해 봐도 크게 잘못한 것이 없었다. 문제는 밑돈이라 생각되었다. 아무리 접대도박이라 할지라도 단 한 판밖에 할 수 없는 밑돈이었다. 심리적 부담, 그것이 패인이었다고 매듭지었다.

다음 날 아침,

선우중통을 찾아갔다. 그는 양소를 기다리고 있었다.

어제의 일을 물었다.

"이방인의 실력이 어떠하였는가?"

"쌍륙을 많이 해본 자 같았습니다. 하지만 고수는 아니었습니다."

"그러면 그렇지. 여러 판을 이겼겠군."

"아닙니다. 졌습니다."

"졌다? 자네를 이기는 자도 있었단 말인가? 최고의 꾼을 이긴 자라면 그자도 최고수가 아닌가. 허허, 모를 일일세, 모를 일이야. 몇 판을 겨루었든가?"

"딱 한 판이었습니다."

"뭐라, 딱 한 판을 두었다. 한 판에 십 민이라……. 허허, 점점 모를 일일세."

선우중통은 믿기지 않는다는 듯이 "허허."만 연발하였다.

양소는 자초지종을 말했고, 선우중통은 힘을 내라 하며 서슴없이 이백 민을 더 내주었다. 양소의 입에서 억, 하는 소리가 절로 나왔다.

이백 민이면 쌀을 백 가마니나 살 수 있는 어마어마하게 큰돈이었다. 양소는 지금까지 그렇게 큰 밑돈을 받은 적이 없었다. 힘이 불끈 솟았다. 한걸음에 누각으로 달려갔다. 이방인이 먼저 와서 기다리고 있었다.

간단한 아침 인사가 오고 간 다음, 서둘러 쌍륙판을 펼쳤다.

"오늘은 얼마로 하겠소?"

어제처럼 양소가 먼저 묻고 있었다.

"삼백."

그는 외눈 하나 꿈쩍도 하지 않고 삼백을 불렀다. 어제의 십 민 걸이에서 삼백 민으로 껑충 널뛰기를 한 것이었다.

'삼백이라니. 놈이 미쳤나' 너무나 기가 막히고 불쾌했다. 양소가 가진 밑돈은 고작 이백 민이 아니던가. 잠시 생각할 시간이 필요했다.

'놈이 기선을 제압하려는 속셈인가?'

별생각이 다 든다. 생각할수록 괘씸하기도 하였고, 울화도 치밀었다. 그러나 더 이상 밑돈이 없다. 어쩔 수 없이 한발 물러서는 척한다.

"백으로 합시다."

삼백이 과하지 않느냐는 말은 하지 않았다. 걸잇돈에서부터 기죽기 싫었다. 설사, 한 판 지더라도 다시 만회할 수 있는 밑돈을 남겨놓을 수도 있었다. 그리되면 맘 놓고 느긋이 판을 짤 수 있다는 생각에 백을 불렀다.

"백? 백은 너무 적소. 삼백이 많다면 중간으로 합시다. 이백이면 어떻소?"

이방인은 거침없이 이백을 들이민다.

"좋소. 이백으로 합시다."

물러설 수 없었다. 걸잇돈도 흥정이라면 흥정이었다. 중간을 택하는데 마다할 수 없다. 이판사판으로 밑돈을 다 걸고 말았다. 이백에 이백, 판돈이 사백 민이었다. 결국 쌍륙 한 판에 쌀가마니가 일백 섬이나 걸린 셈이 되었다.

　마음에 부담은 느꼈으나 양소는 정신을 바싹 차리고 말을 골랐다. 흰 말이었다. 이방인은 검은 말, 어제와 같았다. 찜찜했다.

　양소는 어제 흰말을 써서 졌다. 오늘은 검은 말이길 은근히 바라고 있었다. 왠지 모르게 검은 말을 쓰면 꼭 이길 것만 같았다. 꾼의 직감이었다. 이제 와서 말을 바꿀 수는 없었다. 흑백을 고르기 전에 검은 말을 고집하였으면 모를까, 고른 다음은 배 떠난 뒤에 사공 부르기였다.

　양소부터 투자를 던졌다. 곧이어 이방인도 투자를 던졌다. 서로 진법을 구사하듯 하며 말을 몰았다. 서로 치고받았고, 판 위에 말들이 즐비할수록 점점 치열한 공격과 방어가 펼쳐지고 있었다. 그런데 이방인의 전술이 어제와 조금 달라 보였다. 양소의 흰말이 검은 말의 진로를 가로막으면 주춤하곤 다시 훌쩍 달아났다. '한발 빨랐겠지' 하면 그렇지 않고, '따돌렸구나' 하면 꼭 그렇지도 않았다. '놈이 제법이군' 하며 느꼈을 때였다. 꼭 이겨야 한다는 생각이 가슴을 졸이게 하고 있었다. 그렇게 가슴을 졸이며 중반을 넘어섰고, 마침내 종반으로 치닫고 있었다.

　양소는 여섯 점이 필요했다. 여섯 점을 만들기 위해서는 일과 오, 이와 사, 중삼(重三) 등이 있었다. 세 가지의 기회였다. 점을 만들 가짓수가 많다는 것은 이길 수 있는 확률이 높음이었다. 손에 땀이 송골송골 맺혔다.

　이방인은 석 점이 필요했다. 석 점은 단 한 가지뿐이었다. 일과 이. 이것은 어제의 중일과는 확연한 차이가 있었으나, 어렵기는 매한가지였다. 석 점의 일과 이는 열한 점의 오와 육, 열두 점의 쌍륙과 더불어 수를 낼 수 있는 방법은 딱 한 가지밖에 없었다.

양소는 속으로 쾌재를 외치고 있었다.

'그럼 그렇지. 어제는 눈먼 놈이 어쩌다 문고리 잡는 식이었지만, 어찌 장마다 꼴뚜기일 수 있겠느냐. 오늘의 판돈은 내 것이다'

싱글벙글하며, 생각은 훌쩍 날아가 옥쟁의 치마 속으로 기어들고 있었다.

그런가 하면 후회도 있었다. 마음에 부담만 없었더라면 판을 끝까지 끌고 가지 않았을 것이라는 걸.

투자는 이방인 차례였다. 투자를 감아쥐었다. 그는 또다시 두 손을 이마에 대고 중얼중얼하며 주문을 외고 있었다.

"옴, 마니, 마니. 옴, 오옴……."

입으로는 주문을 외면서 투자를 던진다.

"두두득."

양소의 손가락 마디 꺾는 소리가 경쾌하게 울려 퍼지고 있었다. 그리고 여유 만만한 표정으로 판을 바라본다.

"투둑 툭."

판 위로 투자가 떨어졌다.

순간, 양소의 두 눈이 불을 켜듯 하며 판을 뚫어지게 쳐다보고 있었다.

'헉!'

양소의 숨이 멎었다.

귀에서는 웅, 웅, 소리가 났고, 머릿속은 환약(幻藥)을 먹은 것처럼 몽롱하고 먹먹하였다.

판 위로 떨어진 두 개의 투자는 점 하나와 점 둘, 정확하게 일과 이였다.

또다시 지고 말았던 것이다.

이방인은 알고 있다는 듯이 투자도 보지 않고 눈을 감은 채 주문만 외우고 있었다.

양소는 혀라도 꽉 깨물고 죽고 싶은 심정이었다.

선우중통을 볼 면목이 없었다. 천근만근의 쇳덩이를 짊어진 것처럼 무겁디무거운 발걸음으로 휘청거리며 누각을 떠났다.

믿기지 않는 두 번의 패배. 그것은 계략이었다.

이방인은 두 번 모두 투자를 바꾸는 속임수를 썼던 것이다. 일명 바꿔치기였고, 그가 주문을 욀 때 투자는 이미 바뀌어 있었다.

투자의 여섯 면에 모두 점이 하나뿐인 것과 점이 두 개인 투자를 미리 준비하였던 것이다. 그것을 머리에 두른 천 속에 넣어두었고, 막판에 꺼내 들었던 것이다. 처음에는 왼손에서 오른손으로, 두 번째는 주문을 욀 때 머리로 손을 치켜들었을 때였다. 그의 주문은 속임수의 수단에 불과했다. 그래서 하수인 척하며 말을 이리저리 움직이며 종반에 중이나 석 점을 만들고 있었던 것이었다.

그렇듯 이방인은 바르다나에서 이름난 속임수의 달인이었던 것이다.

그걸 누가 알았으랴.

어차피 도박은 속임수가 아니면 이길 수 없는 것. 누가, 언제, 어느 때 상대방의 눈을 속여 재빨리 속임수를 쓰느냐가 관건이 아니던가.

혼이 나간 양소의 눈에는 투자의 다른 면이 보이지 않았던 것이다. 냉정함을 잃은 꾼, 그는 진정한 꾼이 아니었다.

이방인과의 쌍륙 대결은 양소를 궁지에 몰아넣으려는 선우중통과 장구겸경의 치밀한 계략이었다. 그들은 황실에 선을 댈 징검다리로 그를 택했고, 오래전부터 하나씩 차근차근 실행에 옮기고 있었던 것이었다. 이방인도 그중 하나였다.

그것 또한 양소는 알 수 없었다.

그는 해가 네 번이 바뀔 때까지 수왕비가 양옥환이라는 현실조차 파악하지 못할 만큼 어리석은 날건달이었고, 설익은 꿈에 머무르고 있었다.

제2장

소리장도(笑裏藏刀)

며느리를 빼앗은
늙은 황제

　여름의 끝자락은 가을을 성급하게 불러오고 있었다. 순한 바람결에 흔들리는 나뭇잎도 여유가 있어 보였다. 언제나 그랬듯이 계절은 꼬박꼬박 제 밥 찾아 먹듯 하며 다가온 것이다.
　어설픈 가을바람을 앞세우며 홍도와 백도가 시전(市廛)으로 가고 있었다. 댕기 머리를 길게 늘어뜨린 이팔의 햇것답게 날생선처럼 팔딱거리며 들까분다. 그들은 수왕비의 아랫것이었다.
　시전은 수왕궁에서 두 각이 될까 말까 하는 거리에 있었다. 장을 보러 가면서 티격태격이다. 수왕궁을 나올 때까지만 해도 다정했던 두 계집이었다. 시전으로 향하는 동안 되니 안 되니 하며 제 주장을 움켜쥐고 눈곱만큼도 놓지 않는다.
　"동시로 가기로 했잖아. 지금 와서 서시로 가자고 고집부리면 어떡하니?"
　홍도가 쌩한 낯으로 눈까지 흘긴다.

그에 질세라 백도도 삿대질을 해대며 앙칼진 소리로 대거리를 하고 있었다.

"너는 어쩌면 콩뿐이 모르니. 팥도 있다는 걸 왜 몰라! 멍청하긴."

백도는 홍도의 태도가 불만이었다. 동시만 고집하지 말고 모처럼 서시도 가보자는데, 맹추처럼 콩 심은 데 콩밖에 나오지 못하듯 하고 있으니 울화가 치밀었던 것이다.

"몇 번이나 말해야 알아듣니? 서시까지 갔다 오면 얼마나 늦는데, 양비마마한테 뭐라고 변명한단 말이니. 고집부리지 마. 난 네가 뭐라 해도 서시는 절대로 안 가. 동시로 갈 거야."

"치, 맹꽁이 같은 년."

"뭐라고? 내가 맹꽁이면, 넌 뭔 줄 아니? 고집쟁이 년이야. 그것도 하늘만큼 땅만큼 왕똥고집."

홍도가 팔을 벌려 둥그렇게 원을 그리며 달아난다.

"뭐, 왕똥고집? 너 말 다 했어?"

분을 참지 못한 백도가 그녀의 뒤를 쫒는다.

두 계집은 말싸움을 그칠 줄 모르면서도 발길은 동시로 향하고 있었다.

장안에는 동시(東市)와 서시(西市)가 있었다.

동시는 황실이나 대관들을 상대로 전을 여는 곳이었다. 그곳은 조정의 시전으로 틀에 박힌 듯 하는 곳이었고, 그에 비해 서시는 별천지 같은 곳이었다. 온갖 백성들이 다 모여들었을 뿐만 아니라 이방인들까지 거래를 트는 큰 시장이었다. 가깝게는 신라와 왜(倭), 토번 등이 거래를 하고 있었으며, 먼 곳은 바르다나, 페르시아(이란)를 비롯한 아라비아 지역과 아주 먼 로마의 상인들까지 밀려드는 다국적 시장이었다. 그러하듯 비단길의 중심이었고, 당나라의 번성함을 만방에 알리고 있었다.

두 곳의 시장에는 없는 것이 없을 정도로 수백 가지의 업종들이 즐비하였다. 또한 이방인을 배려하는 조정의 노력으로 장을 열고 닫는 시간부터 달리했다. 정오에 큰북이 울려야 그때 일제히 문을 열었으며, 해가 떨어질 무렵이면 징을 쳐서 문을 닫았다.

그런 서시 구경이야말로 백도의 풋과일 같은 이팔처녀의 가슴을 들뛰게 하는 것은 당연하였다. 그런데 융통성도 없고 고지식한 홍도를 꼬드기는 백도의 노력이 허사가 되고 말았으니, 옥신각신할 수밖에 없었던 것이다.

궁으로 들어와서 수왕비의 몸종이 된 지 어언 네 해가 되었건만, 서시는 먼발치에서도 볼 수 없는 금역(禁域)이었다. 수왕비는 그들의 행동에 각별한 주의를 당부하였다. 행여 아랫것들이 잘못하여 황제나 조정 대신들의 입에 오르내릴까 그게 걱정이었으니, 장을 보러 갈 때에도 빠듯한 시간을 주었던 것이다.

본의 아니게 황태자의 자리를 놓고 많은 무리수를 두었던 지난날들이기에 더더욱 조심에 조심을 해야만 하는 수왕궁이었다. 자칫 미운 털이라도 박히는 날이면 수왕궁은 하루아침에 철퇴를 맞을 것이었다.

그를 알기에 서시를 구경하고픈 백도도 꾹 참고 홍도의 뒤를 따라 동시로 가고 있었으나, 홍도가 여간 미운 게 아니었다. 입술은 닭똥집처럼 뾰루퉁하게 내밀었고, 발길은 애꿎은 돌부리만 걷어차며 홍도를 귀찮게 한다.

백도의 뒤틀린 심사는 시전에 가서도 여전했다. 도와주기는커녕 묻는 말에도 엉뚱한 답변으로 딴청만 부렸다.

서둘러 장을 보고 되돌아오는 길목도 홍도에게는 여간 고통스러운 것이 아니었다. 홍도는 잰걸음인데 백도는 아장걸음이었고, 쉬고 싶지 않았는데도 쉬어야만 했다.

　홍도는 배냇짓하듯 하는 백도의 어깃장을 잘 받아넘겼다. 나이는 동갑이었으나 홍도가 2월생이었고 백도는 8월이니, 홍도는 언니처럼 늘 져주곤 했다. 맘 붙일 곳 하나 없는 천하디천한 몸종인지라 백도라도 곁에 있는 것이 위안이라면 위안이었다. 백도 역시 그걸 모르지는 않았으나 홍도가 아니었다면 그리하지는 않았을 터였다. 그나마 피붙이처럼 함께하는 삶이었기에 정이 들 대로 든 그들이었다. 맘이 여린 백도였다. 밤이면 백도는 홍도의 품을 파고들었다. 아직도 어린 티를 벗어나지 못해 홍도의 품에서라도 잃어버린 어미의 정을 느끼곤 하였다. 수왕궁으로 돌아와서는 언제 싸웠냐는 듯이 열심히 제 할 일을 할 따름이다.

　수왕비 또한 홍도와 백도를 의지하고 있었다. 그들이 아니면 어찌 살아갈까 싶을 정도로 그녀는 꿈도 희망도 없는 괴로운 나날을 보내고 있었다.

　수차에 걸친 황태자 책봉의 꿈을 이루지 못한 수왕 이모는 밤낮없이 술에 절어 지낸 날이 두 해를 넘겼다. 황태자가 되고 황제의 보위에 오르는 거대한 꿈이 깨어진 뒤에 오는 절망감 때문이었다. 꿈이 깨어지고 보니 모두가 허사였고 허무하였던 것이다. 절망감에서 오는 무기력함은 우울증을 불러왔고, 우울증은 자폐로 진행되고 있었다. 우울증과 자폐증까지 겹쳐 두문불출하고 술독에 빠진 폐인의 나락으로 떨어지고 있었던 것이다.

　그런가 하면 황제의 꿈은 저버리고 폐인처럼 살아가야만 하는 눈속임도 필요했다. 죽지 않으려면 그렇게 살아야만 했다. 죽은 듯이 가만히 있지 않고 고개를 쳐드는 어떠한 기미라도 있는 날이면, 아니 조정에서 그렇게 생각이라도 하는 날이면, 먼저 죽은 형들처럼 그의 목이 남문에 걸릴 것이었다. 그렇지만 황제의 꿈은 아무리 지우려 해도 지울 수 없었다. 지웠는가 싶으면 떠오르고, 잊었다고 생각하면 끼니를 거른 것처럼 다시 떠오르는 배고픔이었고 영원히 잊을 수 없는 꿈이었다.

"양비! 양비 어디 있소."

수왕 이모는 술에 취해 혀 꼬부라진 소리로 양비를 부른다. 그녀가 잠시라도 눈에 뜨이지 않으면 어김없이 찾았다.

"비파 소리가 듣고 싶소."

비파를 탔다.

"노래를 부르시오."

노래를 부른다.

"춤을 추시오."

양비는 미친 듯이 춤을 추었다.

항상 똑같았다. 눈에 보이지 않으면 찾았고, 옆에 있으면 비파를 타라 하였으며, 비파를 타면 노래를 부르라 하였고, 그것이 끝나면 춤을 추라 했다. 그러고는 잠이 들었다. 잠이 오지 않을 때는 양비의 탐스러운 육체를 파고들었다. 술에 취한 것은 양물도 마찬가지였다. 기둥에 박힌 듯 꼿꼿하게 고개를 쳐든 양물은 밤을 새워도 수그러들 줄 몰랐다. 온갖 괴이한 자세를 원했고 그러다가 제풀에 못 이겨 쓰러졌다.

양비는 왕비가 아니었다. 그의 눈에는 왕비는 없고 비파를 켜고 노래하며 춤을 추는 기녀만 있었고 명을 거역하지 못하는 성의 노리개만 있었다.

그렇게 수왕비는 왕비이면서 왕비가 아닌, 몸종보다 못한 삶을 살고 있었다. 오죽하면 홍도와 백도의 처지가 더 부러울 때도 있었다. 아무도 양비의 맘을 헤아려 줄 사람이 없었다. 그나마 홍도와 백도가 그녀의 마음을 달래주곤 하였던 것이었다.

이모가 술에 취해 잠이 들면 그녀는 설핏 불어오는 가을바람을 맞으며 수왕궁의 정원을 찾곤 하였다. 정원에는 꽃밭이 있었다. 꽃밭은 그녀의 유일한 친구이자 마음을 달래주는 곳이었다.

꽃밭에는 수많은 꽃들이 방긋거리며 그녀를 맞이하였고, 그에 보답을 하려는 듯이 그녀는 손수 물을 주고 꽃을 가꾸며 때때로 말벗이 되었다. 말을 알아듣지 못하는 꽃이라 할지라도 그녀의 마음을 털어 놓고 싶었고 그리하면 응어리진 마음도 한결 부드러워지곤 하였다.

그녀는 텃밭을 가꾸듯, 자식을 키우는 듯하며 꽃밭에 온 정성을 쏟았다.

그래서일까, 꽃밭은 동산을 이루고 있었고 수많은 벌과 나비들이 모여들었다. 꿀을 빠는 벌들도 양비는 알아보는지 왱왱거리며 달려들지 않았다. 장군 옷으로 치장한 호랑나비만 그녀를 호위하듯 펄럭이며 맴돌고 있었다.

꽃동산을 이룬 꽃밭에는 해바라기처럼 활짝 웃고 있는 진분홍색의 구절초와 노란 속살을 드러내며 붉은 꽃을 피운 박하꽃, 겹으로 피어 마치 치맛자락이 부풀어 오른 것 같은 연분홍색의 접시꽃, 빗질하지 않은 머리카락으로 도리질하는 상사화, 밑동은 하얗고 수술은 노랗게 그리고 자주색 꽃과 옅은 분홍색 꽃을 자랑하며 오뚝하게 서있는 월계화들, 작은 접시 모양을 하고 있는 노란 해국, 하얀 쑥부쟁이, 샛노랗게 물든 감국, 회오리바람에 휘둘린 듯한 술패랭이꽃, 수십 개의 작은 잎을 하나의 큰 이파리로 착각하게 만들며 손바닥을 편 것같이 하고는 나뭇가지에 분홍색 꽃을 빠끔히 내민 함수초 등속이 제 꽃 자랑을 하고 있었다.

　가을꽃은 봄꽃보다 키가 큰 것이 많았고 향기가 짙었다. 꽃을 피울 때도 한두 송이씩 피우기보다 작은 꽃들을 한 무리로 하여 꽃다발을 만들고 있는 꽃들이 많았다. 그중 쑥부쟁이는 한 포기에 수백 송이의 꽃을 피우고 있었다.

　꽃에 흠뻑 취하고 있을 때처럼 행복한 시간은 없었다. 이모의 술주정 닦달은 참기 어려운 무간지옥의 고통이었다. 항간에 떠도는 나이 든 여자들의 푸념을 이제야 이해할 수 있었다.

　'여자는 뭐니 뭐니 해도 서방을 잘 만나는 게 복이니라'

　왕비가 되고 싶어 된 것도 아니었다. 그러나 운명으로 여기기에는 얄궂고 억울하였다. 앞날의 희망도 없이 흘러만 가는 젊음이 너무나 아쉬웠다. 한탄이라도 맘 놓고 할 수 있었으면 좋으련만 그렇지도 못했다. 말 못 하는 꽃이 그래서 좋았다. 어느 땐가부터 꽃을 보며 한스러운 자신의 처지를 풀어놓는 일이 그녀의 일상이 되어가고 있었다.

　꽃을 보며 말했다.

　"예쁘고 예쁜 꽃들아! 너희들이 왕비인 나보다 낫구나. 올해가 지나면 내년을 기약할 수 있잖니. 내년이 지나면 또 내후년이……. 그런데, 그런데 나는 꿈도 희망도 잃은 지 오래다. 청춘은 한번 가면 다시 돌아오지 않는다던데……. 스물한 살, 이 젊디젊은 내 청춘은 어찌하여 이 모양인고. 흐흐흑, 흑흑."

　양 볼에는 애절한 눈물을 주룩주룩 흘리면서 꽃을 쓰다듬고 있었다.

　그때였다. 쓰다듬은 꽃의 꽃받침이 움직이더니 꽃잎마저 도르르 말려드는 것이 아닌가. 깜짝 놀라며 눈물을 닦은 손으로 다시 그 옆의 꽃을 쓰다듬었다. 역시나 몸을 사리는 듯하며 말려들어 갔다.

　'오라, 그래서 네 이름이 함수초(含羞草)였구나'

받치듯 품에 넣는 꽃이었다.
 그렇게 꽃과 말을 주고받으며 정신을 놓고 있는데, 괜스레 뒤가 묵직하게 느껴지기에 돌아보니 홍도와 백도가 서 있었다.
 양비는 아랫것들에게 눈물을 보이지 않았나 싶어 창피하기도 하였고, 행여 꽃을 보고 한탄한 말들을 듣지 않았나, 지레짐작으로 겁이 벌컥 나서 딴청을 부려본다.
 "너희들도 보았겠지? 또 한 번 보여줄까?"
 또다시 함수초를 쓰다듬자, 그것이 꽃잎을 또르르 말아버렸다.
 "어머머! 정말이네."
 홍도와 백도는 벌어진 입을 다물지 못하고 있었다.
 다음 날 아침이었다. 나인들이 물동이를 이고 우물가로 왔다.
 한 나인이 뭔가 열심히 조잘대고 있었다.
 "글쎄, 우리 마마님이 꽃하고 내기를 하지 않겠니. 누가 더 예쁘냐 하고 말이야. 그런데 꽃이 졌다. 어떻게 졌는지 아냐고? 꽃이 부끄러운 나머지 고갤 푹 숙이고 절을 하더라니까. 내가 이 두 눈으로 똑바로 봤다니까."
 백도였다. 나인들 앞에서 자기 마마님을 자랑하고픈 백도의 입이 깨춤을 추었던 것이다. 날이면 날마다 술에 취하여 폐인이 다 된 수왕의 흠만 잡고 늘어지는 나인들이었다. 그래서 늘 주눅이 들었고 자랑거리가 없던 참에 그런 일이 있었으니 입을 다물고 있을 수 없었던 것이다.
 "내가 궐내에 있는 모든 마마님을 보았는데, 그 가운데서 우리 마마님이 제일 예뻤어. 그렇지, 그렇지?"
 백도는 고만고만한 나인들에게 다짐까지 받으려고 하였다.
 "그럼 너희 양비마마를 수화(羞花)라고 불러드려야겠구나."

한 나인이 백도의 말을 듣고 멋들어진 말을 지어내고 있었다.

"수화? 수화, 그거 좋구나."

입이 하나가 되어 수화를 외쳐댄다.

그리된 다음부터 궐내 나인들은 수왕비를 수화로 부르기 시작했고 그들만의 은어(隱語)가 되었던 것이다.

소문처럼 발이 빠른 것이 없었다. 수왕비를 수화로 부르는 소문이었다. 궁궐이란 곳이 크고 넓었으나 할 일이 없는 궁녀들이 태반인 곳이기도 하였다. 그 소문은 궐내에 있는 궁녀들에게도 퍼지고 있었다.

마침내 수화의 소문은 황실의 과수원인 이원의 악부에 소속된 한 궁녀의 귀에 들어갔다. 그 궁녀는 노래도 잘하였지만 학문도 깊어 글을 쓰거나 시를 짓는 것을 매우 좋아하였다. 그렇지 않아도 시제가 마땅한 것이 없어 고민을 하던 참이었다. 그 궁녀는 수왕비가 절색임을 익히 알고 있었다. 양가의 처자인 양옥환을 첫 간택부터 마지막 간택까지, 그리고 수왕비로 책봉될 때까지 그녀를 보필하여 궐내 법도를 가르쳤던 궁녀였으니, 어느 누구보다도 그녀를 잘 알 뿐만 아니라 수화의 별칭이 뒤늦게 소문으로 되었음을 안타까워할 정도였다.

먹을 갈고 붓을 세운 후 시제에 맞춰서 시를 쓰듯 써 내려갔다. 머리에 든 것이 많은 자는 머뭇거릴 시간이 없다. 떠오른 대로 순식간에 붓놀림을 마쳤다.

침어낙안(沈魚落雁)
폐월수화(閉月羞花)!

사자성어 두 구를 다 쓰고 붓을 내려놓으려다 다시 써 내려갔다. 예인답게 노랫말을 만들고 있었다.

물고기는 물속으로 가라앉았고
기러기는 땅으로 떨어졌다네,
달은 구름 뒤로 숨었고
꽃은 저 홀로 부끄러워했다네.

노랫말 끝자락에 점 하나까지 찍고 보니 그럴싸했는데 어딘가 찜찜하였다. 덜렁 풀이만 있고 정작 누가 그러했는지 그것이 빠졌던 것이다. 다시 붓을 들어 사언절구를 만들고 있었다.

서시침어(西施沈魚)
낙안소군(落雁昭君)
초선폐월(貂嬋閉月)
수화옥환(羞花玉環).

일필 지휘로 절구를 만들고 보니 말이 매끄럽고 뜻이 전달되고 있었다. 그런데 목에 가시가 걸린 것처럼 옥환이 맘에 걸렸다.
 세 여인, 서시와 소군과 초선은 먼 옛적부터 미인으로 이름이 널리 알려져 전설처럼 입에 오르내리고 있었으나 옥환은 모르지 않던가. 생각이 거기에 머물자 또다시 붓을 들어야 했다.
 "서시침어 낙안소군, 초선폐월 수화양비(羞花楊妃)!"
 수화옥환을 수화양비로 고치고 보니, 양비가 수화라는 뜻은 전달이 되었으나 음운에는 맞지 않았다. 그러나 음운에만 매달릴 수 없었다. 어차피 노랫말이었다. 쉽게 부를 수 있으면 되지 않던가. 마음을 굳히며 노랫말을 풀어나갔다.

서시 보고 혼 빠진 물고기
헤엄침 잊고 가라앉았다네,
넋 나간 기러기 날갯짓 잊고
곤두박질하니 소군의 미모였네.
초선의 빼어난 미모에 홀린 달
구름 뒤에 숨어서 가슴 달래고,
가을꽃 자랑하는 함수초야
어찌 양비와 미모를 견주랴.

이윽고 붓을 던져버렸다.
소문을 실어 나르는 물동이 나인들, 그리고 입이 싼 궐 안의 여인들이 입방아를 찧기 시작하였다. 할 일 없는 궁녀들이 노랫말에 음을 달더니 삽시간에 궐 안팎으로 퍼졌던 것이다. 노랫말에 음까지 달았으니 소문의 날개는 돌림병인 양 모르는 자가 없을 정도였다. 걷잡을 수 없는 돌림병은 만나는 자리마다 꽃을 피우고 있었다. 혼자가 되었든 둘이 되었든, 여럿 되었든 간에 그 노래는 약방의 감초가 되었다.
한 궁녀가 첫 운을 떼었다.
"서시 보고 혼 빠진 물고기."
하면, 마주 앉은 궁녀가 운을 받았다.
"헤엄침 잊고 가라앉았다네."
그에 질세라 다음 운을 이어갔다.
운을 이어가는가 하면 돌림노래로 되었고, 마침내 무리를 이루는 자리에서도 합창을 할 만큼 무섭게 퍼지고 말았다.
시종을 앞세우며 이원을 향해 부지런히 발품을 파는 자가 있었다. 재상 이임보였다. 급한 용무가 있는지 시종은 어새(御璽)함을 받쳐

들고 있었다.

"폐하께서는 어디에 계시는고?"

이임보가 꽃으로 치장한 궁녀에게 물었다.

"저쪽이옵니다."

궁녀가 가리키는 곳을 보았으나 황제의 모습은 보이지 않았다.

"저쪽 어디인고?"

"그곳에 안 계시면 악부로 가셨나 봅니다."

"에이, 요년! 진즉에 그리 말할 것이지 손가락질만 할 참이더냐. 앞장서거라."

이임보는 궁녀의 손가락을 몽땅 자르고 싶었다. 악부가 어느 구석에 붙어 있는지조차 모르는 그였다. 궁녀가 오줌을 지리며 앞을 서고 있었다.

황제는 악부에 있었다. 서둘러 조서에 어새를 받고 조정으로 돌아갈 즈음이었다. 이원의 꽃 궁녀들이 덩그러니 무리 꽃을 이루며 노래를 하고 있었다. 바로 〈침어낙안, 폐월수화〉였다.

서시 보고 혼 빠진 물고기.
헤엄침 잊고 가라앉았다네.

무리를 서너 패로 갈라서 돌림노래로 부르고 있었던 것이다.

"가만, 가만히 있어보아라."

가던 길을 멈추고 귀를 세워 노래를 듣는다.

"참으로 요상한 노래로구나. 가자."

꽃 궁녀들이 부르는 노래를 다 듣고 난 다음 이임보는 시종에게 명을 내리더니 종종걸음으로 사라진다.

조정으로 돌아온 이임보는 턱을 받치고 골똘히 생각에 잠기었다.

'무슨 노래일까? 서시는 누구이고 미모의 소군은 누구인가? 또 양비는……?'

무지한 그였지만 초선은 귀동냥으로 들은 바 있었기에 다른 이름에만 신경이 곤두섰다. 아무리 생각에 잠긴들 머리만 아팠지 얻는 것은 없었다.

어사대부 왕홍을 불렀다.

왕홍은 그의 심복 가운데 글깨나 했다는 자였다. 그러하기에 가장 신임하고 있었다.

"이보게 왕홍. 자네도 궁녀들이 불러대는 노래를 알고 있는가?"

"그러하옵니다."

"그런데 말일세, 거기에서 나오는 초선은 알겠는데 말이야, 서시인가 뭔가 하고 소군, 양비는 또 뭔가?"

더듬대는 말투는 뱃속에 감추고 또박또박한 말로 묻고 있었다.

기저귀만 벗어나면 서시와 소군에 대해서는 다 아는 사실이었으나 글도 모르는 재상이니 책을 읽어주듯 해야 함이었다. 초선은 알고 있다 하나 얼마만큼 알고 있는지 그것도 의문이었다. 그나저나 양비는 어떻게 전해야 할지 그게 고민이었다.

"하오면, 말씀 올리겠습니다. 서시와 소군, 초선은 옛날 사서에 나오는 미인으로 모두 미모가 출중하여 사가들이 그들의 아름다움을 극대화한 것이옵니다. 첫 대목은, '서시 보고 혼 빠진 물고기 헤엄침 잊고 가라앉았다네', 그렇게 시작됩니다. 그것은 서시에 대한 이야기로 사자성어로는 서시침어가 되옵니다."

왕홍은 무지한 이임보가 이해할 수 있게끔 낱낱이 설명하고 있었다. 덧붙여 다음과 같이 세 여인에 대하여 상세하게 이야기해 주었다.

춘추시대였다. 월나라와 오나라는 견원지간(犬猿之間)이었다. 월왕 구천에게 오왕 합려가 전쟁 중에 죽었다. 합려는 죽기 직전에 그의 아들 부차에게 원수를 꼭 갚으라 하였다. 오왕이 된 부차는 아비의 유언대로 월나라를 쳐부수고 구천을 노예로 삼았다. 월왕 구천에게는 범려라는 훌륭한 재상이 있었고, 오왕은 오자서라는 대장군이 있었다. 명재상 범려는 서시(西施)라는 절색의 미인을 오왕에게 바쳤다. 오나라를 망하게 하려는 미인계였던 것이다. 오왕 부차는 오자서의 충성 어린 반대에도 불구하고 서시를 받아들여 후궁으로 삼았고, 서시에게 빠져든 부차는 결국 오자서를 죽이고 망하게 되었다는, 그 이야기의 주인공인 서시였다.

서시가 이팔의 나이로 접어들 때였다. 그가 태어난 월나라의 저라산(苧蘿山, 오늘날의 절강성 제기시에 있음) 기슭의 강가에 발을 담그고 더위를 식히며 강을 바라보고 있었다. 그녀의 절색이 맑디맑은 강물에 비치고 있었다. 물속에 있던 물고기가 그 모습에 반해 헤엄치는 것도 잊어버리고 강바닥으로 가라앉다가 바위틈에 꼬리지느러미가 끼이는 바람에 정신을 차렸다는 이야기가 전해지고 있었다. 침어(沈魚)였다.

한나라의 원제 때였다. 왕소군(王昭君)이란 궁녀가 남흉노의 왕인 호한야(呼韓邪)에게 정략에 의해 흉노 땅으로 갈 때였다. 말 위에 올라 비파를 타며 고국산천을 떠나는 애틋한 마음을 달래고 있었는데, 때마침 북녘으로 향하던 기러기가 그녀의 아름다운 비파 소리를 듣고 아래를 내려다보게 되었다. 미모의 여인이 말 위에 앉아 있지 않은가. 놀라워하며 그녀의 미모를 보느라 날갯짓하는 것을 잊고 땅으로 곤두박질하다가 다시 정신을 차려 날아갔다고 하여 낙안(落雁)이라는 별호를 갖게 되었다.

그리고 초선(貂蟬)이 있었다. 한말 헌제 때였다. 동탁이란 자가 제 마음대로 황제를 폐위시키는가 하면 세우며 정권을 떡 주무르듯 하자, 왕윤이란 대신이 그를 제거하기 위해 발탁한 여인이었다. 동탁에게는 자식같이 신임하는 부장이 있었는데, 뛰어난 무예 실력을 가진 여포라는 장수였다. 왕윤은 초선을 이용해서 여포가 동탁을 죽이게 하였다. 미모를 앞세운 계략이었다. 초선이 그 두 사람 사이에서 갈등을 조장할 즈음이었다. 달이 밝은 밤에 뜰 앞에서 달님에게 계략의 성공을 빌고 있었는데, 그녀의 빼어난 아름다움에 취한 달이 얼른 구름 안으로 숨어버렸다고 하여, 폐월(閉月)이라 하였던 것이다.

"하면, 양비는 누구인가?"

"수왕비지요."

"뭐라?"

왕홍은 굳이 긴 설명을 하지 않았다. 이임보의 눈빛이 예사롭지 않았기 때문이었다.

왕홍으로부터 상세한 설명을 듣고 난 이임보는 깊은 생각에 빠져들었다. 그가 깊이 생각을 할 때면 무슨 일을 꾸미고 있음이었다. 자리를 털고 고역사를 찾아 나섰다.

"긴히 할 말이 있어 왔소. 듣자 하니 폐하께서는 요즈음 매정을 자주 찾으신다 하였소. 후궁을 멀리하시던 폐하께서 매비께 마음을 주셨다니 참으로 다행이라 생각하오. 그래서 말인데, 궁중연회라도……"

그동안 궁중연회가 뜸했던 터인지라 고역사도 흔쾌히 받아들였다.

"하나, 너무 성대한 것은 조정에 누가 되니 황실의 우의를 돈독히 하는 뜻에서 황실과 후궁으로 한정하는 게 좋을 것 같은데……"

말끝을 흐리는 어투로 고역사의 눈치를 살핀다. 하시라도 자신의 뜻과 달리하는 눈치면 말을 바꾸려는 심사였다.

"그리하시지요."

닷새 후, 황실 사람들과 후궁들이 한자리에 모였고 궁중연회가 시작되었다. 매비는 황후를 대신하듯 황제의 옆자리에 앉았다.

이원의 태상악공들과 꽃 궁녀들이 흥을 돋우며 연회가 무르익고 있었다.

이임보가 황제에게 진언을 하였다.

"폐하, 폐하께서 곡을 쓰신 예상우의곡(霓裳羽衣曲)을 이 자리에서 실험해 보심이 어떠할지요?"

"예상우의곡이라, 짐의 뜻을 이해할 만큼 그걸 소화해 낼 자가 있을까?"

"있사옵니다."

"있다? 짐의 마음을 헤아릴 수 있다는 그자가 누구인고?"

황제는 의외라는 표정으로 물었다.

"수왕비, 양비마마이옵니다."

"수왕비라 하였느냐? 수왕비가 짐의 곡을 부를 수 있으리라는 생각은 꿈에도 못 하였구나. 어서 악보를 주어라."

예상우의곡의 악보가 수왕비에게 넘겨지고 있었다. 그녀는 악보를 보더니 금세 콧노래를 하였고, 태상악공들의 반주에 맞추어 노래를 부르기 시작하였다. 이내 수십 명의 꽃 궁녀들이 그녀를 에워싸며 노래에 맞춘 듯 춤을 추었다. 그녀 역시 꽃 궁녀들과 하나가 되어 선녀처럼 하늘로 날아가는 듯 춤을 추고 있었다. 꽃 궁녀들의 저고리는 무지갯빛이 영롱한 긴소매에 눈을 현혹시키는 깃털같이 얇은 붉은색 치마를 입고 있었는데, 그녀의 평범한 복색이 더욱 돋보였다. 악공들의 반주 소리도 청아하였고 그녀의 목소리도 청아하고 아름다웠다.

춤과 노래가 끝나자, 황제는 넋을 잃고 있었다. 완벽한 가무였다. 넋을 잃은 것은 황제뿐만 아니었다. 모든 사람의 마음을 현혹시키며 능숙하게 마무리하였던 것이다.

"수왕비는 짐의 곁으로 오거라."

황제는 손을 뻗어 그녀를 맞이하였다. 마주 잡은 손을 통하여 젊은 며느리의 들뛰는 심장 소리가 들려왔다.

"이 곡을 들은 적이 있느뇨?"

"딱히 있다고는 할 수 없사오나, 귀에 익었사옵니다."

"귀에 익은 대로 말해보아라."

말을 나누면서 그녀의 자태를 훔쳐보고 있었다. 자신이 가장 좋아하는 자태가 아니던가. 알맞게 통통한 몸매에 윤곽이 또렷한 얼굴은 발그스름하여 마치 아리따운 이방인을 보고 있는 것 같았다. 처음 보았을 때보다 완숙한 여인으로 변해 있었고 월궁에서 내려오지 않았나 싶을 만큼 자태가 고왔다. 잡은 손을 조금 더 끌어당겼다.

"서량의 곡과 바르다나의 바라문에 필률(觱篥)과 패(貝), 동발(銅鈸), 박판(拍板) 등속을 더한 것이 어디선가 꼭 들은 것 같았사옵니다."

놀라웠다. 황제는 어안이 벙벙하고 혼이 빠져나가는 느낌이었다.

'아니, 이자가 가무에만 능한 줄 알았더니 음률마저 통달하였더란 말인가'

속을 꿰고 있는 것만 같아 사실을 말하지 않을 수 없었다.

"네 말이 맞다. 짐이 여아산(女兒山)에 오를 때였느니라. 풍광이 선경이더구나. 한데, 어디선가 신선이 곡을 타는 소리가 들리지 않았겠느냐. 해서, 짐이 환궁하자마자 음을 떠올리며 네가 말한 대로 바르다나의 것을 섞어놓았느니라."

태상악공들을 가르칠 때도 말하지 않은 사실을 털어놓고 있었던 것이다.

"황공하옵나이다. 아바마마."

황제는 아바마마라는 소리에 흠칫 놀라며 잡은 손을 놓았다.

'아, 월궁 선녀가 아니라 며느리였구나'

이임보와 고역사는 황제의 표정을 놓치지 않고 있었다.

넋을 잃고 수왕비를 바라보던 황제의 표정, 이임보는 그 표정을 잊을 수 없어 여러 날 동안 고민에 휩싸여 있었다. 벼르고 벼르던 일이기도 하였으나 막상 실행하려 하니 두려움도 있었다. 천륜을 어기는 일이기에 자칫하면 지금까지의 부귀와 영화가 한순간에 사라질 것이다. 그래서 고민을 하고 있었던 것이다.

고민을 할수록 이모를 황태자로 밀다가 수모만 당한 생각, 무혜비에게 쏟았던 정성과 많은 재물과 시간 등이 화에 부채질하였다. 그것은 그의 처신에 씻을 수 없는 치욕으로 자리 잡고 있었다.

'고역사가 힘이 되어준다면……'

황제는 고역사의 말이라면 겨자가 달다고 해도 믿지 않던가. 그만이 해낼 수 있는 것이라는 생각에 이르자 곧바로 행동에 옮기기 시작하였다.

수왕궁의 상세한 동정을 살피기 위해 사람을 보냈다. 백도의 입을 통해 그곳 사정을 꿰뚫은 다음, 금은보화를 바리바리 싸서 고역사를 찾아갔다.

"뭐, 이런 거까지……."

고역사가 매우 흡족해한다. 환관이란 생리가 재물을 늘리는 것뿐이 더 있겠냐는 심중을 헤아린 것이었다.

"일전에, 그러니까 궁중연회 때 말이오. 폐하의 표정이 자꾸 맘에 걸려서 말이오."

그의 뜻을 알아야 했다. 넌지시 겉말을 넣어본다.

"나도 그날부터 골머리를 앓고 있소이다만, 딱히 방법이 없어서……."

옳거니, 하며 이임보는 기회를 놓치지 않고 달려드는 맹수같이 말을 받는다.

"수왕에 대한 소문을 못 들으셨소? 폐인이 되어가고 있다는 소문 말이오."

"술을 과하게 한다는 말은 들었지요."

"어디 술뿐이겠소이까. 수화께서, 아니 양비께서 매일 곤욕을 치른다 합니다. 워낙 주정이 심하고 밤잠을 못 자게 한다니, 그게 사람이 할 짓이오. 조치를 취해야 할 것 같소. 그것도 빠른 시일 안에 말이오."

"좋은 계략이라도 있는지요. 중서령께서는 머리가 좋은 분이니 의견을 주시지요. 나야 중서령의 뜻과 같지 않습니까."

이임보는 그의 곁에 바싹 달라붙더니 귀엣말을 하였고 그는 고개를 끄떡이고 있었다. 그리고 남이 듣게끔 큰 소리로 물었다.

"폐하께서는 어디에 계신지요?"

"참을 드신 후 침전으로 가셨지요. 아마 지금쯤 경전을 읽고 계실게요. 도인이 되시는 게 폐하의 바람이니까요."

"침전으로 가십시다."

찰떡궁합을 이룬 두 사람은 황급히 침전으로 향했다. 고역사의 말대로 황제는 도교경전을 읽고 있었다.

"무슨 일인고?"

급한 용무가 아니면 침전까지 찾아오지 않는 것이 법도가 아니던

가. 용안에 어둑한 그림자가 내려앉고 있었다.

"황공하오나, 황자에 대한 일인지라······."

"황자의 일이라니, 그게 누군가? 역사가 진언을 하는 걸 보니 매우 중한 일인가 보구나. 말해보아라."

고역사는 한시름 놓고 있었다. 황제가 역사라고 부르고 있지 않은가. 기분이 나쁘지 않다는 뜻이었다.

눈치 빠른 이임보가 때를 놓치지 않고 끼어들었다.

"수, 수왕이옵니다."

"또 그놈이냐. 그놈이 술주정을 하였느냐?"

"술, 술주정뿐만 아니오라, 양비를 개 패듯이 두들겨 패고 있다는 시종의 말을······."

"그 아름다운 양비를! 그놈을 당장 끌고 오라. 어서!"

양비라는 말에 황제의 눈에서 불이 튀었다. 수왕을 데리고 오면 당장이라도 때려죽일 것만 같은 노여움이었다.

"폐하, 잠시만 진, 진정하시옵소서. 제게 좋은 방, 방안이 있사옵니다."

"중서령이 묘안이 있는 게로군. 서두르지 말고 찬찬히 말하라."

이임보의 어눌하면서 버벅거리는 모습에 황제는 미약에 취한 것처럼 이내 수그러들었다.

"우선, 어여쁘신 양비마마를 살려야 할 것이옵니다. 그냥 두면 맞아 죽을까 근심이 천만입니다. 그러하오니 양비마마를 출가시켜 먼 곳으로 피신 시키심이 옳을 줄 아옵나이다."

두 사람이 귀엣말을 한 그대로였다.

"황실과 대신들의 눈이 있잖느냐. 그들의 눈을 어찌할꼬?"

"옛날부터 황실에는 출가하는 황자와 황녀, 황손들이 많았사옵니다. 양비마마의 출가는 문제가 되지 않을 것이라 생각되옵니다."

황실의 내력을 잘 알고 있는 고역사의 말이었다.

"놈은 어찌하였으면 좋겠느냐?"

"옥에 가두어 두시옵소서. 그런 다음에 의원으로 하여금 치료하게 하심이 옳은 줄 아옵나이다."

"그리하라."

어명이 떨어지자 일은 빠르게 진행되고 있었다.

추운 겨울, 매서운 바람과 함께 앞을 가리지 못할 만큼 눈이 펑펑 쏟아지던 날이었다. 수왕은 옥에 갇히고, 양비는 출가하여 장안에서 삼백 리나 떨어진 화산(華山)의 중봉인 옥녀봉(玉女峯)의 도관으로 들어가 계를 받고 말았다.

화산은 꽃이 활짝 핀 것 같다 하여 그리 이름 지어진 높은 산이었다. 그 산에는 다섯 개의 봉우리가 우뚝 솟아 있었는데, 동봉은 조양봉(朝陽峰), 서봉은 연화봉(蓮花峯), 남봉은 낙안봉(落雁峯), 북봉은 운대봉(雲臺峯), 중봉은 옥녀봉(玉女峯)이라 불렀다. 사방의 봉우리가 호위병인 양 지켜주는 옥녀봉은 모두가 명당이었다. 도관은 명당 중에 명당인 자리에 세워졌던 것이다.

그녀는 그곳 생활에 점차 익숙해졌고 도를 닦을수록 도술에 푹 빠져들고 있었다.

봄이 오는가 했더니 발 빠르게 녹음이 짙은 여름이 되었다.

고역사와 이임보가 또다시 머리를 맞대고 있었다.

"폐하의 근황이 어떠하시오?"

"매비에게 푹 빠져 있지요. 그러나 가끔 양비가 생각나는지 묻고 있지요."

"잘 되었소. 궁으로 불러들입시다."

"궁이라……. 매비가 있는데……."

"한번 양비를 들먹여 보시오. 폐하께서 어떤 생각을 하는지 말이오. 내 생각으로는 쾌히 승낙하실 것 같소이다. 양비에게 넋이 나간 표정을 잊었단 말이오. 진언을 올립시다."

꾀 많은 이임보의 머리에서 나온 것이니 틀림없었다. 진언을 올리자 황제는 매우 반기며 그녀를 장안성의 남궁에 머물도록 하였다. 그리고 남궁을 도관으로 하고, 그녀를 도관의 여도사(女道士)로 임명하였던 것이다. 궁이 도관으로 바뀌는 순간이었다. 그러나 어느 누구도 황제의 뜻을 거역하는 자가 없었다. 이임보가 대관들의 입을 꽁꽁 얼려놓은 지 석삼년이 되었던 것이다.

양비를 궁 안으로 불러들인 황제는 이임보와 고역사를 더욱 아끼며 정사를 두 사람에게 떠맡기다시피 하고 있었다.

정사를 멀리하고 양비마저 궁 안으로 불러들이는 뻔뻔함은 잊은 지 오래되었다. 한 발씩 한 발씩 남궁으로 발을 들여놓기 시작하였다.

"양비를 태진(太眞)으로 봉하노라."

이름도 없는 여도사에게 도명(道名)을 준 것이었다.

이제 양비는 여도사에서 태진이란 이름으로 도관의 도사가 되었고, 남궁은 태진궁으로 불리게 된 것이다.

황제는 그녀와 남궁의 새로운 이름을 지어준 것을 구실로 삼아 태진궁에 떳떳하게 출입을 할 수 있게 되었다. 밤낮 없이 태진도사의 가르침을 받고자 한다니 말릴 사람도, 흠을 잡는 사람도 없었던 것이다.

여름이 가을 되고, 낙엽이 떨어지고 겨울이 올 때까지 황제는 태진궁을 침전인 양 드나들고 있었다. 예전의 며느리였던 것은 잊어버리고 양태진이란 새로운 여인을 품에 넣고 있었던 것이다. 양태진이 된 그녀, 수왕 이모에게 시집온 지 다섯 해만이었다.
 스물두 살의 젊은 며느리를 빼앗은 황제는 쉰여섯의 중노인이었다.
 양태진은 이제 며느리가 아니었다. 황제의 사랑을 독차지하는 여인으로 바뀌어 가고 있었다. 얄밉도록 짓궂은 운명의 만남이었다.

반전,
또 반전의 세월

    현종은 꽃보다 더 아름다운 양태진과 함께 있다는 것이 꿈만 같았다. 절로 너털웃음이 터져 나왔다.
    갑작스러운 너털웃음 소리에 깜짝 놀란 양태진이 토끼 눈을 하며 물었다.
    "폐하, 어인 일이신지요?"
    현종은 양태진의 놀란 가슴을 보듬어 주며 가만히 고개를 젓는다.
    "아니다, 아니야. 짐이 그저 옛 생각이 나서 웃었을 뿐이야."
    양태진은 현종의 품 안에서 바스락거리며 다시 묻는다.
    "옛 생각이라 하옵시면……?"
    "글쎄다. 이야기하면 아주 길지. 아주 오래전의 일이니까."
    목숨을 건 반정 거사(反正擧事). 그 거사를 떠올리고 있었던 것이다. 그날의 거사가 없었다면 어찌 오늘이 있었으랴.
    양태진은 더 이상 묻지 않았다. 현종의 속내를 잘 아는 그녀가 아니던가.

현종 이융기(李隆基)가 황제의 보위에 오르기까지 수많은 질곡이 있었다. 셀 수 없을 만큼 많은 황자와 황손들의 틈바구니. 자칫하면 쥐도 새도 모르게 목숨이 날아간다. 백성들과는 달랐다. 황실 자손의 목숨이란 파리와 다를 바 없는 무시무시한 곳의 피붙이에 불과했다. 황제의 눈을 벗어나면 죽음을 피할 수 없었고, 함부로 황제가 되는 꿈을 꾸는 순간 죽음의 사신이 부지불식간에 달려든다. 왜 그럴까. 이유는 단 하나. 하늘에 두 개의 태양이 없듯이 황제의 자리는 단 하나였고 권력의 정점이기 때문이었다.

이융기의 고조할아버지 이연(李淵)이 당나라를 세우고, 그의 둘째 아들인 이세민(李世民)이 대를 이어 태종이 되었다. 태종은 아홉 번째 아들인 이치(李治)에게 황제의 위를 물려주니 그가 고종이며, 이융기의 할아버지가 된다. 고종이 죽고 일곱째 아들인 이현(李顯)이 즉위하니 중종이며, 그의 동생인 이단(李旦)이 가까스로 황제가 되니 그가 예종이다. 그리고 예종의 셋째 아들이 바로 이융기였다.

황제가 되기 위해서는 수단과 방법을 가리지 않는다. 죽이고 죽고 또 죽이고 죽는다. 황제만 될 수 있다면 부모 형제, 자식, 인척, 위아래를 가리지 않았다.

문제의 발단은 고종이 죽고 나서부터였다. 고종은 무씨의 부인을 두었다. 황후의 이름은 무조(武照)였다. 고종이 죽고 그녀가 여자로서 황제가 된 것이었다. 그리고 나라 이름도 당에서 주(周)로 바꿨고 대신들도 모두 무(武)씨로 임명했으며 나라의 모든 요직은 온통 무씨들의 세상이었다. 이씨가 힘들게 세운 나라를 무씨가 힘 하나 안 들이고 거저먹고 있었던 것이다. 측천무후(則天武后), 그녀를 지칭하는 말이 되었다. 측천무후는 황제가 되기 직전, 백성들의 눈을 가리려고 허수아비로 세워놓은 이름뿐인 황제가 있었다. 그녀가 낳은 나이 어린 중종과 예종인데, 중종은 보위에 오른 지 54일 만에 폐위시켰고, 예종은 황궁의 한적한 곳에 유폐시킨 후 황제의 보위에도 오르지 못한 채 간신히 목숨만 유지하고 있었다.

그뿐이 아니었다. 이미 오래전부터 그녀의 뜻을 관철시키기 위해 그들의 맏형인 이홍(李弘)을 독살하였고, 둘째 형인 황태자 이현(李賢, 원래는 '이철'이었는데 황태자가 된 다음에 바꿨음)을 폐하고 궁중 깊숙한 곳에 감금한 후, 다시 파주(巴州)로 유배시킨 뒤 스스로 죽게 하였던 것이다. 자기가 난 자식마저 죽여버리고 여자 황제가 된 측천무후는 보라는 듯이 나라를 전횡(專橫)하고 있었다. 그러나 권불십년이라고 했듯이 겨우 열다섯 해를 버티다 죽고 중종이 복위하여 황제가 되었다. 나라 이름을 다시 당으로 바꾸었으나 몸이 약한 중종은 황후 위(韋) 씨에게 모든 정사를 맡겨놓다시피 하였다.

중종이 즉위하고 다섯 해가 흐른 여름이었다.

궁중에 엄숙한 살기가 감도는 가운데 태극전(太極殿)에 세 여자가 모였다. 시끄러웠다. 그러나 이내 묵직한 말들이 오가고 있었다.

"손을 쓰실 때가 되었습니다."

먼저 말을 꺼낸 것은 후궁인 상관완아(上官婉兒)였다.

"맞아요. 이제 때가 됐습니다. 더 이상 늦출 수 없어요."

위황후의 딸인 안락(安樂)공주가 눈을 잔뜩 찡그리며 끼어들었다.

그들의 말에 동감하듯 위황후도 긍정의 눈빛을 보내고 있었다.

"준비는 다 되었겠지?"

"하늘도 땅도 모르게……. 염려 마세요, 어머니."

말을 마친 안락공주가 자리를 뜨자 상관완아도 전각을 나와 유유히 사라진다.

황제의 침전(寢殿)을 향해 총총걸음을 걷는 안락공주의 손에 무언가가 들려져 있었다. 침전에는 오랫동안 자리보전을 하고 있는 중종이 금방이라도 허물어질 듯 누워 있었다.

이윽고 침전에 도달한 안락공주는 아버지 중종에게 문안 인사를 올린다. 가까스로 눈을 들어 딸을 맞이한 중종의 용안에는 반가운 표정이 둥근달처럼 피어올랐다. 유난히 애틋하게 사랑하던 공주가 아니던가.

"폐하. 미음을 가져왔습니다."

"네가 손수 죽을 쑤었느냐?"

"그러하옵니다."

"참으로 맛나겠구나. 기특할 지고."

중종의 용안이 봄바람처럼 부드럽게 떨리고 있었다.

"소자가 먹여드리겠습니다. 폐하."

중종은 입을 조그맣게 벌렸다. 그는 날개를 잃은 한 마리의 아비새였다.

궁녀 둘이 중종의 용체를 받치고 있었고, 안락공주가 직접 미음을 떠 올린다. 황제는 죽 한 사발을 물 마시듯 하며 순식간에 비운다.

그날 저녁. 중종 황제는 싸늘한 시신으로 변해 있었다. 딸에게 '기특하다'고 한 말, 그것이 황제의 마지막 말이 되고 말았다.

복위하여 해가 다섯 번 바뀌던 7월의 셋째 날(710년)이었고, 보령 쉰넷이었다. 눈에 넣어도 아픔을 모른다는 귀여운 딸, 그토록 애지중지하며 키운 딸이 아버지에게 보답한 것은 독살이란 꽃다발이었다.

날이 밝자 궁궐 전각(殿閣)의 용마루에 까마귀 네 마리가 몰려들더니 깍깍거리며 울어대고 있었다. 황제의 죽음에 곡(哭)을 하듯 고개를 까딱거리며 쉴 새 없이 울부짖더니 어디론가 날아가 버린다.

장례 절차는 이미 준비되어 있었다. 그것만이 아니었다. 누가 보위에 오를 것도 정해져 있었다. 그리고 다음, 그다음의 보위도 암암리에 정해져 있었다.

태극전에 황실 사람들이 속속 모여들었다. 지아비를 잃은 위황후와 딸 안락공주, 중종의 여동생인 태평공주, 후궁 상관완아 등이었다. 그들의 얼굴에는 눈물자국도 없었다. 까만 눈동자에 영롱한 빛을 발하고 살기등등한 기운만 온몸을 휘감고 있었다. 어디론가 날아간 까마귀들이 태극전 누각으로 다시 날아들더니 그들을 대신해서 곡소리를 내고 있을 뿐 사위는 침묵 속에 잠겨 있었다.

위황후는 말을 아끼는 듯 조용히 눈을 내리깔고 있는 가운데 태평공주가 먼저 운을 떼었다.

"황태자를 보위에 오르게 하고 빈자리를 빨리 세우는 것이 가장 중요한 절차라 생각됩니다. 황후께서는 어떻게 생각하시는지요?"

시누이로서 집안 대사를 좌지우지하는 당당한 기운이 살아 있는 말이었다. 그녀는 측천무후의 딸답게 무슨 일이든 강력하고 신속한 결정을 내렸다. 머뭇거리는 사이 자신의 발언권을 잃고 주도권마저 잃어버린다는 것을 잘 알고 있었다. 주도권을 손에 쥔 자만이 살아남는다는 황실의 전통이 오랜 경험에서 절로 몸에 배어 있었던 것이다.

"물론 그래야겠지요. 그런데 황태자는 누구를……?"

위황후는 태평공주의 속내를 알고 싶었다. 태평공주가 황태자로 세우려는 자가 누구인지 그것이 알고 싶어 되묻는 것이다.

"그야 물론, 정해진 수순대로 하시면 되지요. 황태자께서 황제의 보위에 오르시고……. 그다음에 황태자를 세우는 게 순서가 아니겠습니까."

태평공주도 속내를 드러내지 않는다.

중종은 아들을 넷 두었다. 중복, 중윤, 중준, 중무였다. 맏아들인 중복은 균주(均州)로 유배되어 있었고, 중윤은 측천무후에게 죽임을 당했으며, 중준은 반란을 일으키다 죽었으니 황태자인 이중무(李重茂)가 황제가 되는 것은 당연하였다. 지금은 오로지 황태자의 자리를 놓고 설전을 벌이는 중이다.

서로 '앙큼스러운 년!' 하며 팽팽한 시선을 주고받고 있었다. 그녀들은 측천무후처럼 여자 황제가 되는 꿈을 꾸고 있었다. 그래서 중종을 살해하는 독수를 쓰는 것도 서슴지 않았던 것이다. 다음의 독수는 손쉬웠다. 이제 갓 열여섯 살밖에 되지 않은 황태자를 황제의 보위에 오르게 하고 허수아비로 만든 다음 폐위시키는 자가 곧 여자 황제가 되는 것이다.

나이 어린 황제는 그를 도와줄 어른이 필요했다. 그것이 섭정(攝政)인데, 섭정은 위황후의 몫이었다. 그렇다면 위황후는 섭정으로 만족하지 않고 보위에 오르려 할 것이다. 측천무후도 그랬었다. 그녀는 측천무후의 사후부터 중종을 대신해서 나라를 다스린 경험이 있지 않던가. 더구나 전례도 있고 대신들도 길들어져 있다. 반감은 적었다. 조정에 심어놓은 자들도 많다. 태평공주를 지지하는 자들에게 조금도 뒤지지 않는다. 그 어느 때보다도 여자 황제가 되는 것은 매우 쉬웠으며 손바닥 보듯 확연했다.

그러나 다음 황제가 문제였다. 그러기 위해서는 황태자로 지명받는 것이 첫 관문이었다. 황태자가 된 다음 황제로 이어짐이 무리 없는 순서였다.

위황후는 안락공주를 황태녀로 지명하고 싶은 마음을 감추고 있었다. 딸이 대물림을 해야 자신의 안위도 보장된다. 한 마디만 해주면 된다. 그런데 앞장서주리라 믿었던 태평공주는 속내를 드러내지 않고 줄다리기를 하자는데 인내심 하나로 버티려니 울화 덩어리가 가슴을 친다. 태평공주가 이렇게까지 힘들게 할 줄 몰랐다.

'앙큼한 년! 어디 두고 보자. 내가 보위에 오르는 즉시 네년의 사지를 찢어 죽이리라!'

하지만 태평공주도 그녀 나름대로 황태녀의 자리를 탐내고 있었다. 그것이 안 되면 반정을 일으켜서라도 황제의 자리를 차지하리라. 오뉴월에 서릿발처럼 냉랭한 기운이 활을 당긴 시위 위에 차갑게 내려앉으며 가늘게 떨고 있었다. 아무리 뻔한 절차라 할지라도 함부로 입을 열었다가는 훗날 어떤 날벼락이 떨어질지 아무도 예측할 수 없었다. 서로 먼저 입을 열기 바라고 있을 뿐이다.

안락공주도 오랫동안 기다린 꿈이 실현될 줄 알았는데 고모(태평공주)의 입에서 자신을 지명하는 말이 없자 울부락 푸르락, 심술 꽃이 핀다.

잠시 침묵의 시간이 흐르고 있었을 때 상관완아가 슬쩍 끼어들었다.

"지금은 황태자 선정이 급한 것이 아니라고 생각됩니다. 그 문제는 내일이라도 정할 수 있으니 오늘은 붕어하신 선황제께서 남기신 조서(詔書)의 반포가 우선이 아닐지요."

상관완아, 그녀는 꾀주머니였다. 궁중의 대사는 그녀의 손을 거치지 않는 것이 없을 정도였다. 미모보다 머리로서 측천무후의 사랑을 받았고, 중종의 복위 때에도 그녀의 힘을 빌리지 않을 수 없었다.

그래서 태평공주도, 위황후도, 그녀를 곁에 두고자 하였던 것이며, 한 지아비를 섬기었으나 질투의 대상은 아니었다. 그녀를 아끼는 마음은 황실의 내명부뿐만 아니라 조정 대신들까지도 한몫을 하고 있었던 것이다.

"조서는 있소?"

지금까지 묵묵히 앉아 있던 안락공주가 상관완아의 의견에 불쾌한 표정을 지으며 퉁명스레 물었다.

꾀주머니는 품속에서 황제의 조서를 꺼냈다.

'보위는 황태자가 오르고 모후(위황후)는 섭정하라. 그리고 상황(上皇, 이단) 또한 새 황제를 힘껏 보필하라!'

복선에 복선을 깔아놓은 이 조서는 사전에 공모한 것이었다. 새삼스러울 게 없었다. 하지만 지금은 무언가 뒤틀려 있는 것 같았다. 우선 시간을 벌어야만 했다.

허수아비 상황 이단에게 황제를 보필하라는 조서 내용은 상관완아가 임의대로 써넣은 것이었다. 그녀로서는 어쩔 수 없었다. 이단은 태평공주의 오라버니였고 붕어한 중종의 아우가 아니던가. 위황후만 믿을 수 없기에 태평공주 쪽에도 힘을 실어놓은 것이었다. 양다리를 걸치는 것만이 자신을 살리는 길이라 생각했다. 상관완아가 작성한 조서를 아무도 탓하지 않았다.

위황후는 결정을 내린다.

"재상 고숭을 들라 하라!"

어깨가 구부정한 고숭(高崇)이 거위처럼 목을 앞으로 죽 내밀며 알현한다. 그는 위황후의 최측근이었다.

"이 조서를 조정 대신들과 백성들에게 널리 알리시오."

조서가 공포되자 황태자 이중무가 보위에 오르고 위황후는 섭정을 시작한다. 죽은 듯이 궁중에 칩거하던 상황 이단에게도 조정에 발을 들여놓을 수 있는 기회가 온 것이다. 모든 일이 각본대로 무탈하게 진행되고 있었다.

'네년을 참하리라!'

위황후는 태평공주에게 칼을 겨누고 있었다.

'외척이 나라를 집어삼키는구나. 내 반드시 너희들을 몰살하리라!'
태평공주도 칼을 갈고 있었다.

겉으로는 아무 일 없는 듯, 냉랭한 그 상태를 유지하면서 서로 지혜를 짜내고 있었다. 어찌하면 태평공주를 빨리 처단할 수 있을까. 어찌하면 반정 거사를 성공할 수 있을까. 위황후는 위씨의 나라를 만들려고 했고, 태평공주는 외척을 몰아내려 하고 있었다. 마침내 두 세력은 측근들을 불러 모으기 시작한다.

위황후는 재상 고숭을 불러 인사 개편을 지시한다.

"군(軍)을 장악해야 하오. 각 영의 수장을 우리 편으로 심어놓아야 할 것이오. 먼저 황실의 군대부터 바꾸시오. 우림영(羽林營)은 위파(韋播)에게 맡기고, 비기영(飛騎營)은 위준(韋濬)을 밀어붙이시오."

우림영은 황실 친위대였고, 비기영은 친위 기마군단을 말한다. 그 수장을 위황후의 인척들에게 맡기라는 것이었다. 황궁을 장악하고 나서 차차 변방까지 장악하려는 속내였다.

"무연수(武延秀)를 병부시랑(兵部侍郞, 국방차관)에 오르게 하고 보름 후에 병부상서(兵部尙書, 국방장관)로 올리시오."

"네, 그리하겠사옵니다."

무연수는 안락공주의 두 번째 남편이었다. 첫 번째 남편인 무숭훈도 측천무후의 인척이었다. 아직까지 무씨 일족이 황실과 많은 연계가 되어 있었다.

고숭이 명을 받들고 나가려 하자 위황후가 다시 불러들인다.

"내가 한 가지 잊은 것이 있소. 상황 이단의 아들들이 있잖소. 그중 특히 임치왕(臨淄王)의 동정을 잘 살피시오."

임치왕은 이단의 셋째 아들인 이융기를 말한다. 스물다섯 살에 접어든 이융기는 요주의 인물이라, 위황후의 명으로 몇 해 전부터 장안 가까이에서 살게 하였다. 영지를 주면 혹시 군사를 동원해 반란을 일으킬 수도 있으므로 날개를 꺾는 사전 조치였다.

그러나 젊은 피가 들끓는 이융기는 가만히 앉아서 당할 자가 아니었다. 행동은 어수룩하고 주색잡기는 능숙한데 특출 난 것은 없는듯 하였으나, 그것은 위장술에 지나지 않았다. 측천무후와 위황후의 혹독한 감시 속에서도 자신의 재능을 갈고닦으며 조정의 동정을 살피는 일에 소홀하지 않았다. 역경을 이겨낸 지금은 황태후(위황후)와 위씨 일족의 전횡에 대비하여 반정 거사에 참여할 동지들을 모으고 있었다. 그들은 지위가 낮은 자였고 모두 젊기 때문에 어느 누구에게도 눈에 띄지 않았다. 당연히 주목받거나 견제되는 경우도 없었다. 게다가 고모인 태평공주 측근들과 암암리에 선을 대고 있었다.

조정 대신들과 백성들 사이에서 중종 황제가 독살되었다는 소문이 분분히 일어나고 있었다.

'황제가 깊이 잠든 틈을 타서 위황후가 숨통을 눌러 죽였대'

'아니야, 안락공주가 미음에 독을 넣은 걸 받아먹고 죽었다던데'

누군가는 이렇게 말했다.

"위황후의 명을 받은 위씨 인척이 병들어서 골골대는 황제를 이불로 꽉 눌러 숨통을 끊었다더라."

소문은 또 다른 소문을 낳았고, 그 소문은 민심을 흉흉하게 하였고, 비분강개하는 사람들도 점점 늘어나고 있었다. 그러나 소문 중에는 뜬소문만 있는 게 아니라 진실도 함께 떠돌고 있는 것이었다.

그렇듯 이 모두의 소문은 위황후와 안락공주, 위씨 인척에게 국한되고 있었다.

'위황후와 그 일파를 때려죽이자!'

민심이 흔들리는 갈대처럼 휘청거리기 시작했고, 비바람을 동반하여 한쪽으로 쏠리고 있었다. 위씨에게 나라를 넘겨줄 수 없다는 여론이 끓는 물처럼 넘쳐났다.

'나라를 지키자!'

그것은 이씨가 어렵게 세운 나라를 안정하자는 것이기도 했고, 위씨 일당의 전횡을 막아보자는 의미도 있었고, 오늘의 살기 어려운 삶에서 좀 더 나은 생활을 보장하라는 외침 같기도 하였다.

어느 누구도 감히 백성들의 뜻을 어길 수 없었다. 민심을 외면하면 벌을 받는 법. 누군가가 그에 응징하는 자가 나타날 것이라고 백성들은 굳게 믿고 있었다.

마침내 이융기는 때가 되었다고 생각했다. 지금이 아니면 언제 위황후 일파에게 당할지 모를 일이었다.

이융기는 서둘러 태평공주에게 사람을 보냈다.

태평공주는 고종 황제와 측천무후의 사랑을 독차지하여 황궁 안에서 생활할 수 있었기에 많은 인맥을 형성하고 있었다. 그녀의 힘을 빌리자는 것이 이융기의 생각이다. 그녀는 최측근으로 재상 반열인 두회정(竇懷貞)을 비롯하여 좌우림대장군 상원계, 좌금오장군(左金吾將軍) 이흠(李欽), 중신 최식(崔湜), 소지충, 잠의(岑義), 이자(李慈) 등 황궁의 고위직을 차지하고 있는 인물들의 지지를 받고 있었다.

이융기 쪽에서 사람이 왔다는 보고를 받은 태평공주는 매우 반기는 기색이었다.

"호호호. 임치왕이 사람을 보냈다고?"

태평공주는 천군만마를 얻은 기분이었다. 사사로이는 오라버니인 상황 이단과 조카인 임치왕 이융기의 세력을 앉아서 거저 얻는 것과 같았기 때문이다. 그렇지 않아도 믿고 실행에 옮길 만한 자가 없었는데 황실의 황자가 자청하고 나온 셈이니 명분이 선다. 덩실덩실 춤이라도 한판 추고 싶을 정도였다. 그뿐만 아니었다. 그녀가 그토록 바라던 꿈, '여자 황제'의 언질도 포함되어 있었다. 비록 이번이 아니라 다음 차례라는 게 조금은 맘에 들지 않았지만.

"설숭간(薛崇簡)을 그쪽으로 보내라."

설숭간은 태평공주의 아들이었다. 그를 보낸다는 것은 임치왕이 함부로 배신하지 못하게 하려는 뜻도 있었고, 그들의 일거수일투족을 꿰뚫어야 하는 것과 서로 확실하고 원활한 정보교환을 하기 위한 조치였다.

임치왕과 손을 잡은 태평공주는 거사 작전을 완벽하게 짜놓았고 측근들을 재점검하고 있었다. 임치왕도 명을 내릴 준비를 끝마치고 있었다. 황궁 안은 태평공주 쪽이, 황궁 밖을 경계하고 황궁의 문을 여는 것은 임치왕이 맡기로 하였다.

어느덧 반정 거사의 시간이 바로 코앞에 닥쳐오고 있었다.

그 시간.

위황후는 비밀 상소를 받아 들고 있었다.

상소를 올린 자는 재상 반열인 동중서문(同中書門) 하삼품(下三品) 이교(李嶠)였다.

'상황의 자제들을 변방 지방으로 내보내소서!'

위황후의 눈이 번쩍 뜨였다.

지금까지 상황의 자식들을 영지에서 장안으로 불러들여 볼모로 잡아두지 않았던가. 반란을 막기 위한 조치였는데 이교의 상소를 보면 다시 변방으로 보내라고 하지 않는가. 이유가 무엇이란 말인가.

"그들이 장안에 있음이 그들의 손발을 자르고 꼼짝 못 하게 하는 것이었는데, 어찌 그대는 그들을 변방으로 내보라고 하는고?"

혹시나 하는 마음에서 이교의 머리를 빌려볼 심산이었다.

이고는 확신에 찬 진언으로 일관한다.

"지금의 실정은 다릅니다. 상황이 황제 폐하를 보필하고 그들이 장안에 있다는 것은 매우 위험한 일이옵니다. 암암리에 세(勢)를 부풀릴 수 있사오니 각별히 신경 쓰지 않으면 안 되기에 신이 퇴청할 시각에 들린 것이옵니다. 유념하시옵소서."

위황후는 이교의 진언을 곱씹어 본다.

'맞는 말이다. 그들이 그럴 수 있다'

위황후는 날이 밝는 대로 조치를 취하겠노라며 이교를 돌려보냈다. 날이 밝는 즉시 칙명을 내려 상황의 장남인 송왕(宋王) 이성기(李成器)를 동쪽 변방으로, 임치왕을 서쪽 변방으로 보낼 생각을 하며 이른 잠자리에 들었다.

중종이 붕어하고 열여드렛날 밤.

일경이 지나 이경(二更)이 되자 황궁의 찬란한 불빛이 하나둘 사라지고 어둠에 잠기기 시작하며 고요해지고 있었다. 밤은 어둡지만 별빛이 영롱하게 수를 놓아 적막감을 덜어주고 있었다.

"쾅! 쾅! 쾅!"

뇌성보다 더 큰 소리가 황궁을 뒤흔든다.

그 소리를 신호로 임치왕의 군사들과 태평공주의 군사들이 황궁의 모든 문을 깨부수며 밀물같이 쳐들어간다. 횃불이 사위에서 타오르며 황궁의 안팎을 대낮같이 밝히고 있었다.

북쪽의 현무문(玄武門)은 왕모중(王毛仲)이, 남쪽의 단봉문(丹鳳門)은 종소경(鐘紹京)이 맡았다. 남문은 쉽게 돌파했으나 북문은 황궁의 정문답게 쉽게 열리지 않았다.

"더 세게 부숴라!"

이어서 문루를 향해 왕모중이 큰 소리로 외친다.

"황제 폐하의 칙명이다. 선황(先皇)을 독살한 자들을 추살하라는 엄명이다. 수문장은 속히 문을 열라! 명을 따르지 않는 자는 참수할 것이오, 따르는 자는 죽이지 않는다!"

그의 외침은 절차에 불과했다. 이미 그의 부하들이 황궁 수비대를 장악하였으나 동조하지 않는 일부 군사들의 반항에 잠시 지체되었을 뿐이었다.

잠시 후 현무문의 조교(弔橋, 반수를 건너는 다리)가 내려오고 문이 열렸다. 반정군이 신속하게 궁전을 장악하며 우림영과 비기영의 군사들을 물리치고 있었다. 대항하는 군사들은 위씨들의 수하뿐이었다. 태평공주 쪽의 좌우림대장군 상원계와 좌금오장군 이흠이 미처 제압하지 못한 무리들이었다.

남문을 통과한 종소경의 군사들이 위황후의 침전으로 들이닥쳤다. 그러나 위황후는 그곳에 없었다. 위기를 느낀 위황후는 옷도 제대로 꿰지 못한 채 황급히 비기영 쪽으로 달아났던 것이다.

"역모다, 역모! 나를 숨겨다오."

가까스로 비기영에 도착한 위황후는 장군 복장을 한 자에게 애걸한다.

"역모? 아직도 너의 죄를 모른단 말이냐? 역적은 바로 너다. 죄의 결말이 어떤 것인가 보여주마."

칼날이 번쩍 빛을 발했는가 싶었는데 머리 하나가 바닥에 구르고 있었다. 종소경의 칼이었다. 그는 피가 철철 흐르는 머리채를 쥐고 현무문 쪽으로 향한다.

또 한 사람, 왕모중은 위준의 잘린 머리를 허리춤에 차고 현무문 쪽으로 가다가 종소경을 만났고, 거사장군 갈복순(葛福順)은 고숭과 위파의 머리를 군사를 시켜 임치왕에게 가져가고 있었다.

그 시간, 태평공주의 아들 설숭간은 안락공주의 침소에 들이닥쳤다.

"웬 소란이냐? 감히 여기가 어디라……."

미처 안락공주의 말이 끝나기도 전에 목이 잘려 뒹굴었다.

그녀의 손에는 거울이 쥐어져 있었다. 그녀는 밤늦은 얼굴 치장을 하다가 피범벅 치장을 하고 말았다. 설숭간은 거울을 발로 찼다. 거울이 나동그라지며 앙탈하는 듯한 쇳소리를 내며 방 한구석에 처박힌다.

'눈먼 저승사자를 내가 대신했을 뿐이다'

그 말속에는 지난날 안하무인으로 날뛰던 그녀로 인해 숨을 죽이며 살아온 회한도 함께 서려 있었다.

아버지를 독살한 딸의 심판은 고종사촌이 대신하였고, 사사로이는 조카가 삼촌의 한을 풀어주었다. 처절한 한을 머금고 구천에서 정처 없이 떠도는 중종 황제의 혼령을 조카가 달래주었던 것이다.

현무문 밖에서는 임치왕이 군사들의 호위를 받으며 늠름하고 당당하게 진을 치고 있었다. 경호대장 이의덕(李宜德)이 위씨 일파의 수급(首級)을 확인하고 장대에 높이 걸었다. 효시(梟示)였다.

효시된 자는 위황후를 비롯하여 안락공주, 위파, 위준, 고숭, 안락공주의 남편 무연수, 상관완아 등속이었다.

천하를 한 손에 움켜쥐고 자자손손 영화(榮華)를 누리려던 과욕의 결과였다. 상관완아는 어지러운 정국 속에 살아남기 위해 양다리를 걸쳤다가 죽임을 당했다.

임치왕 이융기는 상관완아의 수급을 보며 씁쓸하게 웃었다.

'여자의 머리는 나에겐 필요치 않다'

상관완아의 꾀주머니가 아니었다면 중종의 복위도, 상황 이단의 정치 참여도, 이번 거사도 없었을 것인데 너무 큰 공을 세운 자는 죽어야만 했다. 그것이 황실의 불문율인 것을 그녀의 머리는 미처 거기까지 돌아가지 않았던 것이다.

다음 날.

황제 이중무의 형식적인 양위(讓位)를 거쳐 상황 이단이 다시 보위에 오른다. 두 번째 보위다. 그가 예종이다. 측천무후 때 이름뿐인 황제였다가 가까스로 목숨을 유지한 덕분에 지금에 와서 진정한 황제가 된 것이었다.

태평공주의 각본이었다. 상황이 복위한 중종의 전례도 있었고, '황태자는 조카가 되고 다음 보위는 양보하여 그녀가 오른다는, 즉 여자 황제가 됨'을 이융기와 입을 맞춘 것도 있었기 때문에 상황 이단이 복위한 것이었다.

열여섯 살의 어린 황제 이중무는 채 한 달도 못 되어 제위를 찬탈당한 것도 억울한데 더욱이 선황제로서 상황도 되지 못하고 오히려 온왕(溫王)으로 격하되어 햇빛도 들어오지 않는 곳에 감금되고 말았다.

황제가 된 예종은 목숨을 걸고 거사에 참여하여 공을 세운 자들에게 포상을 하였다. 임치왕 이융기는 평왕(平王)으로 높여 군권을 장악하게 함과 동시에 영지를 제후에 버금가게 주었고, 태평공주도 수만 호의 영지를 주고 황태후에 준하는 예우로 격상하였으며, 위황후의 수급을 베어온 종소경은 재상의 반열인 중서령으로, 갈복순은 대장군으로, 설숭간과 왕모중, 이의덕 등은 장군으로 하여 새로운 황제에게 충성을 다하도록 하였다.

모두 크게 만족하였는데 그중에 왕모중은 너무나 기뻐서 울음을 터뜨렸다. 왕모중은 패망한 고구려 유민으로 그의 아버지는 장군 왕구루(王求婁)였다. 나라를 잃은 장군의 아들은 갈 곳이 없었다. 국경을 넘어 당나라에 밀입국하자마자 붙잡히는 신세가 되었고 이내 노비로 전락하여 이곳저곳으로 팔려 다니다 임치왕의 말을 관리하는 노비가 되었던 것이다. 임치왕은 왕모중의 건장한 체격과 각종 무술에 능하고 특히 말을 잘 다루는 것에 탄복하여 최측근에 두었고, 이번 거사에 그의 용맹성을 인정받았던 것이다.

인생은 새옹지마(塞翁之馬)라지만 왕모중은 노비에서 장군이 되었으니 이보다 더 큰 전환이 있을까 싶다. 그는 평왕 이융기와 당나라를 위해 목숨을 바치리라 맹세했다.

예종 황제는 보위에 오른 기념으로 거대한 종을 만들라고 명했다. 종에 새길 명문도 직접 쓰고 그 종이 완성되면 인경(人定)과 파루(罷漏)를 맡을 것이다. 백성들이 편안하고 포근하게 느낄 수 있게 천상의 소리가 울려 퍼지는 종이 되길 두 손 모아 빌고 있었다.

평왕 이융기는 군의 결속을 다지고 친위대부터 개편하기 시작했다. 좌우림영을 한층 격상시켜 '용무군(龍武軍)'으로 이름을 바꾸고 군사들에게 가장 후한 예우를 해주었다. 친위대가 충성을 다하여야 황실을 보존할 수 있다는 것이 이번 거사에서도 증명되지 않았던가. 천 명이던 친위대를 정예군사 삼천 명으로 늘려 보강하였다. 왕모중은 보부 당당하게 용무군의 장군으로 임명되었다.

그러나 황태자 선정만큼은 서두르지 않았다. 새로운 체재를 정비하는 것이 먼저였다. 일은 순조롭게 진행되어 가고 있었다.

그때였다.

"역모이옵니다!"

정무와 정보를 담당하는 중서사인 유유구(劉幽求)가 황급히 평왕 이융기에게 아뢴다.

"역모의 주모자가 누군가?"

"초왕(誚王)이라 하옵니다."

"초왕이라면 균주(均州)에 있는 사촌 장형이 아닌가?"
"그러하옵니다."
초왕 이중복(李重福)은 안락공주에게 독살당한 중종의 장남이었다. 위황후의 미움을 받아 황태자의 자리에서 폐위되어 균주로 유배를 보냈는데 예종이 복위하고 해배(解配)하여 균주자사로 임명하였던 것이다.
황제의 은덕을 입은 자가 역모라니, 평왕 이융기는 그 이유가 궁금했다.
"역모의 사유가 무엇이던가?"
"황제의 양위를 받을 사람은 이중복 자신이라 하옵고, 그것이 아니라면 황태자로 선정되어야 한다는 것이옵니다."
이중복은 막냇동생인 선황제 이중무가 양위한다면 자신에게 해야지 거꾸로 상황인 이단에게 보위를 넘겨주었으며, 그마저 양보하였다면 자신이 황태자가 되어야 한다는 주장이었다.
"역모군이 어디까지 왔느냐?"
"아직 낙양까지 오진 못했다고 하옵니다."
"군의 규모는?"
"대략 삼천 명을 넘지 않을 것이라 하였사옵니다."
"그렇다면 크게 걱정하지 않아도 된다. 낙양자사에게 전하라. 투항하지 않으면 모두 주살하라고."
이융기는 낙관하고 있었다. 이중복의 역모는 명분이 뚜렷하지 않았고 그에 동조하는 세력도 없다는 것을.
평왕은 나이에 비해 많은 경험을 하였다. 사태를 주시하고 판단하는 능력은 더욱더 탁월했다. 아니나 다를까, 평왕의 예측대로 초왕 이중복은 낙양까지도 미처 못 오고 천진루(天津樓)에서 유대시어사

(留台侍御史)인 이옹(李邕)의 제지를 받다 사태가 불리하자 강물에 투신하여 자살하고 말았다.

그 또한 쓸데없는 욕심을 부리다 명을 재촉한 것이다. 황제는 하늘에서 점지한 자만이 누릴 수 있는 자리였다. 욕심을 부린다고 황제가 되는 것은 아니었다.

초왕 이중복의 역모가 물거품이 되었다는 보고를 받은 이융기는 하늘을 향해 혼잣말을 한다.

'세상에는 한 치의 앞도 보지 못하는 어리석은 자가 너무 많구나'

예종은 평왕 이융기를 황태자로 임명하였다.

당연한 결과였다. 그가 없었다면 오늘의 영화가 없었을 것이다. 그 소식을 전해 들은 태평공주는 내심 쾌재를 불렀지만 불안하기도 했다.

'이제 곧 황제 자리를 양위하려는 절차를 밟고 있구나'

이것은 생각만 해도 가슴이 떨려왔다.

'과연 조카가 약조를 지킬까?'

이런 생각이 들 때면 초조하고 불안하여 안절부절못하며 얼굴빛마저 노래진다.

약조대로라면 이융기가 다음 보위는 자신에게 양보하여야 한다. 그는 황태자로 남아 있다가 자신이 자리를 넘겨줄 때 보위에 오르는 것이 거사 때의 약속이었다.

이런 생각 저런 생각이 끝없이 꼬리를 물고 있었다. 이제 다 된 밥인데 조금만 참자 하며 자신을 달래기도 하였고, 지금 당장 예종의 양위를 받아 보위에 올라야지 하는 두 갈래 길이 서로 싸움박질을 하고 있었다.

이융기는 황태자로서의 자리를 굳건히 하고 있었다. 예종이 보위에 있지만 이융기는 군권을 더욱 강화하고 측근들을 하나둘씩 심어 가고 있었다. 그러나 대장군 등 고위직은 아직 태평공주의 측근들이 더 많이 포진하고 있었다. 그렇게 황태자가 지위를 다져가면 갈수록 태평공주는 안달이 났다.

'한 해만 기다리자.'

한 해가 지났지만 아무런 변동이 없다. 또 한 해가 지나가고 있었다. 해가 지날수록 예종은 황제의 정무보다 도인술에 빠져 도인 흉내만 낼 뿐 양위의 의사는 없는 것 같았다. 태평공주의 타는 가슴은 숯덩이보다 더 검게 변하고 있었다.

그럴 즈음.

예종이 즉위할 때 기념으로 제조하기 시작한 종이 완성되었다.

청동으로 주조된 종은 거대하였다. 무게가 수십만 근이요, 몸체에는 용과 학을 비롯하여 비천상, 맹수의 머리, 만초(蔓草), 채색구름 등으로 치장을 하였고, 이름을 경운종(景雲鍾)이라 명명하였다.

경운종의 몸체는 삼단으로 나누어져 있었다. 각 단은 여섯 면으로 되어 있었고, 하단의 가운데 면에 예종의 명문(名文)이 또렷하게 새겨져 있었다. 명문은 열여덟 행으로 293자의 글씨가 새겨져 있었다.

도교에 미쳐 있는 예종이었다. 명문의 내용도 도교의 신비함과 현묘함에 대한 찬사로 가득 차게 하였다.

경운종이 완성되자, 예종은 슬그머니 양위하는 듯하여 황태자가 대리청정을 하는 절차를 밟더니 이내 황제위를 넘겨주고 말았다.

황태자 이융기가 황제의 보위에 오르자 미친 듯이 날뛰는 한 여인이 있었다. 태평공주였다.

'이럴 수가! 사내놈이 약속을 어겨! 내 분명 네놈의 목을 치고 아랫도리를 도려내고야 말 것이다!'

뽀드득, 뽀드득. 이를 가는 소리가 얼음을 깨무는 소리보다 더 차갑고 살을 에듯 방 안 가득히 울려 퍼졌다.

태평공주는 반정 거사 때의 약속을 또렷이 기억하고 있었다. 약속을 지키지 않은 황제는 주살되어야 마땅하고, 그 일은 자신의 몫이라고 생각했다.

그러나 황제를 주살하기는 평왕 때의 이융기를 주살하는 것보다 몇천 배 버거운 일이었다.

태평공주는 측근을 불러들여 모의하기 시작했다.

그들은 중종 황제를 독살하였던 것과 같은 방법을 쓰기로 의견을 모았다. 그것만이 조정 대신과 백성의 눈을 가릴 수 있는 최선의 방법이었다. 하지만 그 낌새를 알아챈 황제 이융기의 측근이 있었다. 환관 고역사(高力士)였다. 그들의 독살 계획은 보기 좋게 실패하였다.

상황 예종은 백복전(百福殿)에서 은거하였고, 현종은 무덕전(武德殿)에서 정사를 처리하고 있었다.

무덕전을 찾아간 고역사는 이 사실을 아무도 모르게 현종에게만 아뢰었다.

"이쪽의 허점을 보이고 그들의 계획을 알아내도록 하라."

태평공주는 다시 측근들을 불러 모았다. 측근들은 병사를 일으키는 방법으로 결론지었다.

최측근인 두회정과 소지충, 최식, 잠의 등속은 조정 대신들을 한통속으로 몰아가고, 용무군 대장군인 상원계와 이자, 좌금오대장군 이흠 등은 현종이 머무는 무덕전을 습격하여 황제를 주살하기로 하였다.

사위를 분간할 수 없는 깜깜한 밤이었다. 황궁에는 희미한 불빛만 바람결에 일렁거리고 있었다.

상원계가 이끄는 군사들이 무덕전의 정문인 건화문(虔化門)을 향해 살쾡이처럼 빠르면서도 조용하게 쳐들어가고 있었다. 내응하는 군사가 건화문을 열었다.

그때였다.

생각지도 않았던 수백 명의 군사들이 그들을 향해 쏟아져 나왔다.

"저자들의 목을 쳐라! 황제 폐하의 칙명이다!"

갑작스러운 습격에 상원계 군사들은 감히 대항도 못하고 도망치기 바빴다. 이내 상원계와 이자, 소지충, 이흠 등의 목이 잘려 나갔다.

그들의 계획은 이미 누설되었다. 이번의 정보도 환관 고역사의 귀에 들어갔던 것이다.

현종의 최측근 장군인 왕모중을 비롯하여 곽원진, 왕수일 등의 공이었다.

태평공주는 거사 작전이 실패하자 황궁 뒷산 골짜기로 몸을 숨겼다. 그러나 그곳에서도 오래 버틸 수 없었다.

무덕전 앞마당에 밧줄에 꽁꽁 묶인 채 무릎을 꿇고 있는 태평공주의 모습은 처량하였다. 그녀 앞에 현종이 위엄 있는 모습으로 서 있었다. 그 옆으로 용무군의 대장군이 된 왕모중이 푸른빛을 뚝뚝 떨어뜨리는 칼을 차고 늠름하게 버티고 있었다.

"마지막으로 하고 싶은 말이 있소이까?"

황제의 물음에 태평공주는 구미호 같은 증오의 눈빛만 쏘아내며 입을 다물고 있었다.

세 번에 걸친 물음에도 그녀는 오로지 냉소의 눈으로 답하고 있었다.

서산에서 군사들이 기병하는 것처럼 핏빛보다 더 붉은 노을이 황궁의 지붕으로 달려오고 있었다. 이미 대낮에 붉은 기운을 다 토해낸

태양처럼 태평공주는 그렇게 쓰러지고 말았다.

약속, 목숨을 담보로 하는 약속이란 원래 지켜지지 않는 공약(空約)인 것임을 그녀는 너무 간과했던 것이다.

현종은 양태진을 으스러질 정도로 꼭 껴안으며 입맞춤을 하였다. 그녀의 입에서는 색정을 부르는 달콤한 사향 내음이 소리 없이 퍼졌고, 가녀린 손끝은 현종의 아랫도리 쪽으로 주르르 미끄러져 가고 있었다.

지체 높은
오라버니

 가을의 높은 하늘에는 물결무늬 구름이 강물처럼 흐르고 있었다. 어수룩한 어둠이 무거운 걸음으로 다가올 즈음, 기러기들이 화살촉 모양으로 대형을 이루며 물결무늬 구름과 하나가 되어 날아가고 있었다. 그 모습이 마치 강 위를 비상하는 백조의 날갯짓 같았다.
 점이 되어 날아가는 기러기를 앞세우고 양소는 기루(妓樓)로 향하였다. 기루는 검남성의 남쪽 대로변 끝자락에 있었는데 앞문은 잠겨 있었고 옆문으로 출입하게 되어 있었다. 손님들을 배려한 것이다. 그곳은 술만 파는 곳이 아니었다. 궁궐의 전각 모양새를 한 커다란 이층집으로 먹을거리와 잠자리까지 제공하는, 기녀객관의 역할을 하는 그런 곳이었다. 주로 검남성을 찾아오는 여러 내방객을 상대하는 곳이었으므로 항상 많은 손님들로 북적거렸다.
 양소는 주마등의 반김을 받으며 기루 안으로 들어섰다. 안에서는 여급과 기녀들이 아는 체를 하며 반긴다. 흐릿한 붉은빛 속에 파묻힌 손님들의 왁자하게 떠드는 소리가 들렸다. 그 소리를 뒷등으로 하며 아래층을 지나 이 층으로 올라갔다. 기둥마다 붉은 등롱이 불을 밝힌 채 손님을 기다리고 있었다. 막상 이 층으로 올라왔지만 계집들의 노랫소리와 웃음소리, 앙탈을 부리는 소리가 고스란히 전해지고 있었다.

양소를 알아보는 계집 하나가 호들갑을 떨며 다가왔다.

"오라버니, 오랜만이네요. 어인 일로 누추한 홍루(紅樓)까지 발걸음을 다 하시고? 이녁 명화를 보러 오셨습니까."

"말이 많은 건 여전하구나. 조용한 방으로 안내하라."

"판을 벌이시렵니까?"

"아니다. 술이나 한잔하련다."

"귀한 손님이 오시는가 보지요?"

"올 손님은 없고 나 혼자다. 조그만 방이라도 괜찮다."

"별일이시네, 혼자서 술을 드신다니 말이에요. 이녁이 술 동무라도 해드릴까?"

"필요 없다. 술상이나 먼저 봐준 다음에 부르거든 오거라."

양소는 계집의 능글대는 교태를 물리치며 방으로 들어갔다. 혼자 술을 따르거니 마시거니 하며 지난날들을 떠올리고 있었다. 예전과 다른 것이 있다면 혼자 있는 시간이 더 많아졌다는 것이었다. 이방인과 쌍륙판에서 큰돈을 잃고 난 뒤부터 선우중통의 부름이 적어졌고, 그의 부름이 없으니 돈이 궁했고, 돈이 없으니 노름판에도 낄 수 없었다. 옥쟁에게 간신히 용돈을 얻어 썼으나 그것도 번번이 바닥이 나고 있었다. 오늘 밤도 술값이 얼마가 될지 모르겠다. 주머니에는 땡전 한 푼 없다. 누진 술값도 있었지만 어떡해서든 눙칠 배짱으로 홍루까지 왔다. 사는 꼴이 점점 말이 아니었고 앞으로 살아갈 길도 막막하였기 때문이다. 술이 한 잔 들어갈 때마다 별별 생각이 다 떠오른다. 꾼 노릇을 같이하던 길온이 놈도 떠올랐고, 자신을 도끼로 쳐 죽이려 했던 산적 같은 놈도 떠올랐다. 그들은 장안으로 가서 무엇을 하고 있을까. 그들처럼 장안으로 가볼까. 늘 가고 싶은 장안이었으나 용기가 나지 않았다. 아는 사람 하나 없고, 한 번도 가보지 못한 낯선 성도가 아니던가. 검남보다 험하면 험했지, 희희낙락한 곳은 아닐 것이라는 생각이 앞섰던 것이다. 천지를 집어삼킬 듯한 적벽의 누런 강물에 몸을 던지려 했을 때, 차라리 그때 죽었으면 좋았으리라는 생각이 들 무렵, 명화 년이 문을 두드리는가 싶더니 이내 문을 빠끔히 열며 얼굴을 들이밀고 있었다.

"히히, 들어가도 되지요?"

"이년아, 부를 때까지 오지 말라 했잖느냐. 문을 닫아라."

소리가 작았는지 아니면 위엄이 없어 보였는지, 계집이 막무가내로 들어온다.

"자, 드사와요."

정분이 깊은 연인처럼 옆자리에 찰싹 들어붙더니 잔을 가득 채워 들이민다. 그렇게 석 잔을 내리 퍼 올리더니 설희야, 초심아, 영화야, 하고 계집들을 불러들인다. 양소는 술도 얼큰하게 오른 터라 그녀가 하는 대로 그냥 내버려두었다. 어차피 한 푼 없는 빈 주머니였고 셈을 치를 것도 아니지 않던가. 우르르 몰려든 계집들이 양소에게 한 잔씩 올리고는 저희들끼리 깔깔거리며 먹고 노는 꼴이 하나도 밉지 않았다. 그러더니 손뼉을 치며 노래를 부르기 시작했다.

서시 보고 혼 빠진 물고기 헤엄침 잊고 가라앉았다네⋯⋯.
가을꽃 자랑하는 함수초야 어찌 양태진과 견주랴.

궁녀들이 부르던 수화의 노래였다.

그런데 그 노래가 검남으로 와서는 궁궐과 다르게 불리고 있었다. 그것은 마지막 절구의 끝자락 '양비와 견주랴'를 '양태진과 견주랴'로 바꿔서 부르고 있었던 것이다. 끝자락이 황제가 하사한 양태진이란 도명(道名)으로 바뀌어 있었으니, 세인의 입처럼 간사한 것은 없었고, 세인의 눈처럼 명확한 것도 없었으며, 세인들의 노래처럼 무서운 것도 없었다. 그러하듯 수화의 노래는 기루에서까지 각광을 받는 만인의 노래로 자리 잡고 있었다.

그런가 하더니 기녀들은 얼토당토않은 노래를 부르기 시작했다.

양비 보고 혼 빠진 큰 임 안방샌님 자처하고,
정사는 뒷전이요 밤새워 엎치락뒤치락 염병이네,
불쌍타 작은 임 각시 훔친 늙으니 어쩌지 못하고,
미녀 셋보다 더 홀렸구나 양태진이 도명이네.

세상을 험하게 살아가는 기녀들인지라 노랫말을 바꿔 부르는 게 여간 흉측하지 않았다.

양소는 게슴츠레한 표정으로 노래를 듣고 있다가 명화에게 물었다.

"양태진이 누구인가?"

"그것도 모르사와요. 세상 사람들이 다 아는 걸 오라버니만 모르신단 말씀이오. 진정 모르신다면 가르쳐 주리다. 양태진이 누군가 하면 양비이고, 양비는 수왕비이니, 그 이름이 그 이름이오."

"그러면 큰 임은 뭐고, 작은 임은 또 무언가?"

"답답도 하시네. 큰 임이 누구겠소, 바로 황제 폐하요. 작은 임은 폐하의 열여덟 번째 아들이신 수왕 이모를 말한다오."

"그랬군. 나야 원체 황실 일엔 관심이 없는 사람이 아닌가."

"아무리 그래도 그렇지. 코흘리개 아이들까지 다 아는 일을 꾼께서 몰라서야, 호호호."

"양태진이 그렇게 잘생겼다더냐?"

"저 같은 천한 계집이 어찌 알겠소만, 들리는 말에 따르면 황제가 푹 빠져 해가 떠도 잠자리에서 떨어질 줄 모른다 합니다. 게다가 황후도 없으니 옳다구나 하며 그 자리마저 대신한다 하니, 여자로 태어나 그런 호사가 어디에 있겠소."

듣고 보니 노랫말을 이해할 수 있었다.

"자, 한 잔 더 하사와요."

계집이 잔을 올렸다. 벌써 여러 잔을 마신 터라 술에 거나하게 취하고 있었다. 그렇다고 마다할 수 없어 가까스로 받아 마셨는데, 눙칠 생각을 하니 술맛이 나지 않았다. 눙치려면 한바탕 소동이 일어날 것이다. 소동이 일어나면 시끄러워지고, 그러다 보면 관아로 갈 것이고……, 생각이 복잡해지고 있었다.

그전 같으면 선우중통에게 연락을 해서 해결할 수 있었으나 지금은 처지가 달랐다. 그렇다면 아무도 눈치채지 못하게 조용히 줄행랑을 치는 것이 가장 현명한 방법일 것이다. 생각이 거기에 다다르자 슬그머니 일어났다. 명화 년이 눈치를 챘는지 발딱 일어서며 따라나서려 한다.

"가시렵니까?"

"아니다. 소피를 봐야겠다. 퍼떡 다녀옴세."

이 궁리 저 궁리를 하며 측간으로 갔다 올 동안 명화는 측간을 노려보고 서 있었다.

"왜 그리 서 있느냐. 들어가자."

양소는 명화보다 앞서서 방으로 가는척하다가, 아래층을 향하여 손을 치켜들고 크게 외치며 내리뛰기 시작했다.

"태수 어르신! 태수 어르신!"

왁자지껄한 아래층에서는 그의 말을 들을 수도 없었다. 노랫소리와 웃음소리, 제 잘났다고 떠드는 소리에 파묻혀 누가 누구를 부르는지조차 알 수 없었다.

양소는 태수 어르신을 계속해서 외치며 술꾼들 사이로 파고들었고, 그러고는 작은 문을 열고 꽁지가 빠질세라 도망치고 있었다.

"잡아라! 저놈 잡아라!"

뒤에서 명화와 여러 계집들의 앙칼진 목소리가 요동쳤고, 그 소리에 우락부락한 장정들이 손도끼와 갈고리를 치켜들고 양소를 뒤쫓고 있었다. 힐끔 뒤를 돌아보니 햇불을 치켜든 장정들도 함께 따라오고 있었다.

홍루의 안팎 구조를 잘 알고 있는 그였다. 뒷마당을 지나 숲속으로 잽싸게 몸을 숨긴 다음 야산을 돌아 영화대 쪽으로 죽을 둥 살 둥 하며 뛰었다. 얼마나 죽기 살기로 뛰었는지 온몸에 긁히고 찢긴 자국이 선명하였다. 팔과 다리에서는 피가 뚝뚝 떨어져 옷에 핏자국이 드러나고 있었다.

조금만 더 뛰면 된다며 마음을 달래면서 골목길로 들어서고 보니 비로소 다리가 후들거린다. 술에 취한 김에 뛰었지, 술김이 아니면 그리 뛰지 못했을 것이다. 그런데 누군가 그의 앞을 가로질러 뛰어가는 자가 있었다. 양소는 깜짝 놀랐지만, 그의 뒷모습을 스쳐보며 계속 뛰었다. 그자도 무슨 사연이 있겠지, 머릿속은 한밤중에 뜀박질을 하는 자신이 한스럽기도 하였고, 한편으론 홍루의 건달들을 따돌린 것이 통쾌하기도 하였다.

그런 생각도 잠시였다. 갑자기 앞쪽에서 횃불을 높이 들고 있는 자들이 나타났다. 흠칫 놀라며 뛰던 걸음을 멈추고 뒤를 돌아보니, 또 한 무리가 횃불을 치켜든 채 그를 쫓아오고 있지 않은가. 진퇴양난이었다. 빠져나갈 곳은 없었다. 이제 죽었구나, 낙심하고 땅바닥에 주저앉고 말았다.

"네놈이 뛰어봤자지 어딜 도망치려느냐. 순순히 오라를 받아라! 버둥대면 머리통을 짓이길 것이다. 묶어라!"

앞쪽에서 달려온 자가 숨을 헐떡거리며 명을 내리고 있었다. 이상하다 싶어 고개를 치켜들고 보니, 웬걸 나졸들이었다.

"왜, 왜 그러쇼. 난 죄지은 거 없는 사람이오. 술을 먹다 뛰쳐나온 거요."

"거짓말 마라. 어서 묶어라."

처음에 말한 자가 명을 내리니 나졸 서넛이 달려들었다. 한 놈은 목덜미를 잡아채고, 한 놈은 두 손을 뒤로 꺾어 오라를 묶고, 한 놈은 멱살을 잡아 목을 누르고, 한 놈은 발로 정강이를 걷어차면서 온몸을 포승줄로 꽁꽁 묶고 있었다.

양소는 후들거리는 다리를 가까스로 세우며 안간힘을 다 써보았으나 생선 꾸러미에 낀 것처럼 팔딱거릴 뿐이었다. 그러고는 검남성 안으로 끌고 가는데 그가 비틀거릴 적마다 엉덩이고 넓적다리고 정강이고 없이 발길질이 춤을 추듯 하였다.

"옥에 가두어라."

포청으로 들어서자 포승줄은 풀어주지도 않고 옥에 갇히고 말았다.

새벽녘이 되자 목이 타올랐다. 자리끼를 찾으려고 몸을 비틀었으나 포승줄에 꽁꽁 묶여 있었다. 꿈인가? 하며 눈을 휘둥그레 뜨고 두리번거렸다. 낯선 곳이었다. '잡혀 왔구나' 옥으로 들어오자마자 술에 취해 잠이 들었는데 깨고 보니 간밤의 일이 떠올랐던 것이다.

굼벵이 꿈틀거리듯 하며 창살에 목을 빼고 옥리를 불렀다.

"이보시오. 이보시오, 옥리. 물 좀 주시오. 갈증이 나서 죽을 것 같소. 옥리 양반, 제발 물 좀 주시오."

목소리가 탑탑하게 갈라지며 올빼미 소리를 하였건만 옥리는 창을 거머쥔 채 까딱거리며 졸고 있었다.

"젠장, 이보시오, 옥리!"

멱을 따는 소리를 내지르자, 옥리가 눈을 바스스 뜨며 귀찮다는 낯으로 다가오더니 핏대를 올리고 있었다.

"아가리 닥쳐라. 내일이면 죽을 놈이 무슨 물 타령이냐. 동이 틀라면 아직 멀었으니 잠이나 푹 자두어라. 사람을 죽인 주제에 저는 살겠다고, 쯧쯧."

"뭐요? 내가 사람을 죽였단 말이오?"

"그럼 네놈 말고 누구한테 하는 말이겠느냐."

"이보시오, 나는 죄가 없소……."

"닥치라 했다. 자꾸 시끄럽게 굴면 맹물이 아니라 똥물을 퍼부을 것이니라."

옥리는 창을 질질 끌며 왔던 자리로 되돌아간다.

'살인죄를 뒤집어썼구나'

난감했다. 그리고 보니 골목길로 접어들었을 때 자신을 가로질러 뛰어가던 자가 떠올랐다.

날이 밝자 옥리들에게 겹겹이 둘러싸여 어디론가 끌려 나갔다. 밖은 하늘 가득히 먹구름이 잔뜩 끼어 있었다. 금방이라도 소낙비가 쏟아질 것 같았다. 그들은 포청의 후미진 곳으로 데려갔고 그곳은 죄인을 문초하는 뒷마당이었다. 그곳에는 두텁고도 묵직한 형틀이 놓여 있었고, 형틀 옆으로 죄인의 볼기를 치는 여러 가지의 태(笞)와 장(杖), 곤장(棍杖) 따위가 비스듬히 세워져 있었으며, 물이 가득 담긴 물동이까지 눈에 뜨였다.

양소는 물동이를 보자 물 한 바가지만 얻어먹었으면 소원이 없으리만큼 갈증을 느끼면서, 형틀 옆에 무릎을 꿇고 문초를 받기 시작했다.

문초관은 검남도의 감찰사였다. 감찰사는 상석에 앉아 있었고, 문초는 젊은 감찰이 직접 하였다.

"죄인의 이름이 양소인가?"

"이름이 양소인 것은 틀림없사오나 소인은 죄를 짓지 않았사옵니다."

"죄를 짓고 안 짓고는 문초에서 밝혀질 것이니 묻는 말에만 답하라. 어제의 행적을 사실대로 고하라."

양소는 어제의 일을 하나도 빠짐없이 말하였고, 홍루의 명화까지 불려 왔다.

젊은 감찰이 명화에게 물었다.

"죄인의 말이 사실인가?"

"낮의 일은 사실인지 아닌지는 모르겠사오나, 저자가 홍루에 나타난 시각은 술시(밤 9시) 초였고 자시(밤 11시)쯤에 사라졌사옵니다."

그녀는 거짓말을 하고 있었다. 양소는 술에 취해 몇 시에 홍루에서 도망쳤는지 정확한 기억은 없었으나 아마도 축시 초(새벽 1시)는 넘긴듯했고, 붙잡힌 시각이 축시 정(새벽 2시) 무렵이었으니 세 시각의 차이가 있었던 것이다. 그런데 하필이면 살인은 자시 정(밤 12시)부터 축시 사이에 일어났고, 죽은 자는 그가 겁탈한 적 있는 나희석의 처였으니, 아무리 진실을 말하여도 살인범으로 몰아붙이고 있었다.

"죄인이 이실직고하지 않는구나. 곤장을 쳐라!"

명을 받은 집장사령이 양소를 형틀에 '열 십'자로 엎어놓고 손발을 묶은 다음 아랫도리를 훌렁 벗겼다. 그리고 소곤, 중곤, 대곤의 곤장 가운데 가장 큰 대곤(大棍)을 치켜들고 맨 볼기에 사정없이 내리꽂았다.

양소는 장이 떨어질 때마다 혼절을 거듭하였다. 정신이 들라치면 산적수염을 한 나희석이 도끼를 휘두르는 것 같았고, 죽은 나희석의 처가 희죽거리는 모습이 번갈아 가며 떠오르고 있었다. 혹독한 곤장도 견딜 수 없었지만 그들의 서슬 퍼런 눈빛은 더 견딜 수 없었다.

"그만, 그만 때리시오. 내가, 내가 죽였소. 흑흑."

모진 매를 견뎌낼 장사가 없었다. 삼십여 장 만에 거짓 실토를 하고 말았다. 장을 맞는 것보다 차라리 목을 베는 게 고통이 덜할 것 같았다. 엉덩이는 살점이 뭉텅뭉텅 떨어져 나갔고, 매를 맞지도 않은 입술은 갈기갈기 찢겨 피를 철철 흘리고 있었다.

"데리고 가라."

양소는 그토록 마시고 싶었던 물은 입도 축이지 못한 채 옥리가 퍼부은 두어 바가지 물만 뒤집어쓰고 옥에 처박히고 말았다.

"살인자상명(殺人者償命)이니라 했으니, 네놈 같은 살인자는 네 목숨으로 갚는다는 말이다. 자, 목을 앞으로 쭉 내밀어라. 칼 맛이 어떤지 보여주마."

양소가 옥으로 되돌아오자, 새벽녘에 번을 섰던 옥리가 목에 칼을 씌우면서 내뱉은 말이었다.

옥에 갇히고 보니 옥리가 저승사자같이 느껴졌다. 옥리쯤이야 마구간 청소부보다 못한 자리였고, 마음만 먹으면 개도 소도 다 할 수 있는 그런 천한 자가 세상에서 가장 무섭고 두려운 존재인 줄 미처 몰랐던 것이다.

그렇게 옥으로 오자마자 목에 칼이 씌워졌다. 칼을 씌운 몸은 운신하기가 더욱 불편했다. 살점이 떨어진 엉덩이로는 앉을 수도 누울 수도 없었다. 칼이 짧았기에 망정이지 길었으면 모로 기대지도 못하였을 것이다.

겨우 모로 기대어 정신을 가다듬고 보니 난데없이 살인자가 되어 죽을 날만 기다리는 신세가 아니던가. 도와줄 사람도 없고 누명을 벗을 수도 없는 자신을 생각하니 살고 싶지 않았다. 죽기로 작심했다. 몸을 쓸 수 없었으니 죽을 수 있는 방법은 식음을 전폐하는 것밖에 없었다. 곡기를 끊었다. 한 모금의 물도 마시지 않고 보름이 지났다. 그러나 죽기는커녕 목숨은 질경이처럼 끈질기게 달라붙어 있었다. 그뿐만 아니라, 곡기를 끊었음에도 살점이 떨어진 엉덩이가 다 아물었고, 힘은 없었으나 정기는 살아나는 것 같았다.

살점이 붙고 정기가 살아나고 보니 죽기보다 기필코 살아서 꼭 누명에서 벗어나야겠다는 오기가 생겼다. 옥리들의 말에 의하면 살인자는 반란이나 역모 등과는 달리 부대시(不待時) 죄에 해당되지 않아 때를 가려 처형한다 하였다. 그러므로 역모 등속이 아닌 중죄인의 처형은 추분부터 다음 해 춘분 사이에 집행하는데 간혹 다음 겨울을 넘기는 경우도 있다고 하였다.

양소는 끊었던 곡기를 다시 챙겨 먹기 시작했다.

비록 중죄인이지만 자연의 순리에 따라 만물이 솟아나고 열매를 맺는 시기에는 사람을 죽이지 않으려 했던 것처럼, 죄 없는 자가 누명을 벗는 것 역시 자연의 순리에 맡기려 한 것이었다. 밥때가 되어 개구멍으로 죽사발이 들어오자 멀건 죽사발이나마 말끔히 핥아 먹었다.

옥리들의 말처럼 동지가 지나고 춘분이 지났건만 목숨은 붙어 있었다. 추분이 올 때까지는 사형집행을 하지 않을 것이니 그동안이라도 진범이 잡히길 바라면서 악착같이 몸을 추스르고 있었다.

늘 그랬듯이 개구멍으로 죽사발이 들어왔고, 한 톨도 남김없이 비운 죽사발을 발로 밀어 개구멍 쪽으로 들이미는데, 빈 사발을 가져가던 옥리가 반기는 낯으로 말을 건넸다.

"양소, 고생이 많네. 날세, 나. 옥분 애빌세."

옥리가 아는척하는 말에 양소의 귀가 번쩍 뜨였다.

"자네, 팔삭이가 아닌가?"

그는 고향에서 같이 자란 친구였다.

"자네를 찾아 검남까지 왔는데 옥에 갇혔다는 소문을 듣고 일부러 옥리가 되어 들어왔네. 몸은 성한가?"

"볼 낯이 없네. 몸만 성하면 무엇 하겠는가. 누명을 뒤집어썼네. 이러지도 저러지도 못하고 죽을 날을 기다릴 뿐일세."

"힘을 내시게. 듣자 하니 범인이 따로 있는듯싶네. 조금만 참게. 실은 내가 자넬 찾아온 것은 자네 덕으로 출세를 해보려 했는데 이런 모습을 보니 너무 안타까울 뿐이네."

"밥벌이도 못 하는 날세. 그런 나를 찾아서 출세를 한다니, 그게 무슨 말인가?"

"나는 자네가 옥환의 도움으로 한자리하는 줄 알았다네. 옥환이가 황제 폐하의 총애를 받는다는 사실을 자네는 모르고 있었단 말인가? 옥쟁이도 장안으로 불러들였다네."

양소는 세인의 입에 오르내리는 양태진이 옥환이란 것을 그제야 알았다.

그렇잖아도 옥쟁이 검남에 있었더라면 한 번이라도 찾아왔을 것이라는 생각을 하였다. 옥에 갇힌 자가 뻔뻔스레 통기를 할 수도 없었고 해서, 속으로는 은근히 기다리고 있었던 참이었다. 팔삭이의 입을 통해 사실을 알고 보니 도무지 실감이 나지 않았고 믿기지도 않았다.

"그 아우들이 못난 나를 오라버니로 생각이나 하겠는가. 그림일세. 그것도 먼발치에서나 듣기만 하는 귀동냥 그림일세. 부질없네."

"누가 아는가, 사람 팔자 아무도 모른다고 하지 않던가. 그나저나 여기서 빠져나갈 궁리를 해보세."

팔삭이는 양소의 피붙이들을 훤히 알고 있었다. 그들 모두 포주 영락에서 같이 자랐고 옥환이 수왕비로 책봉되어 궁으로 떠날 때 그가 나서서 마을잔치까지 열어줄 만큼 가까운 사이였다. 그 후 양태진이 되어 황제가 그녀의 말이라면 안 들어주는 것이 없을 정도라는 소문을 듣고 양소를 찾았던 것이다.

양소는 팔삭이가 옥리로 들어와서부터는 매우 편하게 지낼 수 있었다. 목에 채운 칼도 빼내어 주었다가 번이 바뀔 때면 다시 채웠고, 밥도 배불리 먹을 수 있었으며, 가끔이지만 옥장 몰래 술도 함께 마실 수 있을 만큼 극진한 보살핌을 받았다.

그렇지만 찜통 같은 한여름의 옥살이는 형벌 중의 큰 형벌이었다. 칼을 찬 목에서 진물이 흘러내리고 항문에서는 치질과 치루가 솟아올랐다. 그 고통은 곤장보다 견디기 어려운 지옥 고문이나 다를 바 없었다.

그런 여름이 지나갈 무렵, 선우중통이 찾아왔다. 뜻밖이었다.

"내가 그동안 장안에 가 있느라 자네가 이 고생을 하는지 몰랐네. 절도사 어른에게 말을 잘 해놓았으니 치료부터 받게나. 머지않아 좋은 소식이 있을 것 같으니 그때 또 보세."

그는 힘을 주는 말과 함께 넉넉한 영치금을 놓고 돌아갔다. 양소는 그가 보이지 않자 기뻐서, 너무나도 기뻐서 엉엉 소리를 내며 피눈물보다 짙은 참회의 눈물을 흘리고 있었다.

그리고 나흘 후에 진범이 붙잡혀 옥에서 나올 수 있었다. 팔삭이도 그의 출옥과 동시에 옥리 자리를 던져버렸다. 근 일 년간의 억울한 옥살이였다. 하나 그 대가를 치러주는 자는 아무도 없었다. 힘없는 백성의 억울함은 그날의 재수나 운에 달려 있을 뿐, 진부와 보상은 애초부터 통용되지 않았다. 그나마 위안을 할 수 있는 것은 의지의 친구를 만났음이었다. 그러하듯 옥바라지를 하던 팔삭이가 그의 둘도 없는 탄탄한 그림자가 되어 있었다. 그것이 대가라면 대가였다.

양소는 옥에서 나오자마자 팔삭이와 함께 선우중통의 영화대로 향했다. 옥에서부터 영화대까지는 이각(二刻, 30분) 남짓한 거리였다.

가는 길 내내 쪽빛 하늘 높은 곳에는 새털구름들이 날갯짓하듯 하며 둥둥 떠 있었다. 시원한 가을바람이 양소의 가슴을 파고들었다. 후련했다. 두 번 다시 생각하고 싶지 않은 억울한 옥살이에서 빠져나오니 이렇게 좋은 것을, 이리도 살맛이 나는 것을……. 새가 된 기분이었다. 날아갈 듯 발품을 재게 놀렸다.

영화대에 도달하자 양소는 누각으로 통하는 첫 번째 문지기에게 말을 넣었다. 문지기는 새파랗게 젊은 놈으로, 처음 보는 자였다

"대인을 뵈러 온 양소다. 부름을 받고 왔으니 표찰을 주게."

"양소? 그런 자의 출입 통기를 받은 게 없소."

문지기는 가재 눈을 뜨고 양소와 팔삭이를 위아래로 훑어 내리더니 별 볼 일 없다는 듯이 딴전만 피우고 있었다. 양소는 선우중통이 누각에 있을 것이라 확신하고 있었다. 재차 말을 넣었다.

"헛말이 아니니 다시 한번 알아봐 주게."

"대인은 출타 중이시오. 다음에 오시오."

놈은 알아보는 시늉도 하지 않고 옆에 있는 놈과 히죽거리며 건성

으로 답하고 있었다. 양소는 울화가 치미는 걸 꾹 참았다. 옥에서나마 참는 걸 배웠으니 망정이지 옛날 같았으면 사단이 났을 일이었다. 거듭 말을 넣었다.

"자넨 양소라는 자에 대해서 듣지도 못하였는가? 날 알아보지 못하는 걸 보니 신참인 모양이군. 여러 말 하기 싫으니 표찰이나 주게. 가서, 대인이 계시는지 아닌지 직접 봐야겠다. 거참, 별놈 다 보네."

"양소고 뭐고 통기를 받은 게 없다고 했잖소. 좋게 말할 때 돌아가시오."

놈이 구겨진 상을 하며 대들 듯이 하였다.

이런 일은 없었다. 제집 드나들듯 하던 텃밭이 아니던가. 그런데 위아래도 몰라보고 대거리를 하는 꼴이 아무래도 수상쩍었다. 눈치가 빠른 양소는 놈의 태도에서 뭔가 직감할 수 있었다. 꾼의 오랜 경험으로 비추어 볼 때 우엣 놈들이 시킨 짓이 분명하였다. 그가 옥에서 나왔음을 건달들이 모를 리 없음에도 불구하고 새파란 놈이 뻗대는 걸 보면 알 수 있었다. 그가 없는 동안 건달들의 서열이 바뀌었음이다.

"누가 시켰느냐? 똥파리냐? 아니면 석두냐? 어느 놈이냐?"

주먹을 말아 쥔 양소의 미간이 쭈그러들고 있었다. 마음 같아서는 머리통이 박살 나게 한방 쥐어박고 싶었으나 채신머리없이 조무래기들과 싸울 수도 없었다. 시비 끝에 싸움은 우엣 놈이 바라고 있는 것이기도 하여 부르르 떠는 주먹을 제 스스로 달랠 수밖에 없었다.

"그것도 모르는 주제에 얼어 죽을 양소라는 이름은 왜 들먹거리오. 썩은 둥치가 새순보다 못하다는 걸 알만한 사람이……. 자, 여기 있소. 가져가시오. 다음부터는 얕보지 마시오."

양소는 격세지감을 통탄하면서 누각으로 향했다.

"이젠 이 바닥을 뜰 때가 되었나 보네. 장안으로 가는 게 좋을듯 하네."

분을 삭이지 못하여 씩씩거리는 양소를 달래는 팔삭이의 말이었다.

예감대로 선우중통은 누각에서 연못을 바라보고 있었다. 한걸음에 누각으로 달려간 양소는 넙죽 엎드려 예부터 올렸다.

"대인의 도움으로 무사히 출옥하였사옵니다. 감사하고, 또 감사하옵니다. 대인의 은혜, 이놈 죽을 때까지 잊지 않겠습니다. 소인은 지금 시각 이후로 견마지로(犬馬之勞)를 마다하지 않을 것을 맹세하오니 거두어 주시옵소서, 대인!"

참 마음에서 우러나온 말이었다. 그가 아니었다면 검남에서의 삶은 순탄치 못하였을 것이다. 천만 배를 올리는 심정으로 예를 올렸던 것이다.

"견마지로라니, 별말씀 다 하시네. 그간 고생하였으니 술이나 한잔 하세."

선우중통이 시종을 부르자 아랫것들이 분주하게 움직이더니 미리 준비하고 있었다는 듯이 번듯한 술상이 차려졌다. 술이 몇 순배 돌고, 이런저런 이야기가 오고 갈 즈음 홍루에서 불러들인 기녀들이 자리를 차고 들었다. 그들은 춤을 추는가 하면 노래를 불렀고, 노래를 부르는가 하면 금을 탔고, 술 시중을 드는가 하면 착 달라붙어 갖은 아양을 떨고 있었다. 유흥은 저물도록 계속되었고, 늦은 밤이 되어도 파할 기미가 없었다. 술이 깰만하면 다시 취하였고, 취하면 아무 데서나 잠깐 눈을 붙였다가 또 마셨다. 사내들은 늘 취해 있었고, 계집들은 분내를 풍기며 새로운 물갈이를 거듭하고 있었다. 사내들은 술에 취하고 싶을 때 취했듯이 계집을 범하고 싶으면 하시라도 이것저것 원하는 대로 맘껏 취했다.

그렇게 사흘 밤낮으로 황제가 부럽지 않으리만치 융숭한 대접을 받고 이틀을 깊은 잠에 곯아떨어졌다.

나흘 뒤, 선우중통이 양소를 불렀다. 양소는 팔삭이와 같이 갔다. 이제 팔삭이는 그의 그리메(그림자)가 되어 한 몸으로 움직이고 있었다.

"자네, 장안은 가보았나?"

"그림도 보지 못하였사옵니다."

"허허, 영락없이 촉의 촌부(村夫)로세. 이참에 팔삭이와 바람 좀 쐬고 오지 않겠나. 장안에 가면 서시라는 큰 시장이 있네. 게서 뭣 좀 가져올 것도 있고 말일세."

"그리해 주시면 소인 광영에 광영이옵니다. 하오면 언제 떠날깝쇼?"

"준비는 다 되었으니 자네만 괜찮다면 내일이라도 바로 떠나게나."

"알겠사옵니다. 대인."

그들은 영화대에서 하루 더 묵고 이른 아침부터 차비를 서두르고 있었다. 선우중통은 돈이 가득 든 궤와 두툼한 전대를 두 사람에게 나누어 주면서 말을 덧붙였다.

"내가 듣기로 양태진께서 자네의 누이라고 들었네. 장안에 가서 반드시 태진궁에 들러 누이와 묵은 회포라도 풀고 오길 바라네. 세상일이란 아무리 오누이 간이라도 주고받는 것이 없으면 애틋한 정도 이내 식은 재처럼 된다네. 애정과 아울러 누이가 좋아하는 귀중한 것을 선사하게. 긴 세월 동안 서로 대면하지 못한 고로 자네의 처지를 물을 것이니 이곳 영화대를 자네 것이라 하세. 그리하려면 추비하거나 빈자의 모습은 금물이니, 귀인처럼 차려입고 돈도 아끼지 말고 듬뿍 듬뿍 쓰게. 그래야 누이도 빈빈(彬彬)하게 볼 것이네. 전대에는 편환(便換)이 여럿 들었으니 그리 알게."

"대인, 고맙고 감사하옵니다. 소인 무탈하게 잘 다녀오겠사옵니다."

양소와 팔삭이는 편환이 가득한 전대를 복대로 하여 허리에 야무지게 둘러매서 남의 눈에 띄지 않게 한 다음, 구종을 앞세우며 장안으로 가고 있었다.

말을 타고 어깨를 나란히 하면서 팔삭이 물었다.

"이 전대 속의 편환이 무언가? 머리털 나고 처음일세."

"문서 돈이네. 동전이 무겁지 않든가. 그래서 거액은 동전 대신 편환으로 쓰는 것이라네. 원래는 조정이나 관에서만 발행하였는데, 대인 같은 거상(巨商)은 관에 그 금액만큼 넣은 후에 만들 수 있는 문서 돈이라네."

양소도 이방인과의 쌍륙노름 때와 선우중통의 심부름으로 편환을 본 적이 있어 발행과 쓰임에 대해서는 알고 있었으므로 팔삭에게 설명하였던 것이다.

그러하듯 편환은 편전(便錢) 또는 비전(飛錢)으로 불리고 있었으나 거상이 아니면 좀체 볼 수 없는 것이었다.

"이 모두 자네가 옥환 누이를 잘 둔 덕일세. 황제 폐하의 사랑을 독차지한 양태진의 오라버니이니, 그야말로 지체 높은 오라버니가 아니던가. 으하하하하!"

팔삭의 너털웃음에 양소도 박장대소하며 허리를 꺾고 있었다.

무지렁이들의 장안 입성

양태진에게 폭삭 빠져든 현종은 정사는 뒷전이었다.

황자의 비를 태진으로 삼아 남궁을 도관으로 하고 정사마저 돌보지 않자 뜻있는 간관(諫官)들이 들고 일어났다. 그들은 양태진을 물리치라며 황제에게 상소를 올리는가 하면 직언을 서슴지 않았다. 간관들이 간섭할수록 황제는 정전을 피해 태진궁에 칩거하다시피 하고 있었다.

황제의 기미를 살피려고 이임보가 슬그머니 태진궁으로 찾아갔다.

"폐하, 전 중서령 장구령이 죽었다 하옵니다."

"끝내 죽었구나. 나이가 많았으니 어쩔 수 없지. 인명은 재천이라 하였니라. 후히 예를 갖춰 처리하라."

하나도 슬퍼하지 않고 시큰둥한 답을 듣자, 그는 퍼뜩 머리를 굴려 배요경을 들고 나왔다.

"안타깝게 전 시중 배요경마저 골골대어 곧 죽을 것 같다 하옵니다."

장구령은 그의 모략으로 귀양을 갔다가 고향에서 죽었으나 배요경은 아직 생생하게 살아 있었는데 거짓으로 고하였던 것이다.

"하늘의 뜻이라 하지 않았느냐. 그자도 늙었으니 가야지. 물러가라."

황제는 짜증을 부렸다. 눈치라면 족제비를 능가하는 그였으니 황제의 불편한 심기는 간관을 길들이지 못한 자신의 질책으로 받아들이고 있었다. 그는 연신 허리를 굽히며 뒷걸음으로 자리를 빠져나오며 얼굴에 회심의 미소를 띠었다.

이임보는 조정으로 돌아오자마자 간관들을 불러 모아 한바탕 훈화를 하였다.

"집에서 말을 길들일 때 어떻게 하시오? 주인의 말을 잘 들으면 먹이를 주지만 말을 듣지 않으면 매로 다스리거나 팔아버리거나 아예 죽여버리지 않소. 하면, 사람의 입은 어떻소. 입은 산해진미를 먹는 구멍이니 그걸 계속 유지하려면 우마(牛馬)의 코뚜레나 재갈을 물은 것처럼 하는 게 좋을 것이오. 입은 함부로 놀리라고 붙어 있는 것이 아니니 장차 끼니를 굶는 식솔들을 생각하시오."

그동안 벼르고 벼르던 간관들을 향해 이참에 뜨거운 맛을 보여주려 작정하고 철퇴를 휘두르기 시작한 것이다.

그러나 이임보의 협박에도 불구하고 그의 월권행위를 비판하는 상소를 올린 간관이 여럿 있었다. 상소는 황제에게 올라가기도 전에 이임보의 손에서 멈추었고 그들은 즉각 파면되거나 옥에 갇히고 말았다.

이렇듯 이임보는 황제에게 바른말을 하는 간관들의 입부터 족쇄를 채워놓았던 것이다. 그전까지는 입을 동였다면 지금은 아예 입을 없애버린 형세였다. 그리고 어떠한 조정 관리라도 그의 눈에 벗어나면 하루아침에 파면시키거나, 매로 다스리거나, 문초를 하고 옥에 가두

거나, 귀양을 보내거나, 죽이거나, 감쪽같이 사라지고 있었다.

하지만 이임보의 속내는 따로 있었다. 조정의 대신과 모든 관리들의 입을 막고 간관의 입까지 족쇄를 채운 것은 황제만을 위한 것이 아니었다. 모든 입을 막고 그의 야욕을 노골적으로 드러내려는 수단에 불과하였던 것이다.

현종은 개원 초기부터 흥경궁에 근정전을 세워 그곳에서 새벽부터 늦은 밤까지 정사에 온 힘을 다 쏟아부었다. 그리하여 '개원(開元)의 치(治)'라는 업적을 남기었다. 그런데 지금은, 정사는 이임보에게 맡겨놓았다시피 하고 오로지 양태진의 치마 속을 헤어나지 못하고 있었으니 미친개를 나무랄 수 없을 만큼 딴 세상 사람으로 변해가고 있었다.

황제를 치마폭에 감싼 양태진은 해가 가고 달이 갈수록 입김이 세졌다. 조정 대신들도 그녀의 눈치를 보기 시작했고, 그녀의 말에 따르지 않는 자가 없을 정도였다. 원하는 것은 무엇이든 다 되었으니 목에 힘이 실리고 있었다. 이임보와 고역사 등도 그녀와 사이를 좁히려 부단히 노력을 하고 있었고, 무슨 청이 없을까 하며 귀를 기울일 따름이었다.

그녀를 부르는 호칭도 가지각색이었다. 누구는 그냥 마마라고 불렀고, 누구는 예전처럼 양비마마라고 하였으며, 누구는 태진마마라고까지 칭하고 있었다. 그러나 어느 누구 하나 수왕비마마 또는 태진도사라 칭하는 자는 없었다. 단지 황실 사람들만 낭자(娘子)라 부르며 황자녀와 같은 반열로 대하고 있었다.

그런 그녀가 태진궁으로 들어올 때부터 수왕궁에 남아 있던 백도와 홍도를 불러들여 궁녀들을 능가하는 지위에 올려놓고 시중을 들게 함은 식은 죽 먹기에 불과했다. 그들 또한 그녀의 수발을 든다는 이유로 권세가 하늘을 찌를 듯이 와글와글 치솟고 있었다.

하루는 얌전하고 착하기만 한 홍도가 눈물 콧물을 비 오듯 줄줄 흘리며 그녀에게 청을 하였다. 엄중한 궁이라 말과 자세는 또렷함을 잃지 않았다.

"이년에게 언니가 딱 하나 있사옵니다. 터울은 댓 살밖에 나지 않았사오나 이년을 낳아주신 어미보다 더 극진히 아끼고 보살펴 주었사옵니다. 이년이 세상에서 둘도 없이 좋아하고 따르던 그 언니가 그저께 밤에 불귀객(不歸客)이 되어 영영 돌아오지 못할 곳으로 떠났다 하옵니다. 부디 청하옵건대, 마마께서 이년을 가엾이 여기시고 사가에 단 며칠이라도 다녀오게 허락하여 주심을 간곡히 소청드리옵니다. 태진마마."

청을 올리자 또다시 눈물을 펑펑 쏟아내고 있었다.

"그런 일이 있었구나. 얼마나 슬플꼬. 여긴 백도가 있으니 걱정 말고 잘 다녀오너라."

말은 그렇게 하였으나 양태진의 눈에도 눈물이 그렁거리는 그 속에 언니들이 새겨지고 있었다.

'나도 그런 언니가 있단다. 옥패, 옥쟁, 옥채 언니들이……'

홍도의 사단이 그녀의 친정식구들을 하나둘씩 떠올리는 계기가 되었다. 그간 없는 듯 잊고 살아온 언니들이었으나 홍도가 들쑤신 그녀의 마음은 사가를 향해 수천, 수만 갈래로 뛰쳐나가고 있었다. 어떻게들 변해 있을지, 행여 죽지는 않았는지, 코흘리개였던 나를 기억이나 할지, 이렇게 장성한 모습을 보여주면 곱게 컸다고 할까, 아니면 언니보다 못났다고 할까. 그런저런 생각의 갈래가 천방지축으로 뛰쳐나가다 지금의 처지에 머물렀다. 왕비가 되고 태진이 되어 있으니 도도하여 찾지 않는다는 생각에 이르자 견딜 수가 없었다. 많은 오해를 하고 있겠구나, 그리되면……. 머릿속에 아롱거리는 무지개 아지랑이를 쫓아 끝 간 데 모르고 헤맬 수만은 없었다. 더 늦기 전에 찾아나서야만 했다.

그녀가 가장 보고 싶었던 언니는 둘째 옥쟁이었다. 옥쟁 언니를 떠올릴 때면 가슴이 뭉클뭉클하여 가쁜 숨을 쉬다 못해 멈춰지곤 했다. 아버지를 잃고 끼니조차 없던 어린 시절, 옥쟁 언니는 풀밭을 헤매며 열매란 열매는 모두 따서 옥환의 입에 넣어주었다. 열매를 딸 때면 언니의 여린 손은 가시에 찔리고 긁혀 상처가 났고 피가 흘렀으며, 열매가 터져 흘러내린 붉고 푸르고 검은색이 손에 가득 물들었다. 그 손으로 어린 동생의 주린 배는 채워주면서 정작 자신은 한 알도 입에 넣지 않았다. 언니도 배가 고플 텐데 얼마나 먹고 싶었을까. 옥환은 그렇게 생각하면서도 꼬박꼬박 받아먹었던 모습이 떠오를 때면 얼굴이 불에 댄 듯 화끈거렸다. 어미가 날품이라도 갈 때면 칭얼거리는 옥환을 달래려 언니는 작은 등을 들이대며 업고 또 업어주었다. 작은아버지가 양녀로 데려갈 때 언니는 눈물을 펑펑 쏟으며 그녀를 꼭 끌어안고 놓아주지 않았다. 안 돼, 안 돼, 옥환이 데리고 가면 안 돼, 하며 울부짖던 언니의 목멘 소리가 귀에 쟁쟁히 박혀 있었다. 그리고 여태껏 만나지 못했다. 만나고 싶은 마음은 항시 있었으나 형편도 되지 않았고, 너무 멀리 떨어져 있었기에 차일피일 미루다 간택이 되어 지금에 이른 것이었다.

홍도가 사가에서 돌아오자 양태진은 백도를 불렀다.

"언니를 찾아야겠다. 지금 즉시 차비를 하고 검남으로 가거라. 가서 무슨 일이 있더라도 꼭 찾아야 하느니라. 명심하여라."

"어리석은 이년이 할 수 있을지 걱정이옵니다."

"못 할 게 무에 있느냐. 조치를 취해놓을 터이니 너는 언니나 잘 모시고 오기만 하면 되느니라."

"아니 오신다면 어찌하오리까?"

"그럴 리 없다. 반드시 올 것이니라. 떠나거라."

양태진은 백도에게 넉넉한 노잣돈을 챙겨주고 그녀를 지켜줄 건장한 무사도 둘이나 붙였다. 만일을 대비하여 검남절도사에게 보내는 서찰도 품에 넣게 하였고, 파발마를 띄워 조정의 일처럼 협조문도 보냈다.

파발마가 당도하고 옥쟁을 찾는 협조문을 받아 든 검남절도사 장구겸경은 매우 반기며 백도가 오길 기다리고 있었다. 분명 호기였다. 황제가 보낸 칙사나 다름없는 이런 호기를 놓칠 수는 없었다. 어떤 권모술수를 다하여도 그리되지 않을 것이었다. 그렇지 않아도 조정으로 다시 들어갈 기회를 보고 있던 그였으니 이번 일만 잘되면 탄탄한 다리가 놓인 것과 진배없었다. 그가 할 수 있는 모든 것을 동원하기로 마음을 굳혔다.

백도가 검남성에 도착하자 절도사가 직접 남문까지 나서서 황제를 맞이하듯 하였다. 그녀가 성안으로 들어서고 보니 검남의 문무백관들이 양쪽으로 도열한 가운데 황제나 탈 수 있는 난여(鸞輿)가 놓여 있었는데, 앞과 좌우에 호화찬란한 주렴이 능수버들처럼 주렁주렁 늘어져 있어 백성들이 보노라면 황후를 맞이하는 듯 착각을 할 정도였다.

장구겸경은 옥쟁을 찾는다는 핑계로 시일을 끌면서 백도에게 극진한 대접을 하기 시작했다. 황후를 모시듯 하며 촉의 명승지를 빠짐없이 구경시켰고, 하루도 거름 없이 호사스러운 연회를 열어주었다. 그리하면서 태진마마에게 자신의 존재를 알리려고 무던히 애를 쓰고 있었다.

옥쟁을 찾는 것은 어렵지 않았다. 검남을 벗어나지 않고 있었기에 손쉬웠다. 때마침 옥쟁은 남편을 잃은 직후였고, 앞으로 어찌 살아야 할까 전전긍긍하고 있었다. 양소가 옥에 갇혔다는 소문은 들었으나 옥바라지를 할 겨를도 없었다. 그런 참에 옥환의 부름을 받자, 양소는 거들떠보지도 않고 장안으로 오고 말았던 것이다.

백도가 검남으로 간 사이 양태진은 고역사를 통해 옥쟁의 거처를 마련해 놓았다. 거처는 북촌에 있었다. 황자들의 궁과 버금가는 거대한 저택으로 고역사가 소유하고 있던 것이었다. 고역사는 많은 재물과 재산을 모아놓고 있었는데, 집에 대한 욕심이 많아 북촌의 가옥 중에 절반가량을 가지고 있었다. 북촌은 조정의 고관대작들이 사는 곳이었다. 일반 백성인 옥쟁이 북촌에서 살 수 있는 것은 천지가 개벽하기 전에는 있을 수 없는 일이었으나 현실을 감안한 고역사의 배려였던 것이다.

옥쟁은 장안으로 오자마자 생각지도 않은 호사를 누리며 북촌에서 살기 시작했다. 양태진은 그녀를 정경부인이라도 된 것처럼 떠받들고 있었다. 북촌에서 살게 하려면 그리라도 해야만 했다. 옥쟁은 하는 수 없이 정경부인의 시늉을 하며 태진궁을 드나들었다. 품계도 없는 한낱 과부인 주제에 그리 행동하고 있었으니 북촌 사람들의 따가운 시선은 피할 수 없었다.

"저런, 저런 무지렁이 년이 하고 다니는 꼴 좀 보소. 말셀세, 말세야."

그러나 북촌 사람들도 눈총만 주었지 뾰족한 수가 없어 냉가슴만 앓고 있을 뿐이었다. 그들은 양태진이 황제의 총애를 저버릴 때까지 참아야만 했다.

그걸 모를 리 없는 양태진은 한술 더 뜨고 있었다. 옥쟁의 궁궐 같은 집에 시종들을 황자에 버금가게 들여놓았을 뿐만 아니라 그녀의 한쪽 팔인 백도마저 그곳으로 보내려 하고 있었다.

"태진마마, 저를 북촌 마나님께 보내시려 하옵니까?"

낌새를 알아챈 백도가 울상이 되어 물었다.

"그렇구나. 믿을 만한 사람이 너뿐이로구나."

"싫사옵니다. 저 백도는 마마 곁을 떠나기 싫사옵니다. 마마 곁을 떠나느니 차라리 자결하라 하시옵소서. 흑흑."

백도는 참았던 눈물을 기어이 쏟아내고 말았다.

"자결이라니. 그런 말은 함부로 하면 못쓰는 것이니라. 백도 네가 있어야 북촌 고관들의 눈총과 입방아를 지켜낼 수 있어서 그리 정하였느니라. 군말 말고 따르거라."

"싫사옵니다. 정말 싫사옵니다. 북촌은 정말……."

"그만하라. 내가 너의 마음을 안다. 홍도와 떨어지기 싫은 것이 아니더냐?"

정곡을 찌르는 물음에 백도는 움찔하더니 울음을 그치고 애원하듯 하고 있었다.

"마마님이 그걸 어찌 아셨사옵니까? 저는 마마님과 홍도 없이는 죽은 목숨이나 같사옵니다. 제발 태진궁에 머무르게 해주시옵소서, 마마님."

"여기나 북촌이나 매한가지이니라. 너무 걱정하지 마라. 내, 이미 생각한 것이 있으니 그리 알라."

"하오면……."

"북촌에 가면 백도 네가 시종들의 총인이 될 터이니 입궁할 때마다 마나님을 모시고 오게 될 것이야. 허니, 여기에 있는 것과 다를 바 없다."

백도는 그제야 한시름을 놓을 수 있었다.

양태진은 백도로 하여금 시종들을 다스리는 최고의 총인(總人)으로 지목하여 옥쟁을 모시길 그녀처럼 하라고 명을 내렸던 것이다. 백도는 홍도와 헤어지는 게 몹시 두렵고 섭섭하였으나 열흘 혹은 보름에 한 번씩 태진궁을 행차할 때 옥쟁을 모신다는 약조 아래 홍도와 떨어질 수 있었다.

옥쟁이 태진궁으로 들어올 때면, 양태진은 그녀가 황제와 얼굴이 마주치지 않는 한적한 곳에 머무르게 하였다. 옥쟁도 양태진 못지않게 출중한 미모인 데다 중년의 초입에 들어선 중후함마저 덧대고 있었으므로 꼭꼭 숨겨놓듯 하고 있었다. 황제가 머무르고 있을 때에는 먼 곳에서도 눈에 보이게 황색 깃발을 세워놓았다. 돌아가라는 표식이었다. 혹여 황제가 눈독을 들이지 않게 하는 방책과 더불어 언니 또한 질투의 대상에서 예외일 수 없었기에 경계를 잃지 않으려는, 여자의 본성이며 감출 수 없는 속내였다.

옥쟁은 동생의 분에 넘는 처사에 몸 둘 바를 몰랐다. 고맙고 또 고마운 이 현실이 정녕 꿈이 아니길 빌고 있었다. 그런가 하면 백도를 앞세우고 장안 곳곳을 낱낱이 둘러보며 복이 넘치는 날들을 보내고 있었다.

양소와 팔삭이가 장안에 도착한 것은 가을 단풍이 절정에 다다랐을 때였다.

장안으로 들어서자, 입이 딱 벌어지고 말았다. 말로만 듣던 성도가 과연 이런 모습이구나 싶었다. 검남과 확연히 달랐다. 성은 어마어마하게 웅장하였고 거대한 도로는 바둑판처럼 정교하게 사방팔방으로 펼쳐져 있었으며 가옥들은 화려하였고, 성을 가득 채운 사람들은 활기가 넘쳐났고, 저 멀리 북쪽 끝자락에 보이는 황궁은 으리으리하여 눈이 부셔 어지러울 정도였다. 장안으로 오는 동안 곱게 물든 단풍을 앞세웠건만 성도 또한 단풍의 아름다움을 뛰어넘고 있었다.

처음 대면하는 장안이라 그들은 보는 것마다 어리둥절하기 일쑤였고 정신마저 아찔아찔하여 갈피를 잡지 못하고 있었다.

그도 그럴 것이, 사방이 이십 리가 넘고 둘레가 구십 리를 훌쩍 뛰어넘는 장방형 꼴을 갖춘 장안이었다. 그 중심부에 거대한 궁성이 있었고 그 앞으로 황하의 강폭만큼이나 드넓은 주작대로가 시원스레 펼쳐졌으며, 북쪽에는 눈부신 황궁이 자리하고 있었으니, 어느 누구라도 혼 줄을 놓을만하였던 것이다.

먼저 정신을 차린 팔삭이가 넋을 놓고 두리번거리는 양소에게 말을 건네고 있었다.

"허허, 이 사람 양소. 장안에 머무를 날이 많은데 오늘만 보고 말 건가. 그렇게 정신을 빼면 어떡하시나. 태진마마님을 알현하려면 넋이라도 단단히 붙잡아 매시게."

"와, 대단하이. 정말 대단해. 장안이 이토록 웅대한 줄 미처 몰랐네. 놀랍고 또 놀라우니 별천지에 온 것만 같네. ……자, 가세."

가는 발걸음이 무겁기만 하였다. 종자와 말들도 매한가지였다. 낯선 장안이라 아는 사람 하나도 없으니 막막하고, 어설프고, 쓸쓸해 보였다. 이럴 줄 알았더라면 길온이나 나희석의 거처라도 미리 알아두지 못한 걸 후회하고 있었다. 검남에 있을 때에도 그들이 부러웠는데 막상 장안에 오고 보니 더 절실하게 다가왔다. 방법은 없었다. 오로지 옥쟁을 찾아야만 했다. 그녀를 찾아야 양태진도 만날 수 있는 길이 열릴 것이었다. 그녀의 징검다리 주선 없이는 양태진을 먼발치에서나마 그림자도 볼 수 없음이었다. 객관에 짐을 풀고 옥쟁을 수소문하기에 이르렀다.

양소는 장안을 빠삭하게 꿰뚫고 발이 넓은 자를 많은 돈을 주고 고용하였다. 그는 장년의 나이로 마르지 않은 몸집에 허연 수염이 가슴까지 복스럽게 흘러내렸으며 눈빛과 말투가 부드러웠다. 양소가 그런 자를 고용한 것은 그의 경험으로 비추어 볼 때 타인에게 해를 끼치지 않는 상(相)이기 때문이었다. 그를 생긴 대로 미염공이라 별호를 만들어 불렀다. 미염공을 고용한 것은 단지 옥쟁을 찾는 일에만 있는 것은 아니었다. 선우중통의 심부름을 실수 없이 하여야 하였으며, 동시가 어디에 붙어 있는지, 서시는 또 어디에 있는지, 예물과 치장품은 덤터기를 쓰지 않고 살 수 있어야 했고, 잘못된 것은 바꾸기가 쉬워야 했다. 아울러 장안 곳곳을 살펴보기 위한 쓰임이었던 것이다.

미염공을 앞세우고 장안을 둘러보는 것으로 그의 일이 시작되었다. 미염공은 생긴 모양새대로 이건 이렇고 저건 저렇다며 자세한 설명으로 알음알이를 주고 있었다. 눈에 띄는 것부터 오르고 내리며 명문이 새겨진 것은 읽었고, 내막을 모르는 것은 알아듣기 쉽게 이야기해 주고 있었다. 마침 주작대로 시작머리에 하늘 높이 우뚝 솟은 누각 옆을 지나가게 되어 양소가 물었다.

"이곳은 무엇을 하는 곳이요?"

"종을 치는 종루(鐘樓)지요. 종은 하루에 세 번 치는데, 첫 종은 인시 정(寅時正, 새벽 4시)의 파루 때와 해가 떨어질 때 동시와 서시의 파장을 알리지요. 그때는 징과 함께 어울림의 조화를 이룬답니다. 그리고 마지막으로 인경(人定, 통행금지)을 알릴 때 친답니다. 한번 올라가 보시렵니까?"

그의 권유로 양소와 팔삭이는 종루 위로 올라갔다. 장안이 한눈에 다 들어오는 듯했고, 저 멀리 서역으로 빠져나가는 길까지 가물가물하게 보이고 있었다. 그리고 보니 장안은 나무 한 그루 없는 잿빛 덩어리임을 느낄 수 있었다. 돌과 돌로 만들어지고 연결되어 성벽이며 도로며 바닥도 온통 잿빛이었다. 눈 아래 보이는 누각과 가옥들만 기와로 덮여 있어 거북이 등짝처럼 보일 뿐, 오물오물하는 사람들도 잿빛에 눌려 또 다른 잿빛으로 물들이고 있었다.

종루를 내려오면서 양소가 물었다.

"경운종이라 하였는데 무슨 깊은 뜻이 있소?"

"제 생각을 덧보태서 말씀드린다면 두 가지로 압축할 수 있습지요. 하나는 경운(景雲)이 상황이신 예종 황제의 연호이고 그때 완성하였기에 그리 명명하였다는 사실이고, 둘은 글자 풀이로 하면 볕 구름인데, 볕과 구름이 잘 섞어 조화를 이루면 그보다 더 좋은 것이 어디에 있겠습니까. 볕만 내리쬐면 모두가 다 타버릴 것이오, 구름만 많으면 볕이 들지 않으니 모두가 시들어 버릴 것이 아니겠습니까. 그래서 알맞은 볕과 알맞은 구름이 서로 어울려 노을 같은 아름다움으로 만백성을 다스리려 한 것 같사옵니다. 또한 쥐구멍에 볕 든다 하였듯이, 구름 사이로 볕이 나면 휘황찬란한 희망이 엿보이지 않겠느냐 하는 그런 저의 짧은 소견이옵지요."

구구절절이 쏟아지는 그의 언변에 절로 혀가 내둘러지고 있었다.

"그런데 나무는 왜 없는 것이요? 나무가 없으니 삭막하게 느껴지는데 말 못 할 곡절이 있는 게요?"

잿빛투성이의 잔상을 지울 수 없는 양소가 잇달아 묻고 있었다.

"자객의 두려움이지요."

"그건 무슨 말이요?"

"황제 폐하를 보호하는 차원입지요. 나무는 자랄수록 숲이 우거지고 그 우거진 숲속에 무기나 폭약, 하물며 철퇴까지 움켜쥐고 몸을 숨겨서 황제 폐하께서 행차하는 길에 뛰어드는 걸 방지하려는 고심의 결과물입지요. 백성의 편의와는 별개인데 아둔한 자들의 어리석은 발상이라 봅니다. 아마도 두려움은 아둔한 자들에게 있는 것이지 결코 황제 폐하의 안위의 두려움 때문은 아닐 것이지요."

알 듯 모를 듯 하였으나 뜻있는 말이다 싶어 깊이 새겨두었다.

그들은 주작대로를 가로질러 맞은편에 있는 누각으로 향했다. 그 누각은 '고루(鼓樓)'라 하였다. 고루라면 북을 치는 곳인데 그 쓰임이 궁금하여 물었다. 궁금한 것은 팔삭이에게도 많이 있었으나 입을 다물고 있었고, 대체로 양소가 물었고 그는 덤으로 듣는듯하였다.

"고루는 언제 두들기는 거요?"

"글쎄요, 두들긴다고 할 수도 있고 친다고도 할 수 있는데, 경운종처럼 동시와 서시의 장을 여는 시각인 정오에 북을 칩니다. 그리고 나라에 경사가 있을 때도 둥당둥당 미친 듯이 두드린답니다. 또 하나, 전쟁으로 군병의 출정을 알릴 때 그때는 북을 둥둥 울리지요."

그 말을 듣고 보니 양소의 머리가 빠르게 돌아갔다.

"내가 군에서 병사를 지휘할 때와 같소이다. 병사들이 진군할 때와 싸움을 독려할 때는 북을 두들기고, 퇴각의 명을 내릴 땐 징을 치니, 장을 열고 닫는 시각을 알림도 그와 같지 않소."

양소는 대단한 발견이나 한 것처럼 우쭐대며 고루로 올라가려다 돌아섰다. 고루를 올라가 봐야 종루와 다를 것이 없고 종과 북만 갈아 끼우면 그게 그것 같았기 때문이었다. 그러나 어딘지 모르게 잿빛의 두려움이 엄습하고 있었기에 오르고 싶은 마음이 싹 달아났던 것이다.

그렇게 보름을 둘러보았지만 근처에도 얼씬거리지 못한 곳이 태반이었다. 구경은 차후로 미루고 옥쟁을 찾는 일에 심려를 기울이기 시작했다. 미염공을 시켜 알아보게 하였으나 근심이 되었다. 그가 아무리 발 평수가 넓다고는 하지만 그 큰 장안에서 양태진의 언니 혹은 양옥쟁이라는 이름 석 자만으로는 '이 서방네 안사람, 왕 서방네 집사람' 찾기지 어려움이 많을 것 같았다.

미염공이 수염을 휘날리며 부지런히 발품을 팔았는지 엿새 만에 돌아왔다.

"북촌에 산다는 말을 들었습지요."

쥐꼬리만 한 소문을 가지고 온 주제에 안색마저 썩 좋아 보이지 않았다. 양소는 퉁명스레 그의 말을 받았다.

"들었으면 북촌으로 찾아가면 되지 않겠소. 나하고 같이 갑시다."

"북촌이란 곳이 원체 고관대작들만 사는 곳이라 품계가 낮은 자들은 출입이 어렵지요. 아는 인편에 말을 넣었으니 사나흘 안팎이면 알게 됩지요."

미염공은 옥쟁이 사는 곳을 하루 만에 찾았으나 말 못 할 사정이 있었다. 그가 양태진의 언니를 찾는다며 수소문을 하던 끝에 올곧은 선비들이 던진 가시 돋친 말이 그의 품위를 가차 없이 떨어뜨리고 말았던 것이다.

"죽어서라도 일부종사를 해야 할 왕비라는 년이 제 서방은 버리고, 그것도 시애비 놈하고 붙어먹는 년이 썩을 년이요 잡년이지. 그래 황제고 나발이고 지가 좋으니까 그리하였지 싫으면 혀를 깨물고라도 콱 뒤졌어야 할 것이 아닌가. 그런 년의 나부랭이 일을 하고 다니는 네놈도 잡놈이지 별 수 있나! 끌끌."

세간에는 양태진과 옥쟁의 평판도 좋지 않았을뿐더러 그들과 함께 찾아간들 앞잡이란 불명예가 죽을 때까지 따라붙을 것이 분명하여 속으로 끙끙 앓다가 마지못해 온 것이었다. 마음 같아선 받은 돈을 양소의 낯짝에다 확 던져버리고 싶었으나 약속을 어길 수 없어 참았던 것이다.

미염공이 양소를 처음 만났을 때부터 옥쟁을 찾는다는 말을 하였으면 뒤도 안 보고 돌아갔을 것인데, 장안을 실컷 구경시킨 후에 그 부탁을 하였으니 이럴 수도 저럴 수도 없었다. 미염공은 생긴 모양대로 마음도 연약하여, 이왕지사 이렇게 된 일이니 마지막 하나 남은 집 찾기까지 해주려 했던 것이 뒤틀렸던 것이다.

"들자 하니 내일이나 모레쯤 태진궁으로 행차할 낌새가 있다 하였지요. 정히 급하시다면 날짜에 맞춰 남쪽의 단봉문(丹鳳門) 앞에서 기다리시든지요."

점잖게 한마디 해주고 미염공은 받은 돈을 던져놓고 훌쩍 떠나고 말았다.

양소는 그가 왜 떠났는지 몹시 궁금했지만 알 길이 없었다. 이제 와서 사람을 또 쓰고 싶지 않았다. 미염공이 마지막으로 알려준 대로 팔삭이와 같이 단봉문 앞에 서서 기다리기로 하였다. 둘 다 근사하게 차려입고 남문을 들락거리는 사람들을 눈이 빠질세라 지켜보고 있었다.

옥쟁이 걸어서 입궁하지 않을 것이니 그럴싸한 말 탄 여인을 점찍어 유심히 보고 있었다. 그렇게 하루 종일 꼬박 지켜 서서 보았지만 옥쟁은 없었다. 다음 날도 어제와 같이 일찍부터 나와 문지기가 되었으나 헛수고였다.

사흘째는 아예 남문지기를 찾아가서 남모르게 돈을 듬뿍 찔러주며 부탁을 하였다.

"사람을 찾소. 태진마마님의 언니 되시는 분이시오. 긴히 뵙고 드릴 말씀이 있소. 좀 알려주시오."

"여부가 있겠소. 내일 다시 오시오. 오전에는 올 필요 없고 신시(申

時, 오후 3시)에 오시오. 그때쯤 통과할 거요."

약발이 들고 있음이었다. 남문지기가 눈을 찔끔거리며 다른 문지기들 틈으로 사라지고 있었다.

다음 날, 아침 공기가 청초하였다. 맑게 갠 하늘에는 구름 한 점 없었다. 드디어 만날 수 있겠구나, 뛰는 가슴을 억누르며 남문으로 향했다. 콧노래가 절로 나왔다. 조금 이르게 도착하여 들뜬 마음으로 말 탄 여인을 보고 있었지만 저물녘까지 옥쟁은 볼 수 없었고 어제 그 문지기도 나타나지 않았다.

그리고 다음 날, 그다음 날, 또 그다음 날도 옥쟁과 돈을 받은 문지기는 볼 수 없었다. 돌아버릴 것만 같아 입이 바싹바싹 타들어 갔다.

양소는 그냥 물러설 수 없었다. 오기가 생겼다. 성도가 무섭다고 들었지만 돈만 날름 받아 처먹고 코빼기도 안 보이는 날강도를 직접 당하고 보니 씁쓸했다. 이번에는 여러 문지기에게 군돈 정도만 찔러주고 부탁을 하였다. 지난번은 너무 많이 찔러준 게 탈이라 생각되었던 것이다.

아니나 다를까, 닷새째 되던 날에 꽃으로 어여쁘게 단장하고 포장까지 씌운 마차가 남문을 향해 다가오자 문지기가 달려와서 양소에게 귓속질을 하였다.

"저기 저 꽃마차에 양태진 마마님의 언니 되시는 분이 탔을 것이오."

약발이 제대로 통했던 것이다. 많은 것이 도리어 해가 되고 적은 것이 통하는 세상 이치를 새삼 느끼며 꽃마차로 다가갔다.

"잠깐 멈추시오!"

양소는 손을 번쩍 들어 말꾼의 발길을 세웠다.

말 두 마리가 끄는 꽃마차에 말꾼 둘이 양쪽에서 고삐를 잡고 있었고, 호종은 짧은 창을 꼬나 쥐고 "물럿거라!"를 외치고 있었다. 그리고 꽃마차 양옆으로 칼을 든 무사들이 네댓 명 따르고 있었다.

"무슨 일이냐?"

호종이 양소에게 다가오며 물었다. 그리고는 눈을 치뜨고 내리뜨며 복색가지를 훑어 내렸다. 빈빈하게 차려입었으니 망정이지 후줄근하였더라면 상대도 하지 않겠다는 눈초리였다.

"저기, 저기……."

양소는 갑자기 뭐라 불러야 할지 입이 떨어지지 않았다. 옥쟁이라 할 수도 없어 머뭇거리다 보니 진땀만 흐르고 있었다. 미처 거기까지 생각하지 못하였던 것이다.

"이놈이 미친놈이로구나. 썩 꺼져라! 감히 지체 높으신 분의 마차를 함부로 세우다니. 가자. 흠흠."

말꾼의 발걸음이 빨라졌다.

다급한 건 양소였다. 꽃마차를 쫓아가며 막무가내로 불러대기 시작했다.

"옥쟁이! 옥쟁이! 날세, 나 양솔세, 양소야. 옥쟁이……!"

앞서가던 호종이 우뚝 서더니 양소의 멱살을 잡고 땅바닥에 패대기를 쳤다. 양소는 너무나 급작스레 벌어진 일인지라 나동그라진 채 일어나지 못하고 있었다. 구경꾼들이 우르르 몰려들었고, 그런 사이 꽃마차는 유유히 남문을 지나 안으로 들어가고 말았다.

팔삭이의 도움으로 간신히 몸을 추스르고 꽃마차가 사라진 남문을 원망스러운 눈으로 멍하니 바라보다 돌아섰다. 옆구리가 결렸다.

양소는 한 손으로 옆구리를 받치고 허탈한 웃음을 지으며 팔삭이에게 말했다.

"고년 한번 만나기 더럽게 힘드네. 아이고, 옆구리야. 퉤퉤. 지금 들어갔으니 금세 나오지는 않을 것 같네. 옷이나 갈아입고 다시 오세."

궁을 나올 시각에 맞춰 다시 기다릴 심사로 객관으로 발길을 옮겼다. 걸음을 옮길 때마다 옆구리가 결려서 숨이 턱턱 멎었다.

그 시각, 옥쟁은 꽃마차 안에 있었다. 양소의 부름도 들었다. 어찌하여야 할지 갈피를 잡을 수 없었다. 꿈에도 생각지도 못한 일이었다. 순간을 모면하고 싶었다. 그래서 양소의 얼굴은 볼 엄두도 나지 않았다. 여기는 검남이 아니고 장안이 아니던가. 낯선 장안에서 양소가 찾고 있었으니 겁도 났고, 머리도 복잡해지고 있었다. 왜 나를 찾을까. 어떻게 옥에서 나왔을까. 그런데 장안은 무슨 일로 왔을까. 장사를 하러 왔을까. 선우중통의 심부름을 왔을까. 별의별 생각이 다 들쑤시고 일어났다. 문득 그의 차림이 어떠했는지 궁금했다.

태진궁에 당도하여 호종을 불러 물었다.

"이보게, 아까 전에 마차를 세운 자의 의복이 어떠하였는가?"

"번드르르했습죠. 혹시 아시는 분이라도……."

"아니다, 보지 않았느니라."

호종을 물리고 안으로 들어가 양태진과 이야기를 나누면서도 옥쟁은 양소의 생각으로 헛말이 튀어나오기 일쑤였다. 좀체 걷잡을 수 없었다. 마음이 편치 않고 먹는 게 체할 것만 같았다. 한편 옛정을 떠올리면 함부로 저버릴 수 없는 사람이었다. 보고 싶기도 하였다. 같이 살 수만 있다면, 그 길이 있다면, 그 길을 택할 수도 있는 처지가 되지 않았던가. 생각이 거기에 머무르자 만일을 위해, 얘기 끝에 양태진에게 넌지시 이야기를 꺼내보았다.

"옛날이구나. 아주 오래된 일이니까. 아버님이 촉으로 오셔서 얼마 되지 않아 돌아가셨지. 나도 어렸지만 참으로 난감하더라. 어머니는 발을 동동 굴렀지만 누구 하나 아는 사람도 없고 막막하기만 했단다. 그런데 사람은 죽으라는 법은 없나 봐. 생각지도 않은 사람이 불쑥 나타나지 않았겠니. 그 사람이 누군가 하면 사촌 오라버니였단다. 내게 사촌이니, 너에게도 사촌이지. 그 오라버니가 아버님의 장례를 도맡아 해주었단다. 얼마나 고맙고 고맙던지…….”

"그런 일이 있었어요, 언니?"

"네가 아주 어렸을 적이니 기억이나 날지 모르겠구나."

"응, 기억이 없어. 그런 오라버니가 있었구나. 지금 어디에 사는데?"

예상 밖이었다. 그냥 스쳐 가듯 하였건만 양태진이 와락 달려든다.

"원래는 고향에서 같이 자랐는데 지금은 검남에서 살고 있단다. 언니가 장안으로 오기 전까지만 해도 자주 만났단다. 이틀 전인가 보다. 장안에 볼일이 있어서 왔다는 얘기를 들었는데 조만간 찾아올 듯 싶구나."

옥쟁은 양소를 만날 것처럼 은근히 말미를 주고 있었다.

양소를 누구보다 잘 알고 있는 옥쟁이 아니던가. 오기로 똘똘 뭉친 그 성격으로 미루어 볼 때, 분명히 남문 밖에서 몇 달이고 간에 만날 때까지 기다릴 것을 짐작하고 있었던 것이다.

"보고 싶다, 그 오라버니를……. 어떻게 생겼을까, 잘생겼어? 언니, 언니가 만나면 꼭 한번 데리고 와, 알았지."

큰 관심을 보이는 모습을 보니, 양태진이 아니라 영락없이 어릴 적 양옥환으로 돌아온 듯하여 옥쟁은 그녀를 다소곳이 끌어안아 주었다.

옥쟁의 예감대로 양소와 팔삭이는 남문 밖에서 기다리고 있었다. 그들은 꽃가마를 보자 움직이기 시작했다. 호종에게 호되게 당하였건만 개의치 않고 꽃가마를 졸졸 따라갔다. 호종이 부릅뜬 눈으로 그들을 경계하며 말꾼의 걸음을 재촉하였다. 사람들이 빠져나가고 약간 한적한 곳에 이르자 옥쟁이 꽃마차를 멈추라 하더니 호종을 불렀다.

"저기 뒤에 따라오는 자 중에 양소라는 자가 있을 것인즉 거처가 어디에 있는지 알아보고 오라."

그러고는 말꾼의 걸음을 서두르라 하고 길모퉁이를 돌아 북촌으로 접어들고 있었다.

옥쟁이 객관으로 찾아온 것은 다음 날 이른 아침이었고 저녁 무렵까지 긴 이야기를 나누었다. 양소는 억울하게 옥에 갇혔던 이야기랑, 영화대를 도맡아 관리한다는 둥, 그래서 이젠 남부럽지 않은 부자가 되었다는 둥, 있는 허풍 없는 허풍을 잔뜩 부리며 으스대고 있었다. 옥쟁은 믿기지 않는다는 표정이었으나 하는 꼴을 보면 꼭 그렇지는 않다는 생각도 들고 있었다.

"내가 패물에 대해서는 잘 모르니 옥쟁이 자네가 좀 도와주게. 내일 서시로 같이 가세."

두 사람은 서시로 갔다. 서역에서 들여온 값진 물건과 패물들을 여럿 사서 옥쟁과 양태진의 것으로 나눈 다음 태진궁으로 들어갔다.

귀인처럼 말끔하게 차려입은 양소가 태진에게 예를 올리고 있었다.

"태진마마, 소인 양소 문안드리옵니다."

양태진은 첫눈에 그가 오라버니임을 느낄 수 있었다. 누가 뭐라 해도 아버지를 쏙 빼닮았기에 남과 달리 핏줄로서 끌리게 하는 감응이었다.

"예는 무슨 예입니까. 그냥 편히 앉으세요."

양태진이 펄쩍 뛰며 손사래를 친다.

만나고 나니 그간의 고생이 홀연히 사라진다. 지난날들의 많은 이야기를 나누었고, 옛 생각이 저만치 사라질 무렵 양소는 패물을 꺼내놓기 시작했다.

번쩍번쩍 영롱한 빛을 뿜내며 얼굴을 드러낸 보석들을 보자 양태진이 기겁을 하고 있었다.

"우와, 이런 보석이 다 있었네. 아이고, 어여뻐라."

수많은 보석을 이리저리 살피며 혼이 나간 듯이 빠져들고 있었다. 투명한 금강석을 비롯하여 황금색, 자주색, 붉은색, 녹색, 적색의 아름다운 광채를 발하는 자수정이라든가 취옥, 단백석, 밤에만 빛을 내는 감람석 등속의 보석들이 투명과 반투명체로 저마다 독특한 빛을 뿜어내고 있었다.

양소는 더 이상 머무르지 않았다. 아름다움에 빠져들었을 때 슬그머니 떠나는 것이 상대에게 오래오래 자신의 존재를 심어놓는 고도의 수법이기도 하였다. 이만하면 태산을 얻은 거나 다를 바 없었다. 수확 중에 큰 수확이었으니 장차 탄탄대로가 펼쳐질 자신을 생각하며 자리를 털고 일어난 것이다.

"검남으로 가시면 언제 또 볼 수 있나요, 오라버니?"

양태진은 못내 아쉬운 표정으로 묻고 있었다.

"조만간에 다시 들리겠사옵니다. 장안에 펼쳐놓은 일거리가 제법 되는지라……. 옥체 무강하시옵소서. 마마."

정중히 예를 올린 다음 총총히 궁을 빠져나갔다.

제3장

이간제간(以奸制奸)

여우 품에 안긴
새끼 범

    수왕비였던 양옥환이 화산의 도관을 거쳐 남궁으로 불려 와 태진이란 도명을 받을 무렵, 영주 지역에 흑수말갈족의 침입이 있었다.
    영주(營州)는 동북쪽의 변방으로 평주와 유주 등의 광범위한 지역을 휘하에 둔 유주절도사의 관할이었다. 관할지역은 흑수말갈과 해, 거란, 발해 등과 대치하는 곳이었다.
    유주절도부에는 평로군, 노룡군과 여러 수착(守捉) 등을 휘하부대로 두고 있었다. 병사의 규모가 큰 것은 군이라 하였고, 군보다 작은 것을 수착, 그보다 작은 것은 성(城), 진(鎭), 술(戌)이라 하였다.
    절도사 장수규는 안녹산을 평로병마사로 임명하고 급히 영주로 파견하여 적의 침입을 막도록 하였다. 평로군은 영주의 유성현에 군영을 두었는데 병마사는 일만 육천 명의 병사를 거느리는 막강한 자리였다.
    안녹산은 절도사의 부장으로 있으면서 실력을 발휘할 기회가 별로 없었다. 그러던 차에 유주를 떠나 영주로 부임하였으니 갇혔던 새가 새장을 빠져나온 듯 활개를 치며 침입자들을 물리쳤다. 평로군은 이민족으로 구성되었기에 같은 이민족 출신 병마사인 안녹산의 명을 잘 따랐던 것이다.

변방이란 곳이 수시로 뺏고 빼앗기는 지역인지라 잦은 침입과 난동이 일어나곤 했다. 빼앗은 곳에 살고 있는 백성들은 새로운 체재에 저항하여 걸핏하면 들고 일어났는데, 그때마다 안녹산은 처리를 잘하고 있었다.

승전 소식은 유주로 전해졌고 절도사는 조정에 보고하여 안녹산의 명성이 자자하게 되었다. 한 해가 지나도 그의 승전 보고는 끊이지 않았다.

승전 보고를 받은 이임보가 측근 장리정을 불렀다.

"그대가 평로군의 채방처치사로 가게. 싸울 때마다 이기는 자라니 도무지 납득이 가지 않구먼. 거짓 보고인 줄 모르니 잘 파악하게. 만약 거짓이 드러나면 즉시 처형하게."

이임보는 수년 전에 패전의 책임을 지고 조정으로 잡혀 와 옥고를 치른 안녹산을 기억하고 있었다. 이민족 출신의 젊은 장수가 겁도 없이 당당하게 뻗대며 굽히지 않던 모습과 상이 좋지 않다는 장구령의 말과 유난히 뚱뚱한 배가 엉굴게 남아 있었다.

"처형을 어떻게 하오리까?"

"이 사람아. 그거야 당연히 절도사를 시켜야지."

장리정(張利貞)은 어사중승(御史中丞)이었다. 그가 채방처치사(採訪處置使)가 되어 평로군이 주둔하고 있는 영주로 급파되었던 것이다. 채방처치사란 이름 그대로 지방관의 임지를 방문하여 그의 업적과 실무를 평가하는 직책이었다. 그러므로 평로군의 영지를 방문하여 병마사의 업적과 실무를 살피는 것이 그의 임무였던 것이다. 장리정이 채방처치사가 될 수 있었던 것은 어사대 소속이었기 때문이었다. 어사대는 어사대부를 장으로 하여 차장인 어사중승을 둘 두었고, 세부적으로는 대(臺), 전(殿), 찰(察)의 삼원(三院)으로 구성되어 시어사, 전중시어사, 감찰어사가 배속되어 있었다. 그들은 조정 관리와 지방관의 규찰을 담당하면서 범죄의 적발과 재판 등을 관장하였던 것이다.

장안에서 낙양까지는 평탄하였으나 유주로 가는 길은 험하였다. 불어닥치는 황토 가루를 뒤집어써서 입안 가득 흙이 자근자근 씹히고 있었다. 유주를 지나 영주로 가는 길은 고개가 많아 말과 구종들마저 천 근 걸음이었다. 게다가 여름 장마철이 되어 장맛비까지 오락가락하여 도로가 설핏하면 흙탕물 도랑을 만들고 있었다. 그럴 때면 진흙탕에 빠진 생쥐 꼴이 되었고 해가 반짝하면 황토밭에 나뒹군 망아지가 되길 반복하였다.

그깟 이민족 출신 장수 하나 죽이는 것쯤은 확인이고 뭐고 없이 죄를 뒤집어씌우면 되는 게 아니던가. 구밀복검은 두었다 무엇에 쓰려고 이 고생을 시키는지 원망스러웠다. 그는 두 번 다시 변방의 채방처치사는 하지 않을 것이라며 다짐한다. 치소(治所)로 가보나 마나다. 평가는 바닥을 칠 것으로 굳히고 있었다.

험난한 긴 여정 끝에 영주의 평로군 치소에 도착하였지만 장리정을 맞이하는 것은 병마사 안녹산이 아니었다. 매우 불쾌한 낯으로 그를 마중 나온 자에게 질책하듯 물었다.

"병마사는 어디로 가고 엉뚱한 자가 나왔느냐?"

"변방까지 오시느라 노고가 많으셨습니다. 소장, 사사명(史思明)이옵니다. 평로군의 부장으로 병마사의 명을 받고 치소를 지키고 있었사옵니다. 병마사는 지금 거란으로 출전 중이십니다."

구릿빛 얼굴에 눈매까지 매섭게 치켜 올라간 갑옷 차림의 젊은 무장의 말에 장리정은 간담이 서늘해졌다. 객쩍은 위엄을 부리다가는 허리춤에 차고 있는 긴 칼에 목이 덜컹 나가떨어질 것만 같았다. 험한 여정이 헛되게 느껴지고 있었다. 평가고 뭐고 살아나갈 수 있을지 겁부터 났던 것이다. 머무는 동안 언동을 조심하자며 자신을 달래었다.

치소는 한가한 조정과 비유할 바가 못 되었다. 군막은 칙칙하고 꾀죄죄하였으며 퀴퀴한 냄새로 가득 차 있었다. 땀내와 발 고린내가 뒤섞여 측간에 앉아 있는 것 같아 욕지기를 참을 수 없어 장리정은 밖으로 뛰쳐나오곤 했다.

장리정이 닷새를 기다린 후에 안녹산은 군영으로 돌아왔다. 그는 양옆으로 새파랗게 젊은 장수들의 호위를 받으며 남산만 한 배를 앞세우고 군막으로 들어왔다. 장리정이 채방처치사로 급파되었음을 보고받자, 태도를 달리하였다.

"소장, 안녹산은 출전하여 적을 물리치고 돌아왔습니다. 오래 지체되어 송구하옵니다. 벌을 내려주시옵소서."

안녹산은 황제를 대하듯 하며 한쪽 무릎을 꿇고 예를 올리는데 세운 무릎이 뱃살에 가려져 웅크린 범을 연상케 하였다. 장리정은 안녹산을 직접 대면하자 살아서 돌아갈 수 있다는 확신이 들었다. 생긴 모양이 추해서 그렇지 사사명의 매서운 눈매와는 사뭇 달랐던 것이다.

"벌이라니요. 별말씀 다 하십니다. 채방처치사가 무슨 힘이 있다고 벌을 운운하십니까. 보고 느낀 대로 상주하는 게 임무일 따름입니다. 수고 많이 하셨습니다. 여기 이쪽으로 앉으시지요."

장리정은 상석을 가리키며 안녹산의 거동을 살피고 있었다.

상석을 논한다면 종오품인 어사중승보다 종사품인 병마사가 당연하였으나 그가 어떻게 나오는지 두고 볼 셈이었다.

"소장은 야전에 익숙한 몸인지라 이런 바닥이 좋습니다."

안녹산은 아무렇지도 않은 듯 하며 땅바닥에 털썩 주저앉았다. 그와 한 걸음 떨어진 곳에는 그를 호위하던 새파랗게 젊은 장수와 소년 장수가 좌우로 시립(侍立)하고 있었다. 그들은 안경중과 안경서로 그의 장자와 차자였다.

장리정은 그를 일으켜 세워서라도 자리에 앉히고 싶었으나 도저히 감당할 수 없음을 알고 내버려두었다.

"정 그러시다면 목욕이라도 하시고 편히 대화를 나눕시다. 갑옷도 무거우니 벗으시고요."

"소장은 전투에 임하면 병사들보다 씻을 여유가 없습니다. 습관이 되어 아무렇지 않으니 염려 놓으십시오."

능글능글한 그였다. 그런 자세로 소박한 주연이 벌어졌고, 장리정은 그를 높이 생각하고 있었다.

안녹산은 그가 머무르는 동안 지극정성으로 대접을 하고 떠받들었다. 그의 붓끝에 승차와 박탈이 달려 있었다. 기회를 잘 살리면 승승장구할 것이요, 그렇지 못하면 지난번처럼 옥고를 치를 수도 있는 칼자루를 쥔 자이니, 무쇠 칼을 휘두르는 장수가 도리어 쥐 수염 붓 날에 베일까 안절부절못하고 있는 격이었다.

장리정은 평로군의 전공과 군내의 세부사항 등에 대하여 감찰을 시작하였다. 완벽한 것은 없는 법이었다. 몇 가지 들추어내어 이리 치고 저리 쳐보았으나 언변과 처세에 능란한 안녹산은 무는 유로 만들었고, 유는 무로 만들어 좋은 평가를 얻어내고 있었다.

아무런 흠도 잡아내지 못한 장리정이 떠나기 전에 변경 동태를 물어보았다.

"적이 여럿 있는데 침입이 자주 있을 것 같소? 만약 침입이 있다면 어떻게 대처할 것이오?"

"소장이 있는 한, 적은 변경(邊境)의 한 치의 땅도 밟지 못할 것이옵니다. 지금이라도 황제 폐하께서 명을 내리신다면 말갈족과 거란, 해족 따위는 단숨에 깨부술 수 있습니다. 소장, 안녹산은 병마사로서 목숨을 바쳐 변방을 지켜낼 것이오며, 평로군이 곧 적의 저승사자이옵니다. 부디 소장의 각오와 평로군의 임전 태세를 존엄하신 폐하께 진언하여 주십시오. 황제 폐하 만만세! 만만세! 만만세!"

안녹산은 보라는 듯이 두 팔을 번쩍 치켜들고 만세를 외쳤다.

그리고는 준비하여 둔 상주(上奏) 품을 전달하는데, 우마차 십여 바리가 꽉꽉 들어찼다. 호피며 녹각, 웅담을 비롯하여 낙지, 조기, 농어, 민어, 청어, 전복, 소금에 이르기까지 온갖 해산물이 다 들어 있었다. 그중에는 이임보와 고역사의 몫도 한 바리씩 챙겨놓았다. 그뿐만 아니라 장리정을 수발하는 시종들의 모가치까지 돌아갈 만큼 큰손을 휘둘렀던 것이다. 덤으로는 흑수말갈족과 거란, 해족 장수들의 목을 벤 상자를 따로 진상하고 있었다.

채방처치사의 임무를 성공리에 끝마친 장리정을 끔찍이 반기는 자가 있었다. 다름 아닌 이임보였다.

"잘 다녀왔네. 고생 많이 하였으니 폐하께 어사대부로 주청하겠네."

받기를 좋아하는 자는 뇌물에 약하고 빠져드는 법이었다. 중원 땅에서는 구하기 어려운 산 것과 바다 것이 약효를 발하고 있었던 것이다.

"평로군병마사 안녹산은 최고의 장수임에 틀림없사옵니다. 그에게 변방을 맡긴다면 조정은 아주 편할 것이오니 승차로 답례하심이 좋을 것 같사옵니다."

극진한 향응과 뇌물 공세를 받은 장리정은 입이 닳도록 극찬에 극찬을 하고 있었다.

"승차라……. 병마사 다음이 절도산가? 확실히 모르겠구나. 내가 군에 대한 체계를 잘 모르니 병부상서에게 물어봐야겠네."

변방의 군사력마저 손에 쥐고 싶은 욕심이 뽀스락거리며 들고 일어났다.

현종이 즉위하고 한 해 뒤부터 쓰기 시작한 개원의 연호가 스물아홉 해 만에 막을 내리고 새로운 연호를 정하였다. 때는 742년 정월이었다.

"연호를 천보로 한다!"

현종은 치세의 세월인 개원을 버리고 천보를 택했다.

즉위하던 712년에는 선천(先天)을 썼고, 713년부터는 개원(開元)을 써서 지금에 이르렀는데, 뜬금없이 새해 첫 시무에 천보로 선포한 것이었다.

뜻깊은 조정 대신들은 모처럼 황제의 거동에 잔뜩 기대를 하고 있었다. 이젠 정사에 몰두하는가 하였는데, 무엇이 그리도 급했는지 새로운 연호만 내뱉고 훌쩍 자리를 떴다. 황급히 자리를 뜨는 모습에 대신들은 크게 허탈해하였다.

삼삼오오 무리를 이루어 퇴청하며 입으로 쑥떡 국을 끓이고 있었다.

"해가 바뀌어도 저 모양이니 앞날이 캄캄하오."

"그러게 말이오, 제기랄. 만두라도 잘 먹었느냐는 하문도 없었어요."

"세상살이라는 게 저 배부르고 등 따뜻하면 남 걱정은 뒷전이 아닙디까. 저 배고파 봐야 남도 배고픈 줄 아는 것이라오."

"아니, 새해 첫날인데 덕담은 못할망정 새 연호라니요. 천보가 덕담 축에나 낍니까. 천보가 무슨 얼어 죽을 천보랍니까."

"하늘 타령이나 하는 자가 황제라니, 나 원 참."

쑥떡 국은 맛나게 끓고 있었다.

'천보(天寶)!'

풀이하면 '하늘이 내려준 보물!'이었다.

그랬다.

분명 현종이 생각할 때는 하늘이 내려준, 세상천지에 둘도 없는 보물이었다.

남에게 빼앗길세라 꼭꼭 숨겨놓은 사람 보물. 바로, 양옥환! 그녀였다.

태진으로 명명하여 황실에서조차 낭자로 존칭하는 그녀가 현종 황제에게는 그토록 사랑스럽고 자랑스러운 보물이었던 것이다. 그 보물을 세상에 알리고 싶었던 것이다.

그녀를 태진궁으로 불러들인 지 두 해가 되었건만 떳떳하게 내놓고 온천 한번 못 가보았으니 미칠 노릇이었던 것이다. 마음 같아선 눈 딱 감고 황후 자리에 앉히고 보라는 듯이 화청궁(華淸宮)의 연화탕에 몸을 푹 담그고 싶었으나 양심이 허락하지 않았다. 반면 며느리를 빼앗은 시아비의 오명이 사라지고 잊히길 바라고 있었으며, 백성들 스스로 무관심하기를 기대하고 있었다. 그래서 천보를 들고 나와 장차 보물처럼 귀하게 간직할 것임을 넌지시 드러낸 것이었다.

천보를 진언한 자는 이임보와 고역사였다.

지난 동짓날이었다. 현종의 의중을 살피던 이임보가 고역사에게 말을 넣었다.

"근간에 소인이 폐하의 어안을 살핀즉 계륵(鷄肋)의 아픔을 느꼈소이다."

"어안에서 계륵을 느끼셨다니요?"

또 무슨 음모를 꾸미는가 싶어 지레 걱정이 앞서고 있었다. 고역사는 재물을 탐하긴 하였으나 문제를 일으키는 것은 질색을 하였다.

"먹고 싶어도 먹을 게 없고, 버리자니 명색이 닭갈비 뼈데 버리기 아깝다는 고사가 있지 않소이까. 그렇듯이 태진마마님을 곁에 두고 싶은 맘은 변함없는데 백성들의 눈치가 보이니 방법이 없나 하고 고심하는 듯 보입디다. 이러지도 저러지도 못하시는 폐하의 깊고 깊은 고심 말이외다. 해서, 뭐 좋은 방안이 없을까 하여 아옹의 지혜를 빌릴 요량으로 왔소이다."

"제 머리에서 나올 게 뭐가 있겠습니까. 중서령께서 그 방면에는 일가견이 있으시니 좋은 안이 많을 것 같사옵니다. 깊이 생각해 보시지요."

고역사는 이임보의 속내를 모르기에 말을 둘렀다.

"하긴 그렇소만, 숨겨놓은 보물을 하루빨리 대명천지에 꺼내 보이고 싶어 하는 눈치였는데······. 그걸 어떤 식으로 일을 착착 진행시켜 나가느냐가 관건이란 말인데······. 도무지 머리가 열리지 않으니 그게 문제이외다."

"귀한 보물은 하늘에서 점지한 자만이 가질 수 있다 들었습니다."

"잠깐, 잠시 말씀을 멈추시오. 내 퍼뜩 떠오르는 것이 있소이다. 방금 보물을 하늘에서 점지하였다 하시었소, 그걸 문자로 하면 어떻게 되오?"

무지하지만 꾀주머니를 주렁주렁 달고 다니는 자답게 대화 중에 또 다른 꾀를 만들어 내고 있었다.

"하늘 천(天)에 보배로울 보(寶)를 쓰면 될 것 같사옵니다."

"천보라······. 하늘이 내려준 보물, 그거 참으로 좋소이다."

그러면서 이임보는 만백성에게 널리 알리는 방도를 모색하고 있었다.

덧대어 말을 이어나갔다.

"개원의 연호를 쓴 것이 스물아홉 해가 되지 않았소. 내년이면 삼십 년인데 너무 묵은 냄새가 나지 않소? 연호를 바꿉시다."

"좋은 생각이십니다. 새로운 맛도 나고, 일거양득입니다."

그리하여 연호가 천보로 바뀌었다. 현종 재위 31년 차, 천보 원년은 그렇게 시작되었다.

연호를 바꾸자 이임보는 천보의 뜻을 자신에게 맞춰 진행시키고자 하였다. 그 뜻을 관철시키려면 하늘이 준 보물을 찾아야 하였고, 찾아 쓴 다음 자신이 하늘이 되고자 하는 야욕을 실행에 옮기는 것이었다. 그리하려면 군의 힘이 필요했다. 군사력마저 손에 쥐어야 야심을 현실로 바꿀 수 있음이었다.

장리정의 보고서를 미끼로 현종에게 진언을 하였다.

"채방처치사 장리정의 보고에 따르면 변방 영주의 평로군병마사 안녹산의 전공이 장대하다 하였사옵니다. 하오니, 승차하여 주심을 간곡히 아뢰옵나이다."

군사에 관한 일인지라 주청을 하지 않을 수 없었다. 현종은 다른 일은 그에게 맡기었으나 군장과 군사에 관한 것은 직접 챙기고 있었다.

"안녹산이라 하였더냐? 안녹산이라면 짐이 기억하고 있노라. 그래, 승차는 어찌하였으면 좋을꼬?"

"지금 영주의 도독 자리가 비어 있사옵니다. 병마사에서 한 품계 승차하여 그 자리에 임명하심이 옳은 줄 아뢰옵니다."

"그리하라."

이임보는 병부상서로부터 듣고 배운 대로 말하였고, 속내는 안녹산을 키울 셈이었다.

천보 원년 정월, 안녹산은 영주의 도독이 되었다.

도독은 도독부의 장으로 품계는 종삼품이었다. 병마사와는 한 품계의 차이가 났지만 격이 달랐다. 병마사를 직접 지휘하는 군사(軍使)이며, 변방과 대치하는 여러 나라의 민족을 다스리는 경략사(經略使)도 겸하였던 것이다.

그리고 녹음이 우거지기 시작하고 만물이 푸름의 청순함에 녹아 들어갈 즈음까지 뜸을 들이다가 이임보는 다시 속내를 드러내고 있었다.

군장에 관한 일마저 황제의 재가를 쉽게 받아 든 전례를 거울삼아 또 다른 진언을 하였다.

"안녹산이 도독이 되었다는 소문이 변방에 쫙 퍼지자 많은 이민족들이 그의 수하로 몰려들고 있사옵니다. 변방의 사정이 이러하오니 영주를 절도부로 승격시키시어, 그를 절도사로 임명하여 주실 것을 감히 청하옵나이다. 대치하고 있는 적국들이 볼 때도 도독부보다는 절도부가 위엄이 있지 않습니까, 폐하?"

말꼬리를 살짝 들어 올리며 실실거리고 있었다.

"듣고 보니 그렇구나. 영주의 땅이 넓으니 그것도 나쁘지는 않을 것이야. 안녹산을 절도사로 임명하라. 한데, 새로운 절도부의 이름은 무어라 할꼬?"

"평로병마사를 거쳐 평로군사까지 되었으니 평로로 명명하심이 옳을 줄 아옵나이다."

"평로라……. 그것 좋구먼. 그리하라."

영주도독에서 미처 다섯 달이 지나기도 전에 절도사가 되는 전례 없는 일을 만들어 내고 있었다.

현종은 변방이 튼튼해지는 것을 늘 갈망하였다. 땅이 큰 만큼 많은 병력이 필요하였다. 싸우지 않고 군사가 늘어나니 그보다 좋은 것은 없었다. 그리고 영주 땅은 만리장성을 넘어서 주둔하고 있었기에 크게 걱정할 것은 아니었다.

이임보는 또다시 한 발을 더 디밀었다.

"앞으로는 모든 절도사를 무장 출신이거나 안녹산과 같이 이민족 출신 무장으로 바꾸어 주심을 청하옵나이다."

"그건 무슨 이유로 그리하여야 하는고?"

현종은 매우 의아해하는가 하면 천보와 같은 기상천외한 진언이 꾀주머니를 박차고 나올 것을 기대하고 있었다.

"지금과 같이 과거 출신인 문관을 절도사로 하면 무기를 다룰 줄도 모르고 싸움에 대해서도 모른다는 것이 첫째 이유이옵니다. 이민족 출신 무장을 절도사로 하는 것은 이 땅에 뿌리가 없으므로 무리를 지어 조정 일에 간섭하는 무례함이 없을 것이옵니다. 그것이 두 번째 이유이옵나이다."

"중서령이 공부를 많이 하였구나. 대단한 진언을 해주어 짐은 매우 기쁘도다. 차후는 그리하도록 숙고할 것이니라."

이번에는 들어주지 않았다. 그러나 아니 말한 것보다 절반은 얻은 셈이었다. 언젠가는 관철시킬 자신이 있었기 때문이었다.

절도사는 한족이 대부분이었다. 그것도 황제가 직접 임명하여 임지로 보냈던 것이다. 그들이 공을 세우면 조정으로 돌아와 재상의 반열에 오르는 것이 관례였다. 이임보는 두 가지 진언을 통해 힘 있는 절도사의 조정 진입을 막고 이민족 출신의 절도사를 키우려 했던 것이다.

안녹산이 평로(平盧)절도사가 됨으로 절도사는 유주, 검남, 농우, 삭방, 하동, 하서, 하남, 하북, 북방의 모두 열 명이 되었다. 병마사로 임명된 지 이 년여 만에 쟁쟁한 반열에 오른 것이다.

수하의 군사도 도독으로 있을 때보다 두 배 이상 늘어났다. 평로군과 노룡군, 아홉 고을의 수착 병사 등을 합하니 총 삼만 칠천오백 명이 넘고 있었다.

그가 급부상하여 절도사가 되자 그를 가장 두려워하는 자가 있었다. 그를 키워준 유주절도사 장수규였다. 그의 병력 대부분이 안녹산의 수하가 되었으니, 겉으로는 내색하지 않았지만 뜨는 해와 지는 별을 직감하고 있었던 것이다.

양소와 팔삭이는 난생처음 장안 구경을 무사히 마치고 검남에 도착하였다. 그들은 개선장군이라도 된 것 같이 우쭐대며 영화대로 들어섰다. 문지기들이 양소를 보자 깍듯이 대하였다. 아마도 윗선에서 지침이 내려온 것 같았다.

양소는 그간의 일들을 선우중통에게 상세히 보고하면서 쓰고 남은 돈과 편환을 내놓았다.

"꼼꼼하기도 하지. 장사꾼인 나보다 더 명확하지 않던가. 서로 믿는 사이에 이렇게까지 할 건 없는데 말일세. 오히려 내가 몸 둘 바를 모르겠네."

선우중통은 양소가 올린 그간의 경비와 모든 지출사항을 받아 들고 있었던 것이다. 슬쩍 훑어보는 듯하였지만 장사꾼의 눈에는 비켜가는 것이 없었다.

"금전관계는 확실하게 하는 것을 철칙으로 삼고 있습니다. 소인이 할 일을 하였을 따름입니다."

양소는 생긴 모습과는 달리 돈의 입출에 대해서는 하나도 빠짐없이 적고 낱낱이 따져보는 습관을 가지고 있었다.

"아무튼 수고하셨네. 태진마마께서는 무고하시던가?"

"무고하다 뿐이겠습니까, 조정 대신들마저 높이 떠받들고 있었사옵니다. 대인의 인품에 대해서도 말씀 올렸습니다. 장안에 오시는 길이 있으면 들르라 하였사옵니다."

"이런 광영이 또 있나. 내 그리하겠네. 절도사 어른께서도 자네를 기다리고 계셨다네. 일전에 그분께서 오셔서 자네가 도착하면 같이 오라 하셨으니 여독이 풀리는 대로 가기로 하세."

"여부가 있겠사옵니까. 그깟 여독쯤이야 하룻밤만 자고 나면 사라질 것입니다. 부르시면 곧 달려오겠습니다."

생각조차 하기 싫은 절도사였다. 그러나 아니 갈 수도 없었다. 대답은 그리하였지만 한쪽 옆구리가 결리는 듯 저려왔다. 양소와 팔삭이가 물러나오자 선우중통은 술이나 한잔하라며 편환 두어 장을 넘겨주었다.

그들이 검남절도사 장구겸경을 찾아간 것은 사흘 후였다.

장구겸경은 걸쭉한 연회 자리를 마련해 놓고 기다리고 있었다. 양소는 떨리는 마음을 가다듬고 장구겸경에게 깍듯이 예를 올렸다. 이윽고 관에 소속되어 있는 악공들이 풍악을 울리자 기녀들은 노래하고 춤을 추며 좌중의 흥을 돋우고 있었다. 한창 여흥이 무르익고 거나해졌을 때 절도사가 선우중통을 향하여 우스갯소리처럼 말을 건네고 있었다.

"양소 저 사람을 쓸 일이 있소이다. 대인께서 허락만 해주신다면 요긴하게 쓰려하오. 그리하실 수 있겠습니까?"

좌중 사람들에게 듣게 하려는지 제법 목청이 컸다.

양소는 지레 겁을 먹고 귀를 세웠다. 그렇지 않아도 무섭고 두렵기만 한 절도사와 같이하는 술자리가 영 불편하여 가시밭에 앉아 있는 것 같았다. 그래서 말술을 들이켜도 정신만 말똥말똥하였는데 요긴하게 쓸 일이 있다고 하니 저린 가슴이 콩을 볶고 있었다.

"긴히 쓰실 요량이시면 소인에게 하문하지 마시고 직접 물어보시지요."

선우중통이 껄껄거리며 말을 받았다.

"그럼 대인께서 허락하신 걸로 하고, 저 사람에게 직접 묻겠소."

장구검경이 고갤 돌려 양소에게 눈길을 주고 있었다. 양소는 그의 번쩍이는 눈빛에 주눅이 들어 고개를 꺾고 말았다.

"술이 취하였나, 아니면 쑥스러워 그러는가. 고갤 들게."

양소는 고개를 들었으나 그와 눈을 마주칠 수 없었다. 그의 입언저리에 시선을 두었으나 눈동자는 맥쩍게 풀려 있었다. 머리칼은 천정에서 당기는 듯 쭈뼛쭈뼛하였고, 귀에서는 거친 파도 소리가 철썩거리며 몰려왔다.

"내가 자네의 병적(兵籍)을 조사해 보니 촉에서 종군하였고, 신도현의 현위(縣尉)를 하였더군. 현위까지 한 사람이 꾼을 자청해서야 되겠는가. 훌훌 털고 관으로 들어오게. 자리는 만들어 놓을 터이니 말일세."

그 말이 떨어지기 무섭게 선우중통이 끼어들었다.

"직분이 무엇인지는 모르겠사오나 이왕에 주시는 자리니 태진마마님을 생각하시어서 임명하셨으면 하옵니다."

"여부가 있겠소. 지금 비어 있는 자리가 하나 있긴 있는데 저 사람이 좋아할는지 모르겠소이다."

장구검경이 선우중통에게 외눈을 깜빡이며 빙긋거렸다. 그에 응답하듯 선우중통도 외눈을 살짝 감았다 뜬다.

"듣자 하니 장부 정리가 일품이라 해서, 호부시랑으로 쓰고 싶은데 그 자리가 적격이 아니겠소?"

"아주 잘 생각하시었습니다. 호부라 하오니 안성맞춤으로 사려됩니다."

두 사람은 사전에 입을 맞춘 듯, 주거니 받거니 하며 결론을 지었다.

현위도 말단직이나마 관직이었다. 그러나 호부시랑은 현위에 비하면 감히 올려다볼 수 없을 만큼 높은 지위였다. 절도부의 중추인 이·호·예·병·형·공의 6부에 상서가 장이고 시랑은 차장이니, 호부에서 두 번째로 높은 자리였던 것이다.

양소는 마다하지 않았다. 절도사가 두렵기는 하였으나 훗날을 생각하면 관직이 필요했다. 이력을 쓰기에는 훌륭한 경력이 될 수 있었다. 현위 하나밖에 없던 경력이 검남절도부의 호부시랑으로 늘어났고 차후 몇 가지로 더 늘어날지 모르는 것이 아니던가.

"소인 양소, 목숨 다하여 절도사 어른을 보필하겠사옵니다. 이 은혜 어찌 잊겠사옵니까. 감사하고 또 감사하옵니다. 절도사 어른."

양소는 장구겸경에게 크게 예를 올리며 숙인 고개를 들지 못하고 있었다. 그는 울고 있었던 것이다.

안녹산이 절도사가 되고 일 년 만에 황제의 부름이 있었다.

황제의 알현은 딱 두 번밖에 없었다. 유주의 진사관으로서 승전 보고를 할 때와 패전하여 압송되었을 때였다. 그때는 부름이 아니었다. 제 발로 찾아가 알현을 하였다. 부름은 처음이었으니 그 기쁨은 이루 말로 다 할 수 없을 정도로 컸다. 달뜬 마음을 억누르며 진상할 품목을 떠올리며 준비를 서두르고 있었다.

장안으로 가는 준비가 한창일 때 안녹산이 누군가를 불렀다.

"멧돼지!"

큰 소리로 부르며 손짓을 하자 열일곱, 열여덟 살쯤 돼 보이는 자가 부리나케 달려오고 있었다.

"소인 저아를 부르셨사옵니까, 절도사 어른?"

그자는 멧돼지로 불리는 것보다 이름을 불러달라는 듯이 하며 눈치를 살폈다.

"불렀으니 온 게 아니더냐. 아니 부르면 네놈이 오겠느냐. 갈 차비는 다 하였느냐?"

"하긴 다 하였사오나 말 한 마리가 갑자기 병이 난 것 같사옵니다."

삼백 근이 넘는 안녹산의 몸집을 이겨내려면 튼실한 말 다섯 마리는 여분으로 준비하여야 했다.

"고얀 놈, 어떻게 하였기에 말이 병이 났느냐? 네놈이 엉뚱한 짓거리를 하지 않았더냐?"

"아니옵니다. 힘이 센지 약한지 여부를 가리느라 다섯 섬의 흙을 자루에 담아 시험하였는데 그리되었습니다요."

"이놈아, 내가 그리 무겁지는 않느니라."

살이 더 쪘다고 하는 말 같이 들렸는지 서운해하는 낯빛이 역력했다.

안녹산은 절도사가 되자 그전까지는 드러내지 않던 시종을 떳떳하게 곁에 두고 있었다. 그는 수염이 없는 자로 안녹산은 '이저아(李猪兒)'라는 이름보다 멧돼지 또는 멧돼지 새끼라고 불렀다.

이저아는 그가 변경의 거란족을 토벌할 때 잡아 죽인 자의 아들이었다. 앳된 놈이 하도 멧돼지 새끼같이 씩씩거리며 덤벼들기에 가상히 여겨 군영으로 데리고 왔다.

군율에 따르면 아무리 어리더라도 적의 자식이기에 죽여야만 했다. 그러나 죽이기에는 너무 어리고 가여워서 형을 내리는 절차를 취하였다. 부형(腐刑), 아랫도리를 도려내는 형벌이 처해졌다. 하지만 부형의 글 뜻처럼 도려낸 부위가 쉽게 썩는 경우가 많아 목숨을 보장하지 못하는 예가 허다했다. 도려낸 부위를 새빨갛게 달군 인두로 지지고 또 지져서 아물게 하였다. 놈은 죽을 고비를 여러 번 넘기더니 다행히 목숨은 건져 올렸다. 살리고 보니 이름도 성도 없었다. 불러야 할 이름이 필요했다. 마땅히 떠오르는 성과 이름자가 없어 흔한 성을 따서 이가로 하였고 명은 놈이 하던 꼴이 떠올라 멧돼지 새끼라 하여 이저아가 되었던 것이다. 그때 열 살쯤 되었는데, 놈이 꾀가 많고 멧돼지처럼 겁이 없고 우직하여 샛길은 모르는지라 쓸 만했다. 곁에 두고 싶었다. 그 후부터 궁의 환관처럼 수발을 들게 하였던 것이다.

안녹산이 이저아에게 물었다.

"그것 말고 다른 것은 문제가 없느냐?"

"그렇사옵니다."

장도(長途)였고 황궁으로 가는 행차는 준비할 것이 많았다. 행여 잊고 빠뜨리는 것이 있어서는 안 되었기에 안녹산은 직접 확인하며 챙겼던 것이다.

"날이 추우니 단단히 하여라. 이제 곧 떠날 것이다."

사람이고 동물이고 꽁꽁 얼어붙게 하는 정월이었다. 그러하듯 겨울 북방의 칼바람은 드러난 살을 가만두지 않았다. 드러난 살을 보면 적군인 양 얼리고, 갈라 터지게 하여 도려내게 하고 심하면 죽이기까지 하였다.

점검을 다 마치고 아무 이상이 없자 안녹산이 크게 외쳤다.

"출발하라!"

그리고 힘이 넘쳐 보이는 갈색 말을 타고 주위를 둘러본 후 떠나려 하자 배웅 나온 사사명이 부러운 낯빛으로 인사하였다.

"무사히 다녀오십시오."

"고맙다. 절도부사가 있으니 내가 이렇게 황제 폐하를 알현하러 갈 수 있지 않은가. 아무쪼록 절도부를 잘 부탁한다."

안녹산이 절도사로 임명되자 사사명은 절도부사가 되었던 것이다. 그는 줄곧 안녹산의 뒤를 받쳐주는 자리를 이어오다 지금에 이른 것이었다.

선두가 움직이자, 그 뒤를 따르는 수행병사와 진상품 바리들이 길게 늘어져 장관을 이루고 있었다.

행렬의 한복판에서 말 머리와 함께 끄떡거리는 안녹산은 싱글벙글 함박꽃이 피었는데 수행병사들은 풀죽은 할미꽃이었다. 멀고 먼 성도까지 가는 길은 수행병사들에겐 너무 힘들고, 견디기 어려운 고통의 길이기도 하였다. 더구나 한겨울의 험난한 역경을 이겨내려면 죽음을 무릅쓰고 헤쳐나가야만 하였다.

만리장성까지 오는 데 닷새가 걸렸다. 행렬이 길다 보니 더딜 수밖에 없었고 산이 높고 계곡이 깊어 다소 기일이 늦어지고 있었다. 장성을 넘어서자 노루 꼬리보다 짧은 겨울 햇빛마저 사그라졌다. 어쩔 수 없이 하룻밤을 묵고 유주로 향했다. 출발할 무렵부터 구름이 가라앉더니 기어이 눈송이를 쏟아내고 말았다. 진상품을 가득 실은 우마차가 많았으므로 눈이 쌓이면 오도 가도 못한다. 선발대가 유주에 도착했을 때는 눈발이 점점 굵어지며 쌓이기 시작하였다. 안녹산은 뒤따라오던 수행병사들을 닦달하여 가까스로 유주로 들어서자 겨우 숨을 돌릴 수 있었다. 그러나 선발대가 도착하고 한참 후에 들어섰으니 시간이 많이 지체되었다.

안녹산에게 유주는 친정과도 같은 곳이었다. 그곳에서 군의 잔뼈가 굵었으니 감회가 새로웠다. 제집처럼 스스럼없이 포근하게 느껴졌다. 그를 보자 유주의 병사들이 전과 같이 예를 올렸다. 절도사만 제외하고 모든 병사들이 그의 수하였으니 당연한 것이었다.

"잘들 있었느냐?"

마치 출정을 하였다가 돌아온 기분으로 병사들을 대하고 있었다.

"평로절도사가 되신 것을 축하드리옵니다."

제장의 말에 정신이 뻐쩍 들었다. 관할구역이 아니었다. 이곳은 유주였다. 제집 같았는데 남의 집이었다.

안녹산은 급히 말을 몰아 장수규가 있는 본영으로 치달았다. 관할이 달랐으므로 사전에 협조문도 띄웠어야 하였고, 옛 정리로 보아도 가장 먼저 달려와 절도사에게 예를 올렸어야 했는데 깜박한 것이다. 돌이킬 수 없는 크나큰 실례를 범하고 말았으니 혼이 빠져나간 듯하였다. 용서를 빌어야 했다.

장수규를 보자마자 그 육중한 몸을 바닥에 길게 깔았다.

"아버님 소자를 죽여주시옵소서. 죽여주시옵소서. 눈이 와서, 너무 많이 와서 미처 아버님을 찾아뵙지 못하고 이제야 왔사옵니다. 죽여주시옵소서. 흑흑."

그의 사랑으로 죽을 고비를 넘겼고 승승장구하여 절도사까지 되었는데 용서할 수 없는 대죄를 지은 것이었다. 하여, 대성통곡을 하고 있었다. 친아비가 죽어도 그리 섧게 울고불고하지는 않을 정도로 땅을 치고 몸을 뒤집으며 난리법석을 떨고 있었다.

장수규는 안녹산을 귀엽게 여겨 부자의 정을 맺은 지 십수 년이었다. 특히 군장으로서 부자의 관계는 군령과 아비의 명이기에 두 곱이 아니라 열 곱보다 더 강하고 엄하였으니 죽으라 하면 죽어야 했다.

"네놈이 절도사가 되더니 눈에 보이는 게 없는 게로구나. 절도사면 다 같은 절도사인 줄 아느냐! 꼴도 보기도 싫다. 떠나거라!"

지금까지 헤쳐온 칼바람보다 더 매서운 서릿발이 등에 꽂히고 있었다.

"아니 가겠사옵니다. 소자에겐 황제보다 아버님이 더 소중하옵니다. 아버님이 아니고 남이었다면 어찌 먼저 달려오지 않았겠사옵니까. 아버님이기에 소자는 믿고, 또 함박눈이 쏟아지는 불순한 날씨 때문에 병사들을 독려하고 안전을 위해 온 정신을 쏟다 보니 그리되었사옵니다. 아버님이 소자에게 그리 가르치셨사옵니다. 병사를 아껴라, 그들을 사랑하라, 믿고 따르게 하라, 하셨사옵니다. 소자는 아버님께서 가르쳐 주신 대로 그리하였사옵니다. 엎드려 청하옵건대, 소자가 이런 일이 두 번이라도 있었으면 모르겠사오나, 처음이오니 노여움을 푸시고 널리 용서해 주시옵소서. 차후 이런 일이 또 있을 시에는 소자 스스로 목을 찔러 자결할 것을 약속드리옵니다."

폭포수처럼 흘러나오는 언변에 장수규도 두 손을 들고 말았다.

실은 황제의 부름에 취해 장수규는 안중에도 없었다. 그냥 인사치레만 하고 유주를 지나치려 하였는데 일이 틀어지자 둘러댄 것이었다.

그런 일이 있고부터 안녹산은 지나가는 곳마다 파발마를 띄워 협조문을 보내 예를 갖추며 장안까지 올 수 있었다.

장안에 당도하자 안녹산은 진상품 바리들을 고역사와 이임보를 비롯한 황제의 측근들에게 골고루 뿌린 다음 황궁으로 들어갔다. 그의 뇌물 공세는 병마사로 임명되고부터 병적이라고 할 정도로 끊임없이 이어져 왔던 것이다. 그래서 황제와 측근들은 안녹산이라면 가장 신임하는 무장으로 자리 잡아 가고 있었던 것이다.

안녹산이 황제를 알현하고 있었다. 세 번째 만남이었다.

"장도에 노고가 많았겠구나. 짐이 그대를 퍽이나 보고 싶었느니라. 좀 더 가까이 오거라. 손이라도 잡아야겠다."

안녹산이 무릎걸음으로 다가갔고 황제는 그의 손을 꼭 잡아주었다. 황제의 따스한 온기가 전이되며 그의 핏줄을 타고 심장이 멎고 있었다. 황제가 보아하니 무릎으로 걷는 것이 아니라 배에 발이 달린 것처럼 보이고 있었다. 터져 나오는 웃음을 참느라 잡은 손을 마구 문질렀다.

"황제 폐하, 미천한 신을 불러주시어서 손톱만큼도 힘든지 몰랐사옵니다. 광영에 또 광영이옵나니 언제라도 부르시면 신은 밤을 깨워서라도 한걸음에 달려오겠사옵니다. 폐하는 신의 어버이시오니 자식의 도리를 다할 것이오며, 목숨을 바쳐 폐하를 섬길 각오로 변방을 지키고 있사옵니다. 신을 믿으시고 옥체 보전하시어 만수무강하시옵소서."

마른입에 침도 바르지 않고 줄줄이 쏟아내고 있었다.

"밤을 깨운다? 참으로 익살스럽구나. 오, 고마울지고. 한데, 그대의 뱃속에는 무엇이 들어 있는고?"

남산만 한 커다란 배로 걸어오던 우스꽝스러운 모습이 떠올라 물었던 것이다.

"신의 뱃속에는 오직 폐하에 대한 충성심으로 가득 차 있사옵니다. 먹으면 먹을수록 모두 충성심으로 채워져 꺼질 날이 없사옵나이다, 폐하."

"오, 그런가. 껄껄."

그의 넉살에 모처럼 활기를 띠며 어안에 웃음이 만연하였다.

현종은 감성이 탁월하여 보는 것마다 곡이 되어 노래로 만들어졌고, 글이 되었고, 무대의 극으로 올려졌다. 안녹산의 일거수일투족이 노래며, 글거리며, 연극으로 엮어낼 소재였고, 측근의 재목으로 키우리라 마음을 굳히기 시작하였다.

그는 황제를 알현한 뒤 이임보를 만났을 때도 황제를 만났을 때보다 한층 더 익살을 부리며 충성을 다짐하고 있었다.

 그러하듯 안녹산은 봉황을 부르는 산죽(山竹)이 되어 황제와 재상의 품에 포근히 안기었다. 그가 아직 발톱이 덜 자랐고 여린 이빨인지라 품속에서 넣어도 할퀴거나 물어뜯지 아니하여 강아지인 줄 알았지, 새끼 범일 줄이야 아무도 몰랐던 것이다.

지는 해와
뜨는 별들

"폐하, 유주절도사가 사의 표하였사옵니다."

고역사가 현종에게 유주절도부에서 올라온 장문의 소(疏)를 올리고 있었다.

현종이 정사를 돌보지 않은 이래 황제에게 올라오는 모든 소와 찰(札)을 고역사가 도맡아 처리하고 있었다. 방금 소를 읽고 막 내려놓을 즈음, 때마침 말귀 알아듣는 호랑이처럼 정전에 모습을 드러낸 것이다. 군장에 관한 일이라 직접 소를 올리지 않을 수 없었다.

현종은 고역사가 올리는 소를 받았을 뿐 읽는 척도 하지 않고 물었다.

"유주라면 장수규를 말함이 아니더냐. 무슨 일로 그만둔다더냐?"

듣기 싫은 말을 들은 안색이 아니었다. 그렇다고 듣고 싶었던 말을 들은 그런 안색도 아니었다. 도를 많이 닦아서인지 양태진과 사랑싸움이라도 있었는지, 어쩐지는 모르겠으나 불쑥 정전에 나타날 때는 그런 표정이 다분하였던 것이다.

"말에서 떨어져 머리를 크게 다쳤다 하옵니다."

"절도사가 말에서 떨어지다니 그게 말이나 되는가. 그자도 이젠 늙었나 보구나, 늙었어, 늙었음이야. 모름지기 장수는 젊어야 하느니라. 젊은 장수를 임명해야겠구나. 역사는 어찌 생각하는고?"

고역사는 젊은 장수로 변방을 지키게 하는 것은 무리가 따를듯싶었다. 대부분의 절도사들은 연륜이 있었다. 젊은 장수는 패기는 넘쳐 흘렀지만 판단의 실수가 많았다. 그러나 결국 바꿀 복안이 있었던 것으로 고역사는 판단하였다. 삼십 년을 넘게 황제를 모셔왔으나 아직까지 매와 수리를 구분하지 못하듯이 헷갈리고 있었다. 헷갈림은 근래에 들어 더욱 갈피를 잡지 못하고 있었다.

황제의 물음이었다. 고역사도 어찌 답을 하여야 할지 난감했다. 전과 다르니 허투루 말했다가는 감당할 수 없음이었다.

"폐하께서 염두에 둔 장수가 있으신지요?"

고역사는 노련하게 최고의 상책을 들고나왔다.

되물음이었다. 바꿀 복안이 있음을 판단하였으나 되묻고 있었던 것이다. 되물음만이 화를 피해 가는 최선의 길이었다. 대화의 책략 중에도 상중하가 있다. 상화(上話)는 상대가 의도하는 바를 정확하게 맞춰 일치되는 것이고, 중화(中話)는 그럴 수가 많고 아닐 수가 적은, 의도하는 것의 절반 정도를 오가는 것이며, 하화(下話)는 정반대의 의사 표현이었다. 하지만 어전에서는 달랐다. 황제와의 대화에서는 되물음이 상책이었다. 그것도 황제가 내뱉는 말 중에 가려서 되물어야 하는 것이었다. 중책은 아는체하지 않고 잘 모르겠다는 듯이 어정쩡한 답변으로 심장을 향해 날아오는 화살을 피해 가는 것이며, 하책은 거스름이었다. 거스름은 예리하게 벼른 비수를 목에 걸고 하는 진언이니 북망산이 제집인 양 즐겨야 했다.

현종은 고역사의 되물음에 활짝 핀 모란꽃이 되며 말했다.

"안녹산으로 바꾸어라. 짐도 늙고 보니 늙은이가 싫더라."

없던 절도부를 만들어서 평로라는 이름을 붙이고 절도사를 만들더니 이젠 겸직까지 시키려 하였다. 따라야 했다. 그에 대한 애증이니 거스를 수 없음이고 따르지 않을 수 없음이었다. 그를 총애하는 황제만의 괴목(槐木) 같은 편견을 그대로 따르는 것이 그가 할 일이었다.

고역사가 허리를 굽히며 명을 받들고 물러서려 하자 황제는 잠시 주춤하는가 싶더니 말을 이었다.

"절도사를 바꾸는 참에 아예 유주의 명칭도 바꿔라. 범양으로 하여라."

괴습(怪褶)이었다. 한번 꼬이기 시작하면 괴이한 발상이 툭툭 불거져 나왔다. 그것도 따라야만 했다.

유주절도사 장수규는 뜨는 해를 지켜볼 엄두가 나지 않아 소를 올렸던 것이다. 그 햇빛은 눈을 시리게 하였고 백곡 같은 심사를 검붉게 하였기 때문이었다. 근래 들어 안녹산이 하고 다니는 꼴이 눈에 거슬려 참을 수 없었다. 교활하고 뻔지르르한 말투와 능글거리는 태도, 아둔하여 교양이 없는척하며 출세를 위해선 불알마저 선뜻 떼어줄 놈을 양자로 삼은 자신이 부끄럽고 후회스러웠다. 꼴도 보기 싫은 놈이라 상대하지 않고 있었다. 그런데 시도 때도 없이 진상품 바리들이 관할지역을 통과하는 것을 보고 있노라면 걷잡을 수 없는 분노가 불구덩이처럼 이글거렸던 것이다. 평생 비단결같이 올곧게 살아왔는데 그 꼴을 보니 스스로 낙마(落馬)하여 지는 별이 되었던 것이다. 무장의 낙마는 곧 퇴출이었으니 두말이 필요 없음이었다.

그가 올린 소에는 안녹산을 경계하여 두려워하라는 뜻으로, 굵고 크게 '경척(儆惕)하소서'라고 썼건만 황제는 읽어보지도 않았던 것이다.

　황제의 별난 애정으로 안녹산은 평로절도사가 된 지 두 해 두 달 만에 범양(范陽)절도사까지 겸하게 되었다. 황제는 평로라는 이름을 새로 지었듯이 유주를 범양으로 고쳐 부르게 하였다. 유주는 예로부터 이름이 자주 바뀐 곳이었다. 어양(漁陽), 연경(燕京), 유도(幽都), 탁군(涿郡) 등의 다양한 명칭으로 불려왔었는데, 팔자 사나운 계집 서방 바뀌듯이 범양으로 바뀐 것이었다. 그는 이제 구만 천 명의 병사를 휘하에 두고 호령하는 무장 중의 무장으로 자리를 굳히고 있었다. 그의 남산만 한 배처럼 총애를 받을수록 야심으로 가득 찬 뱃속은 병력이란 먹이로 채워져 꾸역꾸역 몸집이 불어난 것이다.

　이임보는 안녹산이 평로와 범양, 두 곳의 절도사를 겸한 사실을 뒤늦게 알았다. 장수규가 소를 올린 걸 알았더라면 계획대로 심복인 어사대부 왕홍을 밀어붙였을 것이었다. 뭔가 일이 틀어지고 있음을 느끼기 시작했다.

　그가 안녹산을 천거하였을 때는 자신의 수하로 두려 했고, 그 결실로 변방의 한쪽을 손아귀에 넣은 줄 알았다. 수시로 그의 진상품을 받아 들 때면 변치 않는 충성심으로 받아들였는데 황제가 선수를 쳐서 가로채는 듯하니 견딜 수 없는 질투심이 들고일어났다. 퇴청하자마자 곧바로 언월당(偃月堂)에 틀어박혔다. 언월당은 그만이 홀로 깊은 생각을 할 때 쓰는 반달 모양의 별당이었다. 밤이 새도록 그곳에서 나올 줄 모르고 있었다.

　이임보가 언월당으로 들어갈 때, 범양의 안녹산은 심복 유락곡(劉駱谷)을 불러 명을 내렸다.

　"지금 당장 장안으로 가라. 그곳에서 조정과 황실의 동태를 샅샅이 살펴서 즉시 보고하라. 그리고 황제에게 사랑받는 측근들에게 뇌물을 아낌없이 써라. 만약 너의 신분이 드러나게 될 경우는 자결하라."
 유락곡은 안녹산과 동향 출신으로 정보를 수집하는 전문 정보꾼으로 오래전부터 키워왔던 자였다. 명을 받자마자 어둠을 더 깊이 잠들게 하며 사라지고 있었다.

 검남절도부의 호부시랑이 된 양소는 처음으로 관복을 입어보았다. 현위로 있을 때의 군복과는 비교가 되지 않았다. 의복이 날개라더니 한층 품위가 났다. 하늘에서 가져온 듯한 쪽빛 관복은 그의 풍채와 잘 어울려 하늘로 되돌아갈 것만 같았다. 친구 덕에 팔삭이도 관직을 가졌다. 사호참군으로 임명되어 객관을 담당하게 되었다.
 양소는 쪽빛을 흩날리며 호부로 들어섰다. 흔한 들꽃처럼 이름난 날건달에다 꾼인지라 그를 알아보는 관원들이 많았다. 호부에서 한 달이 지나자 업무 파악이 다 되었다. 일거리가 많고 복잡한 관청의 일이었으나 규모만 컸지, 수치를 다루는 일은 장사꾼과 별반 차이가 없었던 것이다. 신참답지 않게 일을 척척 처리하는 모습에 관원들이 혀를 다 내두르고 있었다.
 장구겸경이 그를 불렀다.
 "장안을 갔다 오게. 조정에 보고할 것도 있고 진상할 것도 있으니 자네를 진사관으로 임명하네."
 뜻밖의 명이었으나 양소는 머뭇거릴 사이도 없이 시원시원하게 답을 하였다.
 "호부시랑 양소는 검남의 진사관으로서 책무를 다할 것이옵니다."
 이젠 절도사가 두려움의 대상이 아니었다. 될 수만 있다면 그 자리마저 차지하고 싶은 욕망이 꿈틀대고 있었다.
 장구겸경은 그의 호탕한 언행을 무척 좋아하였다.

"진사관은 황제 폐하를 알현할 것이니 몸가짐을 잘하여야 하네. 또 하나 잊지 말아야 할 것이 있네. 조정으로 들어가기 전에 대전내관인 고역사와 중서령 이임보에게 전하는 물품은 자네가 직접 챙겨야 하네. 물론 태진마마님의 것도 그리하고 말일세."

그러면서 장구겸경은 이임보와 사이가 좋지 않으니 그를 만나면 함부로 말을 하여서는 아니 된다며 각별한 주의를 당부하였다.

장구겸경의 말을 듣는 순간 양소의 가슴이 쿵쾅쿵쾅 북을 치고 있었다. 이임보, 그 이름은 속 깊이 고이 접어둔 칼집의 칼을 깨우고 있었다. 칼이 빠져나오려고 몸부림을 치며 북소리를 울렸던 것이다.

'드디어 나라 도적의 낯짝을 볼 수 있구나. 어떤 늙은이인지 내 두 눈으로 똑똑히 보리라'

십수 년간 마음에 벼려온 예리한 칼날이 우-우-웅, 소리를 내며 튀어 오르고 있었다. 그 소리는 황하의 눈먼 노인의 울부짖음 같기도 하였다.

'노인은 이미 명을 다하였겠지?'

한 번도 찾아가 보지 못한 죄스러운 마음과 노인의 얼굴이 겹쳐지고 있었다. 그가 장강을 떠날 때 노인이 자결한 것을 알 수도 없었으니, 그리 생각하고 있었던 것이다.

양소는 마음의 비수를 달래며 진상품 바리들을 인솔하여 검남을 떠났다.

진상품 바리에는 황제의 측근들에게 전해지는 모가치가 조정이나 황실의 몫만큼 차지하고 있었다.

봄볕에 나비춤을 추며 피어오르는 아지랑이를 길잡이로 앞세우고 장안으로 향했다. 검남에서 장안까지의 길은 험하기로 이름난 곳이었지만 아지랑이는 충직한 말구종처럼 길 안내를 하고 있었다. 그러하기에 화인(畵人)들은 장엄한 산세와 절경을 화폭에 담아 후세에 남겨놓는 것을 큰 명예로 여기곤 했던 길이었다.

　장안 길목은 두 번째였으니 한결 수월하고 자신만만했다. 초행길은 가슴이 조마조마하였고 두려움마저 엄습하여 머릿속이 온종일 도리질을 한 것처럼 어찔어찔하였었다. 그러나 지금은 어찔하기는커녕 구름을 타고 하늘을 나는듯하여 머리가 개운했고 장부를 정리하는 양 말끔히 정돈되어 있었다.

　'늠름한 모습으로 황제 폐하를 알현하겠노라!'

　떡 벌어진 가슴을 수리의 날개를 펴듯 활짝 젖히며 수차례 반복해본다.

　살아생전 황제를 볼 수 있을까 싶었는데 알현까지 해야 한다니. 당당한 모습으로 진사관의 임무를 다하리라 마음을 다지고 또 다졌다. 하물며 양태진과 옥쟁이 장안에 있지 않은가. 든든하였다. 그들을 만날 생각에 조급한 마음은 둥실둥실 떠 있는 구름마저 더디다며 안달하고 있었다.

　가는 길 내내 황제 폐하의 용모를 그려본다. 어떻게 생겼을까, 이렇게 생기었을까, 요렇게 생기었을까, 마음의 붓을 들어 화공이 되어보지만 본 적이 없으니 제멋대로였다. 그러다 결론을 내렸다. 장담하건대 거룩한 분이니 필시 빼어난 용안에 건장한 용태일 것이라며 넉넉한 수염까지 덧달아 초상화를 그려 간직하였다. 그런 마음이 앞질러 행렬의 걸음을 재촉하고 있었다. 생각이 많으면 먼 길도 지루하지 않고 이웃집인 양 가깝게 다가왔으니 시일 또한 오래 걸리지 않았다.

　장안에 도착한 양소는 수소문하여 황제의 측근들부터 물품 바리들을 전해주었고, 장구겸경의 지시대로 고역사와 이임보의 몫은 직접 사저로 찾아가 전달하였다. 그들의 집사는 반색을 하면서 집채만 한 곳간에 처넣었다. 익숙하게 처넣는 모습이 마치 혀도 안 내밀고 고깃덩이를 날름 받아먹는 늙은 여우를 보는 것 같았다. 옥쟁의 몫도 잊지 않았다. 인편을 통해 보내며 황제를 알현하고 난 뒤 찾아갈 것이라 하였다. 그리고 조정으로 향하고 있었다.

옥쟁은 양소가 호부시랑이 되었음을 양태진으로부터 들어서 알고 있었다. 이제나저제나 양소가 장안으로 오기만을 손꼽아 기다린 옥쟁이었다. 그가 왔다니 묵직했던 엉덩이가 외짝인 듯 가볍게 촐랑대었다. 조르르 양태진을 찾아갔고 양소가 왔음을 알렸다.

"언니, 그렇지 않아도 내가 오라버니를 기다리고 있었지, 뭐유."

양태진은 양소가 왔다 간 다음부터 측근을 시켜 그의 동정을 살피게 하였다. 그러하니 그가 진사관이 되어 장안으로 오고 있음도 훤히 꿰고 있었던 것이다.

"좋은 일이라도 있는 게야?"

"폐하께 소청을 올렸다오. 몇 안 되는 친정식구들인데 궁에서 같이 살고 싶다고."

양태진은 피붙이의 필요성을 절감하고 있었다. 홀로 피는 꽃은 꺾어지기 쉬웠다. 황제의 총애와 더불어 그녀를 받쳐줄 사람이 절실하였던 것이다. 오른팔이 되고 눈과 귀가 되어 힘을 보태야 구만리 같은 앞날을 지켜나갈 것이라 믿고 있었다. 다른 궁인들은 하나같이 피붙이를 불러들였는데 그만은 곁가지 하나 없는 외꽃이었던 것이다.

"그래서? 폐하께서 청을 받아들이셨고?"

"언니두 참. 누구의 청인데."

양태진은 귀한 얼굴에 물방울이라도 튄 것처럼 쌜쭉하며 눈을 흘겼다.

"잘되었구나. 아이고, 예쁘기도 해라."

양태진은 나날이 달라지고 있었다. 이젠 마치 황후가 된 듯 품계를 갖춘 궁인들에 둘러싸여 귀히 떠받들고 있었다.

조정으로 들어간 양소는 황제의 알현을 기다리며 사흘을 지체하고 있었다. 그러나 끝내 황제의 알현은 없었다. 이임보의 농간으로 그의 선에서 마무리를 하였던 것이다. 그 대신 양소와 이임보의 첫 대면이 있었다.

이임보는 포청차림을 한 자와 같이 있었다. 포청차림을 한 자는 그 옆에 서 있었는데 여차하면 잡아갈 듯한 낯빛으로 양소를 노려보고 있었다. 이임보가 위엄을 부리며 거만하게 물었다.

"촉에서 온 진사관의 직위가 호부시랑이라 하였는가?"

그는 검남으로 부르지 않고 촉으로 불렀다. 촉이라면 무시하는 말 투였다.

"그렇사옵니다."

"진상품을 가져오느라 수고 많이 하였다. 장구겸경은 잘 있는가?"

"네."

양소는 참새 꼬리만큼 짧은 답변으로 일관하리라 마음먹고 있었다. 상을 보아하니 살집은 넉넉한데 눈이 작은 반면에 눈동자가 분주히 움직이는 꼴이 너구리의 속처럼 음흉함 그 자체였다. 눈먼 노인이 하던 말이 떠올랐다. 국적(國賊)! 그 노인의 멀쩡한 두 눈을 빼앗은 자였고, 어쩔 수 없이 허여멀건 눈이지만 삶을 포기하지 못하면서 그토록 죽이려고 했던 나라 도적이 아니던가. 불끈 피가 거꾸로 치솟았지만 가슴은 북을 치지 않았다. 직접 대하고 보니 맘이 편했고 오히려 우습게 보였다.

'하찮은 늙은이로구나'

이임보를 향한 눈빛이 주눅 들지 않고 있었으나 그는 되레 엉뚱한 말을 한다.

"너무 어렵게 생각 말고 편히 하라. 조정이 지방 관원에게 두려운 곳이 되어서야. 심문을 하는 게 아니니 맘 푹 놓고. 그래, 땀도 닦으면서 말이야."

양소가 독기 품은 눈빛을 가리려고 이마로 손등을 슬쩍 가져가자 이임보는 너무 어려워하는 것으로 착각하고 있었다.

"아, 네. 허허."

아무렇지도 않다는 듯이 히죽거리며 땀을 닦는척하였다. 그리고 가슴에 칼을 품고 왔더라면 단칼에 목을 쳐 노인의 한을 풀어주었으리라 싶었다.

이임보는 눈동자를 요리조리 돌리며 말을 이어가고 있었다.

"시골구석에서 있는 것보다 조정에 몸을 담가볼 생각은 없는가?"

"네? 아, 네."

무슨 꿍꿍이수작인가 싶어 미간을 치켰다가 내렸을 뿐, 좋다, 싫다는 말을 하지 않았다.

"그냥 해본 말이 아니다. 귀관은 지금 이 시각부터 금오병조참군(金吾兵曹參軍)으로 임명한다. 금오위는 황제 폐하의 근위대다. 목숨을 바쳐 충성을 다하여야 할 것이다. 알겠느냐?"

밤도 아닌 벌건 대낮인데 홍두깨가 도깨비방망이로 변했는지 생뚱한 관직을 내리고 있었다.

"싫사옵니다."

양소는 낮도깨비에게 홀리고 싶지 않아 고개를 설레설레 저었다.

"싫어도 할 수 없다. 지엄하신 황제 폐하의 어명이다. 따르지 않으면 안 되느니라. 금오대장은 이자를 데리고 가라."

양소는 얼떨결에 관직을 받고 금오대장의 뒤를 따르고 있었다. 그가 포청관으로 생각했던 자는 금오위의 대장이었던 것이다.

며칠 전 이임보는 황제의 명을 받았다. 양태진의 오라버니가 입궐하면 관직을 주라는 명이었다. 쓸개를 핥은 듯 씁쓸했다. 양태진의 식솔들이 조정의 자리를 차고 들어앉는 것이 불안하였지만 명을 따르지 않을 수 없어 생색만 내기로 하였다. 황궁의 생리를 누구보다 훤히 꿰고 있는 자로서 총애를 받는 여인의 친족들 쓰임 또한 꿰고 있음이었다. 지금은 비록 말단직에 불과하지만 머지않은 날에 그와 목숨을 건 피 튀김을 하지 않으리라는 보장이 없었다. 이임보는 그것을 직감하여 양소의 출현이 썩 달갑지 않았던 것이다.

금오대장은 양소를 데리고 가서 금오위 장교에게 넘겼다. 그는 양소의 자리배정부터 하였고 영내를 돌며 신참교육을 시켰다. 금오병조참군은 금오위 군사들이 사용하는 칼과 활, 창 등속의 무기를 관리하는 말단직이었다.

다음 날 날이 밝자 양소는 금오대장에게 말했다.

"검남으로 돌아가서 보고를 올린 다음 다시 오겠사옵니다."

말단직이라서 싫은 것이 아니었다. 의리(義理) 하나로 삶을 지탱한 그였다. 검남의 절도사와 선우 대인과의 관계를 저버릴 수 없었다.

금오대장은 당돌하다 싶었는지 눈을 부라리며 말하였다.

"네놈이 촌놈 티를 내는구나. 때를 벗겨주어야 정신을 차리겠느냐! 네 직분을 다하지 않는 즉시 능지처참시킬 수 있는 곳이 이곳이다. 제 위치로 돌아가라!"

양소는 입술을 꽉 깨물었다. 붉은 선혈이 솟구치며 입안 가득 채우고 있었다. 비릿하고 짭조름한 피 맛을 제 스스로 보며 마음을 달래야 했다.

낯설고 엄중한 궁궐이니 옴짝달싹하지 못하고 열흘 동안 참군의 직분을 충실히 하였다. 그리고 하루 쉬는 틈을 타서 옥쟁을 만나 사정 얘기를 한 다음 검남으로 줄행랑을 쳤다.

태진궁의 아침은 바쁘게 움직이는 궁인들로 붐비고 있었다.

홍도는 궁인들을 닦달하는가 하면 발을 동동 굴리며 궁인들 사이를 정신없이 왔다 갔다 하였다. 한쪽에서는 물에 담근 살구씨를 꺼내어 껍질을 벗기고 있는가 하면, 다른 한쪽에서는 껍질 벗긴 살구씨를 절구통에 집어넣고 곱게 빻고 있었다. 또 다른 한쪽에서는 빻은 가루를 감홍과 활석 가루와 똑같은 비율로 섞은 후 불을 지핀 솥에 넣어 찌고 있었다. 그리고 또 다른 한쪽에서는 시루떡같이 쪄진 것을 용뇌(龍腦)와 사향을 섞어 벅벅 문지른 다음, 달걀 흰자위와 함께 휘휘 저어 쫀득쫀득하게 될 때까지 품을 팔고 있었다. 옥홍고(玉紅膏)였다. 그들은 옥홍고를 만드느라 이른 아침부터 땀을 뻘뻘 흘리며 바삐 움직이고 있었던 것이다.

양태진은 조반을 먹는 둥 마는 둥 하곤 물리더니 일각이 되었을 즈음 홍도를 불렀다.

"왜 이리 더디냐. 아직 옥홍고가 준비되지 않았더란 말이냐?"

팔팔 끓는 물처럼 뜨거운 호령이 떨어지고 있었다.

"다 되어갑니다, 마마. 조금만 기다려 주시옵소서."

그녀의 얼굴은 매일 아침저녁으로 옥홍고를 바르고 있었으나 발끝부터 머리 꼭대기까지 바르는 것은 보름에 한 번씩이었다. 오늘이 바로 그날이었다. 알몸차림이 언젠데 아직까지 옥홍고가 준비되지 않았다 하니 불을 지핀 솥단지라도 걷어차고 싶었던 것이다.

홍도는 한 시각을 더 지체한 후에야 옥홍고를 대령할 수 있었다.

"너무 두텁지도 얇지도 않게 골고루 발라야 하느니라."

양태진은 벌거벗은 몸뚱이를 내맡기며 홍도에게 주의를 주었다. 한두 번 하는 일도 아니건만 옥홍고를 바를 때마다 똑같은 말을 반복한다. 그도 그럴 것이 요즈음 들어 황제의 사랑이 묽어가는 느낌을 받고 있었다. 그동안 발길을 끊었던 매정을 찾는 것 같았다. 여자의 육감은 점쟁이를 능가하지 않던가. 우선 잠자리를 멀리하였고 옥체에 매향을 묻혀오곤 했는데, 거동으로 보아도 눈치를 슬금슬금 보며 안 하던 말을 하곤 하였다.

"짐이 그대를 태진으로 명명한지 어언 다섯 해가 되었구먼. 무심한 세월이야. 순식간에 후딱 지나갔으니……. 혜비의 자리를 대신할 때가 되었는데도 멍청한 놈들이 짐의 뜻을 헤아리지 못한단 말이야. 역사 이놈을 불러다 호통을 한번 칠까 싶은데, 태진은 어찌 생각하느뇨?"

답변을 하고 싶어도 할 수 없는 애매한 물음이었지만 한편으로는 와락 달려들고 싶은, 그런 말을 심심찮게 하곤 하였던 것이다.

초가의 벽을 바르듯 옥홍고를 뒤집어쓰면서 생각은 매정으로 흘렀다.

'매비 요년. 내가 비의 자리에 오르기만 해봐라. 눈에 띄지 않는 곳으로 쫓아낼 것이니라'

생각은 그리하면서 홍도의 보드라운 손길보다 더 보드라운 살결이 되길 기원하며 옥홍고의 기운을 피부 깊숙이 빨아들이고 있었다.

현종이 그녀에게 빠져들 수밖에 없는 것 중의 하나가 옥홍고의 마력이기도 하였다. 태진궁을 찾을 때마다 항상 아리따운 모습으로 자신을 맞이하는 그녀였다. 단 한 번도 흐트러진 모습을 볼 수 없었다. 이방인처럼 또렷한 얼굴 윤곽에 붉은 듯하면서도 윤기가 자르르 흐르는 육체는 마치 홍옥(紅玉)을 보는 것 같았다. 바로 옥홍고의 효과였다. 그뿐만 아니라 교태가 넘쳐나는 토실토실한 몸매와 자신의 뜻을 헤아리는 지혜까지 있었으니 주체할 수 없는 탄성이 저절로 터져나왔던 것이다.

그녀는 눈과 눈썹, 코에 이르기까지 많은 신경을 써서 화장을 하였다. 눈 화장은 낮과 밤이 달랐다. 낮에는 원앙이나 누에나방의 모습을 본떴으며, 밤에는 짙었는데 콧부리와 미간은 굵게, 우뚝 솟은 콧날로 내려갈수록 가늘게 그렸던 것이다. 속눈썹과 눈꼬리에도 변화를 주었고 입술도 색을 진하게 하여 도톰히 보이도록 하였다.

양 볼에는 단청(丹靑)으로 마무리하여 웃는 모습이 매력적이어서 하늘 선녀마저 시샘을 할 정도였다. 그러하였으니 다른 후궁들과는 비교가 되지 않았던 것이다.

정전에 모습을 나타낸 황제는 이임보와 고역사를 불러 명을 내렸다.

"짐이 오래전부터 고심하였노라. 그대들도 짐작하였으리라 본다. 무혜비가 죽고 나서부터 그를 대신할 후궁이 없었는데, 짐이 양태진을 다섯 해 동안 지켜본 결과 능히 그 자리를 대신할 수 있음을 알 수 있었느니라. 해서, 귀비로 봉하려 한다. 짐의 뜻이 그러하니 책봉을 서둘러라."

감히 거역할 수 없는 묵직한 어명이었다. 토를 달 수 없었다.

"감축드리옵나이다. 폐하."

고역사의 말이었다.

"감축에 감축이옵니다. 진작 그리하셨어야 하옵니다."

이임보는 한술 더 떠서 안기듯 하였다.

황제는 이임보의 그런 어투가 달갑지 않았다. 속으로 되물었다.

'이놈아, 진작이라니? 네놈이 그 말을 이제야 하는 속내는 무언가?'

안녹산을 총애하고부터 그에게 쏟았던 애정이 조금씩 멀어지고 있었다. 오냐오냐하는 사이에 이임보의 권한이 너무 커져 주체하기 힘이 들었다. 견제가 필요했다. 그래서 안녹산을 애지중지하는 척한 것인데, 이는 그가 내세운 안녹산으로 그를 견제하고 더 나아가서는 그를 제거하려는 이간제간(以奸制奸)의 책략이었던 것이다.

그리하듯 이임보는 자신은 영원히 떠 있는 둥근 해로 생각했으며, 안녹산은 뜨는 별이라 취급했고, 황제를 지는 해로 보았던 것이다. 그것이 스스로 낙마한 장수규의 생각과 크게 다른 점이었다. 특히 안녹산에 대해서는 뜨는 별은 별이되 낮별이니 빛을 발휘할 수 없음이라 생각하였던 것이다.

그러나 현종의 생각은 달랐다. 그는 중원을 비추는 따사로운 햇빛이고 신하는 해가 진 뒤 잠시 떠 있는 잔별들에 불과하다고 생각했다. 밤새 잔별들이 서로 치고받더라도 해가 뜨면 사라지지 않던가. 백성들의 추억거리로 또는 별들에 대한 이야깃거리로 남을 수밖에 없는 작은 별이라 생각했던 것이다.

그래서 맘 놓고 맡겨둔 것인데 이제는 감당할 수 없을 만치 덩치가 커졌으니 그의 눈치를 보는 황제가 되고 있음이었다.

이임보와 고역사는 책봉 절차를 서둘렀고 마침내 황제는 양태진을 귀비로 봉하였다. 평민이던 양옥환은 수왕비를 거쳐 태진으로, 그리고 귀비가 되어 어엿한 현종의 후궁이 되었으니, 황후 다음 자리였다. 하지만 황후 없이 지내는 황제에겐 귀비의 책봉은 매비를 뛰어넘어 그녀를 황후의 자리에 앉히는 것과 다름없었다.

당시의 후궁제도를 보면, 황후인 본처 한 명 다음으로,

귀비(貴妃), 숙비(淑妃), 덕비(德妃), 현비(賢妃)로 네 명의 후처가 있고, 그 아래 소의(昭儀), 소용(昭容), 소원(昭媛), 수의(修儀), 수용(修容), 수원(修媛), 충의(充儀), 충용(充容), 충원(充媛)으로 아홉 명의 빈(嬪)이

있었다. 그 밑에 첩여(婕妤), 미인(美人), 재인(才人)이 각각 아홉 명, 또 밑에 보림(寶林), 어녀(御女), 채녀(采女)가 각각 스물일곱 명 있었다.

그렇듯이 양옥환은 태진으로 명한 지 다섯 해, 천보로 연호를 바꾼 지 사 년여 만에 귀비로 오르게 된 것이다. 하늘이 내려준 보물이라고 널리 알리더니 끝내 실행에 옮긴 것이었다. 현종의 보령 62세였고, 양귀비는 27세였다. 백발 할아버지의 품에 안긴 손녀딸 같은 나이 차였다. 그러나 황제는 무촌(無寸), 무치(無恥), 무불통(無不通)이라 하였으니 촌수도 없고, 창피한 것도 없으며, 통하지 않는 것도 없었던 것이다.

양귀비는 친인척이 많지 않았다. 아버지 현염과 작은아버지이며 양부인 현요는 일찍 죽었다. 남은 가족 이래 봐야 양소를 비롯하여 친 오라버니 섬(銛), 숙부 현규(玄珪)와 그의 아들 기(錡), 사촌 동생으로 현요의 아들인 감(鑑)뿐이었다. 여자로는 친언니들인 옥패, 옥쟁, 옥채가 전부였다.

귀비로 책봉되자 그녀의 친정식구들은 뜻하지도 않은 횡재를 누리게 되었다. 현종이 벼슬을 내린 것이었다. 죽은 아버지에게 대위재국공이란 벼슬을 내리는 것으로 시작하여, 숙부는 광록경(光祿卿), 양섬은 홍려경(鴻臚卿)으로, 사촌 오라버니 양기는 시어사(侍御史)로, 양감은 사공(司公)으로 임명되었다.

그리고 큰언니 옥패는 한국부인(韓國夫人), 둘째 옥쟁은 괵(虢)국부인, 막내 옥채는 진(秦)국부인으로 봉작을 내리었다. 귀비로 책봉되었기에 황실법도를 따른 예우였으나, 셋 모두 국부인으로 한 처사는 너무 과했던 것이다.

양소에게도 새로운 벼슬이 내려졌다. 감찰어사였다.

감찰어사는 어사대 소속으로 장은 어사대부였다. 그 내부에 삼원으로 구성된 대(臺), 전(殿), 찰(察)에 형제들이 모두 배치되었다. 양기를 대의 시어사로, 양감을 전의 사공으로, 양소를 찰의 감찰어사로 임명하였던 것이다. 그들을 부리는 어사대부는 바로 이임보의 충복 왕홍이었다. 이임보의 간계로 형제들을 어사대에 배정한 것이다. 조정의 실태를 아는 바 없는 촌놈 외척들을 손아귀에 틀어쥐고 옴짝달싹하지 못하게 만들 셈이었다. 그들의 손발을 꽁꽁 묶어 감시하고 여차하면 한꺼번에 쓸어버릴 심사로 그리하였던 것이었다.

금오위를 마다하고 검남으로 줄행랑을 친 양소는 엄하기만 한 궁궐이 싫었다. 노인의 말처럼 죽여 없애야만 되는 나라 도적인 이임보를 처단하기 위해서는 꼭 조정으로 들어가야 했으나, 잡아먹을 듯이 눈을 부라리며 엄포를 놓는 금오대장의 눈빛이 싫었다. 그 또한 넘어야 할 산 중의 하나가 될 것이 아니던가. 그러다 보면 모두 적들인데, 하나의 적을 없애면 또 다른 적이 나타날 것이니 첩첩산중인 것이다. 암담하기만 하다. 어찌할 바를 몰라 차일피일 미루며 조정으로 돌아갈 생각은 서서히 지워지고 있었다. 이임보를 죽이는 일이 처음이자 마지막이라면 모를까 첩첩산중의 적들을 말단의 직책으로 대거리를 할 수는 없지 않은가. 그러느니 의리를 지키며 검남에서 호부시랑으로 있는 것이 세상 편하고 좋았다. 설마 자리를 박찼다고 죽이기까지 하겠는가 싶어 눌러앉은 것이다.

귀비의 책봉식이 있고 나서 얼마 지나지 않아 선우중통이 양소를 찾아왔다.

"자네의 누이가 귀비가 되었다네. 알고 있었는지 모르겠으나 자네 또한 감찰어사로 임명되었다네. 그러니 무조건 조정으로 들어가게."

양소는 귀비의 책봉이 있었는지조차 관심을 두지 않았다. 더구나 감찰어사로 임명되었음도 모르고 있었다.

"대인의 말씀을 듣고 소인도 이제야 알았습니다. 하오나, 조정은 정이 가지 않습니다. 옥환 누이가 귀비가 되었다 하나, 소인하고는 무관한 일이오며, 소인 또한 조정에서 내리는 봉작은 받고 싶지 않사옵니다. 소인은 이곳에서 잘 있는 것으로 만족하겠습니다."

감찰어사가 되었다는 선우중통의 말에 속으로 쾌재를 부르며 조정으로 돌아가고 싶은 마음도 없지 않았으나 속내를 감추며 검남에 눌러앉겠다 하였다.

선우중통은 양소의 고집스러움에 안타깝다는 듯이 혀를 끌끌 차며 말을 이었다.

"자네의 심정은 이해하네. 그러나 이번 기회를 놓치면 아니 될 것일세. 어명도 따라야 할 것이고. 귀비가 어떤 자리인가. 황후마저 없으니 국모나 다름없음이야. 장차 귀비마마께서 황후에 버금가는 지위가 될 것이야."

양소는 국모라는 말에 놀라움을 금치 못하고 물었다.

"귀비가 그런 자리이옵니까?"

"귀비라고 다 그렇지는 않네만, 황후가 없으니 서열이 그렇다는 것일세. 그뿐만 아니라 황제 폐하의 총애를 한 몸에 받고 계시니 국모와 다를 바 없다는 것일세."

"하오면 소인이 꼭 조정으로 가야 합니까?"

"가다마다 뿐이겠는가. 모름지기 같은 녹을 먹을지언 즉 지방보다 조정이 최고일세. 하물며 자네는 귀비마마의 오라버니이니 앞으로 재상이 될는지 누가 알겠는가. 하다못해 상서 자리는 보장되어 있을 것일세. 하니 조정으로 가서 꾹 참고 지내보게. 그래야 나나, 절도사 어른도 자네의 덕을 보지 않겠는가."

양소는 그제야 말귀를 알아들었다. 더구나 덕을 본다는 말에 귀가 번쩍 뜨였다. 신세를 갚을 수 있다면, 의리를 저버리지 않는 길이라면 어떤 고난과 고통이 따르더라도 헤쳐나가리라 마음을 고쳐먹었다.

"소인, 대인의 말씀을 따르겠습니다."

"고맙네. 가시거든 절도사 어른을 조정으로 다시 불러들였으면 하는 마음이니 귀비마마께 말씀을 잘 올려주시게."

선우중통의 가르침과 부탁을 저버릴 수 없는 양소였다. 그 길로 장안으로 달려가 조정에 몸을 담고 말았다. 장안으로 오고 보니 생각지도 않은 사촌들을 모두 만날 수 있었다. 혼자가 아님에 힘이 불끈 솟고 아우들을 위해서라도 앞서나가야 했다.

뒤늦은 양소의 출현으로 이임보와 안녹산의 따가운 눈초리가 그에게 집중되고 있었다. 조정이란 텃밭에서 뜨는 별은 밤하늘의 별과는 다르게 어울림의 별 밭을 일구는 터전이 아니었다. 정작 양소 자신은 아무것도 모르고 있었으나 별들의 각축장이 되었음을 선포하는 것이었다. 조정의 판세가 급변하기 시작했다.

약조를
지키소서

　평로·범양절도사 안녹산은 정보꾼인 유락곡으로부터 장안의 변동 사항을 상세히 보고받고 있었다.

　보고를 받는 안녹산의 안면이 파르르 떨리며 물었다.

　"양소라는 외척이 이임보의 수하가 되었다는 말인가?"

　"세 명의 사촌 형제들 모두 어사대로 발령이 났습니다. 어사대부 왕홍이 누구입니까. 이임보의 최측근이니 그것만 보아도 그의 수하로 되었음이 분명합니다."

　"양소라는 자가 어떤 놈인가?"

　"촉의 촌놈입니다. 시정잡배 출신으로 검남절도부에서 호부시랑을 잠시 하였고 최근에 금오병조참군으로 임명되었으나 열흘 만에 도망친 것이 그의 관직 행적입니다."

　"그런 자라면 크게 걱정할 게 없다. 계속 주시하라."

　안녹산은 유락곡에게 그리 말은 하였지만 거북스러운 외척의 출현에 신경이 몹시 곤두서 있었다.

"놈을 처치할까요?"

유락곡은 극단의 처방으로 몰아붙이려 묻고 있었다.

"하는 꼴을 본 뒤에 없애버려도 늦지 않다. 수하를 더 많이 풀어 감시하라."

평탄하던 안녹산의 앞길에 새로운 적이 생긴 것이다. 늙은 여우 이임보만 제거하면 그의 세상이 펼쳐지리라 믿었는데 생각지도 않은 양소와 외척들이 나타나 그의 수하로 들어갔으니 잠을 이룰 수 없었다.

그는 황제의 총애만이 자신을 지키는 수단인 것으로 믿고 있었다. 그러나 황제의 총애를 잃지 않으려면 끊임없는 관심을 끌어야 했는데 뾰쪽한 수가 떠오르지 않았다. 황제와 멀리 떨어져 있는 지방관과 조정 대신과의 차이를 절실히 느끼고 있었다. 총애를 받기 위해서는 공을 세워야 함과 어떡해서든 조정으로 진출해야만 될 것이라 결론을 내렸다.

무인에게 있어서 싸움 없는 평온의 세월이 지속되면 그의 가치와 필요성이 잊히는 법이었다.

안녹산이 환관 이저아를 불렀다.

"멧돼지! 멧돼지 새끼 어디에 있느냐? 이놈, 냉큼 오너라."

이저아가 부리나케 뛰어오는 모습을 보자 냉큼 오라며 목에 힘을 더 주었다.

"부르셨사옵니까, 대부어른?"

헐레벌떡 뛰어온 이저아는 그를 절도사라고 부르지 않고 대부(大夫)어른으로 불렀다.

"어딜 그리 쏘다니느냐. 항시 눈에 띄는 곳에 있어라. 화급한 일이니 평로병마사 전승사(田承嗣)에게 파발을 띄워라."

변방 영주의 평로절도부에는 안녹산을 대신하여 병마사가 다스리고 있었다. 안녹산은 매매 묶은 전통(箭筒)을 이저아에게 주었다.

파발마는 범양을 횡하니 벗어나더니 장성을 지나 영주로 달려갔다. 변방에서 사용하는 파발마는 북방의 유목민들이 타고 다니는 키가 작은 조랑말이었다. 조랑말은 보기와 달리 빠르기가 화살 같아 화급을 다투는 일에 적격이었다.

전통을 받아 든 평로병마사 전승사는 그 속에 서찰이 있음을 알고 있었다. 자주 있는 일은 아니었으나 화살을 보낼 이유가 없는데도 화살로 속을 채운 전통을 보냈다면 그 속에 서찰이 있음이었다.

전승사는 촉 없는 화살에 매달려 있는 서찰을 꺼내 읽었다.

'평화롭구나. 갈증으로 목이 타고 있다'

안녹산의 필체로 쓰인 간략한 서찰이었고 두 사람만이 해독할 수 있는 내용이었다. 혹여 서찰이 분실되거나 다른 자의 손에 넘어가더라도 타인은 알아볼 수 없는 내용이었다.

전승사는 알았다는 듯이 서찰에 불을 붙여 태워버렸다. 증거를 남기지 않는 그들의 방법이었다. 그는 부장을 부르더니 귀에 대고 속닥속닥했다. 부장은 고개를 주억거리며 사라진다.

밤이 깊어지자 녹음이 우거진 계곡을 따라 몸을 숨긴 자들이 유목민들이 곤히 자고 있는 야영지를 기습하고 있었다. 넓은 들판을 이부자리로 삼아 지친 몸을 누이고 깊이 잠든 유목민들은 얼떨결에 적군이 되어 포로가 되었다.

동이 틀 무렵이었다. 사람은 재갈을 물려 찍소리도 나지 않게 하였으며 가축은 몰고, 유목민이 쓰던 물건까지 모조리 가져오기 시작했다. 유목민이 있었다는 흔적을 남기지 않는 고도의 수법이었다.

영내로 들어오기 직전, 개울물이 졸졸 흐르는 곳에 유목민을 세우더니 느닷없이 목을 뎅경뎅경 쳐 내려갔다. 칼날은 남녀노소를 가리지 않았으며 재갈을 물렸으니 찍소리도 나지 않았다. 씨를 말리듯 모두 목이 잘리었다. 남자들의 머리통만 따로 모았고, 그들의 몸통과 어린아이와 여자들의 머리통은 목이 잘린 몸뚱이와 같이 구덩이를 파고 묻었다. 그런 뒤 잘린 모가지에서 피를 뿜어내듯 하며 붉은 해가 둥그렇게 떠오를 즈음 머리통만 들고 영내로 가져왔다.

전승사는 부장을 시켜 유목민의 머리통을 안녹산에게 보냈다. 안녹산은 조정으로 보고하러 갈 진사관을 차출하여 진상품과 함께 승전의 전리품으로 수급(首級)을 올려 보냈다.

황제는 적군의 수급을 보고 매우 흡족해하며 안녹산을 칭찬하고 있었다.

"짐이 믿을 수 있는 장수는 안녹산밖에 없도다. 중서령은 똑똑히 보아라. 수급이 예리한 칼로 베였구나. 칼질이 두 번 없었으니 수하의 장수들도 무공이 대단하구나. 후하게 포상을 하여라."

"현종은 일부러 이임보를 지칭하며 그의 간담을 서늘하게 만들고 있었다. 여차하면 네놈의 모가지도 이리될 수 있다는 경고이기도 하였다.

이임보는 그 수급이 단칼에 베였는지 두세 번의 칼질에 목이 떨어져 나갔는지 알 수 없었다. 칼을 한 번도 사용해 본 적 없는 그였다. 실실거리며 몸을 낮추더니 쓸데없는 군말 한마디를 툭 던지고 있었다.

"눈을 뜨고 죽은 놈도 있사옵니다."

그 수급은 황제를 노려보는 듯하며 눈을 부릅뜨고 있었다.

"죽어서도 눈을 뜨고 있다는 것은 원한이 많아서 눈을 못 감은 것이다. 중서령이 손으로 훑어내려 보아라. 놈이 황천길이나마 편히 가게 말이다."

"폐하, 소인의 손은 아직 쓸 곳이 많사오니 어사대부가 대신 쓸어내릴 것이옵니다."

이임보가 어사대부 왕홍의 눈과 마주치며 고뿔에 걸려 한축이 든 듯 부들부들 떨고 있었다. 왕홍이 고개를 돌린 채 수급의 눈을 쓸어내렸다. 수급의 눈이 감기자 이임보가 얼른 왕홍의 손을 잡고 제 손인 양 하고 있었다. 황제는 껄껄 웃으며 어전을 빠져나갔다.

양귀비는 홍도와 궁인들의 호위를 받으며 태액지(太液池)에서 연꽃 구경을 하고 있었다.

태액지는 대명궁(大明宮)의 연못으로, 대명궁은 황궁의 실질적인 궁궐이었다. 궁은 궐내 동북쪽에 자리 잡고 있었는데 태종 이세민이 아버지인 고조 이연을 위해 지은 것이었다. 연로하신 부황의 여름 피서지로 태극궁에 버금가는 궁궐을 지어 올렸던 것이다. 그래서 한때 하궁(夏宮)으로 불린 적도 있었다. 세월이 지나고 황실의 주인이 바뀌자 정궁인 태극궁에서 피서지로 정무를 슬금슬금 옮기더니 대명궁의 함원전이 정전이 되었고, 궁의 한가운데에 태액지가 들어선 것이다. 태액지에서 남쪽으로 함원전, 선정전, 자침전(紫寢殿) 등속이 있었다. 양귀비는 태진궁에서 자침전으로 거처를 옮겼기에 태액지는 뒤뜰의 정원과 같았다.

그녀는 만개한 연꽃을 바라보고 있었다. 하얀 연꽃들은 선재동자를 앉힐 듯이 오므렸던 꽃잎을 활짝 펼치며 좌대(座臺)를 흉내 내고 있었다. 불교의 극락세계에서는 선재동자가 연꽃잎에 싸여 태어난다고 하였다. 선재동자를 떠올리다 보니 자신 또한 극락세계에 와 있는 것 같았다. 귀비에 대한 예우는 극락세계처럼 극진하였던 것이다. 후궁이 이러할진대 황후는 어떨까 싶었으며, 또 다른 세상이 있을 것만 같았다.
　양귀비가 꽃구경을 하는 궁인들에게 말을 넣었다.
　"연꽃을 보니 마음이 온화해지고 음률을 타는 것처럼 즐겁구나."
　홍도가 방글거리며 말을 받았다.
　"소인은 마음과 몸이 맑아지고 포근해지옵니다. 귀비마마."
　"홍도 너 또한 어엿한 여인이 되었음이야. 아니 그런가?"
　"부끄럽사옵니다. 마마."
　양귀비가 엷은 미소로 홍도의 손을 잡아주자, 홍도는 몸을 배시시 틀고 있었는데 양쪽 볼에는 잘 익은 복숭아가 덩그러니 매달리고 있었다.
　"꿈에 연꽃을 보았더구나. 네가 꿈풀이를 잘한다는 소문을 듣고 있다. 한번 해보겠느냐?"
　그녀는 간밤 꿈길에서 연꽃을 보았기에 태액지로 가자고 하였던 것이다.
　"잘 모르옵니다. 소문일 따름이옵니다."
　"아니다. 길몽이든 흉몽이든 괜찮으니 아는 대로 말해보거라."
　"하오면 말씀 올리겠습니다. 꿈에 연꽃을 보면 대길(大吉)하다 하였사옵니다. 차후 여러 날이 즐겁고 매사 일이 잘 풀린다고 들었사옵니다."
　홍도의 꿈풀이가 그녀의 속내를 알고 하는 말처럼 들려왔고, 그 한 마디가 근간의 걱정거리를 쓸어내리고 있었다.
　"네 풀이대로 그리되었으면 좋겠구나."
　극락세계에서 사는 그녀에게도 근심이 있었다. 현종은 귀비로 올린 뒤부터 자침전을 찾는 횟수가 적어지고 있었다. 아마도 매정을 자주 들락거리는 것 같았다. 황제의 총애가 식을까 그것이 두려웠고 같은 여인으로서, 또 후궁으로서 참지 못할 질투심이 타올라 잠을 설치는 밤이 많았다. 도의 가르침이 부족해서 그러한지, 아니면 너무 지나쳐서 그러한지 분간이 되지 않고 있었다.

태액지에서 자침전으로 돌아와 얼마 지나지 않았을 때 현종이 들어왔다. 기다리던 임이 왔으니 대길하였고, 홍도의 꿈풀이가 맞아떨어진 것이다.

양귀비는 앙탈이라도 부리고 싶었다. 손톱을 세워 용안에 생채기를 남길 수 없다면 용포라도 갈기갈기 찢어발기고 싶었다. 투기(妬忌)였다. 투기를 파자하면 '자기(己)의 마음(心)조차 돌(石)처럼 만드는 여인(女)'임이 아니던가. 석녀(石女)가 된 그(己) 마음(心)은 반드시 상대 여인을 질투한다기보다 당사자와 대면할 때 자기 마음(己心)을 돌(石)같이 하는 여자(女子)를 말하기도 한다. 그러하니 현종에게 대들기보다는 돌이 된 마음으로 대하면 된다는 것이기도 했다. 그녀는 예만 올린 채 돌이 되었고 재갈을 물린 입이 되었다.

"귀비, 귀비, 왜 말이 없소. 몸이라도 아픈 게요?"

답답한 건 현종이었다. 여자가 말문을 닫아버리면 가장 속이 터지는 건 남자였다. 양귀비는 눈만 내리깔고 아무런 표정이 없다. 현종은 애가 끓어오른다. 꼭 끌어안아 주어도 문어처럼 흐느적거리는 몸만 맡길 뿐 고개는 외로 틀어져 있었다. 겨드랑이로 손을 넣어 간지럼을 태워보아도 웃지도 않고 덤덤하다. 귓불을 지그시 깨물어 보아도 마찬가지였다. 미칠 노릇이다.

"미안하오, 골머리 아픈 정사로 짐이 두통기가 있었지 뭔가. 예전 같이 맑은 매화 향기로 다스리려다 그만……. 너무 섭섭해하지 마오. 내 다시는 매정으로 가지 않겠소."

현종은 스스로 깜짝 놀라고 있었다. 매정으로 가지 않겠다는 말은 하지 말았어야 하는데 불쑥 튀어나온 것이었다. 그렇게까지 말하리라고는 현종 자신도 몰랐다. 용서를 빈다는 것이 그만 엉뚱한 말까지 튀어나온 것이다. 그것은 순간을 모면하려고 임시방편으로 여인을 달래던 버릇이 아직까지 남아 있어 대수롭지 않게 내뱉었던 것이다.

"정말 그리하실 수 있사옵니까? 하오면 약조라도 하실 수 있사옵니까?"

양귀비는 기회를 놓치지 않았다. 다시는 한눈을 팔지 않게 다짐과 약조를 받아내야 했다. 현종이 매비에게 빠져들어 총애를 잃는 순간 친정이 몰락할 수 있음이었다. 친정식구들을 지켜내야 한다는 사명감과 중압감, 그것이 전과 다른 점이기도 하였다.

"하다마다. 짐이 약조하오. 화를 푸시오, 귀비."

현종의 용안이 만개한 연꽃 시늉을 하며 그녀의 입술을 훔치고 있었다. 양귀비는 잠시 입술을 내맡기다 자세를 가다듬고 마주 보며 앉았다.

"기력이 쇠진하였사옵니다. 보충하셔야지요. 수련 자세로 임하시옵소서."

양귀비가 도관의 교관처럼 말을 하자 현종은 용포를 벗고 도복으로 갈아입은 뒤 제자가 되어 자세를 바로 하고 있었다.

현종이 양귀비에게 푹 빠지게 된 이유 가운데 가장 으뜸이 도인술의 스승이란 점이었다. 제아무리 이방인같이 윤곽이 또렷한 용모에 빼어난 육체, 가무음곡이 뛰어나고 교접(交接)마저 능란하다 하여도 그것만으로는 황제를 사로잡을 수 없었다. 수많은 후궁 중에 황제를 옭아맬 수 있는 남다른 재주가 없다면 어찌 총애를 독차지할 수 있었으랴. 그녀에게는 황제가 빠져들 수밖에 없는 남다른 법술(法術)이 있었던 것이다. 그것은 인간의 정신기(精神氣)를 다스리는 특이한 기

술로 어느 후궁들도 흉내 낼 수 없는 독특한 것이었다.

두 사람은 깊이 숨을 들이쉬고 내쉰 다음 마주 앉은 자세로 눈을 살포시 감고 있었다. 그 자세에서 자연스럽게 손을 맞대고 있었다. 서로 양쪽 팔은 접고 팔꿈치는 몸에서 약간 띄운 상태로 두 손은 펴서 손가락과 손바닥을 맞댄 것이다. 그리고 손가락과 손바닥을 통해 서로의 기를 순환시키는 것이었다.

"정신을 집중하시옵소서. 기의 흐름이 들쑥날쑥하옵니다."

양귀비는 나지막이 말하였다. 현종은 느끼고 있다는 표정으로 숨을 고르며 정신을 집중하고 있었다. 두 사람의 숨소리는 하나도 들리지 않았다. 미동도 없이 실같이 가느다란 숨을 쉼으로 타인이 보노라면 두 손을 맞댄 채 죽어 있는 것 같았다.

"왼쪽 가슴 심포(心包)에서 기가 두 번 튀었사옵니다. 숨을 끊지 말고 고르게 하소서."

노인의 숨결인지라 들고 내쉼이 잘 되어 가다가도 어느 순간 일정치 않았다. 그럴 때면 기의 흐름이 어느 곳에서 멈칫하는데, 그녀는 그곳을 정확하게 짚어내었던 것이다. 현종의 몸속에 그녀의 손이 들어와 있는 것도 아닐진대 그것을 지적한다는 것은 신선도 탄복할 정도였다.

현종이 호흡을 잘 따라 하자 그녀의 기는 중단전을 지나 하초 부위에서 맴돌기 시작하였다. 하초는 썩은 나무토막처럼 푸석거려 기가 제멋대로 퍼져나가고 있었다.

"몸이 크게 상하였사옵니다. 하초에 집중하시어 기를 받으소서."

현종이 하초에 집중하고 호흡을 가다듬자 붉고 푸른 기 덩어리가 꿈틀거리며 이리저리로 파고들기 시작했다. 기의 흐름이 원활해지자 단전 아래 부위가 불을 지핀 듯 뜨겁게 달아오르고 있었다. 참기 어려운 뜨거움에 현종은 맞닿은 손을 떼어내고 말았다.

"귀비, 잠시 쉬었다가 다시 합시다. 불에 덴 것 같아 참을 수 없으이."

현종은 자신의 손바닥으로 아랫배를 쓰다듬고 있었다.

"그러시지요."

양귀비는 크게 숨을 들이켠 다음 말을 이었다.

"접이불루(接耳不漏)라 하였사옵니다. 신첩이 폐하께 그리하라 한 것을 잘 아시지 않사옵니까. 폐하의 춘추 유념하셔야 하옵나이다. 한 번 출루하시면 서너 달의 수련이 수포로 돌아가옵니다. 신첩이 누누이 말씀 올렸사오나 자제력을 잃으신 것으로 판단되옵나이다. 먼저 기를 보(補)하신 후에 접이불루는 따로 실행할 것이오니 잠시 몸을 편히 하시옵소서."

"알겠소. 한데, 짐의 몸이 그리 상하였더란 말이오?"

"그러하옵니다. 하초의 상태가 매우 부실하옵나이다."

"귀비에게는 언짢은 말이 되겠으나, 어쩐지 방사가 되지 않고 있소. 조절이 되지 않아 저절로 흐르는 느낌이었소."

뻔뻔했다. 그러나 감출 수 없었다. 그녀에게 거짓말은 통하지 않았다. 손을 맞대지 않더라도 그녀는 알고 있을 것이었다.

"신첩이 이미 기로 보았사옵니다. 열심히 수련을 하시오면 기력을 되찾을 것이옵니다."

양귀비는 현종과 매비와의 정사를 빤히 들여다보는 것 같았다. 남녀 사이에 교접은 하되 사정(射精)은 하지 말라는 것이 접이불루였다. 남자는 나이가 들수록 정액의 방출은 금하여야 했다. 방사가 잦으면 몸에 병이 생기는데 그중 첫째가 사출의 조절이 안 되는 것이고, 둘째가 정력이 고갈되어 발기부전으로 성기능을 잃는 것이었다.

숨을 고르는 동안 현종은 생각에 잠기었다. 두 여인의 비교였다.

매비의 그 속은 매화 길이 나 있었다면, 양귀비의 그 속은 도화(桃花) 길이었다. 매비는 터져 나오는 교성(嬌聲)을 이를 깨물고 참았으나 양귀비는 귀신이라도 홀릴듯한 교성으로 늙은 황제의 회춘을 도왔으며, 접이불루의 수련으로 정액의 방출을 억제하였던 것이다. 방출되지 않은 정액은 뼛속으로 다시 되돌아가 기력을 보하였고, 사정을 하지 않았으니 양물이 파김치가 되지 않고 독사처럼 고개를 빳빳이 추켜세웠던 것이다. 그러므로 노령으로 접어든 육신이지만 끊임없는 성욕을 유지하게 하였던 것이다.

 잠시 쉬었던 기 수련이 다시 시작되자 현종의 용안에 화색이 돌아오고 있었다. 그동안 쇠진하였던 기력이 양귀비의 기 돌림 수련으로 충만되고 있음이었다.

 그녀와 함께하는 기 수련은 색정을 나누는 것과 차원이 달랐다. 색욕으로 인한 행위는 찰나의 쾌락에 불과했으나 기 수련은 우주의 기를 모아 몸속으로 집어넣는 고차원의 쾌락이었다. 그러므로 색정에 인한 성교같이 찰나의 쾌락에 빠져드는 것과는 견줄 수 없는 기쁨의 연속이었다. 찰나의 순간에 정기를 빼앗기며 얻는 쾌락은 기쁨이 아니었다. 그것은 죽음을 부르는 저승길이었다. 기를 주고받으며 나누는 그 기쁨은 잃어버린 정기를 보충하며 지칠 줄 모르는 환상의 세계가 펼쳐졌던 것이다. 그 맛에 성교와는 비유할 수 없는 최상의 쾌감을 느꼈던 것이다.

 수련을 마치고 두 사람은 하나가 되어 도화의 길을 걷는 행락객을 자청하며 또 다른 수행에 몰입하고 있었다. 용체는 받아들이되 움직임이 없는 수련. 그 또한 기의 돌림으로 하초로부터 중단전 그리고 상단전에 이르게 하는 수준 높은 수련이었다.

 양귀비는 도화의 수련을 하면서 말했다.

"색욕이 불같이 일어나면 병환에 이르는 생각을 하시옵소서. 욕정은 폐하의 옥체를 손상시키는 아귀이오니 근절하시어야 하옵니다."

욕정으로 기력을 손상하면 병에 이르고 병이 들면 죽음에 이른다는 말을 하고 싶었으나 차마 죽는다는 말은 삼키고 말았다.

"알았네. 그대의 그 말을 어디 한두 번 듣는가. 마음은 늘 그러한데 실천이 안 되니 수양이 부족한 탓인 게야. 짐이 노력을 더 함세."

"고맙사옵니다. 폐하."

두 사람의 기 돌림과 도화의 수련은 여러 날 지속되었고 황제의 기력은 젊은이처럼 회복되어 가고 있었다.

그러나 양귀비는 남자의 속내를 알고 있었다. 기력이 회복되는 즉시 매비를 찾아 과시하고픈 심정을.

어사대의 감찰어사 양소는 주어진 임무 없이 빈둥거리는 나날이 지겨웠다. 지겹기는 양기나 양섬도 마찬가지였다.

감찰어사는 종육품으로 품계는 낮았으나 조정 관리들을 살펴 기강을 다스리는 직책이었다. 아울러 지방을 순찰하고 형벌과 감옥의 일을 점검하는 권한도 있었다. 그러나 어사대부 왕홍은 양씨 외척에게 아무런 일거리를 주지 않고 있었다. 그들에게 일거리를 주지 않으면 스스로 자리를 떠날 것이라는 이임보와 왕홍의 속셈이었다.

그들 양씨 가족들은 북촌에 모여 살고 있었다. 고역사가 옥쟁에게 저택을 주었듯이 나머지 식구들에게도 집을 한 채씩 나누어 주었던 것이다. 옥쟁이 살고 있는 곳을 중심으로 좌우로 옥패와 옥채, 양기와 양섬은 그 옆에서 무리를 이루며 살고 있었다. 장안 사람들은 그들을 '양씨오가(楊氏五家)'라고 불렀다. 양소는 그들과 조금 떨어진 북동쪽에 큰 집을 차지하고 있었다. 그들 모두 아랫것들을 여럿 두어 고관대작이 부럽지 않았다.

　양소가 퇴청을 하여 집에서 이 궁리 저 궁리를 하고 있을 때였다. 소문을 듣고 길온이 찾아왔다.

　"이거 누군가? 길온이 아닌가? 반갑네, 반가우이. 잘 왔네. 자, 안으로 들게."

　양소가 길온을 반갑게 대하자 그가 허리를 납죽거리며 친구를 떠받치는 시늉을 하며 긴 목을 더 가늘게 빼내고 있었다.

　"양소, 오랜만일세. 자네가 감찰어사 나리가 되었다는 말은 벌써 들었네만 시간이 없어서 이제야 찾아왔네, 그려."

　거나한 주안상이 차려지고 이야기가 길어지고 있었다. 양소는 주인으로 친구를 대접하는 격식을 차렸다.

　"그래, 자네는 지금 장안에서 무엇을 하고 있나?"

　그동안 장안을 오고 갈 때마다 길온이 부러웠던 양소가 아니던가. 그때 만났으면 좋았을 거라는 말은 하지 않고 물었다.

　"감찰어사님 하고야 비유할 수 없는 자리에 연연하고 있다네. 형부에 말단 자리, 집장사령일세. 감찰어사님께서 잡아들인 고관들을 물고를 내는 직책이라네."

　양소는 형부의 상서를 만난 적이 있었다. 형부상서는 태자비 위 씨의 오라버니 위견(韋堅)이었다. 그의 얼굴이 떠올랐다. 키가 작고 깡마른 체구에 다부진 모습이 스쳐 지나갔다. 양소는 길온의 얼굴에 위견을 덧씌우며 물었다.

　"형부의 일을 할만한가?"

　길온은 형부의 일이 싫은 듯 반색을 하였다.

　"죽지 못해 하는 일이라네. 이참에 자네 덕 좀 보세. 형부보다 자네처럼 어사대에서 일하고 싶네. 앞으로 잘 부탁드리네. 아니지, 잘 부탁드리옵니다. 감찰어사 나리."

"친구 간에 그리 불러서야. 우린 검남의 꾼 출신 아닌가. 자, 자, 술이나 늘어지게 하자구. 껄껄껄. 그나저나 나희석은 어디에서 살고 있는 겐가?"

"그자도 나와 같이 있네."

"같이 오지 않고. 보고 싶었는데 말일세."

"자네한테 죽을죄를 지어서 못 오겠다 하더군."

도끼를 쳐들고 문짝을 부수던 놈의 일이 떠올라 몸이 으스스하였으나 양소는 태연하게 떠벌렸다.

"별소릴 다 하는군. 옛날 얘길세. 그놈의 얘기는 놈이 오면 또 하기로 하고, 오늘은 기녀나 부르세. 불알끼리만 있으니 퀴퀴한 냄새로 공기가 매우 탁하이. 이봐라! 악사와 기녀를 대령하라."

길온이 말릴 틈도 없이 양소는 아랫것들을 시켜 흥꾼들을 부르고 있었다.

흥을 돋우는 악사와 꽃밭에서 금세 따온 것 같은 싱그러운 기녀들이 자리를 잡고 풍악을 울리기 시작했다. 기녀들의 춤판에 두 사람은 어깨동무를 하곤 뛰어들었다. 술판은 깊은 밤까지 지속되었고, 온 장안이 그들의 세상인 듯하였다.

길온이 양소의 푸짐한 대우를 받고 떠나자 악사 중에 한 명이 스치는 말을 하고 있었다. 악사의 말은 음을 타듯 하였다.

"오늘은 아주 무서운 분을 모셨습니다요."

양소가 그 소리를 놓치지 않았다.

"이보게 악사. 무서운 분이라니. 대체 그게 무슨 말인가?"

"형부에서 제일 무서운 분인지 모르고 하시는 말씀이시오?"

"그가 그렇게 무서운가?"

"말씀도 마시오. 그분한테 걸려들면 죽지 않으면 병신이외다. 중서령과 어사대부의 둘도 없는 마당쇠요. 그의 손에 죄 없는 고관들이 여럿 당했소이다. 장안에서 길온이라면 모르는 자가 없소. 또 있소. 산적수염을 한 나희석이란 자도 매한가지요. 잔인하기가 여태후는 반품도 안 된다 하오이다. 치를 떠는 사람이 산더미처럼 많다, 이 말씀이외다."

여태후보다 잔인하다면 알조였다. 여태후는 한나라를 세운 고조 유방의 부인이었다. 그녀는 고조가 죽자 총애하던 후궁 척희부인의 눈을 파고 귀를 멀게 한 것도 모자라 손과 발을 잘라내어 인간 돼지로 만들었을 만큼 잔인한 자를 일컫는 말이었다. 장안 사람들이 다 아는, 여태후보다 잔인한 자로 명성이 자자한 길온과 나희석의 행실을 양소만 모르고 있었던 것이다. 이제나마 그들이 이임보와 왕홍의 수하였음을 알게 된 양소는 씁쓸한 입맛을 다진다.

현종은 양귀비의 기를 받고 정력을 회복하자 그녀에게 고마움을 전하고 싶은 마음에 고역사를 불러 명을 내렸다.

"여지(荔枝)를 구해 올려라."

명을 받은 고역사는 파발마를 급히 남쪽 지방으로 보냈다. 여지는 양자강 이남의 따뜻한 지역에서만 자라는 과실로, 장안이나 낙양 등의 북쪽 지역에서 사는 백성들은 그림도 보지 못한 열대과일이었다. 양귀비는 하남부에서 양녀로 자랐기에 여지를 먹어볼 기회가 더러 있었다. 그곳에서도 여지를 구하기가 쉽지 않았으나 장안보다는 훨씬 접할 기회가 많았다. 새콤하면서도 달콤한 맛이 일품인 여지는 그녀가 과일 중에 가장 좋아하는 것이었다.

고역사는 지방관에게 특별한 주문을 명하였다.

첫째, 곳곳마다 날쌘 준마(駿馬)를 배정하여 싱싱한 여지가 장안까지 도착할 수 있게 하라.

둘째, 여지를 넣은 상자 주위에 초를 바른 종이를 겹으로 하여 얼음을 채우되 여지가 얼지 않게 하라.

셋째, 이것은 어명이니 과실이나 착오가 있을 시에는 그 지방관은 능지처참을 면치 못할 것이다.

군사작전에 버금가는 지침에 지방관들은 밤낮을 가리지 않고 사력을 다하여 여지를 운반하였다. 남방에서 장안까지 수천 리 길을 달리는 여지의 운반 소문은 백성들의 구경거리가 되어 길을 가득 메우고 있었다. 때로는 멋모르고 길을 걷다 말발굽에 치여 죽는 자도 있었고, 여지 상자가 어떻게 생겼나 하고 목을 빼고 보다가 모가지가 잘린 백성들도 부지기수였다. 그러하듯 지방관들의 목숨을 담보로 하여 무사히 장안에 도착한 여지는 남쪽 지방에서 수확할 때와 조금도 변하지 않았던 것이다.

양귀비는 싱싱한 여지를 보자 죽은 어미가 살아난 것처럼 반갑게 대하였다. 너무 기뻐서 팔랑팔랑 나비춤을 추며 껍질을 벗겨내어 게걸스레 입에 넣었다. 입에 넣기 무섭게 달콤한 과즙이 낙수(落水)처럼 줄줄 흐르고 있었다. 혀를 굴려 씨를 뱉어내었는데 색깔은 밤색으로 대추 씨보다 두 배나 컸다.

여지는 딸기빛이 감도는 붉은색으로 사향 같은 맛에 매우 달달한 육질을 갖고 있었다. 열매의 겉껍질은 쉽게 부서졌고, 반투명한 하얀색의 과육은 수분이 많았다. 포도송이처럼 무리 지어 열매를 맺고, 남쪽 지방에서는 용안(龍眼)으로 불리며 과일 중의 왕으로 손꼽을 정도였다.

그녀는 그 여지가 백성들과 지방관의 목숨과 피와 땀으로 배송되었음을 생각할 여유도 없이 아귀같이 먹고 있었던 것이다.

"폐하, 감사하옵고 또 감사하옵나이다. 신첩의 마음을 이렇게 헤아려 주실 줄 진정 몰랐사옵니다."

그녀는 편전을 향해 사은(謝恩)의 절이라도 올리고 싶었다.

그러나 현종은 편전에 없었다. 여지를 양귀비에게 선사하고 슬그머니 매정으로 향했다. 그곳에서 여지보다 더 달콤한 매비와 애정행각에 빠져들고 있었던 것이다.

현종이 매비를 찾는 것은 양귀비와는 또 다른 세계가 있었기 때문이었다. 매비는 양귀비와 달리 황제에게 이래라저래라 하지 않았다. 그녀는 황제가 하는 대로, 하자는 대로 순한 양처럼 고분고분하였다. 황제는 죽은 무혜비에게 주었던 사랑을 그녀에게 주었고, 그녀에게서 무혜비의 정을 느꼈던 것이다. 양귀비와 함께 있을 때는 그녀의 마력에 휩쓸리고 싶었고, 매비와 함께할 때는 무거운 옷을 벗은 기분으로 평범하게 살고 싶었다. 양귀비는 무거운 가운데 정신적 사랑과 정력을 되찾아 주는 여인이었고, 매비는 보편적이며 홀가분한 사랑의 대상이었다. 그래서 그에게는 두 여인이 모두 필요했고 어느 한쪽도 놓치고 싶지 않았던 것이다.

해가 져도 황제는 자침전에 모습을 드러내지 않고 있었다.

양귀비는 홍도를 불러 기름을 대령하라 하였다. 곳곳에 빠짐없이 불을 밝혔는지라 홍도는 눈을 동그랗게 뜨고 되물었다.

"마마님, 기름은 무엇에 쓰시려고요?"

"대령하라면 할 것이지 말이 많구나. 한 됫박이 아니다. 동이째 가져오되 힘센 아랫것들을 시켜서 잔뜩 가져오너라."

불호령에 홍도는 기름 동이를 몽땅 가져와서 그녀의 명을 기다리고 있었다.

"앞장서거라. 매정으로 갈 것이니라."

"네? 매정으로요?"

"왜 이리 되묻느냐. 하라는 대로 따르라."

양귀비는 홍도를 앞세우고 매정으로 달려갔다.

황제가 매정에 있을 것이라는 생각을 하면 심장이 터질 것만 같았다. 타오르는 질투의 불길을 참을 수 없었다. 매정으로 들어서기 무섭게 매화나무에 기름을 부으라고 하였다. 아랫것들이 이고 온 기름동이를 들고 매화나무에 물을 주듯 하며 기름을 쏟아부었다.

"홍도, 너는 안채로 들어가서 내가 왔음을 고하여라."

홍도가 안채로 들어가려고 바깥채부터 들어서고 보니 고역사가 매비의 궁인들과 잡담을 하고 있었다. 그들은 홍도를 보자 사색이 되었다.

고역사가 뭔가 짚이는 게 있는지 침울한 표정으로 물었다.

"어찌 여길 왔느냐? 혼자 왔더냐?"

"귀비마마를 모시고 왔습니다."

"뭐라! 너는 여기에 잠시 있어라."

고역사가 황급히 안채로 들어가서 황제에게 아뢰었다.

"폐하, 귀비께서 납시셨사옵니다."

"귀비라 하였느냐?"

"네, 폐하."

깜짝 놀라기는 현종이나 매비도 마찬가지였다. 옆에 있던 매비가 밖으로 나갈 채비를 하며 말했다.

"소첩이 물어보고 오겠사오니 폐하께서는 가만히 계시옵소서."

그러나 황제는 정색을 하며 일어섰다.

"아니다. 그대가 나설 일이 아닌 것 같구나. 짐이 나서서 돌려보내고 오마."

황제가 대청마루로 나가서 홍도를 들라 하며 물었다.

"귀비는 어디에 있는고?"

"밖에서 기다리고 있사옵니다."

홍도는 얼굴빛이 새빨갛게 붉어지며 답을 하고 있었다. 한두 번 대하는 황제가 아니건만 몸 둘 바를 몰랐다.

"가서 전하라. 날이 밝는 대로 짐이 귀비의 처소로 갈 것이니 오늘은 그냥 돌아가라고 일러라."

황제가 그 말만 하고 안으로 들어가자, 홍도는 귀비에게 달려가 사실대로 고하였다. 양귀비는 홍도가 전하는 말을 듣는 둥 마는 둥 하고는 안채까지 부리나케 내달리더니 황제에게 큰 소리로 말하였다.

"폐하, 어찌하여 약조를 지키지 아니 하셨습니까? 신첩과의 약조는 약조가 아니더란 말씀입니까. 섭섭하옵니다. 신첩은 폐하께서 약조를 지키지 아니하신 보답을 받고자 이리 무례함을 무릅쓰고 매정을 찾아온 것입니다. 통촉하여 주시옵소서."

두 번 다시 매정을 찾지 않겠다는 황제의 약속이 있지 않았던가. 양귀비가 도도한 자세로 앞마당에 서서 안으로 말을 넣고 있었던 것이다.

그녀의 외침에 화들짝 놀란 매비가 대청으로 나와 일갈을 하였다.

"젊은 것이 무엄하구나. 여기가 어디라고 함부로 찾아온단 말이냐. 황제 폐하께서 머무르고 계시는 중이라는 걸 정녕 모르고 있었더란 말인가. 돌아가라는 어명도 있었으니 귀비는 궁중 법도를 따르라!"

매비의 준엄한 꾸중에도 양귀비는 물러서지 않았다. 고개를 바짝 치켜들고 비웃는 듯한 낯빛으로 되쏘아붙이고 있었다.

"매비마마. 이 일은 매비께서 나설 일이 아니라 생각됩니다. 폐하께 여쭙는 것이니 노여움을 푸시지요. 그리고 매정이 천 리라도 떨어진 곳도 아닌 지척인데 발 달린 짐승이 어디인들 못 가오리까. 오라 가라 하지 않아도 때가 되면 갈 것입니다. 그 대신 약조를 어긴 대가로 매화나무 몇 그루를 취하겠으니 그리 아십시오."

  찬물을 끼얹듯 하며 매정을 나오면서 양귀비는 매화나무에 불을 붙이라 명을 내렸다. 뿌린 기름에 불길이 닿자마자 순식간에 매화나무가 타들어 가기 시작했다. 훨훨 타오르는 불길을 뒤로 하고 돌아가는 양귀비의 가슴이 귀를 후빈 듯 시원하고 후련하여 날아갈 것만 같았다.

제 무덤을 파는
음모들

　이임보는 자신과 측근들의 자리를 한층 더 튼튼하게 하기 위해 오래전부터 준비한 것을 실행에 옮기고 있었다. 경조윤의 소경, 어사대부의 송혼, 어사대부였던 왕홍은 병부상서로 자리배치를 마쳤다. 그것은 장안을 확실하게 장악하고 병권의 움직임도 손아귀에 쥔 다음, 감찰을 앞세워 뭔가 음모를 꾸미고 있음이었다. 그 속내를 알 수 없는 현종은 그가 하자는 대로 제가 해주었다.
　그의 손길은 명분뿐인 감찰어사 양소에게까지 다가갔다. 하릴없이 세월만 보내던 양소는 나라 도적의 능글거리는 낯짝마저 달갑게 여기며 품에 안길 수밖에 없었다. 찬밥 더운밥을 가릴 처지가 아니었다. 우선은 자리를 보전하여야 훗날을 도모할 수 있지 않은가. 늑대의 검디검은 손이란 것을 알면서도 뿌리칠 수 없었다.
　감찰어사란 직위가 품격을 만들어 주듯 양소는 검남의 호부시랑 때보다 더 의젓해지고 있었다. 어사대가 워낙 할 일이 많은 곳이었고 대소 신료들의 동정을 속속들이 파헤쳐 나가는 곳이다 보니 조정의 돌아가는 내막을 은근히 파악하고 있었다. 그에게 주어진 임무를 수행하지 못하게 이임보가 가로막고 있었으나 꾀가 많은 양소가 아니던가. 암암리에 공문들을 읽어가며 동태를 주시하고 있었던 참에 이임보가 일거리를 하나둘씩 주며 다가오자 얼른 품속을 파고들었다. 그리고 이임보의 수족처럼 움직이던 길온이 그의 곁에 바짝 다가와서 오른팔을 자처하고 있었다. 그뿐만 아니라 그의 주위에 뒷간 똥파리 꼬이듯 각 부처의 여러 사람들이 꼬이고 있었는데 여지회, 가순, 양광해 같은 자들이었다.

현종 역시 풍채가 좋고 모양새마저 괜찮은 데다 듬직하게 생긴 양소에게 관심을 가지기 시작했다. 불러서 이것저것 물어보고 세상 풍정을 귀동냥하는 재미가 쏠쏠하였다. 때론 쌍륙도 같이 하며 양소의 속임수를 마술인 양 즐거워했다. 게다가 양소의 말이 꾸밈보다는 솔직하고 시원시원하여 그를 좋아하고 신임하기에 이르렀다.

겨울이 다가오자 현종은 양소를 불러 명을 내렸다.

"화청궁으로 갈 것이니라. 차비를 하여라."

양소는 현종의 신임 아래 직분을 뛰어넘어 황제의 신변과 안위까지 전담하는 자로 바뀌어 가고 있었던 것이다.

동짓날, 양소가 앞장을 서고 현종은 양귀비와 함께 여산(驪山)으로 향하였다.

여산에는 예로부터 이름난 온천이 많았다. 이임보가 그곳에 많은 국고를 축내며 벌여온 토목공사가 완공되어 있었다. 이른바 황제의 만수무강을 빌고 황제가 세속을 초월한 신선으로 살아가라고 지은 것이었다. 그리되면 자연히 국정은 그가 마음대로 주무를 수 있지 않던가. 그의 야심 속에 천연덕스럽게 따르는 현종이었다. 양귀비에게 홀린 현종은 이임보를 믿는다기보다 고역사가 잘 알아서 하리라 믿는 바가 더 컸다. 변방은 절도사들이 잘 다스리고 있으니 조정이야 무슨 문제가 있겠는가, 그리 생각하고 있었다.

여산으로 가기 직전 현종은 매비의 거처를 옮기라 하였다. 장차 양귀비가 무슨 짓을 할는지 두렵기도 하였고 그녀를 아끼는 마음에서였다. 매비도 세의 불리함을 직감하고 순순히 현종의 뜻을 따랐다.

매비는 낙양의 상양궁(上陽宮)으로 가면서 황제에게 말했다.

"폐하, 비록 소첩의 몸이 낙양에 있을 것이오나 마음만은 폐하의 성은을 잊지 않을 것이옵니다. 부디 소첩을 저버리지 마시옵고 틈틈이 왕림해 주실 것을 기대하옵니다. 만수무강하옵소서."

매비는 눈물을 애써 감추며 발길을 옮겼다.

"짐이 꼭 약속하리다. 우리의 사랑을 누가 막을 수 있겠소. 낙양이 멀다고 하나 지척이나 마찬가지요. 다시 만날 때까지 게서 몸성히 잘 있으시오."

쓸쓸히 떠나는 그녀의 뒷모습을 보며 현종의 눈에서도 두 줄기의 눈물이 흐르고 있었다. 현종은 소매를 들어 올려 슬그머니 닦았다.

예로부터 낙양은 여러 번 경도(京都)였던 곳이었다. 그러나 수나라의 경도인 장안을 당나라가 들어서고 나서도 계속 유지하고 있었으므로, 낙양은 옛 경도로 기억되며 자리매김하고 있을 뿐이었다. 그리하여 조정에서는 동도낙양(東都洛陽)이란 별칭으로 불렸으며, 장안의 세 개의 궁인 대내(大內), 대명(大明), 흥경궁(興庚宮)과 더불어 동도에도 대내와 상양궁을 지어 장안과 같은 반열에 올려놓아 백성들의 민심을 헤아려 주고 있었던 것이다.

장안에 있던 매비를 상양궁으로 쫓아내는 현종의 심정도 편치는 않았다. 날을 잡아 낙양으로 갈 마음이 앞서고 있었다. 상양궁으로 가기 위해서는 먼저 양귀비의 마음을 어루만져 주어야 했다. 그래서 여산으로 여행을 떠나는 것이었다.

　털빛이 검은 여(驪) 자를 쓰는 이 산은 원래 여융산(驪戎山)을 줄여 부른 것이었고, 옛날 여융이란 부족이 이 부근에서 살고 있었다고 하였다. 많은 사람들은 여산의 온천을 화청지(華淸池)라 불렀다.

　여산은 장안에서 육십여 리 떨어진 곳이었는데, 그곳에는 주나라 때부터 진(秦)과 한(漢)나라를 거쳐 지금에 이르기까지 역대 제왕들이 행궁을 지어 온천욕을 즐기며 휴양했던 곳이었다.

　이임보는 황제의 맘에 들게 행궁들을 새로 짓거나 수리하여 크게 넓혀 아름답게 단장하였던 것이다. 현종은 화청지에 새로운 궁을 지었다고 하여 화청궁(華淸宮)으로 명명하고 매우 흡족해하였다.

　현종이 화청궁에서 겨울을 나고 있는 동안 조정에서는 이상한 기운이 감돌고 있었다.

　황제가 없는 조정의 빈자리는 황태자와 고역사, 이임보가 국정을 꾸려가고 있었다.

　이임보는 황제를 대신하여 대리청정하는 황태자 이형을 대할 때면 두려움이 앞섰다. 그것은 그가 오래전 황태자 폐위 사건을 주도했던 자신을 아직까지 곱지 않은 눈빛으로 보고 있어 안절부절못하고 있었기 때문이다. 황태자의 그런 눈초리는 재상의 자리를 내놓으라는 듯하여 불안과 공포로 이어지고 있었다. 장차 보위에 오르면 자신의 목숨을 겨누고 다가설 것이라는 생각에 저절로 몸서리가 쳐지기도 했다. 보복에 대한 두려움이었다. 모가지를 이리저리 흔들어 보기도 하고 만져보기도 한다. 모가지가 제대로 붙어 있으려면 잠시도 시간을 지체할 수 없음이었다. 그와 같이 이임보에게 있어 현종은 다루기 쉽고 만만한 황제였으나 황태자는 염라대왕이나 저승사자처럼 느껴졌다.

　이임보는 자신의 자리를 지키고 목숨을 부지하는 길은 오직 하나, 황태자 이형과 한판 싸움을 하지 않으면 안 되는 운명이라 결론지었다. 날이 갈수록 권력이 막강해지는 이형을 이참에 싹을 잘라야 한다. 그를 자르지 않으면 지금까지 쌓아온 공든 탑이 와르르 무너짐은 물론이거니와 집안과 측근마저 살아남기 어렵기 때문이었다.

　지금에 와서 황태자에게 머리를 조아리며 지난날의 잘못을 변명하기도 싫었다. 그리하기에는 이미 그 자신이 너무 높은 자리에 있었고, 특히 조정을 좌지우지하던 자존심이 허락하지 않았다. 황태자만 제거하면 황제나 다름없는 자기 자신이 너무도 대견하기에 더욱더 그를 제거해야만 된다고 다짐하며 실행에 옮기기 시작하였던 것이다.

　그의 명을 받은 측근들이 발 빠르게 움직이고 있었다. 경조윤 소경은 장안의 동태를 예의 주시하고 있었고, 병부상서 왕홍은 군영과 절도사의 동태를 낱낱이 파고들었으며, 어사대부 송혼은 모든 어사대 소속 관원들을 동원해서 황태자와 끈을 대는 무리들을 미행하고 있었다. 그중 어사대 소속 시어사 양신긍은 형부상서 위견(韋堅)을 밀착하여 동태를 파악하고 있었다. 이는 이임보가 양신긍을 따로 불러 직접 내린 명이기도 하였다. 위견은 황태자비 위 씨의 오라버니이기 때문이었다. 그와 선을 닿는 조정의 인사가 발각되면 일은 쉽게 진행될 수 있었다. 거미줄처럼 그물을 펼쳐 참새든 왜가리든 위씨 일당에게 접근하는 자가 있으면 납작 걷어낼 판마저 촘촘히 짜놓고 눈독을 들이고 있었던 것이다.

　봄을 불러오는 가랑비가 내리던 날이었다. 동장군의 힘을 빌던 눈발이 한풀 꺾인 겨울비가 되어 장안을 적시던 그날, 현종은 기지개를 켜며 화청궁을 떠날 차비를 하고 있었다.

조정의 동태를 모르는 하서와 농우절도사를 겸하고 있는 황보유명이 겨울비를 맞으며 장안으로 왔다. 황보유명은 조정의 일을 마치자 형부로 가서 위견을 만났다.

위견은 황보유명을 보자 든든한 쇠절구를 만난 듯이 무릎을 치며 반겼다. 조정 대신들에게 불만이 많은 위견이었다. 입방아를 찧고 싶어도 맘 터놓을 상대가 없었는데 생각지도 않은 절도사가 찾아오지 않았던가. 집으로 찾아왔더라면 버선발로 뛰어나가 맞이했을 정도였다.

"황보장군! 잘 오셨소이다. 그렇잖아도 이제나저제나 오시는 날만 손꼽아 기다렸소이다."

위견은 침이 달착지근할 정도로 흥분하고 있었다.

"이 사람도 형부상서와 매한가지요. 만나고 싶었습니다."

황보유명도 위견을 꼭 끌어앉고 싶은 맘을 억누르며 두 손을 맞잡았다. 오십 줄을 달리는 황보유명이 십여 세 아래인 위견을 깍듯이 대하고 있었다.

살집이 넉넉한 얼굴에 털이 많고 긴 꼬리 눈을 한 황보유명의 거대한 몸집에 비해 위견은 가냘픈 선비의 모습이었다. 두 사람은 조정에 몸담고부터 알게 된 사이였으나 이임보를 배척하는 데 뜻이 맞아 의기투합하다가 한 사람은 조정에 남고 한 사람은 절도사가 되었던 것이다. 서로 서신 왕래를 하며 우정을 쌓아가고 있었다. 위견은 황태자비의 오라버니이니 조정의 앞날을 생각하지 않을 수 없는 처지였고, 황보유명 또한 권력의 등을 긁는 언덕 자리로 위견을 생각하고 있었던 것이다.

정치란 거래였다. 손실을 따져 득이 없으면 가차 없이 버려지고 떠밀려 나가는 곳이 아니던가. 득이 있기에 손을 잡는 곳, 정치판은 시전 상인들이 펼쳐놓은 판보다 더 치열한 득실을 따져 가리는 곳이었다. 시전 상인들은 먹고 살기 위해 득실을 따지지만 정치판은 권력을 손에 쥐기 위해 목숨을 걸고 벌이는 이전투구(泥田鬪狗)였다. 그러하기에 두 사람은 앞날의 득을 담보로 하여 힘을 합치는 것이었다.

시어사 양신긍이 어른거리자 두 사람은 은밀히 만날 곳을 귀엣말로 전하며 헤어졌다. 조정의 온 사방이 이임보가 쳐놓은 그물인지라 속내를 드러낼 장소가 못 되었다.

겨울의 우중충한 날이 차츰 내려앉더니 어스름이 그 자리를 대신 차지하며 올빼미를 불러올 무렵, 황보유명은 구종을 앞세우고 위견과 약속한 장소로 향하고 있었다.

그의 뒤를 쫓는 자가 있었다. 양신긍이었다. 이임보의 명이니 두려울 게 없다. 황태자의 주변과 황태자비 위 씨의 집안 동태까지 감시하는 그로서는 큰 수확을 올릴 순간이기도 했다. 이리저리 몸을 숨기며 어둠을 짓누르는 땅거미가 되어 살금살금 발치를 쫓고 있었다. 황보유명이 도착한 곳은 위견이 남모르게 숨겨놓은 애첩의 집이었다.

'놈들이 고작……'

양신긍도 그곳을 알고 있었다. 귀 기울여 듣고 말고 없다. 그 둘이 모였다는 것만으로도 놈들의 목을 치는 것은 풀 이파리를 꺾는 것보다 쉬웠다.

양신긍이 쾌재를 부르짖으며 등을 돌려 길을 접고 있을 때였다. 말을 탄 자가 시종 둘을 앞세우며 다가오고 있었다. 양신긍은 부리나케 몸을 숨기고 그들의 거동을 살핀다. 그런데 말 탄 자의 얼굴이 눈에 익었다.

'아니, 황태자께서!'

양신긍의 눈은 정확했다.

황태자가 두 명의 시종만 거느린 채 그곳에 나타난 것이다. 황태자는 익숙한 발걸음으로 그 집에 들어서고 있었다.
 '황태자가 합세했다면……'
 양신궁은 거대한 황금 덩어리를 움켜쥔 마음으로 한걸음에 이임보에게 달려갔다.

 겨우내 꽁꽁 얼어붙은 몸뚱이를 봄볕으로 녹이는 초목들이 서둘러 물을 빨아들일 때, 현종은 양귀비를 옆구리에 끼고 궁으로 돌아왔다.
 황태자는 그동안의 일들을 현종에게 상세하게 보고하였다. 그다음은 이임보의 차례였다. 그도 무탈하게 보고하고 있었는데 끝부분에 가서는 황태자의 눈치를 슬금슬금 보며 떠듬거리고 있었다. 그 모양새가 현종의 심기를 몹시 불편하게 하고 있었다. 이럴 때는 재상이고 신료들이고 마주 대하기조차 싫었다. 서둘러 자리를 파하고 싶은 생각뿐이다.
 "다들 물러가시오."
 황태자와 대소 신료들이 자리를 뜨자 현종은 고역사에게 명을 내렸다.
 "중서령을 다시 불러들여라."
 이임보는 가던 발길을 돌리면서 여우 같은 미소를 흘리고 있었다.
 "긴히 할 말이 있는 게 아니오? 짐의 짐작이 틀렸소?"
 현종의 근엄한 물음에 이임보는 몸 둘 바를 몰라 하더니 천천히 입을 열기 시작했다.
 "역, 역모의 움직임이 있었사옵니다. 폐하."
 "역모라니? 오늘 같은 태평성대에 누가 역모를 꾀한단 말이오?"
 현종의 어안에 검푸른 빛이 피어오르고 있었다. 반정 거사로 보위에 오른 현종이었다. 역모는 용납할 수 없었다.

"형, 형부상서 위, 위견과 절, 절도사 황보, 유명이……, 황태자를……."

이임보는 차마 입에 담기 어렵다는 듯이 또다시 떠듬거리자 현종은 대로하고 말았다. 역모를 보고하는 자가 굼뜬 달팽이의 더듬이처럼 떠듬거리는 꼴을 더 이상 두고 볼 수 없었던 것이다.

"짐이 알아듣게 똑똑히 말하시오! 떠듬거리긴. 재상이 되어서 그리 떠듬떠듬하면 되겠소!"

된침을 얻어맞은 이임보는 모든 걸 양신긍에게 떠넘기고 말았다.

"황보유명과 위견이 황태자를 보위에 앉히려고 역모를 꾀하였단 말인고?"

"그렇사옵니다. 폐하."

"시간이 지나면 황태자가 자연히 보위에 오를 것인즉, 그걸 기다리지 못하고 역모를 꾀한 이유가 무엇이라 하였는고?"

"황태자의 자리에 너무 오랫동안 있었고, 위견이나 황보유명이 정사를 좌지우지하고 싶어 그리된 것으로 압니다."

느닷없이 불려 온 양신긍이었지만 현종의 물음에 외눈 하나 깜빡이지 않고 직접 보고 들은 것처럼 꾸민 말로 답을 하고 있었다.

"짐이 이렇게 살아 있는데 쯧쯧. 정사를 그놈에게 맡기고 있는데……. 백관들을 소집하고, 위견과 황보를 문초하라!"

영문도 모르고 어사대로 끌려온 위견과 황보유명은 문초를 기다리는 대역 죄인의 신세로 전락하고 말았다.

그러나 황태자가 연루된 사건인지라 그들의 문초에 선뜻 나서는 자가 없었다. 팔을 걷어붙이고 나서야 할 어사대부 송혼마저 눈치를 슬금슬금 보며 꽁지를 빼고 있었다.

이임보는 매우 기분이 상하였다. 측근이라고 하는 자들이 자신의 안위만 생각하며 몸을 사리는 꼴이 속을 뒤집어 놓고 있었다. 생각할수록 양신긍의 태도가 문제였다. 위견이나 황보유명보다 황태자를 더 궁지에 몰아넣고 단숨에 베어버렸어야 했는데 아쉬움이 많았다. 물의를 일으킨 황태자를 폐위하소서! 그 한마디면 일이 아주 쉽게 풀려나갔을 것이 아니던가. 폐위에 관한 말은 입을 봉하고 있었으니 너무도 괘씸하였다. 그렇다고 자신이 나서서 할 일이 아니었다.

'이놈들, 두고 보자!'

일단 측근들의 문제는 뒤로하고 발등에 떨어진 불덩이부터 꺼야 했다. 그는 쬐주머니를 열었다.

'옳거니. 이때를 위해 네놈을 그 자리에 둔 것이 아니더냐'

이임보는 찢어진 눈을 새초롬히 내리깔며 한동안 낄낄거린 다음 감찰어사 양소를 불렀다.

"기회는 항상 있는 게 아니라네. 이참에 그대의 진짜 실력을 보여주게. 이번 일은 누가 보아도 공을 세울 아주 좋은 기회이니 놓치지 말고……"

솔깃한 구밀(口密)이 마구 쏟아지고 있었다. 양소는 멋도 모르고 주먹을 불끈 쥐어 보이며 큰소리를 친다.

"중서령께서는 시정에서 닳고 닳은 저의 실력을 모르실 것이옵니다만, 그깟 놈들은 하룻밤이면 실토할 것이니 아무 염려 마시옵소서. 하하하!"

궐내가 들썩일 만큼 크게 웃어 젖히곤 가뭄에 단비처럼, 물 만난 생선처럼, 일 없어 빈둥대던 떠돌이가 제대로 된 일자리를 잡아챈 것처럼 들까불고 있었다. 그러면서 '이참에 공을 세우리라, 공을 세우면 앞날이 보장된다 하지 않던가' 들뜬 마음에 수십 차례 단단히 도끼질을 한다. 권력이란 공을 우선으로 한다는 것을 새롭게 깨닫고 있었던 것이다.

'상서인 외척이 변방의 절도사와 사사로이 만나고 작당을 해서 황태자를 보위에 오르게 모의하였다면……. 황보유명이 조정에 있을 때 황태자를 모신 적이 있다 하였겠다, 음……'

양소의 머리가 된바람을 맞이한 팔랑개비처럼 빠르게 돌아가고 있었다.

그 정도라면 멸문지화로 몰고 갈 수 있다는 확신을 가지며 문초에 앞장을 섰다.

그 모습을 뒷전에서 지켜보는 이임보의 낯빛은 싱글벙글에 깨소금까지 보태고 있었다. 칼 하나 대지 않고 변방의 절도사 자리 하나를 공석으로 만들었으니 그 빈자리는 측근으로 대체하게 될 것이요, 태자비와 외척들을 한꺼번에 몰살시킬 수 있는 절호의 기회였다. 태자비의 몰락은 곧 황태자의 몰락이고, 만약 일이 잘못된다 하여도 양귀비를 등에 업은 양소가 앞장섰으니 그녀의 몰락도 점쳐지고 있었다

그렇듯, 일이 계획대로 진행된다면 자신의 앞날은 손바닥 보기였다. 그것도 자신이 직접 나서지 않아서 좋았고, 측근마저 다치지 않으니 금상첨화였다. 적을 이용해 적을 제거하는, 이른바 이간제간(以奸制奸)의 수법을 실행하고 있었던 것이다.

황제의 명이 떨어진 다음 날부터 문초가 시작되었다. 형부 소속인 길온과 나희석도 가세되었다. 그들의 그물에 걸리면 죽을 수밖에 없다는 그 당사자들이 아니던가. 조정이 온통 꽁꽁 얼어붙고 있었다.

양소는 이임보가 들고나온 이간제간과는 아무런 상관이 없었다. 내 편 네 편이 없었으니 마땅히 주어진 일을 수행할 따름이라 생각하고 있었다. 주어진 절호의 기회. 그 기회를 권력에 한 발 가까이 접근

할 수 있는 발판으로 적절히 활용하면 되는 것이었다.

조정의 실태마저 알지 못하는 자가 어찌 권력의 속성까지 알 수 있겠는가. 양소는 있는 수단과 없는 방법을 새로 만들어 죄인의 목을 조이는 심문을 가하기 시작했다. 그의 눈에는 형부상서, 태자비의 오라버니, 절도사고 뭐고 없었다. 절도사라면 오줌을 질금거리던 그가 검남 지역보다 서너 곱은 큰 땅덩어리를 관장하는 하서와 농우절도사를 외눈 하나 깜짝이지 않고 심문하고 있었던 것이다.

'이번 일을 잘 처리하면 신분이 격상되겠지'

양소의 머릿속에는 주판알이 콩 볶듯 하면서 수없이 셈을 하고 또 셈을 해본다. 그의 입가에는 지금까지 느끼지 못했던 흐뭇한 미소가 황국(黃菊)처럼 피어오르고 있었다.

문초는 양소의 장담대로 하룻밤 만에 끝낼 수 있는 것이 아니었다. 이걸 치면 저것이 튀어나오고, 도무지 종잡을 수 없었다. 그러다 보니 문초가 나날이 격해지고 있었다. 문초가 격해질수록 수많은 사람들이 연루되어 줄줄이 차꼬를 차고 한 맺힌 원망을 앞세운다.

아무리 거짓 음해라지만 역모라는 올가미였다. 그 올가미에 한번 걸려들면 살아남을 자가 없었다. 역모의 올가미는 정적을 제거하는 가장 좋은 방법 중의 하나였다.

문초가 심해질수록 황태자는 좌불안석이었다. 측근들이 하나둘씩 어사대로 잡혀가고 있었다. 그날로 파직되는 자들도 있었고 귀양을 가는 자도 점차 늘어나고 있었다. 무언가 결단을 내려야만 했다.

황태자는 위 씨 부인과 함께 여러 날 동안 고민하다가 마침내 결론을 내렸다. 붓을 들어 장문의 글을 쓰기 시작했다. 그 글은 고역사를 통해 현종에게 올려지고 있었다. 현종은 황태자의 서문이라는 말에 치를 떤다.

"태자가 올린 것이라면 보기도 싫다. 아니 땐 굴뚝에서 연기가 나겠느냐. 놈도 이 애비가 빨리 죽길 바라는 게야. 죽길 말이야."

현종은 역모의 진위를 떠나서 그런 기미가 있었다는 것만으로도 늙어가는 육신을 한탄하고 있었다.

고역사도 이번 역모 사건은 이임보의 모략이라는 것을 눈치채고 있었으나 딱히 증거가 없어 함부로 황태자를 두둔할 처지가 못 되었다. 그렇다고 모른체할 수도 없었다. 황태자의 성품을 익히 알고 있는 터라 자신이라도 그를 보호하지 않으면 황실에 걷잡을 수 없는 피바람이 불어닥칠 것이었다.

고역사는 현종의 눈치를 보다가 화증이 수그러드는 기미가 보이자, 황태자가 올린 글 중에 결론만 끄집어냈다.

"폐하, 태자께서 이혼을 허락하여 달라 하였사옵니다."

"이혼? 새삼스레 이혼이라니?"

뜻밖의 일이었다. 크게 관심을 보인다. 자식을 사랑하는 아비의 여린 마음을 읽을 수 있었다.

고역사는 여려진 어안을 파고들었다.

"오라버니가 연루된 일로 부부 사이가 몹시 나빠진 모양입니다. 그 책임은 모두 태자비께서……. 윤허하심이 옳은 줄 아옵니다. 폐하."

현종은 황태자를 믿고 싶었다. 역모를 도모할 위인이 아니라는 것을. 아랫것들이 옹립을 획책하고 본의 아니게 휘둘렸음을.

어찌 되었든, 책임을 물어야 했다. 황태자가 거론된 이상 응분의 벌이 있어야 한다. 그렇지만 육신은 걷잡을 수 없이 점점 늙어가는데 황태자마저 폐한다면 황실의 몰락을 꿈꾸는 자들에게 휘말린다는 것을 현종은 알고 있었다. 이 난국을 헤쳐나가는 지혜가 필요했다. 태자비를 벌해서 황태자가 극형을 모면할 수 있다면 그리하여야 할 것이다.

생각이 거기에 머무르자, 고역사에게 되물었다.

"역모가 외척의 농간이란 말인고?"

은연중 의견의 일치였고 그리하자는 뜻을 전해 받음이었다.

고역사는 현종의 눈을 바로 대하며 말하였다.

"그렇사옵니다. 폐하."

현종은 잠시 생각에 잠기는 듯하더니 이내 황태자의 이혼을 허락하였다.

별빛 하나 없고 앞을 분간하기조차 힘든 깜깜한 밤, 역모 죄인이 감금된 전옥(典獄)을 찾는 자가 있었다.

"문을 열어라."

문지기가 문을 열자, 두루미처럼 목이 긴 자와 원숭이처럼 털이 얼굴 전체를 감싼 자가 독방으로 향하고 있었다. 길온과 나희석이었다.

"너희들은 따라올 것 없다. 밖이나 잘 지켜라."

독방으로 다가간 길온과 나희석은 작은 문을 열자마자 손과 발이 묶인 죄인의 코와 입을 틀어막았다. 죄인은 일각도 되지 않아 나무토막처럼 옆으로 쓰러졌다.

길온은 죄인의 시신을 바닥을 향해 엎어뜨렸다. 코를 바닥에 처박은 모습이 곤히 잠든 것 같았다.

"이놈들! 퍼뜩 달려와라!"

나희석이 밖을 향해 소리쳤다.

옥장과 옥리들이 뛰어 들어왔다.

"죄인을 일으켜라!"

옥장과 옥리 한 명이 죄인의 겨드랑이를 끼고 들어 올렸다. 죄인은 목을 꺾고 있었다.

"죽었사옵니다."

옥장이 죽은 죄인처럼 고개를 꺾고 있었다.

"죄인이 저녁은 먹었더냐?"

"입에 대지도 않았습니다요."

"굶어 죽은 모양이다. 시신을 잘 지켜라."

황태자비의 오라비, 형부상서 위견의 죽음이었다.

일을 마친 길온과 나희석은 거기서 조금 떨어진 곳으로 향했다.

잠시 후, 위견과 마찬가지로 절도사 황보유명도 싸늘한 시신으로 변했다. 변방을 다스리는 무장의 어이없는 죽음 앞에 아무도 울어줄 사람이 없었다.

오라비의 죽음을 아는체하지 않고 태연히 머리를 깎는 황태자비 위 씨는 눈물 한 방울도 흘리지 않고 있었다. 위 씨는 물결처럼 출렁이는 흑발을 황태자에게 전해주라며 단출한 행장으로 궁을 떠났다. 여승이 되어 여산으로 향하는 그녀의 발걸음이 애처로워 보였다. 그 모습을 황태자는 흐르는 눈물을 애써 감추며 먼발치에서 훔쳐보고만 있어야 했다.

그녀의 뒷모습을 보며 흐뭇해하는 이임보는 또 다른 칼날을 갈고 있었다.

황태자를 폐위시키려는 그의 꿈은 실현되지 않았으나, 황태자의 측근과 태자비와 그녀의 일족을 쓸어낸 것만으로도 폐위에 버금가는 실력행사를 하였음이다. 이제 자신의 눈 밖에 난 측근들을 정리할 차례였다.

"어서 오시오, 감찰어사. 내가 보고 싶어 모셔 오라 했소. 이쪽으로 앉으시오. 자, 자, 편히 앉으시오."

이임보는 창자라도 꺼내줄 듯이 하늘거리며 양소를 반기고 있었다.

"제가 바빠서 그동안 자주 찾아뵙지 못했습니다."

양소는 이번 일로 커다란 힘이 생기고 있었다. 감찰어사의 힘이 이토록 대단할 줄이야. 말 한마디로 하늘을 나는 새를 떨어뜨린 쾌감이었다. 이임보를 대하는 자세마저 당당하게 변해가고 있었다.

"이번 역모 사건은 아주 어려운 문초였는데 감찰어사가 잘 처리하여 주었소. 머지않아 황제 폐하의 성은이 있을 것이오. 폐하께서 부르시면 이 늙은 중서령을 잊지 말고 좋은 평판 부탁하오."

이임보는 후덕한 자인 양 혼자 껄껄대고 있었다.

"모두 다 중서령께서 가르쳐 주신 덕인 줄 아옵니다."

"무슨, 그 무슨 말이오. 내가 아직 덕이 부족해서……. 껄껄. 감찰어사의 탁월한 충성심에서 우러난 역량이라 생각하오. 한데……. 한데, 말이오. 한 가지 미흡한 것이 있는 것 같아서……."

이임보가 말꼬리를 흐리자 양소가 와락 달려들고 있었다.

"그게 무엇이옵니까?"

"어사대에 시어사란 자가 있지 않소. 그자가 역모 사건을 처리할 때 너무 미온적인 태도로 일관한지라……."

"시어사라면 양신긍이 아니옵니까?"

"그자가 양신긍이던가? 그렇군. 양신긍이라 했어."

이임보는 양신긍을 잘 모르는 자처럼 느릿느릿하게 대답한다.

"알겠사옵니다. 제가 알아서 처리하겠습니다. 중서령께서는 심기를 편히 하시옵소서."

양소는 자리를 뜨자마자 그 길로 현종에게 달려갔다.

"폐하. 이번 사건에 미흡한 부분이 남아서 몇몇을 더 문초하여야 할 것 같사옵니다. 윤허하여 주시옵소서."

현종은 칼끝이 황태자를 겨누지 않는 한, 수천 명의 목숨을 앗아간다 한들 무방하게 생각하고 있었다.

이임보의 속내를 간파한 양소는 양신긍을 역모의 주동으로 몰아세우더니 그의 일족이 모두 사형에 처하고 말았다. 그야말로 하룻강아지 범 무서운 줄 모른다더니 꼭 그 짝이었다. 죄인을 문초하는 그의 입은 망나니의 칼보다 부드럽고 자유로웠으나 매우 잘 들었다. 산지사방에 그의 입술 칼(譖刀)을 맞고 목이 잘린 자의 시체가 즐비하였다.

위견의 역모 사건은 양소의 활약으로 얼추 마무리되었다.

이임보의 말대로 황제의 성은이 있었다.

"감찰어사 양소에게 상을 내리나니, 겸 전중시어사, 겸 경조부윤, 겸 근위부장(近衛副將), 겸……, 겸……, 겸 호부시랑에 임명하노라."

상으로 겸 자가 줄을 잇더니 단번에 열다섯 개의 관직을 겸하였던 것이다.

양소는 이토록 파격적인 승진의 성은은 기대하지 않았었다. 그저 대소 신료들에게 무시당하지 않는 자리를 유지하는 것만으로도 흡족해하려 했는데 생각지도 않은 관직이 굴참나무의 도토리처럼 주렁주렁 열린 것이다.

이 사건의 가장 큰 피해자는 태자비 위 씨 일족, 황보유명의 가족과 그의 측근들이었다. 그리고 황태자 역시 목숨만 유지했을 뿐 사지가 잘린 허수아비와 다를 바 없었다. 애지중지하며 이십여 년 살아온 태자비를 첩첩 산속으로 내쳐야 했고 측근들마저 목숨을 잃거나 귀양을 갔다. 황태자는 부황의 눈치를 보며 숨도 크게 쉬지 못하고 근신하며 은둔하였다.

황태자의 기를 꺾은 이임보는 확실히 조정을 장악하며 황제가 죽길 바라고 있었고, 양소가 그토록 황제의 사랑을 받게 될 줄 몰랐다.

하루아침에 뜨는 별로 등극하는 양소였다. 그를 따르는 자들이 속속들이 늘어나고 있었다.

양소는 조정의 실세로 자리를 굳히자 이임보를 견제하며 그의 자리를 탐내기 시작하였다.

'무서운 놈이야'

이임보는 후회하고 있었다.

자신이 행했던 수법보다 더 혹독한 철퇴를 휘두르는 양소에게 불현듯이 느끼는 위기감이었다. 게다가 양소의 힘이 커지면 커질수록 자신에게 칼을 들이대는 도전자가 될 것임을. 그리되면 그 또한 새로운 정적을 키운 꼴이 아니던가. 위태로움이 엄습하고 있었다. 잠을 이룰 수 없었다. 발을 편히 뻗고 자려면 그를 제거해야 한다. 빠르면 빠를수록 좋다. 그는 깊은 생각에 빠져들었다.

그걸 모를 양소가 아니었다. 양소 역시 피 맛을 본 흡혈귀였다. 권력의 맛을 본 이상 이임보를 제거하지 않으면 당할 것임을 알고 있었다. 시험 삼아 수단을 부려본다. 이임보의 측근들을 향해 독수를 뻗치는 것으로 싸움을 걸어볼 심사였다. 힘이 필요했다. 고역사에게 조르르 달려갔다.

"어르신. 긴히 드릴 말씀이 있어 찾아뵈었사옵니다."

고역사는 올 것이 마침내 왔다는 심정으로 양소를 맞이했다. 이젠 그와 더불어 정사를 꾸려나가야 함을 고역사도 피부로 느끼고 있었다. 이임보는 지는 별인데 그보다 젊고 뒷배가 든든한 양귀비까지 버티고 있지 않던가. 그와 손을 잡아야 앞날이 무탈할 것이다. 환한 낯빛으로 양소를 반기었다.

"잘 오시었소. 어사께서 이 늙은이를 친히 찾아왔는데 가리지 말고 다 하시오. 속 시원하게 말이오."

"어르신께서 그리 대해주시니 소인 몸 둘 바를 모르겠사옵니다만……. 지난 역모 사건 때 어사대부께서 선뜻 나서지 않은 것이 직무태만이라 생각됩니다. 중서령의 측근이라 몸을 사린 게 분명합니다. 그리고 소인이 들은 것이 있사옵니다."

"그게 뭐요?"

"각지에서 뇌물을 받아 챙기고 있다 합니다. 그것도 산더미 같은 뇌물인지라 쌓아놓을 곳이 부족할 정도라고 합니다."

"그렇소?"

되묻는 고역사의 얼굴이 밝지만은 않았다.

"특단의 조치가 있어야 할 것입니다."

뇌물이라면 고역사도 둘째가 아니었다. 그러나 양소가 무슨 말을 하려는지 알아차릴 수 있었다.

"황제께 말씀 올리겠소."

고역사가 자신의 뜻을 알아차리자 양소는 한술 더 떴다.

"경조윤도 책임을 물어야 할 것이옵니다."

"그렇소?"

"물론이죠. 장안을 어지럽게 한 죄도 있고 뇌물은 어사대부 버금가게 챙겼답니다."

양소는 입에서 나오는 대로 주절대고 있었다. 다시 주위 담을 걱정 없는 말들을 소나기처럼 시원시원하게 쏟아냈다.

'시험 도전이로구나'

이임보의 측근인 두 사람을 도려내려 함을 고역사도 모를 리 없다. 그게 권력의 속성이 아니던가. 신진 세력이 낡은 세력을 걷어내기 위해 펼치는 필살의 정리 작업임을.

황제에게 보고는 허울이었다. 보고 즉시 현실로 다가왔다.

이임보도 모르는 사이 경조윤 소경과 어사대부 송혼은 삭탈되었다. 죄를 묻는 관직삭탈은 자리만 물러나는 것이 아니었다. 유배의 형(刑)이 그들을 기다리고 있었다.

"양소 이놈!"

이임보는 이가 바스러지게 어금니를 물었지만 그들의 유배를 막아줄 힘이 없었다.

"하하하! 으, 하하하!"

양소의 교활한 웃음이 조정 안팎을 귀신처럼 떠돌고 있었다. 그의 머릿속에는 다음 차례가 뜬구름처럼 떠올랐다. 윤곽이 확실해지자 입을 앙다물었다.

이 모든 동태가 변방의 안녹산에게 빠짐없이 전해지고 있었다.

'양귀비와 양소라……. 시정잡배가 조정을……. 음……'

장안에 숨겨둔 심복 유락곡으로부터 보고를 받은 안녹산은 복잡한 머리를 어찌하여야 할지 몰랐다. 변방은 변방이었다. 보고는 보고일 뿐이었고 조정은 풀리지 않는 수수께끼였다. 가까이하려 하면 할수록 점점 복잡해지는 속성을 지닌 곳이었다.

그날 밤 꿈속에서도 안녹산의 머릿속은 온통 조정으로 입성하여 정사를 좌지우지하는 것뿐이었다.

제4장

이독제독(以毒制毒)

독과
독의 결탁

나른한 오후였다.

낙양의 상양동궁 뜨락에 따사로운 햇살이 나비처럼 살포시 내려앉고 있었다. 상양동궁의 지킴이가 된 매비의 일상은 따분하기 그지없었다. 말이 좋아 이전이었지 유폐나 다름없는 생활이었다. 어제가 오늘과 같았고 내일 또한 오늘과 같을 것이다.

하릴없이 매비는 뜨락에 내려앉은 햇살 어름에 마음의 붓을 들고 황제의 얼굴을 그리고 있었다. 그렇지만 황제의 어안은 맘과 같이 잘 그려지지 않았다. 이리 찌그러지고 저리 찌그러져 뒤숭숭한 맘만 더 부채질한다. 정신을 차려보아도 햇살에 어른거리며 제자리를 찾지 못하고 날개 잘린 매미처럼 빙글빙글 맴돌 뿐이다. 그러다가 양귀비의 얼굴이 나타나곤 하였다.

'찢어 죽일 년!'

산 채로 물어뜯어도 시원치 않을 양귀비만 생각하면 온몸이 부들

부들 떨려왔다. 참으로 원망스러운 임이었다. 임을 빼앗긴 것도 억울한데 궁에서 쫓겨나다니. 언제 황제를 만날지 기약 없는 세월이었다. 다시금 황제의 사랑을 독차지한다면 양귀비의 코부터 도려내리라 독하게 마음먹고 있을 때였다.

"마마! 매비마마. 황궁에서 사람이 왔습니다."

몸종이 종종걸음으로 달려와 고하였다.

그는 내시부의 서열이 퍽이나 높은 자였다. 황태자를 모신 바 있고 지금은 황제를 보필하는 고역사의 오른팔 노릇을 자청하는 이보국이란 내관이었다. 생김이 메주를 쥐었다 놓은 상에 뼈끔뼈끔 얽었고, 훤칠한 키가 벼 이삭의 등허리를 닮아 구부정하게 휘어 있는 자였다. 고역사가 죽고 나면 그의 세상이 올 것을 기대하며 휘어진 허리 속에 야심을 숨긴 자이기도 했다.

그의 손에 황제가 보낸 하사품이 들려 있었다. 매비의 가녀린 손이 바들바들 떨리며 함을 열었다. 그 속에는 영롱한 빛깔을 내뿜는 고귀한 진주가 가득 차 있었다. 사약이 아니길 천만다행이었다.

현종은 특별히 매비를 생각해서 교지(베트남)의 사신이 가지고 온 진주를 보낸 것이었다. 그러나 매비가 원하는 것은 현종의 사랑이었지, 진주가 아니었다. 양귀비에게 빼앗긴 사랑을 되찾는 것만이 그녀의 소원이었다.

그 옛날 한나라 진(陳)황후의 장문부(長門賦)를 모방해서라도 현종을 돌아오게 할 수만 있다면 그리하고 싶었다. 그녀는 상양동궁으로 유폐된 다음부터 장문의 글을 지으며 현종의 총애를 학수고대하고 있었다. 장문의 사랑 편지를 누동부(樓東賦)라고 스스로 이름 지었다. 커다란 문 속에 갇혀 지은 것이 장문부라면, 동쪽 누각에서 지었다 하여 누동부라 하였다. 장문부가 백성들의 노래가 되었듯이 누동부도 노래가 되어 황제의 마음을 돌릴 수 있길 바랐던 것이다.

장문부가 탄생하게 된 배경이 있었다.

한나라 무제(武帝)인 유철(劉徹)이 교동왕(膠東王)으로 있을 때 고종사촌 누이를 아내로 맞이하였다. 아내의 이름은 진아교(陳阿嬌)였다. 우연의 일치랄까, 운명이랄까, 교동의 교(膠)자가 끈끈이 풀인 아교를 뜻하는데 아교의 이름을 가진 여인이 아내가 되었으니 말이다. 유철이 황제가 되자 그녀는 황후가 되었다.

그런데 날이 갈수록 끈끈이 풀의 접착력이 떨어지기 시작했다. 마침내 폐위되어 장문궁(長門宮)이란 곳에 유폐되는 운명이 되고 말았다.

사연은 이랬다.

나이 열여섯, 첫사랑에 폭 빠진 유철은 진아교를 끔찍이 사랑했다. 그러던 중 황제가 되었는데 황후인 진아교의 자식 생산은 깜깜무소식이었다. 여섯 해가 지났음에도 후사가 없자 무제는 슬그머니 바람기를 발동하였다. 바람이 난 황제는 진아교와의 사랑이 있었던가 싶을 정도였다

그녀는 질투심이 많았고 성격이 거칠었다. 바람난 황제를 그냥 둘 리 없었다. 황제가 한시라도 눈에 띄지 않으면 온 사방을 찾아 헤맸다. 눈에 불을 켜고 찾았지만 눈에 띄게 바람피울 남자는 없다. 그것도 무제의 친누나인 평양공주의 집에서 은밀히 주선해 준 여자까지 간섭하고 나설 수는 없었다.

그 자리에 미녀 소리꾼이 등장하였다. 그 미녀는 천상에서 내려온 듯 청아한 목소리에 맞춰 하늬춤까지 추는데 무제는 홀딱 반하고 말았다. 눈이 휘둥그레지고 자꾸만 튀어나오는 눈을 주체할 수 없자 막무가내로 그녀의 손을 잡아채서 뒷간으로 갔다. 그녀는 평양공주의 몸종이었다. 그저 미모와 가창력에 눈이 뒤집힌 무제에게 느닷없이

정조를 유린당한 그녀는 얼떨결에 후궁이 되었다. 한낱 노비가 하룻밤 사이에 비빈의 자리로 격상되어 팔자가 바뀌었으니 크나큰 성은(聖恩)이었다. 성은을 입은 그녀의 이름은 위자부(衛子夫)였다.

위자부가 아들을 낳자 진아교는 미칠 것만 같았다. 어미와 자식 모두를 죽일 생각을 하였다. 노비를 후궁으로 봉하고 거기에다 아들까지 낳은 위자부를 내치지 않으면 자신의 자리가 위태로웠기 때문이었다. 그녀에겐 죽느냐 사느냐가 걸린 중대사였다.

다급해진 진아교는 무당을 불렀다. 무당은 날마다 굿판을 벌였고 괴상하고 기이한 비방을 위자부의 거처에 질펀하게 펼쳐놓았다.

그것이 문제였다. 세상에 비밀은 없었다. 무제가 알고 말았다. 진아교는 폐위되었고 위자부가 그녀의 자리를 차지하고 말았다. 진아교는 황궁과 멀리 떨어진 장문궁으로 유폐되었다. 문이 유달리 컸기에 장문이라 하였다.

유폐된 진아교는 자신의 참마음을 황제에게 전하고 싶었다. 머리를 썼다. 글 잘 쓰고 노래 잘하는 자를 찾았다. 사마상여(司馬相如)가 발탁되었다. 그는 무제가 아끼는 자였다. 사마상여는 밤을 새워가며 노랫말을 짓고 곡을 붙였다. 노래는 바람결을 따라 흘러 나갔다. 궁궐까지 날아들어 가서 황제가 다시 찾아주길 바라며. 그것이 장문부(長門賦)였다.

뜨락을 가득 채운 것은 늦은 가을의 찬 서리인가?
어이하여 홀로 지새우는 밤은 이리도 더디 가는고.
하룻밤이 일 년 같구나.
답답한 이내 가슴 오늘 밤은 어찌 참아내야 하나.

황제를 향한 원한, 원망, 서러운 마음이 노래가 되어 퍼져나갔다.

그것을 모방하여 매비는 누동부를 지었다. 그러나 장문부를 외면한 무제처럼, 그래서 미쳐 죽은 진아교처럼, 자신도 그리될 것만 같다는 고통 속에서 헤맬 때 진주를 하사받았으니 정말 돌아버릴 것만 같았다.

양귀비의 출현으로 황제의 사랑마저 빼앗긴 것도 모자라 장안에서 쫓겨난 것도 원망스러운데 기다리는 임은 그림자도 볼 수 없고 애만 끓게 하는 진주라니……. 차라리 잊으라면 잊을 오기도 있었고, 죽으라면 죽을 수도 있었다. 식어버린 사랑은 깨진 장독과 무엇이 다르랴 싶었다.

그녀는 내관 이보국에게 함을 다시 내주며 말했다.

"가져가시오. 보아줄 사람도 없는 진주를 무엇 때문에 가지고 오셨소. 도로 가져가 폐하께 갖다주시오."

진주를 되돌리는 그녀의 표정은 얼음장보다 더 냉철했다.

"마마, 이러시면 아니 되옵니다. 황제 폐하의 노여움을 사시면 어찌하시려 그러시옵니까? 소인은 가져갈 수 없사옵니다."

이보국은 구부정한 허리가 땅바닥을 칠 정도로 휘어지며 진주함을 두 손에 들려 머리 위로 뻗치고 있었다.

"어명만 명이오? 비(妃)의 명도 명이니 따르시오! 그 대신 내관의 입장이 곤란하지 않게 몇 자 써서 줄 것이니 폐하께 꼭 전해주시오."

매비가 써준 것은 한 편의 시였다.

버드나무 눈썹은 그린 지 오래되어 그릴 수 없고
얼마 남지 않은 홍사(紅絲, 붉은 비단)는
오래전 색이 변해버렸네.

큰 문은 닦고 싶어도 닦을 수가 없어라.
어찌하여 임은 진주로 적막함 위로 하시나요.

황제의 하사품을 사양하여 되돌리는 〈사사진주(謝賜珍珠)〉였다.

내관 이보국이 굽실거리며 궁을 떠나자 매비는 목을 놓아 통곡하였다.

"황제 폐하! 보고 싶사옵니다. 그런데 용안은 뵐 수 없고 진주라니요? 정녕, 소첩을 버리시옵니까? 아니 되옵니다. 아니 되옵니다. 휘파람새라도 되시어 다시 돌아와 주소서!"

현종은 매비의 〈사사진주〉를 전해 받자 애틋한 감정이 가슴을 치고 올라와 눈물이 흘러내렸다. 그도 이젠 어쩔 수 없는 노인에 불과했다. 매사에 눈물이 잦았다. 그 감정을 지울 수 없었다. 예인답게 밤을 새워 〈사사진주〉에 곡을 붙였다.

"이 곡으로 연극을 준비하라!"

노래명과 극명이 같았다. 〈일곡주(一斛珠)〉라 하였다. 한 가마니의 진주, 또는 수많은 진주를 헤아리며, 그런 이름이었다.

"음……, 상양동궁이 그립구나."

현종은 매비를 잊을 수 없었다. 양귀비에 미쳐 있지만 매비는 그리움의 대상이었다. 무혜비를 못 잊어 했듯이 매비를 그리는 마음은 여전히 변함없었다.

변방의 안녹산은 보고서를 움켜쥔 채 골머리를 앓고 있었다.

장안의 동태를 살피는 유락곡의 보고서였다. 조정의 동태가 그렇다면……. 기회는 항상 있는 것이 아니었다. 난세에 영웅이 난다고 하지 않았던가. 황제가 정사는 돌보지 않고 양귀비의 치마폭에 싸여 헤어나지 못하는 것 또한 난세라고 판단하였다. 그 틈새를 파고들어 권력을 차지하고 세를 넓히고 싶었다. 더 나아가 황제가 되고픈 욕망도 꿈틀거리고 있었다.

황제를 알현할 구실을 찾기 시작했다. 머리를 싸매고 몇 날을 지새우다 결론을 내리고 자리에서 일어났다.

부장인 안충지(安忠志)와 장효충(張孝忠)을 불러들였다.

"공을 세워라. 무장이 공을 세우지 않으면 백성들과 뭐가 다른가."

두 부장은 그 말이 무엇을 뜻하는지 알고 있었다.

말을 달려 근무지로 향한 그다음 날, 이민족들의 반란이 일어났다. 반란의 보고가 즉시 조정으로 올려졌다. 반란은 사흘이 채 지나기도 전에 진압되었다. 이민족을 일부러 부추긴 반란이라 한바탕 전쟁놀이를 한 꼴이었다. 이번에는 평정 보고가 조정으로 날아갔다.

평정 보고를 전해 받은 현종은 크게 기뻐했다.

"절도사 안녹산을 불러들여라. 짐이 크게 상을 내려야겠구나."

거짓 바람을 통해 잊혀가는 자신의 존재를 황제에게 알린 안녹산은 의기양양해하며 조정으로 향했다. 반란의 주모자들의 모가지를 앞세운 뒤편에는 노예로 부릴 포로들이 굴비 꾸러미에 엮은듯하며 줄줄이 따르고 있었다. 진상품도 산더미 같았다.

안록산이 황궁에 당도하자 현종은 잃어버린 자식을 만난 것처럼 기뻐하였다.

"이리, 이리 더 가까이 와서 짐의 손을 잡아라."

현종은 안녹산의 손을 잡고 양귀비가 있는 곳으로 갔다. 양귀비와 안녹산은 초면이었다.

'꽃보다 더 아름답구나!'

안녹산은 속으로 탄성을 지르고 말았다. 백옥처럼 뽀오얀 피부가 마치 백설이 햇빛을 되쏘는 것 같아 눈이 부셨다.

양귀비의 눈엔 안녹산의 커다란 배만 보였다. 산덩이 같은 배를 앞세우며 다가서는 모습이 매우 우스꽝스러웠다.

'절도사라는 무장이 저렇게 배가 나와서야……'

첫눈에 썩 들지 않았다. 그런데 시간이 지날수록 하는 행동이나 말투가 격식에 매이지 않고 털털하기도 했고 익살스러운 면도 있어 호감이 갔다. 그런 그의 성격이 현종의 마음을 사로잡았듯이 양귀비의 마음에 큰 점으로 찍히고 있었다.

그날 늦은 오후부터 궁중잔치가 열렸다. 현종은 공을 세운 변방의 절도사를 격려한다는 차원이었다. 잔치는 여느 때보다 규모가 크고 성대하였다. 부장으로 수행한 안충지와 장효충에게도 커다란 상이 주어졌다.

잔치가 무르익어 갔다. 현종은 술에 취하고 분위기에 취하고 있었다. 변방의 무장에게 잔치를 베풀고 상을 준다는 명목은 황실을 튼튼히 하고 백성들에게는 어진 황제로 각인시킬 수 있는 기회이기도 하였다.

안녹산은 수많은 어주(御酒)를 하사받았지만 부른 배가 집어삼켜 하나도 취하지 않았다. 말술을 먹어도 끄떡없는 배였으니 어주의 잔수만 많았지, 취기가 오르려면 밤을 새워도 모자랄 판이었다.

거나하게 취기가 오른 현종이 안녹산에게 물었다.

"황태자 궁엔 들렸는고?"

게슴츠레한 눈빛이 자두를 물고 있는 듯한 안녹산의 통통하게 부풀어 오른 볼따구니에 머무르고 있었다.

"소인은 황태자 궁이 어디에 있는지도 모르옵니다. 폐하."

입안에 든 자두를 씹는 것처럼 볼따구니가 일렁이며 머리를 조아리고 있었다.

"그런가? 그랬군."

현종은 잘했다는 듯도 하고 잘못했다는 듯도 한 모습으로 눈길을 돌렸다.

그러나 안녹산은 황제가 마음 편안해한다는 것을 알 수 있었다. 원래 황궁에 오면 황제를 알현하기 전에 황태자를 먼저 알현하는 것이 풍습이고 관례였다. 하지만 안녹산은 황태자를 알현하는 것은 염두에도 두지 않았다. 모반 사건에 연루되어 황제의 눈 밖에 나 있음을 이미 알고 있었고, 그런 와중에 황태자를 알현하는 것은 황제의 노여움을 살 수 있기 때문이었다. 그답게 현실을 직시하고 그에 맞춰 처신하는 것이 몸에 밴 결정이기도 하였다.

옆에 있던 고역사가 넌지시 알려주었다.

"조정의 법도가 황태자를 먼저 알현하는 것입니다."

"아, 그렇습니까? 제가 조정의 법도를 잘 모르는지라……."

안녹산은 능청을 떨고 있었다.

눈길을 돌렸던 현종도 한마디 거들고 있었다.

"황태자는 짐을 이어 다음 보위에 오를 것이니 짐과 똑같이 대하여야 하느니라. 충성을 다하라."

술에 취했지만 근엄한 질책이었다.

안녹산은 벌떡 일어나 예를 갖추며 무릎을 꿇었다.

"폐하. 소인은 그런 법도가 있는지도 모르고 할 줄 아는 것이라고는 싸움질밖에 없는 어리석은 머리를 가지고 있사옵니다. 그래서 황제 폐하만 알고 황태자는 몰랐사옵니다. 죽을죄를 지었으니 엄벌에 처해주시옵소서. 폐하!"

꿇은 무릎이 다시 꺾이며 머리가 바닥을 치고 있었다.

"껄껄껄. 절도사는 일어나라. 조정에 있지 않았으니 법도를 모르는 것이 당연하지. 차후 조정을 가까이하고 종종 들라. 공을 세웠을 때만이 아니라 수시로 들려서 짐을 편안케 하라."

모란꽃이 활짝 핀 어안에 힘을 얻은 안녹산은 꺾었던 무릎을 곧게 펴고 또다시 예를 올린 다음 성큼성큼 발걸음 옮기더니 부지런히 달려 나갔다. 그가 가는 곳은 황태자 궁이었다.

잔치는 나흘 후에도 다시 열렸다. 현종은 진귀한 물품을 바리바리 하사하였다. 안녹산은 그 모든 하사품을 부장 장효충에게 넘겨주며 진지로 먼저 가라 하였다. 또 한 명의 부장 안충지는 만일을 위해 곁에 두었다. 안충지는 조청이라도 발라놓은 것처럼 안녹산을 찰싹 달라붙어 충성을 다하고 있었다.

깊은 밤, 안녹산은 잠을 이루지 못하고 뜰을 서성이며 골똘히 생각에 잠겼다. 비록 황제의 언질이 있었지만 발걸음 하기 힘든 황궁이 아니던가. 어떻게 해서든 풀리지 않는 끈을 만들어야 했다. 그 끈을 생명줄처럼 붙잡고 늘어져서라도 맘 놓고 황궁을 들락거릴 수 있어야만 한다. 그 끈을 양귀비로 지목하였다.

안충지를 앞장세웠다. 그의 손엔 비단으로 곱게 싼 함이 들려 있었다. 그들은 귀비궁으로 가는 중이었다. 궁인들은 양귀비가 거처하는 궁을 귀비궁이라 불렀다. 귀비궁에 다다르자 안녹산은 머리에 뭔가를 둘렀다. 언뜻 보기에는 사슴뿔 같았으나 달랐다. '뫼 산(山)' 자가 여러 개 있는 순록의 뿔이었다. 순록의 뿔은 장안에서 보기 힘든 것이었다. 양귀비를 알현할 때였다. 갑자기 안녹산은 개처럼 넙죽 엎드려 네발로 벌벌 기며 예를 올렸다. 덩치는 호랑이만 한 수캐였으나 뿔이 있으니 개가 못 되고 순록이 되었는데 사람이니 인간 순록이 되었던 것이다.

"호호호, 까르르······."

양귀비는 난생처음 인간 순록을 보자 숨도 고르지 못할 만큼 웃어대며 유들유들한 허리마저 납죽 꺾이었다.

"귀비마마께서 이리도 좋아하시는 걸 보니 소인 또한 즐겁습니다. 하하하."

허리를 꺾는 양귀비를 음흉한 눈빛으로 훔쳐보며 안녹산도 크게 웃어 젖혔다. 그리고는 안충지를 향해 말했다.

"함을 대령하라."

안충지가 함을 가져오자, 안녹산이 두 손으로 받쳐 양귀비에게 올렸다.

"소인의 정성이옵니다. 마마."

양귀비는 사양하는 척하다가 마지못해 받아 드는 시늉을 하며 뚜껑을 열었다. 눈이 시릴 정도로 영롱한 빛이 함에서 쏟아져 나왔다. 시린 눈을 지그시 감고 안에 물건을 꺼내 들었다. 구하기도 어려운 벽옥(碧玉)으로 깎은 인물상이었다. 그것을 보자 그녀는 또다시 허리를 접고 깔깔대며 웃음을 그칠 줄 모른다.

"크크, 깔깔, 어쩌면······. 크크, 깔깔깔······."

하마터면 어쩌면 당신하고 똑같이 닮았소? 그렇게 말할뻔했다.

그 조각상은 가부좌를 틀고 있었다. 반질반질한 대머리에 북처럼 큰 배는 뽈록 튀어나왔고, 상의는 벗어젖힌 채 용 그림 지팡이를 쥐고 있는 도인 조각상이었다. 어둠 속에 갇혀 있다 환한 빛을 받은 대머리와 뽈록 튀어나온 배, 유난히 그 부분이 눈부시게 반질거리고 있었다.

"마마께서 좋아하시는 걸 보니 소인은 매우 기쁘옵니다."

일어서서 팔 하나를 꺾고 굵은 허리를 굽혀 예를 올리는데 뭔가 바닥에 코를 박았다. 머리에 썼던 순록의 뿔이었다. 양귀비가 또 크게 웃었다. 안녹산은 때를 놓치지 않고 큰절을 올렸다.

"마마. 소인의 어머니가 되어주시옵소서."

난데없고 뜬금없는 말이었다.

양귀비가 함박웃음을 머금은 채 말했다.

"자식도 낳지 않은 귀비입니다. 놀리지 마세요."

"농이 아니옵니다. 이 뱃속 깊은 곳에서 우러나온 진심입니다. 소인은 귀비마마를 처음 뵐 때부터 제 어머니구나, 그리 생각하였사옵니다. 소인은 일찍이 어미를 잃었사옵니다. 소인의 평생소원은 단 한 가지밖에 없습니다. 그것은 바로, 어머니를 가져보는 것이옵니다. 변방은 퍽이나 먼 곳이고 언제 또 궁으로 오게 될지 기약 없는 몸입니다. 변방에서나마 어머니가 살아 계시다는 것으로 위안을 삼고 싶사옵니다. 부디 소인의 청을 저버리지 마시옵소서."

얼마나 청이 간절한지 양귀비는 아무 생각 없이 소원을 들어주기로 하였다. 이제 두 사람의 관계는 수양어머니와 자식의 관계로 변하고 있었다. 아들이 어머니보다 열 살이나 많은, 이상하고 괴상망측한 모자간이었다. 그러나 잠깐 사이에 얼마나 정신을 빼놓았는지 양귀비는 나이고 뭐고 따질 겨를이 없었다. 그냥 변방의 무장이 그리하고 싶다고 하여 응낙했을 뿐이었다.

목적을 달성하고 귀비궁을 나서는 안녹산의 눈이 별빛보다 더더욱 초롱초롱하게 빛나고 있었다.

"으하하하! 내가 누구냐? 바로 안녹산이로다!"

그는 하늘에다 대고 크게 외쳤다.

양귀비가 양어미라면 현종은 양아비가 되는 것이다. 말 한마디로 황제와 귀비의 아들이 되었으니 누가 감히 그를 넘볼 자가 있겠는가.

단지 황제를 아비로 부를 수 없다는 것이 흠이었다.

무장이지만 힘쓰기보다 꾀 쓰기를 잘하여야 한다는 것을 어릴 적부터 터득해 온 그였다. 장수규를 양부로 모신 바 있고, 그로 인해 절도사까지 쉽게 오를 수 있었음을 경험하지 않았던가. 권력과 부귀영화를 위해서라면 물불을 가리지 않아야 했다. 어떤 치사함도, 어떤 비굴함도, 어떤 불리함도 감내해야 했다. 하나밖에 없는 간과 쓸개를 몽땅 빼주는 한이 있더라도 혈연관계를 맺는 것만이 그에게는 최상의 수단이었다. 그 모두가 권력을 향해 차근차근 다가서는 도구에 지나지 않았다. 권력을 쥐려면 힘이 생성되는 곳과 어깨를 나란히 해야만 된다는 것을 안녹산은 본능적으로 직감하고 있었던 것이다.

황궁을 집어삼키고 싶은 그의 야심 가운데 가장 큰 디딤돌을 만든 것이었으니 쾌재를 부를 만도 하였다.

궁중잔치가 있고 난 사흘 뒤에 이임보가 연회를 열었다. 안녹산을 위한 자리였고 상차림은 궁중잔치를 능가하고 있었다.

안녹산이 자리에 앉고 보니 참석한 자들이 모두 낯익었다. 아직까지 조정의 대소 신료들이 이임보의 측근이다시피 했으니 당연하였다. 정작 연회를 주관한 당사자는 보이지 않았다. 잠시 후 이임보가 연회에 모습을 나타내자 측근들은 '태태부(太太夫) 만만세'를 외치고 있었다. 연회는 그들만의 세상이었다. 대소 신료들은 이임보를 황제에 버금가게 받들고 있었다.

이임보가 자리에 앉으며 손을 내저었다.

"자, 자, 됐소. 앉읍시다. 오늘은 특별한 자리올시다. 변방을 지키느라 불철주야 노고가 많은 안 장군을 모신 자리니 맘껏 드시고 즐깁시다."

측근들은 이임보의 말이 끝나기 무섭게 손이 화끈거릴 정도로 박수를 쳐대고 있었다.

"모두 잔을 높이 들고 태태부를 위하여 건배합시다!"

이임보의 좌장 격인 왕홍이 크게 외쳐댔다.

안녹산도 술잔을 높이 들고 그들과 같이 '태태부 만세'를 외쳤지만 배알이 꼴려 술맛은 쓸개즙처럼 썼다.

'이곳을 무사히 빠져나가려면……'

안녹산의 머릿속이 바빠지고 있었다. 그는 얼른 무릎을 꿇었다.

"태태부를 위해 소장의 목숨이 다할 때까지 충성을 맹세하옵니다."

그 소리에 측근들이 미친 듯이 환호성을 지르고 손이 안 보이게 박수를 쳐대었다.

이임보는 구렁이 웃음을 띠며 말했다.

"듣고 싶은 말이었소. 나는 그대를 믿소. 그대가 있기에 내가 잠을 편히 잘 수 있소. 장수규를 모셨듯이 하면 원이 없소."

의미심장한 말이었다. 장수규를 모시듯 하라는 말은 어버이처럼 대하라는 주문이기 때문이었다.

"여부가 있겠습니까. 소장 그리하겠습니다."

아직까지 그의 힘은 대단하였다. 그가 밀어주어야만 탈 없이 권력을 가까이할 수 있지 않던가. 순한 양처럼 고분고분하게 있었다.

그다음 날은 양소가 연회 자리를 마련했다.

이임보와 측근의 귀에 들어가지 않게 안녹산을 초대한 것이다. 안녹산은 드디어 올 것이 왔다는 듯 마다하지 않았다.

"어서 오시옵소서."

길온이 안녹산을 호위하며 당도하자 나희석이 안으로 안내하였다.

그곳 역시 양소의 측근들이 연회석을 가득 채우고 있었다. 암암리에 세를 과시함이었다.

양소와 안녹산, 두 사람이 상석에 마주 앉았다.

가벼운 인사가 오갔고 자리마다 상다리가 휘어질 만큼 산해진미가 가득했다.

안충지는 단 아래 우측에 앉아서 눈을 부라리며 좌중을 둘러보고 있었다. 행여 불미스러운 일이라도 벌어지면 몸을 날려 막을 셈이었다. 맞은편에 있는 길온과 나희석 등이 아무 일 없을 것이니 긴장을 풀라는 신호를 보내며 환한 웃음을 짓고 있었다.

상석의 상 한가운데에는 술이 가득 담긴 호리병이 놓여 있었다. 아리따운 여인이 치마폭을 감싸고 다소곳이 앉아 있는 것 같이 요염한 자태로 주인의 손을 기다리고 있었다.

양소가 손수 한 잔을 따라 마셨다. 그리곤 팔을 뻗어 안녹산에게 잔을 권했다. 이름하여 주주객반(主酒客飯)이었다. 독이 들어있지 않으니 맘 놓고 먹으라는 주도(酒道)였던 것이다.

"이런 술맛은 처음입니다. 맛과 향이 예사롭지 않습니다. 혹시 선로주(仙露酒)라는 게 아닙니까? 신선들이 마셨다는."

안녹산이 잔을 들고 서너 번에 걸쳐 음미하더니 감탄을 연발하였다.

"꼬라라는 술이지요. 신(神)도 탄복했다는, 전설 속에 나오는 술, 바로 꼬라줍니다. 아주 귀한 보물입지요. 절도사께 첫선을 보이는 것이고요."

양소는 우쭐거리며 거드름을 피우고 있었다.

꼬라주는 바르다나의 온대와 냉대 지역을 두루 돌며 수백 년간 비밀리에 숙성시킨 것으로 왕들이나 먹었다는 술이었다. 그래서 신의 음료수라고 했다. 도가(酴家) 장인들의 자손 대대로 이어왔기에 아무도 그 정체를 알 수 없을 만큼 신비에 쌓인 신주(神酒)가 그들의 연회에 모습을 드러낸 것이었다.

"이렇게 고귀한 술을……. 고맙고 감사하고 광영입니다."

안녹산은 무릎으로 곤추서서 팔을 모아 앞으로 내밀며 예를 표했다. 그러고는 큰 엉덩이를 이리 씰룩 저리 씰룩, 춤을 추듯 하며 앉았다.

"절도사께서 재치가 넘치십니다. 조정에서 보고, 궁중잔치 때 보고, 오늘 또 보니 세 번쨉니다. 그렇다면 구면에 구면이옵지요. 아니 그렇습니까? 자꾸 예를 갖추시면 손님을 모신 저 또한 거북하니 그냥 털털하게 마십시다. 껄껄껄."

조정의 대소 신료들과 면례 때와 궁중잔치 때 스치듯 만난 두 사람이었다. 서로 야릇한 미소로 지나쳤지만 득실을 따지는 속셈은 이미 계산이 끝난 상태였다. 양소는 양소대로 안녹산에 대해 빠삭하게 파악하고 있었고, 안녹산은 안녹산대로 양소에 대해 미주알고주알 다 알고 있는 상태였다.

세의 불리함을 뼈저리게 느끼고 있는 양소였다. 그런 그가 평로와 범양 두 지역의 절도사며 황제가 총애하는 자와 결탁한다면 만군을 거저 얻는 것이었다. 그와 힘을 모으면 나라 도적인 이임보의 콧대도 보기 좋게 꺾어놓을 수 있을 것이라 생각하고 있었다. 안녹산 역시 조정의 실세로 떠오르는 양소와 가까이할 필요가 있었다. 황후에 버금가는 양귀비를 엮었듯이 양소를 엮어야만 했다. 목표는 같았다. 그들은 최고의 권력을 향해 달려가고 있었다. 서로 속내를 모르는 것이 꺼림칙하긴 하였으나 그 자리까지 가는 것이 우선이었다.

어렵게 만들어진 자리였다. 안녹산은 어떻게 해서든 성과가 있어야 했다. 양소가 술에 거나하게 취해가자, 때를 놓치지 않고 한마디 하였다.

"단도직입적으로 말하겠습니다. 감찰어사와 의형제를 맺고 싶습니다."

양소는 갑작스러운 안녹산의 제의에 취기마저 싹 달아나고 있었다. 혹시 잘못 들었나 싶은 표정으로 다시 물었다.
"의형제라 하시었습니까?"
"그렇습니다."
순간 양소의 머리가 빠르게 굴러갔다.
'의형제를……? 그렇다면 누가 형이 되고 누가 아우가 된단 말인가? 저놈을 형으로? 그럴 수야 없지. 형이라면 당연히 내가 형이 되어야 한다. 절대로 동생이 돼서는 안 된다. 형이 아니면 이 제의를 거절해야 한다'
찰나의 시간에 머릿속을 정리하고 있었다.
말을 꺼낸 안녹산이 다급하게 말을 이었다.
"변방의 촌놈이 조정을 좌지우지하는 감찰어사와 의형제를 맺는 것이 얼마나 큰 영광입니까. 부디 사양 마시고 촌부의 형이 돼주셨으면 합니다. 저는 이 순간부터 아우가 되어 형님을 잘 받들어 모실 것이옵니다. 진심을 털어놓으니 이렇게 마음이 후련합니다. 감찰어사 형님!"
양소의 속을 빤히 들여다보는 것처럼 안녹산은 말하고 있었다.
일이 쉽게 풀렸다. 양소는 쾌히 승낙하였다.
'그럼 그렇지. 네놈이 기껏해야 변방의 나부랭이가 아니더냐. 네놈을 잠시 이용하려는 것뿐이 없다'
양소는 안녹산을 변방의 촌놈으로 치부하며 깔보고 있었다.
하지만 안녹산은 양소를 조정의 신참내기 하수로 취급하고 있었다.
'이놈아, 형 노릇하기가 얼마나 힘든지 아냐? 이 배 좀 봐라. 달리 커진 거 같으냐. 녹봉(祿俸)이니라. 녹봉이 쌓인 것이란 말이다. 싹퉁머리 없는 놈'

그의 말처럼 노릇하기는 형보다 아우가 훨씬 수월했고 나라의 녹을 먹은 햇수는 비교가 되지 않았다. 그만큼 닳고 닳았다는 것이다. 나이는 비슷했다. 누가 형이 되고 아우가 되는 것은 의미가 없음을 양소는 간과하고 있었던 것이다.

훗날을 위해 자세를 낮춘 안녹산은 하수를 다룰 줄 아는 고수였다. 하수의 넙데데한 코에 코뚜레를 뚫어놓고 편안하게 변방으로 돌아가는 발걸음이 춤을 추듯 사뿐사뿐하였다.

끝없는
욕망의 나날

　안녹산이 양귀비의 수양아들이 되고 양소와는 의형제를 맺은 소문이 바람을 타고 멀리멀리 퍼져 나갔다.
　그 소문을 들은 자는 저마다 다른 생각을 하고 있었다. 사람들이 모이는 곳마다 제 입 자랑을 하며 핏대를 올리고 있었다.
　"안녹산이 미친놈이지. 미치지 않고서야 맨정신으로 새파란 년한테 어미가 돼달라 했겠는가 말이다."
　그 말이 혀끝에서 떨어지자마자 침을 튀기는 자가 있었다.
　"정신이 없긴 왜 없어, 이 사람아! 양가 놈 집안과 어떡하든 끈을 맺어야 출세를 할 게 아닌가. 출세라면 무슨 짓은 못할꼬."
　그들의 말을 가만히 듣고 있던 또 한 사람이 더는 못 참겠단 낯빛으로 끼어들었다.
　"모르는 소리 작작 하시오. 양소를 보오. 그놈이 언제 적부터 조정에서 큰소릴 쳤는가? 그게 다 누이 잘 만난 덕이 아니오. 보시오, 촌

구석 무지렁이 놈이 관직을 열 손가락 넘게 꿰차지 않았소? 안녹산도 조정을 넘보려는 수작이오이다."

그에 질세라 중후하게 생긴 남자가 점잖게 말을 받고 있었다.

"그러니까 출세하란 말이 생긴 거요. 모로 걷든 바로 걷든 장안으로 먼저 가는 놈이 장땡이란 말도 못 들었소? 권세를 가지려고 제 스스로 양물을 자른 환관도 있는데 사지가 멀쩡한 놈이 무슨 짓은 못하겠소. 말세요, 말세."

그들의 틈에 끼었다가 슬그머니 빠져나오는 자가 있었다. 왕평이었다. 그의 얼굴에 흐뭇한 기운이 감돌고 있었다. 키는 크지도 작지도 않은 중키에 얼굴은 둥글납작한데 눈은 붓끝으로 살짝 그은듯한 뱀눈에다 인중마저 짧았으나 다부지게 생긴 중년이었다. 그는 이임보의 충복인 왕홍의 동생이었다.

왕평은 형인 왕홍과는 여러모로 달랐다. 키는 비슷했으나 얼굴 생김새는 딴판이었다. 왕홍은 눈이 부리부리하여 성질 꽤 있어 보이지만 원래 타고난 성격은 유순해서 윗사람에겐 충성을 다하는 기회주의자였다. 반면에 왕평은 대나무처럼 곧은 성격이지만 모나지 않아 벗들이 많았고 의리를 목숨처럼 중히 여기는 반골의 기질도 있는 자였다. 형이 이임보의 충복 노릇을 하는 것이 맘에 들지 않아 티격태격한 적이 많았다. 그러다 보니 두 형제는 남보다도 못했다.

왕홍이 이임보의 비호로 출세를 거듭하여 상서에 이르는 동안 왕평은 형의 도움을 전혀 받지 않고 스스로 열심히 노력하여 호부에 적을 두고 있었다. 직분은 호부전랑이었다. 위로는 상서와 시랑을 모시고 있는 지위였으나 실질적으로 호부를 관장하는 실무자의 자리였다. 그의 성격대로 올곧게 직무를 수행하다 보니 나라살림은 그런대로 유지되고 있었다. 흥청망청 써대는 황제의 뒷바라지도 버거웠고 이임보의 씀씀이도 만만치 않아 늘 골머리를 앓고 있었는데 호부시랑을 겸한 양소마저 제 돈인 양 마구 써대니 감당하기 어려웠다. 그렇지 않아도 나라 꼴이 말세로 치닫는 것 같아 불만이 많았는데 양씨들이 그 시기를 앞당기는 불쏘시개 역할을 자초하는 것 같아 참을 수 없었다.

'썩은 자들을 도려내자!'

왕평은 이빨이 부서지게 이를 갈며 암암리에 뜻있는 사람들을 모으기 시작했다. 해괴망측한 소문에 분개하여 스스로 찾아온 자도 여럿 있었다. 그가 사람을 모으는 것은 썩어빠진 조정 대신들을 쓸어내려는 것이다. 이임보와 양소를 제일 먼저 손꼽았다. 나라 도적이고 최고의 간신인 이임보도 마땅히 제거해야겠지만, 양소가 하는 꼴을 보면 이임보를 능가할 간신이라 생각했다. 그런 양소가 자리를 굳혀가는 꼴을 두고만 볼 수 없었다. 더 늦기 전에 깔끔하게 마무리하고 싶었다. 일이 잘 되면 황제까지 갈아치울 참이었다. 다음 황제는 양귀비에게 버림받은 이모를 염두에 두고 있었다.

뜻있는 자 가운데 칼을 잘 쓰는 자, 철퇴를 잘 휘두르는 자, 단검을 잘 쓰는 자, 활을 잘 쏘는 자, 말을 잘 다루는 자 등을 가려냈다.

"자, 우리 모두 의지의 자객이 됩시다!"

"목숨을 바쳐 사명을 다합시다!"

"원흉을 처단합시다!"

자객을 자청하는 자들의 외침이었다.

철퇴와 활을 잘 다루는 자들은 이임보와 양소가 지나다니는 길목에 배치하였고, 칼과 단검을 잘 다루는 자들은 그들의 집 주변에서 몸을 숨기고 있었다. 말을 잘 다루는 자들은 자객의 빠른 발이 되어 신속하게 움직일 수 있게 운송의 임무가 주어졌다.

그렇게 여러 날을 기다리며 틈을 보고 있었는데 기회는 좀처럼 오지 않았다. 이임보와 양소가 다니는 길목은 병사들이 늘어서서 잡인들의 접근을 엄하게 통제하였고 호위군병들과 사병들이 겹겹이 에워싸서 얼굴조차 볼 수 없었다. 그들의 집은 궁궐보다 더 삼엄하게 경비하고 있어 근처에도 얼씬거리지 못하고 있었다.

그러나 지성이면 감천이라더니 단검을 잘 쓰는 자가 양소의 호위병사로 뽑혔다. 마침내 절호의 기회가 온 것이다. 하지만 양소를 가까이할 수는 없었다. 열흘 동안 기회를 보다가 양소의 집에 몸을 숨길 수 있었다. 그리고 밤을 기다렸다. 삼경이 되었을 때 양소의 방에 불이 꺼졌다. 자객은 사명을 다하리라 굳게 다짐하며 발걸음 소리를 죽였다. 방을 향해 한 발 한 발 조심스레 다가갔다. 방문을 지키는 자는 아무도 없었다. 방문을 살짝 당겨보았다. 잠기지 않아 쉽게 열렸다. 어둠 속에서도 침상은 묵직하게 어둠을 끌어안으며 제 위치를 알려주고 있었다. 이불을 덮은 양소의 몸체가 봉긋하게 솟아 있었다. 안팎이 어둠처럼 고요했다. 자객은 등을 벽에 찰싹 붙였다. 고슴도치처럼 온 신경을 곤두세워 귀를 열고 침상을 노려보았다. 머리칼이 쭈뼛쭈뼛하고 귀에서 쏴, 하는 소리가 들끓었다. 긴장하고 있음이다.

'너도 죽고 나도 죽자!'

자객은 단숨에 침상으로 튀어 올라 왼손으로 양소의 입을 틀어막고 오른손에 단단히 거머쥔 단검을 가슴 깊숙이 꽂았다.

'윽!'

입을 가린 손등으로 외마디 소리가 새어 나왔다.

칼을 뽑았다. 새빨간 핏물이 튀었다. 자객의 입가에 희열의 꽃이 피었다. 으흐흐흐. 다시금 칼끝이 춤을 추며 놈의 목을 도려내려 할 때였다.

제4장 이독제독(以毒制毒)

"잡아라!"

갑자기 주위가 환하게 밝아지며 사방의 문이 열림과 동시에 장정들이 재빠르게 달려들어 자객을 때려눕혔다. 순식간에 일어난 일이라 자객은 끽소리도 내지 못하고 사지를 쭉 뻗었다.

좌측 문으로 들어선 자가 명을 내렸다.

"입에 재갈을 물리고 꽁꽁 묶어 앞마당 형틀로 데려가라. 곧 문초가 있을 것이니라. 다른 일행이 있는지 샅샅이 뒤져라."

명을 내린 자는 산적수염을 한 나희석이었다. 그는 양소의 왼팔이 되어 집안의 경호를 총괄하고 있었던 것이다.

한밤이 대낮처럼 밝았다. 모든 사람이 잠을 떨치고 나와 제 위치에서 서로를 확인하며 다음 명을 기다리고 있었다.

알몸으로 형틀에 묶인 자객의 심문이 시작되었다.

"네놈은 어디에 사는 누구냐?"

조금은 흥분된 목소리였다.

'앗!'

눈을 부릅뜬 자객이 흠칫 놀라고 있었다.

문초를 하는 자는 죽은 줄 알았던 양소였다. 수염이 가늘게 흔들리는 것으로 보아 애써 침착하려는 모습이 역력했다.

양소는 만일을 위해 아무도 모르게 자신의 침상에 하인을 자게 하였고 자신은 그 뒤의 여러 방 가운데 한 곳을 택해서 잠을 잤던 것이다. 자객은 그것까지 알 수 없었다.

"물을 것 없소. 어서 죽이시오."

자객은 눈을 감았다.

"누가 보냈느냐?"

"……."

자객은 입마저 봉했다.

"놈이 입을 열 때까지 주리를 틀어라!"

명을 내린 양소는 휑하니 바람을 일으키며 안채로 들어가 버렸다.

문초는 나희석이 대신 하였다. 수많은 죄인을 다뤄왔고 고문이라면 이골이 난 나희석이었다. 무지막지한 고문들이 줄을 서고 있었다.

"놈이 입을 열 때까지 사정없이 행하라!"

나희석이 명을 내리자 아랫것들이 사지를 갈가리 찢어놓을 듯이 달라붙어 갖은 고문을 자행하기 시작했다. 눈과 콧구멍에 겨자 물을 쏟아붓는가 하면, 턱을 잡아당겨 탈구(脫臼)시켰다가 다시 뼈를 맞췄고, 손가락을 입에 넣어 아가리를 찢고 있었다. 죽고 싶어도 죽을 수 없는 참혹한 고문이었다.

한참 동안 고문을 자행하다 잠시 쉬고, 한참 동안 고문을 하다 잠깐 쉬길 반복하였다. 넋이 나간 자객은 혀를 깨물고 죽으려 해도 턱이 움직이지 않았고 몸뚱이는 만신창이었다. 죽다 깨길 여러 번 한 끝에 새벽녘이 되어 실토하고 말았다.

"왕, 왕, 왕평이……."

"왕홍의 동생, 왕평이란 말인가?"

자객은 눈을 감고 고개를 주억거렸다. 고문을 이겨낼 장사는 없었다. 특히 나희석의 고문에는.

동이 트기 무섭게 양소는 고역사를 찾아가 자초지종을 전하고 있었다. 은근히 현종에게 보고하라는 부탁이기도 했다.

자객 사건은 양귀비의 귀에도 들어갔다. 양귀비가 파르르 떨며 이를 갈았다.

"왕가 놈들이 우리 가문의 씨를 말리려 하는구나. 요놈들 두고 보자. 내가 두 눈을 뜨고 있는 한 네놈들의 씨를 말리리라!"

앙다문 입술이 삐뚤어지고 있었다.

때마침 조정의 인사 이동이 있었다. 병부상서인 왕홍은 형부로 자리를 옮겼고, 검남절도사인 장구겸경은 양소의 천거로 어사대부가 되었다. 공석인 검남절도사는 선우중통에게 돌아갔다. 관직에 욕심이 없는 선우중통은 잠시 동안 절도사 자리를 맡기로 한 것이었다. 두 사람은 지난날의 기대를 저버리지 않고 의리를 지킨 양소에게 고마움을 잊지 않았다.

조정에 다시 몸을 담은 장구겸경은 소원을 이룬 거나 마찬가지였다. 어사대 소속의 감찰어사인 양소가 어사대부로 장구겸경을 모신 것도 다 뜻이 있었다.

형부로 자리를 옮긴 왕홍은 생각지도 않은 일이 벌어지고 있었다. 형부상서가 되어 맡은 첫 번째 일이 공교롭게도 동생이 연루된 사건이었다. 골머리가 아팠다.

현종이 은밀히 왕홍을 불러 명을 내렸다.

"사건이 중차대하니 중서령과 감찰어사의 기분이 상하지 않게 잘 처리하라!"

측근 신하를 아끼는 현종이었다. 이임보가 되었든, 양소가 되었든, 왕평이 되었든 간에 충성심의 발로라고 생각되어 그리 명한 것이었다.

그러나 왕홍은 어찌해야 할지 갈피를 못 잡고 있었다.

고민 또 고민하다가 왕평을 찾아간 왕홍이 상심한 낯으로 말했다.

"동생은 잠시 피신해 있게. 뒷일은 내가 알아서 할 터이니."

그 말에 왕평은 형을 증오하는 눈빛으로 대하며 퉁명스레 되받았다.

"피신하라 했소? 동지들은 모두 잡혀갔는데 나만 피신하란 말이오? 쳇! 난 그리 못 하오. 제발 날 좀 잡아가쇼. 잡아가면 상서 양반은 무사할 것 아니오!"

왕홍은 씁쓸한 입맛을 다시며 되돌아갔다.

왕평에게 죄가 있다면 모사를 주동했다는 죄였다. 신분이 확실하고 도주할 염려가 없어 죄인들의 치죄가 끝나는 대로 잡아들일 것이다. 왕홍은 좀 더 시간을 벌기 위해 피신하라고 한 것이었으나 왕평은 따르지 않았다.

겨울을 재촉하는 서리가 하얗게 대지를 뒤덮고 있었다. 해가 뜨면 금방 녹아 없어질 서리지만 추위를 불러오려고 안간힘을 쓰며 버팅기고 있었다.

양소가 새벽 서리를 바라보며 생각에 잠겼다.

'왕평을 옭으면 왕홍까지 제거할 수 있다. 이임보의 최측근인 그를 없애는 것이 나의 길을 열어가는 지름길이 아니던가. 일을 벌이려면 아주 크게 벌이자. 측근을 이용해서 측근을 제거한다면……. 음……. 겨울이 오기 전에……'

양소는 우상 진희열을 끌어들이기로 마음먹었다.

어깨를 움츠리고 다른 날보다 일찍 조정으로 들어간 양소는 진희열의 동태를 유심히 지켜보다 오후의 나른해지는 시각에 그를 찾아갔다.

"우상 대인. 저녁을 같이하셨으면 해서 찾아왔습니다."

"무슨 일이 있소?"

진희열이 의외라는 표정을 지었으나 속은 반기고 있었다.

"대인과 허심탄회하게 술 한잔하고 싶은 마음뿐입니다."

"그렇소? 어디가 좋겠소?"

"특별히 대인을 모시는 일인지라, 소인의 집이 어떨지요."

"그렇다면 시간을 내겠소."

진희열은 쾌히 승낙하고 날이 저물사 남의 눈에 뜨이지 않게 조심하며 양소의 집으로 들어섰다. 양소가 대문 앞에서 기다리다 직접 안으로 모셨다. 저녁 상차림이 거했다. 이런저런 담소를 나누며 술잔이 오갔고 술이 얼큰해지자 양소는 속내를 털어놓기 시작했다.

"형부상서께서 동생의 일이라 기일을 늦추는 듯합니다."

"왕평의 문제를 말하는 게로군."

"그렇습니다. 소인의 목이 떨어져 나갈 뻔한 사건이라 재촉하는 것이 아니옵고, 그자가 흑심을 품고 자객을 모은 것이니 그게 문제라는 겁니다. 중서령과 소인을 제거한 다음, 그다음은 누구겠습니까. 좌상과 우상 대인을 겨냥했을 것이고, 그다음은 나라를 통째로 집어삼키려고 한 짓이 아니고 무엇이란 말입니까. 그걸 알만한 사람이 나 몰라라 하고 있으니……."

말을 늘어뜨리며 진희열의 눈을 똑바로 보고 있었다. 눈은 거짓을 모른다. 눈에서 그의 심정을 읽을 수 있기 때문이었다.

"결국 모반인가?"

"모반도 되고 역성(易姓)도 되겠지요."

진희열은 굳이 양소의 눈을 피하지 않았다. 그도 알고 있었다. 뒷배가 든든하고 황제마저 신임하는 새로운 실세라는 것을. 그렇다면 이임보의 세상이 곧 막을 내릴 것이고 양소의 세상이 올 것이라는 것을. 차라리 만나지 않았더라면 이쪽도 저쪽도 아닌 어정쩡한 자세를 취할 수 있었으나 이젠 늦었다. 자신의 도움을 필요로 하는 실세의 뜻을 저버리면 언제고 당할 것이다. 살아남으려면 판세를 잘 판단해야 한다. 눈칫밥으로 좌상 자리를 지켜온 그였다. 양소가 무엇을 원하는지 알아차렸다.

현종이 양소를 불렀다.

"좌상의 말을 들으니 왕평의 일로 화가 많이 났다는 말을 들었네. 하나 참게. 아마도 짐이 감찰어사를 감싸는 게 미웠던 게야. 형부상서를 만나서 술 한잔하게. 훌훌 털어버리고 서로 가까이하게. 두 형제가 감찰어사한테 크게 사과하면 되지 않겠나. 짐이 그러더라, 그리 전하게."

양귀비의 토라진 등쌀에 진희열까지 가세하여 황제에게 진언하니 생각다 못해 중재안을 내놓은 것이었다. 자식을 잘 아는 사람은 어버이이고, 신하를 잘 아는 사람은 황제라고 했다. 황제에게 잘 보이려고 신하들끼리 시기하고 모함하고 질투하는 예가 어디 한두 번인가. 비일비재하니 크게 관심을 두지 않았던 것이다.

양소는 어전을 빠져나오자 콧방귀를 뀌었다.

"그놈들과 화해라니요! 죽여도 시원치 않을 놈들이외다. 폐하."

현종이 애써 부탁한 어명을 양소는 따르지 않았다.

보름이 지나도 사건이 마무리되지 않고 양귀비와 진희열을 비롯한 대신들이 주청에 또 주청을 올리니 현종은 견딜 수 없었다. 그런 데다가 왕홍이 왕평을 두둔하는 기미마저 보이자 진노하고 말았다.

때를 놓치지 않고 진희열이 현종에게 진언을 하였다.

"왕평이 자객들과 모반을 획책했다 하옵니다."

"뭣이라! 모반? 모반이면 형부에서 심문할 것이 아니라 어사대에서 해야 하는 게 아니더냐. 즉시 어사대로 옮겨 철저히 조사토록 하라!"

현종은 모반이란 말만 나오면 미친 듯이 날뛰는 버릇이 생겼다. 자초지종이고 뭐고 없었다. 늙는 것도 억울한데 보위까지 빼앗으려 드는 자들이 생겼다는 것만으로도 미칠 노릇이었다.

사건은 자연스레 형부에서 어사대로 넘어갔다. 왕홍의 손아귀를 벗어난 것이니 양소의 뜻대로 처리할 수 있음이었다.

양소는 시어사 길온을 불러 귀엣말을 전했고, 문초는 길온에게 맡겨졌다.
"왕평을 잡아들여라!"
길온은 어사대의 특별관원을 사냥개처럼 풀어놓았다.
"놓아라! 내 발로 갈 것이니라."
왕평의 집으로 득달같이 달려간 특별관원들이 그를 잡아 묶으려 하자 큰 소리로 제지하며 먼저 앞서 나가고 있었다.
어사대에 당도하자마자 문초가 시작되었다.
"무슨 이유로 모반을 했는가?"
"나라 도적놈들을 죽이려 한 것이 모반이란 말인가?"
왕평은 대나무처럼 꼿꼿하게 맞서고 있었다.
"도적? 모반을 획책한 자가 도적이지 누가 도적이란 말인가. 여기 물증도 있고 증인도 있는데 괜한 억지 부리지 마라. 순순히 자백하면 네 형을 봐서라도 중죄인은 면하게 해줄 것이다."
길온은 일부러 왕홍을 들고 나오며 왕평의 심기를 건드렸다.
아니나 다를까, 형 얘기가 나오자 왕평은 펄쩍 뛰었다.
"형 얘기는 꺼내지도 마라. 내겐 형이 없다."
"형이 없다니? 지체 높은 상서를 형으로 두고도 없다 하니 형제가 짜고 모반을 했군. 자백할 때까지 잠시 죄인의 몸을 빌려야겠소."
"빌리든지 가지든지 맘대로 해라. 도적을 죽이지 못한 것이 원통할 뿐이다."
왕평은 자포자기하고 있었다.
길온은 나희석보다 한술 더 뜨는 자였다. 죄인이 누가 되었든, 그에게 일이 맡겨졌다면 살아남기는 어려울 것이다.
양소와 입을 맞춘 대로 연일 잔인한 고문이 이어지고 있었다.

"죄인이 혀를 깨물고 자진하였습니다."

어사대에 올린 길온의 보고였다.

왕평은 그의 곧은 성격대로 나라 도적을 죽이려 했다는 말만 되풀이하다 혹독한 매질을 견디지 못해 죽고 말았다. 그러나 죽기 직전 왕평의 입을 벌려 혀를 빼고 턱을 닫아 혀를 깨물고 죽은 것처럼 하였던 것이다.

왕평을 제거하자 양소의 칼끝이 왕홍을 향하고 있었다.

겨울의 문턱인 입동이 지났다. 얼음이 얼기 시작했고 속을 차갑게 파고드는 북풍이 몰아치고 있었다. 해마다 그랬듯이 현종은 양귀비를 대동하고 화청궁으로 떠날 생각에 빠져 있을 때였다. 진희열이 장구검경과 양소와 함께 어전에 나타났다. 왕평의 모반 사건을 최종 보고하는 자리였다. 직분이 좌상과 어사대부와 감찰어사였으니 나무랄 것이 없었다.

보고는 양소가 하였다.

"형제가 뜻을 같이한 것이 명백히 드러났사옵니다. 왕홍이 왕평을 앞세워 모반을 주도하였사옵니다. 사건이 중대한데도 왕홍이 차일피일하며 주모자를 치죄하지 않은 것도 바로 그런 이유 때문이었사옵니다. 전모가 드러났으니 왕홍을 대역죄로 다스리심이 옳은 줄 아옵니다."

없는 죄를 뒤집어씌우는 순간이었다.

현종은 왕홍을 이임보 못지않게 신임하는 자였다. 그를 제거하려면 모반으로 끌어들이지 않고서야 현종의 굳은 마음을 흔들 수 없었다.

"진정 왕홍이 모반을 주도하였단 말인가?"

현종은 믿을 수 없다는 어안으로 좌중을 둘러보았다.

진희열이 나섰다.

"그렇사옵니다. 폐하. 감찰어사의 보고가 사실이니 대역죄로 다스리옵소서."

현종은 그들의 말을 믿고 싶지 않았다.

"물러들 가라!"

그들을 물리고 이임보를 불러들였다. 그 옆에 고역사도 있었다.

"그대들도 왕홍이 모반을 주도하였다고 보는가?"

보고받은 대로 이임보에게 물었다.

"그렇다는 말이……, 있, 있었……, 사옵니다."

이임보는 벌벌 떠는 시늉을 하며 말을 더듬고 있었다.

현종의 부름에 이임보는 이미 각오하고 있었다. 그렇지 않아도 태수 조봉장의 상소문을 가로챈 것도 두려움으로 다가왔고 사건이 모반으로 몰려가는 데는 섣불리 왕홍을 두둔할 수 없었기 때문이었다.

며칠 전이었다. 자신을 탄핵하는 조봉장의 상소문이 올라왔다는 보고를 받았다. 이임보는 상소문을 읽자마자 쥐도 새도 모르게 없애 버렸다. 가슴을 쓸어내리게 하는 죄목이 스무 개도 넘었다. 즉시 측근을 시켜 조봉장을 잡아들인 다음 못된 손을 짓이겨 버린 것도 성에 차지 않아 몰매로 패 죽인 일이 있었다. 그 일이 들통나지 않았을까 싶어 마음을 졸이던 참이었는데 왕홍의 모반 사건을 하문하니 우선 자신의 안위부터 돌봐야 할 입장이었다. 최측근으로 가장 아끼는 인물이었지만 어쩔 수 없었다.

"그걸 알고 있었다면 조치를 취했어야 하는 게 아닌가! 알았으니 물러가라."

현종은 몹시 혀를 찼다.

'그도 늙었음이야'

이임보가 물러나자 진희열이 다시 어전으로 들어 주청을 올리고 있었다.

"왕홍을 대역죄로 다스려야 다시는 모반이 없을 것이옵니다. 어명을 내려주시옵소서."

"사사하라는 말인가?"

"모반은 대역죄입니다. 당연히 사사하여야 할 것이옵니다."

"알았노라. 물러가라."

현종은 물러설 곳이 없었다. 마침내 왕홍에게 사약을 내리고 말았다.

양소는 크게 웃어젖혔다

"으하하하! 수족을 몽땅 잘라냈구나. 이젠 몸통을 칠 것이다!"

황태비의 오라버니 위견을 제거하는 데 함께 공을 세운 왕홍마저 불귀의 객이 되었으니 대성공이었다. 양소의 계략으로 이임보의 수족 중에 가장 큰 거목을 쓰러뜨린 것이었다. 그가 감찰어사가 된 후로 이임보의 최측근들이 하나씩 둘씩 힘없이 제거되었다. 인과응보였다. 이임보에게서 배운 걸 그대로 써먹고 있었다.

양소가 조정으로 들어와서 제일 먼저 터득한 것은 정적을 제거하는 방법이었다. 손자병법을 인용했다. 싸움에 있어 최선책은 싸우지 않고 이기는 것으로, 즉 모략이었다. 모략 가운데 가장 으뜸이 바로 역모를 꾸몄다는 것, 역모의 움직임이 있었다는 것, 역모의 기미가 조금이라 보이는 날엔 가만히 두지 않고 몰아세우는 방법이 상책이라는 것을 깨닫고 실천에 옮긴 것뿐이었다.

이임보는 이를 갈아도, 후회해도 시대의 흐름을 되돌릴 수는 없었다. 진희열도 양소에게 돌아섰고, 최측근들을 모두 잃은 이임보는 세의 불리함을 통탄하고 있었다. 점점 외톨로 몰리었고 남아 있는 측근들은 잔돌에 불과하였다.

　왕홍이 사태가 심각함을 뒤늦게 눈치채고 이임보를 찾았을 때였다.

　"저를 구해주시지요."

　애절하였으나 불만이 가득하였고 원망마저 잔뜩 실려 있는 요구였다. 왕홍은 자신에게 어떤 위험한 일이 닥치더라도 반드시 구해주리라 믿고 있었다. 지금까지의 정리를 보아도 당연하다 생각하여 그리 말한 것이었다.

　그러나 이임보는 우거지상이 되었다.

　"그러기에 내가 뭐라 했나. 양소 놈이 기가 살아나기 전에 짓눌러야 한다고 말이야. 애초부터 길을 잘못 들인 자네의 죄가 커. 그러니 동생 하나……, 쯧쯧. 폐하께 말씀은 잘 올리겠네. 그리 알고 돌아가게."

　말은 번드르르했지만 이임보가 나설 일이 못 되었다.

　"꼭 부탁드립니다."

　"알았다고 하지 않았느냐. 좋은 결과가 있을 것이야."

　짜증스러우면서도 음흉한 웃음이 만연했다.

　왕홍이 돌아가자 속엣말을 흘렸다.

　'명예롭게 죽어라'

　목숨을 바쳐 충성을 다한 측근을 위해 그가 한 것은 아무것도 없었다.

　'의리라곤 눈곱만큼도 없는 졸장부를 믿고 따른 내가 어리석었구나!'

　왕홍은 사약을 받아 들었을 때 그제야 크게 후회하며 죽음을 맞이했던 것이다.

　정치란 의리와는 별개의 세계였다. 뒤늦게 후회하는 자는 왕홍뿐만이 아니었다. 의리는 물론 함께 피를 나눠 마신 동지들도 하룻밤 사이에 적으로 변하고, 온통 적들만 득실거리는 곳이 정치판이 아니던가. 그걸 알면서도 끝없이 욕망을 분출하는 곳이기도 하였다.

화청궁으로 떠나기 닷새 전, 현종은 양귀비의 말에 귀를 기울이고 있었다.

"장구겸경을 호위대장으로 삼아 같이 떠나면 그를 대신할 만한 장수를 조정으로 불러들이는 게 좋을듯하옵니다."

"그것 참 좋은 생각이오. 짐이 미처 거기까지 신경을 못 썼구려. 귀비는 참으로 영특하오."

현종은 양소가 세력을 넓히고 있음을 알고 있었다. 그렇지만 딱히 제지할 방법이 없었다. 그렇지 않아도 자신이 없는 동안 이임보와 양소의 권력 다툼이 어떻게 급변할지 걱정하고 있던 참이었는데 양귀비가 일깨워주니 고마울 따름이었다.

"누구를 불러들이면 좋겠소?"

"안녹산이 좋을 것 같사옵니다, 폐하."

양귀비의 주청은 양소의 부탁이기도 했다.

"그렇지. 안녹산이 있었지. 그리하겠소."

안녹산이라면 이임보와 양소와의 관계를 중재하고 한편으론 견제하는 데 있어 적격이라 생각했다.

"신첩의 진언을 받아주시어 고맙사옵니다. 폐하."

양귀비는 구름을 헤치고 막 나온 둥근 해처럼 찬란한 해꽃을 피우며 염분을 뿜어내고 있었다.

"오, 귀비……. 짐은, 짐은 귀비 없이 살 수 없소. 부디 짐의 곁에 꼭 붙어 있으시오."

오늘따라 양귀비의 애교 넘치는 요염한 자태가 너무도 황홀하게 느껴졌다. 현종은 자신도 모르게 와락 그녀에게 달려들어 꽃봉오리 같은 입술을 마구 훔쳤다. 불덩이 같은 더운 열기가 몸 속으로 파고들었다. 꿈틀거리는 뜨거운 열기가 차츰 단전으로 내려가더니 곧바로 양물을 한없이 부풀리고 있었다. 주체할 수 없었다. 현종은 그녀의 옷을 마구 벗기기 시작했다.

"폐하……."

두 사람은 이내 하나가 되었다. 밤을 꼬박 새운 단 한 번의 합이었으나 그 열기는 식을 줄 몰랐다.

황제의 명을 받은 안녹산은 날개를 단 듯 재빠르게 황궁으로 달려왔다.

입궐한 안녹산은 현종보다 먼저 양귀비에게 넙죽 절을 올렸다.

"어머니, 타지에서 무사히 돌아온 소자 문안드리옵니다."

"호호호. 그래 몸은 건강하였느냐?"

"끼니를 거르지 않고 잘 먹어서 이렇게……."

안녹산은 팔을 걷어붙이고 알통을 만들어 보이며 재롱을 떨었다. 덩치는 태산만 한 자가 하는 짓은 희극배우를 능가할 정도였다. 그러고 나서 현종에게 예를 올렸다.

그 모습에 현종도 껄껄거리며 안녹산에게 물었다.

"어찌하여 그대는 짐에게 먼저 예를 올리지 않고 귀비에게 하였는고?"

안녹산은 전혀 미안하고 송구스러운 표정 없이 당당하게 답하고 있었다.

"폐하께서 아시다시피 소인은 호인(胡人, 오랑캐) 출신이옵니다. 호인의 풍습에는 아버지보다 어머니가 우선이옵니다. 그래서 어머니에게 먼저 예를 올린 다음에 폐하께 올린 것이옵니다. 하늘같이 넓은 마음으로 헤아려 주시옵소서. 폐, 폐하!"

천애의 바보 같은 몸짓으로 어찌할 바를 모르고 있었다.

"하하하! 하하하!"

현종도 웃었고 함께 시립해 있던 좌중들도 웃음바다를 이루었다.

곧이어 관직을 내렸다.

"그대에게 동평군왕(東平郡王)을 제수하려고 불렀음이야. 짐이 자리를 비우는 동안 중신들과 잘 협조해서 황궁의 안위를 잘 돌보게나."

무장에게 처음으로 주는 왕의 자리였다. 왕이 되었으니 궁중 출입은 언제든지 할 수 있음이었다. 비록 허울뿐인 왕이지만 안녹산에게 힘을 실어주려는 의도였고 조정 대소 신료들의 반감을 고려한 것이었다.

'왕이라니?'

이임보는 꿈에도 생각 못 한 왕이었다. 매우 놀라고 있었고, 양소는 떨떠름하게 생각하고 있었다.

현종은 안녹산에게 간단한 입궐 잔치를 열어준 다음 화청궁으로 떠날 채비를 마쳤다.

화청궁으로 향하는 행렬은 장관이었다. 어가의 행렬이니 호화롭기 짝이 없고 장관인 것은 말할 것도 없겠으나, 어가 뒤를 졸졸 따르는 양씨들의 치장은 가관도 아니어서 백성들의 눈총을 사고 있었다.

백성들은 양소의 일가를 양씨오가(楊氏五家) 또는 오택(五宅)으로 불렀다. 다섯 집이란 양귀비의 세 언니, 한국부인 옥패와 괵국부인 옥쟁, 진국부인 옥채, 그리고 사촌 오라버니 시어사 양기와 사공 양감을 지칭하는 것이었다.

오택 가운데 세 자매만 동행하고 있었다. 그녀들은 금붙이와 비취, 옥과 진주 등으로 호화찬란하게 몸치장을 하였고, 소나 말이 끄는 달구지에 갖은 비단옷과 갖은 패물들이 가득하였다. 얼마나 패물이 많았으면 소와 말과 달구지까지 패물이 주렁주렁할 정도였다. 비단옷은 각자의 색상으로 일가를 이루었는데, 이를테면 옥패와 가솔들은 쪽빛으로, 옥쟁은 자주색, 옥채는 흰색에 화려한 꽃을 새겨넣었고, 양소의 가솔들은 샛노란 색깔로 치장하였던 것이다. 한눈에 보아도 가솔들의 소속을 알 수 있음이었다. 그들이 어가를 뒤따르자 주황청백(朱黃淸白) 등의 색깔이 마른하늘에 무지개가 뜬 것처럼 구경꾼들의 눈을 현혹시켰다.

"사치가 극에 달했구나, 끌끌……."
"황제가 눈이 멀었어. 제 년들이 뭔데. 으스대는 꼬락서니가……."
"달도 차면 기운다 했소. 두고 봅시다. 그들의 말로를 말이오."

구경꾼들이 하나같이 흉을 보는 가운데 행렬은 십 리까지 늘어지고 있었다.

현종은 양귀비의 조언대로 안녹산을 조정으로 불러들이고 나니 마음이 든든하여 춘행길이 즐겁기만 하였다.

안녹산은 범양에서 가지고 온 욕조와 장신구를 앞서 출발시켰다. 절도사의 명으로 제작된 것이니 최상품이었다. 그 모두 옥 가운데 최고의 옥, 구하기도 어려운 백옥으로 만든 것이었다. 커다란 백옥 욕조에는 연꽃이 화려하게 조각되었고 다리마저 붙은 것이었다. 장신구는 세상에 하나밖에 없는 어룡(魚龍)이라든가 원앙, 청둥오리 등이었다.

안녹산이 명품을 진상하였을 때, 현종과 양귀비는 입을 다물지 못하고 감탄하며 격찬을 했을 만큼 수려한 것이었다.

양귀비는 어가(御駕) 안에서 백옥 욕조를 떠올리며 비파를 켰다. 욕조 속의 따뜻한 온천물에 몸을 담그는 상상을 하며 비파 소리에 맞춰 흥얼거리고 있었다.

지은 죄가
너무 컸소

 현종과 장구검경이 없는 틈을 타서 양소는 지방에 특별문서를 내렸다.
 국고가 비었으니 지방의 창고에 쌓여 있는 곡식과 명주 필을 금, 은, 옥, 비단, 향료, 차(茶) 등속으로 바꿔서 조속히 황궁으로 보내라는 것과 세금을 올리겠다는 것이 골자였다. 단, 올린 세금으로 지방의 빈 창고를 채우라는 설명도 빼놓지 않았다.
 특별문서는 호부시랑의 명으로 발부되었으나 호부상서 장구검경과 황제에게 승낙을 받은 것으로 되어 있었다.
 황제를 빙자한 명령서였으니 지방에서도 어쩔 수 없었다. 창고를 열어 곡식과 명주 등을 값비싼 물품으로 바꾸어 장안으로 올려 보내기 시작했다. 황궁 앞에는 지방에서 올라온 짐바리들이 줄을 잇고 있었다.
 양소가 생각한 대로 한 달이 지나자 황실의 창고에는 금은보화가 가득 찼다.

'음, 이제 황제께서 환궁하시면……'

양소는 배를 내밀며 홀로 좋아하고 있었다.

피를 부른 역모로 자신의 위치를 확고히 한 것은 득이었지만 황제의 마음을 즐겁게 하지 못하였음을 알고 있었다. 그중에서도 황제가 신임하는 왕홍을 몰아붙여 사약을 받게 한 두려움도 없지 않았다. 그래서 궁리 끝에 기발한 생각을 한 것이고 그 생각이 제대로 맞아떨어졌다.

'황제의 마음을 사로잡으려면 재물이 넉넉해야지. 암, 재물이면 안 되는 것이 없다. 여자에게 약한 자는 재물에도 약한 법이니까'

양소는 황제가 기뻐할 것이라 확신하고 있었다. 황실의 창고가 빈약함을 내세운 것이었으니 황제의 노여움에서도 벗어날 수 있다고 생각했다.

양소가 창고를 채우는 데 전력을 다하고 있을 때 길온은 안녹산의 주위를 맴돌고 있었다. 권력이 누구에게 쏠리는가를 감지하는 능력이 탁월한 그였다. 이임보를 팽개치고 양소에게 달라붙었듯이 안녹산에게 찰싹 달라붙었다. 황제의 총애를 받는 안녹산의 시대가 오리라는 걸 간파하고 다리를 걸쳐놓은 것이다. 병권을 쥐고 있으니 이임보나 양소보다 한 수 위가 아니던가, 자신하고 있었다.

"나, 안녹산은 시어사를 믿소. 시어사의 공을 절대 잊지 않으리다. 우리 서로 협조해서 잘 살아봅시다. 그게 다 누이 좋고 매부 좋은 게 아니요?"

안녹산이 부탁한 정보를 빼돌린 길온을 만날 때마다 침이 마르도록 되뇌는 말이었다. 그렇지 않아도 조정에 심어놓을 사람이 필요한 안녹산이었다. 길온의 앞날을 보장해 준다고 약속하였고, 길온은 충성 맹세로 안녹산의 신임을 얻었던 것이다. 안녹산에겐 길온을 얻은 것이 큰 소득이었다.

해동이 되자 화청궁으로 갔던 현종이 돌아왔다.

안녹산이 조정에 머무르고 있어서 별다른 일은 없었다.

이임보와 양소는 안녹산을 궁으로 불러들일 때부터 먹잇감을 놓고 서로 눈치를 보는 형국이었고, 행여 먹잇감을 안녹산에게 빼앗길까 봐 전전긍긍하고 있었다. 그걸 모를 리 없는 안녹산은 앞날을 위해 최대한 자세를 낮추며 두 사람 사이를 넘나들었다. 양소에겐 형제의 우의를 앞세웠고, 이임보에게도 충성 다짐을 하며 중간 역할과 견제를 충실히 한 결과였다.

현종은 안녹산을 칭찬하며 자리를 비운 동안 별다른 것이 없었는지 문무백관과 함께 조정의 안팎을 시찰하였다. 당연히 황실의 창고에도 들렀다. 창고의 문을 열자 금은보화가 산더미처럼 꽉 들어차 있었다.

"아니……."

분명히 화청궁으로 갈 때는 창고가 비어 있다시피 하였는데 철철 넘쳐흐르니 현종은 입이 벌어져 다물지 못하고 있었다.

"이게 어찌 된 영문인고?"

벌어진 입을 간신히 닫고 문무백관에게 물었다.

"호부시랑의 공이옵니다. 폐하."

이임보가 양소를 부추겨 세웠다.

"감찰어사, 아니 호부시랑이?"

"소인이 창고를 채웠습니다. 황공하옵니다. 폐하."

양소가 현종 앞으로 나아가 허리를 굽실거리고 있었다.

현종은 너무 기뻐서 입고 있던 용포(龍袍)를 얼른 벗어 양소의 어깨에 걸쳐주며 말했다.

"그대를 권태부경사와 어사중승으로 임명한다. 또한 앞으로 짐의 거처를 마음대로 출입할 수 있게 허락하노라!"

황제의 커다란 은총이 내려졌다. 용포를 하사한 것은 최고의 은총이었다. 게다가 황제의 거처를 마음대로 출입할 수 있었으니 은총에 은총이 더해진 것이었다.

양소의 어깨에 걸친 용포를 보는 이임보의 얼굴에는 어두운 그늘이 졌고 안녹산은 침을 꼴깍 삼켰다.

권태부경사는 황실의 재물과 양식 따위를 관장하는 별직이었고, 어사중승은 어사대부 다음이었다. 어사대의 관직을 시어사, 감찰어사에서 어사중승까지 겸하였으니 현종의 총애를 확인하는 순간이기도 하였다.

그날 저녁 무렵이었다.

현종은 세 명의 재상과 양소, 장구겸경, 안녹산, 세 명의 국부인 등을 불러 자그마한 연회를 베풀었다. 연회가 한창 무르익어 갈 때 현종이 달뜬 모습으로 말문을 열었다.

"짐이 황실의 곳간을 둘러보고 난 뒤에 생각한 것이 있노라. 호부시랑의 이름을 지었으니 그대들도 좋은지 나쁜지 생각해 보라. 하사할 이름은 국충(國忠)이니라. 나라를 위해 이토록 충성을 다하는 모습이 대견하여 그리 지었느니라."

하사명을 받는 양소가 현종의 발끝에 코를 대고 "황공하옵니다. 폐하!"를 연발하고 있었다. 모두들 '황제 폐하 만세'를 외쳤다.

문득 장구겸경의 머리를 스치는 것이 있었다.

'국충, 국충이면……. 테 두른 혹하고 중심이 문제다. 목숨이 달려 있다. 목숨이……?'

그 옛날 양소를 구해준 눈먼 노인의 말이었다.

검남에서 선우중통과 함께 술자리를 할 때 양소가 술에 취해 하는 말을 새겨두었는데, 현종이 국충을 하사하자 그 말이 불현듯 떠올랐던 것이다.

그때는 무슨 말인지 몰랐었다. 그러나 국충이란 이름을 글로 떠올리자, 혹(或)에 태를 두르면 국(國)이 되었고, 중(中)과 심(心)을 합치면 충(忠)이 되지 않던가. 그렇다면 국충이란 이름을 하사받음이 목숨과 연결된다는 것인데, 장구겸경은 거기까지 생각을 하고 물러나왔다.

소식은 빠르게 전해지고 있었다. 장안 사람들이 수군거렸다.

"소가 국충이 되었다고 하네."

"그럼 아둔한 소가 이제 나라 벌레가 되었다는 말이군."

"그게 아니라, 나라에 충성하는 자라, 그 말이지."

제멋대로 해석하고 있었다.

현종의 총애 소식이 궁 밖으로 퍼져나가자 양국충의 집 문턱이 닳아 없어질 지경이 되었다.

어떤 사람은 한자리를 달라며 뇌물을 싸 들고 왔고, 어떤 사람은 양국충과 인연을 맺기 위해서 뇌물을 안겼고, 어떤 사람은 양국충의 목소리라도 듣고 싶다며 비단을 싸 들고 오는 자도 있었다. 뇌물을 바치겠다고 줄을 선 사람들이 끝이 안 보일 정도였다. 줄을 서는 것은 밤과 낮이 따로 없었다. 낮이면 구경꾼들까지 겹쳐 저자를 방불케 하고 있었다. 그것마저 여의치 못한 사람들은 양씨오택을 찾아가서 청탁을 하였다. 청탁하러 온 자들의 뇌물 공세로 집집마다 귀중품과 비단 필이 차고 넘쳤다. 그들이 나서면 안 되는 일이 없었으니 당연했다. 이제 양국충의 위세가 하늘을 찌르고도 남아돌 지경이 되고 있었다. 양국충과 오택은 저마다 호화로운 별장을 짓는 둥 사치에 극을 달리기 시작했다.

그 모습들을 지켜보던 장구겸경이 혀를 차며 혼잣말을 하였다.

'근본이 글러 먹은 것들이라 어쩔 수 없구나. 내가 놈을 믿은 것이 어리석었음이야. 난셀세, 난세야!'

장구겸경은 병을 핑계로 현종에게 사직서를 내고 자취를 감추었다. 그와 비슷한 날에 검남절도사 선우중통도 자리를 내놓고 어디론가 사라졌다. 암암리에 연락을 취했음이다. 나라 도적은 이임보 하나로 족하다고 생각했었는데 양소마저 날뛰고 안녹산도 끼어들고 있었으니 조정 돌아가는 꼴이 너무도 황당했고 나라를 말아먹을 난세라고 판단하였던 것이다. 잠시 잠적하여 때를 기다릴 셈으로 몸을 숨기고 말았다.

공석이 된 검남절도사에 양국충이 임명되었다.

검남의 시정잡배가 이제 검남을 다스리는 절도사가 된 것이다. 절도사의 그림자만 보아도 오줌을 지리던 그가 감히 넘볼 수도 없던 절도사가 되었으니 사람 팔자 모를 일이었다. 황제의 총애만 있으면 못 오를 자리가 없는 권력의 속성이었다.

하지만 임지로 가는 것이 아니었다. 겸직이었다. 모든 것은 절도부사에게 맡기고 중대사안만 결재를 하는 형식이었다. 겸직하는 것은 양국충만이 아니었다. 이임보도 요령(遙領) 지역 일대를 관장하는 북방절도사를 겸하고 있었다. 조정 대신이 절도사를 겸하는 것은 이임보로부터 시작되었으니 양국충이 검남절도사를 겸하는 것을 막을 수는 없었다.

현종의 환궁으로 안녹산은 더 이상 궁에 머무를 필요가 없었다. 범양으로 되돌아가기 며칠 전 그의 생일이었다. 안녹산은 머리를 굴렸다. 그리고 정오쯤 양귀비를 찾아갔다.

"어머니, 소자 소청이 있사옵니다."

능글거리며 응석을 부리듯 말했다.

"그래, 청이 무엇인고?"

양귀비도 늙은 어미가 하는 것처럼 받아넘기고 있었다.

"어머니는 저를 낳으시고도 소자의 생일을 모르시옵니까?"

쌜쭉한 표정으로 눈을 흘기며 말했다.

"오늘이 귀빠진 날이었구나. 이런, 어미가 그걸 깜빡했구나. 아이고, 딱하기도 해라. 잠시만 기다리어라."

양귀비는 홍도를 불러 귓속말을 전했다.

홍도가 잠시 자리를 비웠다가 다시 들어와서 아뢰었다.

"마마, 준비 다 되었사옵니다."

양귀비가 환한 웃음을 지으며 안녹산을 밖으로 이끌었다.

"홍도야, 어미가 허약해서 아기를 업을 수 없구나. 아기를 업은 것처럼 비단 필을 풀어서 아기의 몸에 둘러라. 그런 다음엔 수레에 태워서 아기를 얼러주어라."

안녹산도 홍도가 하는 대로 몸을 맡겼다.

비단 포대기에 둘러싸여 알록달록한 수레에 올라탄 안녹산은 궁녀들이 이끄는 대로 이리저리 굴러다니고 있었다. 마치 흰곰이 어슬렁거리는 것 같았다.

"응애, 응애. 음마마, 맘마마. 응애……."

안녹산은 갓난아기가 되었다.

"깔깔깔."

궁녀들이 수레를 끌다 말고 미친 듯이 웃어젖히고 있었다.

그때였다.

"황제 폐하 납시오!"

한참 어수선한 앞마당으로 현종이 들어오고 있었다.

"왜 이리 소란스러운고?"

홍도가 쪼르르 달려가 답하였다.

"귀비마마께서 어여쁘신 녹산아를 출산하시어 잔치를 벌여주는 중이옵니다."

현종은 안녹산의 모습을 보고 웃지 않을 수 없었다.

"허허허. 귀비가 이렇게 큰 아이를 낳을 줄은 미처 몰랐소."

"그러게 말예요. 호호호."

양귀비가 맞장구를 쳤다.

"큰 아이를 낳느라고 무척 힘들었을 터이니 짐이 크게 상을 내리리다. 여봐라, 귀비에게 용뇌향(龍腦香)을 올려라!"

용뇌향은 교지(베트남)에서 진상한 귀중품으로 귀하고 귀한 것이었다.

다음 날 양귀비는 안녹산을 불러 용뇌향을 선물하였다.

현종도 뜻하지 않은 선물을 주었다.

"그대에게 하동 지역도 맡길 것이니 짐을 편안케 하라!"

평로, 범양에다 하동까지 절도사가 된 것이다. 나라의 동쪽 지역을 총괄하는 전례에 없던 일이었다. 이제 그가 거느리는 군사가 십오만 명에 이르는 거대한 군사력으로, 당나라군의 삼 분의 일에 해당하는 병력이었다.

그것뿐만이 아니었다. 환관 이보국을 시켜 장안의 친인방(親仁坊)에 큰 집을 짓게 하여 안녹산에게 하사하였다.

현종의 총애를 듬뿍 안고 황궁을 떠나는 안녹산의 배가 산처럼 부풀어 올랐다. 그리고 다음의 용포 하사는 자신이 꼭 차지하리라 벼르고 있었다.

안녹산은 범양에서 하동으로 치소를 옮겼다.

신임 절도사로서 당연한 것이었으나 실은 장안이 가까웠기 때문이다. 하동의 서쪽 경계와 맞대고 있는 곳이 북방지역의 동쪽이었다. 북방이면 이임보가 절도사로 있는 곳이었다. 이임보와 옆구리를 맞대고 있다는 생각이 들자 안녹산은 빙긋거렸다.

'내가 하동에 이어 네놈의 밥줄마저 가로챌 것이다!'

북방의 병력은 육만 오천 명이었다. 절도부사인 이헌충(李獻忠)이 이임보를 대신해서 다스리는 곳으로 장안과는 가까웠고 초원이 펼쳐져 있어 목장이 많았다. 목장에는 수천 마리의 군마들이 자라고 있었다. 북방의 주 임무는 군마를 공급하는 것이었다. 말을 공급하는 곳이니 명마도 많았다. 그래서 북방의 장수들은 힘도 세고 지치지 않는 명마를 타고 다닐 수 있었다. 자연히 기동력도 좋았고 품위도 있어 보였다.

안녹산도 명마를 타고 싶었다. 비록 몸은 비대하였지만, 날쌘 말을 타보고 싶은 욕망은 저버릴 수 없었다. 그뿐만 아니라 수하의 장수들에게 명마를 선물한다면 그보다 더 좋은 선물은 없을 것이라 생각했다.

"야, 멧돼지! 멧돼지 어디 있냐? 냉큼 오너라!"

이저아를 큰 소리로 불렀다.

"부르셨사옵니까?"

이저아가 군막 뒤에서 빨랫감을 삶다 말고 단숨에 뛰어왔다.

"안 부장을 찾아오너라."

이저아가 군사들 틈 사이를 뛰어다니며 부장 안충지를 찾아왔다.

"부르셨습니까요?"

안충지가 숨을 헐떡이며 안녹산 앞에 섰다.

"편히 앉아라. 내가 긴히 할 말도 있고 심부름도 해야 할 것 같구나."

안녹산은 가슴에 품은 얘기를 다 털어놓았다. 장수들에게 명마를 선물하고 싶으니 협조문을 가지고 북방절도부사를 찾아가서 얘길 잘 전하라는 것이었다.

안충지는 오십여 명의 군사를 데리고 부지런히 말을 달려 북방의 영주(靈州)에 도착했다. 영주는 북방의 치소였다.

안충지가 북방절도부사 이헌충에게 협조문을 전했다.

이헌충이 협조문을 읽고 나더니 미간을 찌푸리며 달가워하지 않았다.

"하동절도사께서 일백 두의 명마를 원하시는데 명마라는 것이 한 해에 십여 두도 건져내기 어려운 것이랍니다. 그곳 절도사께서 군마에 대해 너무 모르고 있는 것 같으니 돌아가셔서 잘 말씀드려 주시오. 말에 올라 전쟁을 하는 장수라면 그쯤은 알아야 할 것이외다."

조소와 비아냥거림이 실린 정중한 거절이었다.

안충지의 얼굴이 불에 덴 듯 화끈거리고 있었다.

'요런, 오랑캐 놈이 주둥이를 함부로 놀리는구나. 어차피 명마는 주지 않겠다는 거절이렷다!'

안충지는 끓어오르는 성질을 누그러트리며 독이 실린 답을 해주고 싶었다. 헛기침을 한 뒤 침착하게 말을 이었다.

"아포사 장군께서야 세상이 다 아는 북방 출신이고 군마와 생사를 같이하였으니 군마에 대해 모르는 게 없겠지만, 평로와 범양과 하동의 안녹산 절도사께서나 수하의 장수들은 싸움에 용맹을 떨칠 뿐 군마를 관리하는 것은 마군이 하고 있으니 그 점을 명심해 주셨으면 합니다."

안충지는 이헌충의 내력을 잘 알고 있었다. 돌궐 출신으로 십여 년 전 당나라에 투항한 자였다. 투항도 공적 축에 들어 황제로부터 이헌충이라는 이름을 하사받았고 아포사(阿布思)는 돌궐 이름이었던 것이다.

이번에는 이헌충의 눈살이 치켜 올라가고 있었다.

"이헌충이라는 하사명이 있는데 굳이 북방의 이름을 들춰낸 의도가 무엇이오? 이 사람을 업신여기는 의도가 아니었소? 절도부사인 나를 업신여기는 언동은 북방절도사를 모독하는 것과 같으니 조정에 계신 절도사께 그대로 보고하겠소. 첨언하건대 어명이나 절도사의 명이 없으니 한 필의 군마를 내줄 수 없소. 그리 알고 돌아가시오."

이헌충은 이임보를 들먹이고 있었으나 무장으로 지조 없이 광대역을 하며 황제의 총애를 받는 안녹산과는 협조하기 싫었던 것이다.

안충지는 빈손으로 돌아갈 수밖에 없었다. 그러나 한마디는 하고 가야겠다 싶어 뱉어내고 말았다.

"황제 폐하께서 총애하는 우리 절도사요. 어명이 아니더라도 군마의 협조문은 통상적인 것이외다. 협조하지 않은 것으로 알고 가겠소이다. 우리 절도사께서 매우 섭섭해하실 거요. 잊지 마시오."

이헌충도 안녹산의 후환이 두렵기는 하였지만 이유는 충분하다고 생각했다. 없는 명마를 어떻게 하란 말인가. 그것도 십여 필이라면 모르겠으나 백 필이나 되는 어마어마한 수를.

안충지가 돌아가고 난 뒤 이헌충은 불길한 소문에 밤잠을 설치고 있었다. 안녹산이 이를 갈면서 자신을 생포하라는 명을 내렸다는 것이다.

이헌충은 몇 날을 고민하다가 돌궐에서 같이 투항한 부장을 불러 밤을 새우며 이야기를 나누었다.

다음 날, 해가 떨어지자 이헌충이 투항한 부장들을 앞세우고 말 탄 군사 오백여 명과 함께 치소의 창고로 모여들었다. 군사들은 말 한 필을 따로 끌고 있었다. 창고지기들을 몰아낸 뒤 귀중품만 빈 말에 실었다. 그러고는 돌궐을 향해 도망치고 말았다. 그들은 모두 명마 중의 명마만 골라서 줄행랑을 친 것이었다. 안녹산이 명마를 구하려면 몇 년은 족히 기다리게끔.

날이 밝자 아포사가 돌궐로 도망쳤다는 보고가 즉시 조정에 올려졌다.

그것도 절도부의 절도부사가, 절도사를 대신하는 자가 투항한 부장과 군사들을 이끌고 도망쳤으니 조정이 콩 볶듯 술렁이고 있었다.

양국충이 미친 듯이 도끼눈을 뜨고 빠른 걸음으로 어전을 향해 달려갔다. 어찌나 허둥거리는지 지나가는 신료들이 인사를 해도 건성으로 받아넘길 정도였다. 그의 손에는 안녹산의 상소문이 들려 있었다. 어전에 들기 전에 고역사를 만나 상소문을 전해주었다.

현종이 자리를 잡고 앉자 어전회의가 시작되었다. 모두들 입을 봉한 것처럼 이임보의 눈치만 살피고 있었다. 적막강산이 따로 없었다. 어전이 그랬다.

현종이 먼저 입을 열었다.

"절도부사가 임지를 버리고 달아나다니. 이런 해괴망측한 일이……."

하도 기가 막혀 말을 잊지 못하고 중신들을 노려보고 있었.

진희열이 양국충의 도끼눈을 의식해서일까, 먼저 입을 열었다.

"이번 이헌충의 사건은 너무도 중차대하여 누군가 책임을 져야 할 것이옵니다. 폐하."

"그러니까 어전에 모인 게 아닌가. 눈치 보지 말고 속마음을 털어

놓아라."

"소인의 생각으론 군을 총괄하는 대장군 정백헌(程伯獻)에게 책임을 물어야 할 것 같습니다."

진희열의 진언에 정백헌은 고개를 떨어뜨리며 사색이 되고 있었다.

"대장군의 문책만으로 사건을 마무리 지을 수는 없을 것이옵니다. 폐하."

양국충이 강한 불만을 나타내었다.

"소신을 말해보라."

"북방절도사에게도 책임을 물어야 할 것이옵니다. 다시는 이런 일이 일어나지 않게 엄중한 문책이 있어야 할 것이옵니다. 통촉하소서. 폐하."

양국충의 진언에 북방절도사 이임보도 고개를 들지 못하고 있었다.

'이런, 애송이 놈이 내 목에 칼을 꽂는구나. 두고 보자! 내 반드시 네놈의 모가지를 먼저 칠 것이니라'

속으로 칼을 가는 이임보의 머릿속이 복잡해지고 있었다.

'내 칼 맛이 어떠냐? 이 늙은 여우야. 지금이라도 늦지 않았으니 조용히 물러나라'

양국충은 이번 기회를 발판으로 삼아 이임보를 꺾고 그 자리를 차지하는 데 선뜻 다가서야 한다는 생각, 그 생각뿐이 없었다.

대소 신료들은 이 사건이 이임보와 양국충의 싸움으로 확대되고 있음을 눈치채고 있었다.

대장군 정백헌이 입을 열었다.

"군을 통솔하지 못한 소인의 죄가 크옵니다. 책임지고 사의를 하겠습니다. 또한 죄를 달게 받고 백의종군하여 충성을 다할 것을 맹세하오니 헤아려 주시옵소서. 한 가지 바람은 소인 이외에 다른 신료들의 벌은 사하여 주시옵기 간절히 바라옵니다. 폐하."

"벌을 사하라니요! 말이 되는 말씀이오? 필히 연대책임을 물어야 하옵니다. 폐하. 대장군이 사의를 표했으니 절도사도 마땅히 물러나야 하고 책임에 따른 엄중한 문책도 있어야 할 것이며 중벌도 내리소서. 그래야 장차 질서가 바로잡힐 것이옵니다."

침을 튀기는 양국충의 진언이 끊이지 않았다.

이임보는 가만히 듣고만 있었다. 정백헌처럼 사의를 표하겠다는 말도 하지 않았다. 자신이 나서서 사의를 하겠다는 둥 죄를 달게 받겠다는 둥, 그런 긁어서 부스럼을 만드는 짓은 피하고 있었다.

현종은 중신들의 진언과 이임보를 절도사직에서 파직시켜달라는 안녹산의 상소문을 떠올리며 결론을 내렸다.

"알았느니라. 짐이 중신들의 뜻에 따라 대장군과 절도사의 파직을 명하니 하명이 있을 때까지 근신하라."

이임보가 꼭 쥐고 놓지 않으려 했던 북방을 잃는 순간이었다. 전략의 요충지인 북방은 그에게 희망이었다. 북방 군사를 장악하고 있어야 앞날을 도모할 수 있었고 힘의 우세로 다른 절도사를 누를 수 있었던 것이 수포로 돌아간 것이다.

양국충은 왕홍의 제거에 이어 두 번째 승리를 맛보는 쾌거를 이루고 있었다.

몇 달 후, 남방지역 운남(雲南)에서 봉기가 일어났다.

운남은 여섯 개의 부족이 하나로 합쳐진 다음 남조(南詔)라는 나라를 세웠는데 당나라 초기부터 남조를 점령하여 다스리기 시작하였고, 검남절도부에서는 운남 태수에 장건타(張虔陀)를 임명하여 통치하고 있었다. 그런데 남조의 왕 각라봉(閣羅鳳)이 그를 죽이고 당나라를 등진 것이다.

 어렵게 빼앗은 땅에 봉기가 일어났으니 현종의 걱정이 이만저만이 아니었다. 그렇지 않아도 토번(티베트)과 사이가 안 좋은데 남조가 토번에 달라붙은 것이었다.

 양국충은 현종의 아픈 마음을 간파하고 절도부에 남조를 치라고 명을 내렸다. 때마침 얼마 전에 선우중통을 찾을 수 있어서 그에게 다시 검남을 맡겼는데, 검남 백성들은 얼굴도 볼 수 없는 양국충보다 선우중통을 더 신뢰하고 따랐다. 선우중통은 어쩔 수 없이 군사 팔만 명을 동원하여 남조를 공격했다.

 그러나 무장 출신도 아닌 그가 이길 수 있는 전쟁이 아니었다. 남조는 높고 험난한 산과 습지가 많은 곳이었다. 낮이면 뙤약볕과 싸워야 했고, 밤이면 습지와 계곡에서 달려드는 모기나 해충들과 먼저 싸워야 하는 병사들이었다. 그리고 더욱 무섭고 두려운 것은 풍토병이었다. 병사들은 풍토병과도 싸워야만 했다. 그렇게 싸우기도 전에 해충에 물려 죽고 풍토병에 죽은 병사가 육만 명이 넘었다. 패전이었다. 선우중통은 나머지 병사들을 이끌고 검남으로 돌아와야만 했다.

 하지만 양국충은 패전이 아닌 승전 보고를 올리고 있었다.

 이임보가 그냥 물러서지 않았다. 북방절도사를 해임시킨 자가 양국충이 아니던가. 죽이고 싶어도 함부로 죽일 수 없었던 것이 분했는데, 기회가 온 것이다.

 현종에게 쪼르르 달려가 색다른 보고를 올리고 있었다.

 "폐하, 남조의 각라봉이 아직 항복도 하지 않았고 항서(降書, 항복문서)를 가진 사자도 오지 않았사옵니다. 들리는 소문에 승전이 아니라 패전이라 하옵니다. 절도사가 참전하지 않은 전쟁이란 없는 법이옵니다. 절도사를 직접 파견하시어 전공을 올리도록 하시옵소서."

조정과 수천 리나 떨어진 머나먼 곳으로 쫓아내고 전쟁의 사시로 몰아가려는 속내였다. 패전하면 자결해야 하는 무장의 관례도 적용할 수 있으니 절호의 기회였다. 이래저래 죽음의 길만 남아 있었다. 쾌재가 절로 터져 나왔다. 세 번 네 번 진언을 올리며 현종의 마음을 끌어내고 있었다.

현종은 선대황제가 넓혀놓은 땅덩이를 포기할 수 없었다. 각지에서 군사를 각출한 뒤 양국충을 불러 명을 내렸다.

"운남으로 가라. 가서, 각라봉의 항복을 받고 운남을 평정하라!"

죽음의 길이라는 것을 모를 리 없는 현종이었다. 그러나 어쩔 수 없었다.

양국충이 울상이 되었고, 모든 것을 단념한 채 명을 따라야만 했다.

"신 양국충은 폐하의 명을 받고 운남으로 떠나옵니다. 하오나, 언제 다시 폐하께 예를 올릴지 기약이 없사오니 작별의 예도 함께 올리겠사옵니다. 폐하, 부디 천수 만수 하시옵소서. 신, 신……, 국충은, 국충은……, 사명을 다하겠사옵니다."

죽음의 길을 떠나야만 하는 양국충은 여러 번 말을 잇지 못했다.

양국충이 나희석을 시켜 귀비궁에 출전 소식을 전하라고 하였다. 귀비가 묻거든 어명이라 지체할 시간이 없어서 인사도 못 올리고 떠났노라, 그리 전하라며.

나희석이 잽싸게 양귀비를 찾아가서 그대로 전하였다.

'겨울인데, 오라버니가 전쟁터로 갔다면 그것은 이임보의 소원이……'

양귀비도 머리 하나는 현명하였다. 장안은 겨울의 시작이지만 남조는 늘 더운 곳이었다. 사시에 익숙한 몸이 열사를 견딜 수 없고 풍토병에 죽을 것만 같았다. 즉시 고역사를 찾아갔다.

"저의 오라버니께서 전쟁터로 떠났다는 전갈을 받았습니다. 비록 절도사이기는 하나 무장도 아닌 오라버니가 어찌 전쟁을 치를 수 있겠습니까? 해서 아야(阿爺, 어르신)께서 도움을 주셔야겠습니다. 저 또한 폐하께 주청을 드릴 것이오니 전투는 무장에게 맡기고 오라버니는 조정의 일에 전념해야 한다고 주청을 드려주세요. 꼭 부탁합니다."

양귀비의 등쌀을 배겨낼 수 없는 현종이었다. 게다가 고역사마저 같은 얘기를 하니 마음이 움직였다.

현종이 고역사에게 물었다.

"무장과 칙사는 누구를 보내면 좋겠는고?"

"무장은 절도부사에게 맡기시고, 칙사는 보구림(輔琳)이 좋겠습니다."

보구림은 대전 환관이었다. 어명을 받들고 부지런히 검남으로 향했다.

"어사중승은 조정으로 급히 돌아오라!"

환관이 당도하자마자 또 다른 자가 도착하였다. 환관 이보국이었다. 이보국의 손에 황금색 비단으로 묶인 황제의 조서가 들려 있었다.

"어사중승 양국충을 우상(右相)으로 임명하노라!"

양국충의 눈이 휘둥그레졌다.

이보국이 흥분된 목소리로 말했다.

"중서령께서 졸하였습니다."

양국충이 출전한 사이, 십구 년 동안이나 중서령을 지낸 이임보가 화병(火病)이 쌓여 졸지에 죽은 것이었다. 그를 탄핵하는 상소가 연일 빗발치고 있었고, 평생 지은 죄가 커서 자객들의 노림으로 끝없이 시달리다 얻은 병이었다.

"살려다오. 목, 숨, 만……. 윽!"

그가 마지막으로 뱉은 말이었다. 꿈속에서 자객의 칼을 맞았노라고, 측근들의 입에서 흘러나온 말이었다.

이임보가 죽었다는 소식이 전해지자 온 나라 백성들이 덩실덩실 춤을 추는가 하면 함박눈이 쏟아지는 거리로 뛰쳐나와 만세를 외쳤다.

"그놈 아주 잘 죽었다. 정말 잘 죽었어!"

모두 한입이 되어 이임보의 죽음을 기뻐하며 눈싸움을 하고 있었다.

"에이 나쁜 놈! 또 죽어라! 다시는 인간으로 태어나지 마라!"

다른 무리들은 이임보 눈사람을 만들었다. 손에 잡히는 대로 쥐고 이임보 눈사람을 두들겨 패며 울분을 토해냈다.

현종은 양귀비의 토라진 마음을 돌리려 양국충을 우상으로 임명하였지만, 속심은 안녹산을 재상으로 임명하지 못해 서운해하고 있었다.

누구를 위한
모반인가

　회색빛 장안에 진눈깨비가 쏟아지고 있었다. 어찌나 무지막지하게 퍼붓는지, 앞이 안 보였다.
　어명을 받은 자들이 잔뜩 뒤집어쓴 얼음물을 털어내며 어전으로 향하고 있었다. 하나 같이 강물에서 방금 건져 올린 생쥐처럼 축축하였다. 어전 밖에는 먼저 와서 기다린 자들이 있었다. 그들과 한 덩어리가 되자 서로 쑤군덕거렸다.
　"봄은 아직 멀리 있는데 진눈깨비라니. 이거 원, 추워서 견딜 수가 있나."
　그중에 가장 나이가 들어 보이는 자가 덜덜 떨며 입을 열었다.
　"그러게 말이에요. 함박눈이라면 포근하기나 하지요. 진눈깨비처럼 앞날이 순탄치 못할 징조 같아서 영 기분이 좋지 않습니다요."
　"이 사람도 똑같은 심정이외다. 사령조서만 아니었다면 오고 싶지 않더라니까요. 아이고, 꿉꿉해라."

그들은 새로 임명된 조정 중신들이었다.

현종은 고역사와 양국충에게 의견을 물어 중신들을 임명한 것이었다.

승상에 위견소(韋見素), 좌상에 진희열, 우상에는 양국충, 이렇게 세 개의 재상 자리가 정해졌다. 정백헌이 맡았던 대장군 자리에는 진현례(陳玄禮)가 용무대장군으로, 위방진(魏方進)이 어사대부가 되었다. 양국충은 우상 외에 이부상서 등 사십여 개의 관직을 겸하였다.

그토록 갈망했던 재상 자리를 차지한 양국충이지만 고민이 있었다. 그것은 어떡하면 조정의 대소 신료들과 백성들이 이임보를 빨리 잊게 하고 자신의 입지를 강화시킬 수 있는가, 하는 것이었다. 그러기 위해서는 강산이 두 번이나 바뀌도록 재상에 머무른 이임보의 이름을 퇴색시키는 것이 가장 급선무라고 생각했다. 일찍이 안녹산에게 협조문을 띄워 답신도 받은 상태였다.

조참(朝參)을 마치고 나오는 진희열을 조용히 불러 자신의 거처로 갔다. 조정에서 믿을 수 있는 측근은 진희열뿐이 없는 실정이었다.

"제가 말입니다……. 믿을만한 사람한테 들었는데……, 하도 어이가 없는지라, 좌상께 의논드릴 게 있어 모셨습니다."

양국충이 평소와는 다르게 말문을 늘어뜨리고 있었다.

"무슨 얘긴데 그렇게 힘들어하는 게요?"

진희열이 긴장을 하며 귀를 기울였다.

"죽은 이임보 얘깁니다. 글쎄, 역모를 꾀하다 실패해서 그 후로 가슴을 졸이다 죽은 거랍디다. 거, 왜, 있지 않습니까, 아포사가 돌궐로 도망친 사건 말입니다. 그게 다 이임보와 사전에 모의한 것이라더군요. 물론 믿을만한 정보지요. 안녹산의 수하에 있는 자가 아포사하고 매우 가깝게 지내던 잔데 얼마 전에 실토를 했다는군요. 이를 어쩌면 좋겠습니까.”

"그래요? 하지만 이젠 죽고 없는 사람이 아니요? 죽은 자를……."

양국충이 진희열의 말을 싹둑 잘랐다.

"죽었다고 죄가 없어집니까! 역모는 구족이 멸문지화를 당해야 하는 것입니다. 역모를 꾀한 자가 어찌 재상의 예로 장례를 치를 수 있답니까. 해서, 아직 입관 날짜가 며칠 남았으니 장례를 치르기 전에 이 사실을 황제 폐하께 보고드릴 생각입니다.”

진희열은 역모라는 말에 진저리를 치며 양국충이 뜻하는 바가 무엇인지 몰라 되물었다.

"그러셔야지요. 그다음은?"

진희열이 달려드는 기색이 보이자 양국충의 말소리가 부드럽게 변했다.

"관직을 가진 자의 증인이 필요합니다. 그래야 폐하께서 믿지 않겠습니까. 이임보의 인척 중에 한 사람이 나서면 일이 아주 쉽게 풀릴 것 같습니다.”

"인척이라……. 우상의 말씀을 알겠소.”

퍼뜩 떠오르는 게 있었다.

'네놈이 이임보의 가족을 몰살시키고 그의 이름마저 영원히 지워 없애려는구나. 그것 또한 나쁘지 않고말고. 암, 죗값을 해야지'

밖으로 나온 진희열은 곧바로 양제선(楊齊宣)을 찾아갔다. 양제선은 이임보의 사위로 간의대부(諫議大夫)였다. 양제선에게 자초지종을 다 털어놓은 뒤 목숨을 부지하려면 어쩔 수 없다고 을러댔다.

양제선이 물었다.

"꼭 그 길뿐이 없습니까?"

"그렇지 않고서야 모두 죽는 길밖에 없다네. 양국충이 누군가. 그가 역모로 몰아갈 때는 이미 모든 준비가 다 되었다는 것이야. 자네라도 살길을 찾으라고 내가 이렇게 찾아온 것일세."

양제선을 끌어들이니 일은 일사천리로 진행되었다. 양국충이 빼어든 칼에 안녹산이 큰 힘을 보태고 진희열이 거들고 양제선이 모두 털어놓았다. 현종도 치를 떨며 대로하고 말했다.

"이임보에게 내린 관직과 작위를 모두 삭탈하라. 또한 그의 일족이 누리고 있는 모든 관직을 박탈하고 중죄인은 사형에 처하라. 재산은 하나도 남김없이 몰수하고 아녀자들은 남방과 변방으로 내쫓아 노예로 부려라. 늦장 보고한 양제선도 변방으로 귀양 보내라!"

거짓 증언으로 양제선은 그나마 목숨을 건질 수 있었다. 더불어 죽은 이임보에게 부관참시의 명을 내리지 않은 것만 해도 다행이었다.

재상 이임보가 역적 이임보가 되었다. 재상의 예로 치르려던 장례도 평민의 장례로 바뀌었다. 망자에게 입힌 황금빛 비단옷부터 벗겨내 무명으로 염을 다시 했고 관 또한 평범한 목관으로 옮겼다. 값비싼 부장품도 모두 몰수당했다. 매장하는 날은 질퍽거리는 진눈깨비가 하루 종일 내렸다. 시신을 묻는 땅속까지 질척하였으나 관을 내려놓을 수밖에 없었다. 축축한 흙더미로 관을 덮고 평토를 하였다. 봉분을 올리려 했지만 물 반 흙 반이라 쉽지 않았다. 다음 날은 하늘이 뚫린 것처럼 세찬 빗줄기를 퍼부었다. 간신히 올린 초라한 봉분마저 주저앉아 아기무덤같이 되고 말았다.

살아 있는 자가 죽은 자에게 가한 철저한 보복이었다. 현종은 보복인 줄 알면서도 양국충에게 위국공(韋國公)의 벼슬을 내렸다. 이제 그의 말이면 안 되는 것이 없었고 그가 나랏일을 제멋대로 좌지우지하기 시작했다.

양국충은 이임보의 일을 마무리 짓자 재물에 눈을 돌렸다. 산술(算

術)에 능한 것을 앞세워 가지각색의 명목으로 세금을 올려 백성들의 고혈을 빨아먹는 짓도 서슴지 않고 있었다. 많은 재물이 그에게 흘러 들어 갔다. 재물로 황제 자리를 살 수 있다면 그리할 수 있을 만큼 그의 창고에는 재물이 넘쳐났다.

젊은 시절부터 늘그막까지 얼굴을 맞대고 살아온 이임보의 죽음으로 현종은 불안감에 휩싸였다.

'갑자기 죽을 수도 있구나'

이태 후면 일흔의 나이였다. 늙은 가슴에 죽음의 공포가 서서히 밀려들었다. 매사에 만정이 떨어져 의욕이 없었다. 그렇지만 보위는 물려주고 싶지 않았다. 믿을만한 신하는 고역사와 안녹산뿐이었다. 안녹산에게 재상 자리를 주어 조정에 눌러앉히고 싶었다. 그가 재상이 되어 고역사와 함께 정사를 꾸려가는 생각만 해도 즐거웠다.

고역사를 시켜 한림학사 장기(張畸)를 불렀다.

"안녹산에게 동평장사를 하사하니 조서를 작성하라."

동평장사(同平章事)는 재상 반열이었다.

장기가 붓을 들어 한참 동안 조서를 쓰고 있을 때였다. 양국충이 어전으로 들어왔다.

"폐하, 우상 양국충이옵니다. 화급한 진언을 올리려 하옵니다."

양국충은 고역사로부터 현종이 한림학사를 불러들였다는 얘길 듣자마자 펄쩍 뛰며 황급히 어전으로 달려온 것이다.

"화급하다? 그래, 무엇인고?"

"한림학사를 부르신 것이 조서 때문이지요?"

"그렇지."

"혹시 안녹산에게 재상 자리를 하사하는 것인지요?"

"그렇다만……"

"다른 건 몰라도 재상은 아니 되옵니다."

"왜 그런고?"

현종이 의아한 표정을 지었다.

"절도사 안녹산은 동족(同族)이 아닌 호족(胡族) 출신이옵니다. 호족으로 번장(蕃將)까지 되었으면 높은 승차를 한 것이옵니다. 그런데 번장에게 재상 자리까지 하사하신다면 다른 번장이나 변경국(邊境國)이 당나라의 종묘사직을 하찮고 우습게 볼 것입니다. 거듭 아뢰옵니다. 번장 안녹산은 나라의 주춧돌인 한족이 아니라 오랑캐이오니 명을 거두어 주시옵소서."

숨도 쉬지 않고 아뢰었다.

"짐이 듣고 보니 그도 그럴 거 같구나."

양국충은 그제야 안도의 숨을 쉬었다. 황제의 총애가 날로 깊어가는 안녹산을 견제하지 않을 수 없었다. 견제하지 않고 그냥 놔두었다가는 언제 그에게 당할는지 모를 일이었다. 그 생각만 하면 불안하고 초조해서 잠을 이룰 수 없었다.

"이왕 한림학사를 불렀으니 어떡하느냐. 동평장사를 바꿔 상서좌복야의 자리라도 하사해야겠구나. 그리 조서를 써라."

양국충의 출현으로 안녹산은 졸지에 재상 자리를 빼앗기고 상서반열인 좌복야의 관작이 주어지고 말았다.

"한 가지 주청이 더 있사옵니다. 농우절도사 가서한(哥舒翰)은 노장임에도 불구하고 용맹을 떨치는 장수입니다. 그가 있기에 북방지역이 평온하고 돌궐 또한 가서한을 두려워하고 있습니다. 돌궐이 하서 북방까지 땅을 넓혔으니 하서 지역을 맡기심이 옳은 줄 아옵니다. 아울러 안녹산이 왕의 관작을 하사받은 적 있사오니 그와 버금가는 관작을 하사하시면 목숨을 바쳐 충성을 다할 것이라 사료되옵니다. 통촉하여 주시옵소서."

"그것도 맞는 말이구나. 돌궐의 침략을 가서한이 막고 있으니 얼마나 다행이냐. 짐이 그에게 하서절도사를 임명하고 서평군왕(西平郡王)으로 봉할 것이니라. 한림학사는 가서한의 사령조서도 쓰라."

안녹산과 사이가 좋지 않은 가서한이었다. 양국충은 가서한에게 힘을 실어주어 내 편으로 끌어들이는 것과 안녹산을 견제할 맞수까지 내세우는, 두 마리 토끼를 한꺼번에 엮어내었다.

꼬장꼬장하기로 이름난 늙은 장수 가서한은 힘 하나 안들이고 농우에 이어 하서절도사를 겸하게 되었고, 무장으로서 왕의 작위를 하사받는 두 번째 장수가 되었으니 양국충과 안녹산의 암투에서 저절로 얻은 어부지리(漁父之利)였다.

'네놈 때문에 나라가 어지럽게 되겠구나. 이임보보다 더하면 더했지 덜할 놈은 아니로다!'

장기는 양국충이 황제의 조서마저 바꿔놓는 무서운 자임을 다시 한번 확인하는 자리가 되었다. 지난번 재상 임명 때였다. 현종은 진희열 대신 자신을 좌상으로 임명하려 했지만 양국충이 나서서 탈락시키더니 이번에는 안녹산마저 깎아내리지 않았던가. 황제의 눈과 귀를 가로막는 양국충의 욕심 때문에 장차 큰일이 벌어질 것이 분명하리라 생각하였다.

안녹산의 입김으로 병부시랑까지 오른 길온이 장안의 친인방(親仁坊)으로 가고 있었다. 그가 도착한 곳은 황제가 하사한 안녹산의 거대한 집이었다. 그곳에는 안녹산의 큰아들 안경종(安慶宗)이 살고 있었다.

얼마 전 안경종은 황제로부터 태복경(太僕卿)의 관작을 하사받았다. 그뿐만 아니었다. 현종은 손수 황족의 여인을 배필로 정해놓았던 것이다. 안녹산을 총애해서 우러나온 마음이었으나 깊은 속내는 그의 거동을 제한하는 뜻도 있었다. 볼모, 그랬다. 안경종은 볼모나 다름없었다.

그러나 안녹산의 생각은 달랐다. 그것처럼 확실한 거점이 없었다. 조정과 장안의 동태를 살피는 전략의 요새(要塞)를 확보한 것이나 마찬가지였다. 그 임무를 안경종이 대신하였다. 그의 수하에는 유락곡과 이초(李超) 등 여러 명이 딸려 있었다.

"들리는 소문에 아버님이 재상 자리를 빼앗겼다 하는데 진위를 알 수가 없으니 답답하네."

길온의 말에 안경종이 귀를 쫑긋 세우며 물었다.

"재상이라니요? 또 빼앗겼다는 말은 무엇입니까?"

"거참, 한림학사가 입을 다물고 있으니……."

길온은 안경종에게 한림학사 장기에게 접근할 자를 선별해서 진위를 알아보는 게 좋을 것이란 말을 남기고 자리를 떴다.

섣달이 지나고 해가 바뀌어도 양국충의 불안감은 식지 않았다. 안녹산의 첩자들이 자신의 동태를 살피는 낌새도 알아챘다. 맞대응하기로 했다. 측근들을 평로와 범양과 하동 지역으로 들여보냈다. 그들 가운데는 병사로 위장 투항한 자도 있었고 각가지의 장사꾼과 심지어는 도인을 흉내 내는 도사까지, 무수한 염탐꾼을 심어놓은 것이다.

서너 달이 지나자 염탐꾼들의 보고가 속속 들어왔다.

"강도 높은 훈련이 자주 있습니다. 조짐이 이상합니다."

"평소와 다르게 군사들과 주민들에게 술을 대접하는 등 후히 대하고 있습니다. 인심을 얻고자 하는 것이 매우 수상합니다."

"범양에선 황제에 버금가는 추앙을 받고 있으며 나라를 세우려 한다는 소문이 파다합니다."

제가끔 들어오는 정보였으나 한 가지로 요약하면 거사를 준비하고 있음을 알 수 있는 보고였다.

양국충은 보고서를 작성하여 현종을 알현하였다.

"안녹산이 모반을 준비하고 있다 합니다. 조정으로 불러들여서 진위를 파악하시옵소서."

"또 모반인고?"

현종은 짜증스럽게 물었다.

"그렇사옵니다. 모반은 싹이 보일 때 제거하지 않으면 안 되는 것이고, 잠시라도 방심할 수 없는 것이 모반이옵니다. 모반을 획책하는 것이 아니라면 평소와 다르게 행동할 리가 없을 것이오니 속히 조정으로 불러들이옵소서. 어명을 따르는지 거역하는지 즉각 파악이 될 것이옵니다."

"파악이 될 것이다, 그거 좋구먼."

현종도 안녹산이 보고 싶었다. 모반을 이유로 불러들인다기보다 보고 싶은 마음이 앞섰다.

"소인이 자신하건대 입궐하지 않을 것입니다."

현종은 무슨 말을 하려다 입을 다물었다. "입궐하면 어쩔 셈이냐?" 하고 따지고 싶었으나 긴가민가하여 말을 삼켰던 것이다.

양국충은 장담하고 있었다. 만약 현종이 우상 자리를 걸고 내기를 제의한다면, 자신은 안녹산의 군사력을 빼앗고 허수아비로 만드는 것에 걸리라 생각하고 있었다. 그만큼 안녹산의 모반을 확신하고 있었다. 그에겐 또 하나의 흉계가 도사리고 있었다. 그것은 안녹산이 스스로 모반을 하게 만들어 가는 것이었다. 안녹산이 조정의 분위기가 심상치 않음을 간파한다면 초조함을 견디다 못해 지레 겁을 먹고 거사를 하리라는 계산이었다. 그리고 그가 거사를 일으키더라도 실패할 것이라 굳게 믿고 있었다. 믿는 구석은 두 가지였다. 첫째, 아무리 군사가 많아도 낙양의 험준한 동관(潼關)을 돌파해서 장안까지 입성하지 못하리라. 둘째, 변방을 지키는 우수한 절도사들과 용맹무쌍한 병사들이 안녹산의 군사력보다 더 많다는 것이었다.

"하면, 불러들여라."

마침내 현종의 윤허가 떨어졌다.

어전 밖으로 나온 양국충이 직접 사자를 챙겼다.

"서둘러라!"

준마에 올라탄 사자가 조서를 품고 바람을 가르며 범양으로 내달렸다.

"으하하하!"

양국충의 입이 쭉 찢어지고 있었다.

현종은 나라를 다스리는 데 모반만 없다면 얼마나 좋을까 싶었다. 그러면 영원히 태평성대가 지속될 것만 같았다. 온종일 그 생각을 떨쳐내지 못했다. 어둠이 지그시 어깨를 누르자 피곤함이 몰려왔다. 점점 쇠약해지는 몸이었다. 무르팍에서 장작 패는 소리가 났고 뼈마디마디마다 가지 꺾는 소리에 한숨만 나왔다. 보위에 오른 것이 엊그제 같은데 벌써 일흔이었다. 눈도 침침하고 가는귀먹은 증세도 있었다. 하루하루 더 늙어가는 것만 같았다. 젊고 포동포동한 귀비가 부럽기만 했다. 뭐니 뭐니 해도 젊음이 최고인 것을. 발걸음도 힘겨운 노구를 이끌고 귀비궁을 찾았다.

"귀비, 맑고 맑은 청기(靑氣)를 넣어주구려."

현종이 양귀비와 손바닥을 마주 대고 앉아 호흡을 골랐다. 하지만 기력이 딸렸다.

"폐하, 숨을 고르게 하옵소서. 힘이 드시면 천천히 여러 번에 나누어서 호흡을 하시옵소서."

양귀비가 아무리 청기를 불어넣어도 받아들이지 못하고 있었다. 손바닥을 대고 있는 것조차 힘이 들어 내려놓고 말았다.

"휴우……. 오늘은 그만하세."

"어침(御寢)을 봐오리까?"

"아니다. 그냥 이렇게 마주 보고 있자꾸나."

현종의 눈에는 귀비가 그저 사랑스러운 딸 같기도 하고 손녀딸 같기도 하여 할아비가 된 자신이 서글프기만 했다.

"귀비, 안녹산이 모반을 할 작자 같소?"

서글픈 심정을 바꾸어 볼 심사로 불쑥 꺼내든 말이었다.

"모반의 기미가 있다 합니까? 소첩이 보기엔 익살스러운 뚱보광대 같사옵니다. 호호호.

양귀비가 눈을 똥그랗게 치켜뜨며 묻더니 이내 웃음을 터뜨렸다.

"짐도 그리 생각하는데, 국충이 자꾸 그러더구나."

"그래요? 쓸데없는 진언으로 폐하의 심기를 어지럽히는 우상을 가만히 두셨습니까. 혼쭐을 내지 않으시고요?"

"그자도 걱정이 돼서 하는 말일 게야."

"소첩이 다시는 그런 진언을 올리지 못하게 하겠사옵니다. 폐하."

"내버려두어라. 짐이 흔들리지 않으면 되는 일이야."

그렇게 얘기가 오고 간 뒤 이틀 후였다.

"마마, 범양절도사가 서찰을 보냈사옵니다."

홍도가 서찰을 거머쥐고 양귀비에게 달려왔다.

양귀비가 서찰을 다 읽은 다음 갈기갈기 찢어 손에 꼭 움켜쥐고 중얼거렸다.

"암, 내가 아무리 아녀자라지만 너 하나 지켜주지 못하겠느냐."

안녹산이 입궐을 하는데, 신변에 아무 일 없도록 도와달라는 서찰이었다.

현종의 부름을 받은 안녹산은 고민에 빠졌다. 사사명과 안충지, 장효충 등을 불러 밤새 논의하고 있었다.

"모두 양국충의 농간입니다. 어명을 따르지 마시지요."

사사명이 간곡히 말했다.

"나도 그리 생각한다만, 아니 갈 수도 없구나. 양국충이란 놈이 이임보가 살아 있을 땐 형님 아우 하자더니 이젠 나를 죽이려 드니, 나 참."

안녹산이 진퇴양난의 처지를 한탄하고 있었다.

"그러지 마시고 이참에 확 일어섭시다. 어차피 피장파장인데 세상을 왕창 바꿔버립시다."

사사명은 안녹산의 입궐을 끝까지 반대하며 거사를 일으키자고 침을 튀겼다.

"아직은 때가 아니다. 입궐을 해서 모두 안심시켜야 되는데……. 그리고 나서 허를 찔러야 하는데 말이다. 그러자니 일단 입궐은 해야 하는데……."

안녹산이 입궐 쪽으로 마음을 가다듬자 안충지가 나섰다.

"정히 입궐을 하실 양이시면 귀비마마께 신변보호를 요청하는 것도 한 방법일 것 같습니다."

안녹산은 주먹으로 탁자를 내리치며 크게 외쳤다.

"그래, 사내대장부가 죽음을 두려워해서야. 다녀오마!"

그것은 크나큰 모험이었다. 양국충이 올가미를 씌우면 당할 수밖에 없는 처지였다. 그와 같이 서찰은 안녹산의 결단에서 나온 보호막이었던 것이다.

황궁을 코앞에 둔 안녹산의 머리가 복잡했다.

'어찌 이리 늦장을 부리는가. 이놈 입궐만 해봐라!'

양국충은 어떡해서든 안녹산을 잡아 가둘 생각이었다. 목을 치지는 못할망정 절도사 자리를 박탈시키고 허수아비로 만들 계획을 세워놓고 있었다.

"폐하, 삼진(三陣)절도사 안녹산 장군께서 입궐하고 있사옵니다."

환관이 종종걸음으로 달려와 현종에게 아뢰었다.

"오, 그런가. 그럼 그렇지. 암, 그렇고말고."

현종은 어좌(御座)를 박차고 일어나 어전 밖까지 한걸음에 달려갔다.

부지런히 어전으로 향하던 안녹산이 어안(御顔)을 마주하자 넙죽 엎드려 엉엉 소리 내 울기 시작했다.

"폐, 폐, 하! 신, 안녹산, 폐하의 어안을 뵈오니, 죽, 죽어도 원이 없사, 옵니다. 통촉, 하여, 주시옵소서. 폐, 폐하!"

"일어나라. 어서, 어서, 일어나라. 짐이 그대를 기다렸노라. 아주 잘 왔노라. 어서, 어서 안으로 들자꾸나."

자식을 대하는 애비처럼 안녹산의 어깨를 다독이는 현종의 눈에도 눈물이 고여 있었다. 일어선 안녹산의 손을 이끌고 어전으로 들어온 현종의 어안에 기쁨이 가득했다.

"그래, 먼 길 오느라 수고 많았다. 짐에게 원하는 게 있으면 다 말하라. 짐이 모두 들어줄 것이니라."

황제의 물음에 눈이 휘둥그레지며 놀라는 자는 안녹산이 아니라 양국충이었다. 안녹산이 입궐하지 않을 것이라 장담까지 했었는데 헛말을 한 결과가 되었고, 미운 놈에게 밥 한술 더 주는 게 아니라 밥솥째 떠맡기는 형국이니 놀란 가슴은 당연하였다.

"폐하, 소인이 화급을 다투어 입궐하는 생각에 골몰하여 정신이 없사옵니다. 차후 머리를 정리하여 소청을 올리도록 윤허하여 주시옵소서."

"오, 그리하라. 사나흘 푹 쉬고 여독이 풀리거든 짐에게 달려오라. 녹산이 집에 도착하여 재차 입궐할 때까지 근위병사들이 호위토록 국충이 책임지고 보살펴라!"

뜻하지 않은 어명이었다. 양국충은 안녹산을 제거할 계획이 수포로 돌아가는 순간이었다.

안녹산이 사흘 동안 푹 쉬면서 양귀비를 알현하여 고마움을 전하였고 염탐꾼의 보고도 상세히 받을 수 있었다. 그중 안경종의 보고가 그의 속을 훌러덩 뒤집어 놓고 말았다.

"동평장사 자리를 양국충이란 놈이, 아이고 분해라! 내가 기필코 그놈의 모가지부터 제일 먼저 칠 것이니라. 두고 보자, 요놈!"

나흘째 되던 날 안녹산은 현종과 독대(獨對)를 하고 있었다.

"푹 쉬었을 터이니 소원을 말해보거라."

현종이 부드럽고 자상한 어안으로 물었다. 재상으로 임명하지 못한 미안함도 있어 무슨 소원이든 들어줄 요량이었다.

안녹산은 어쩔 줄 몰라 하면서 뚱뚱한 몸을 굽히며 소원을 말하기 시작했다.

"소인은 아주 조그만 소원밖에 없사옵니다."

"짐은 개의치 말고 말하라."

"하오면 말씀 올리겠습니다. 소인은 무장으로서 말을 아끼고 사랑하옵니다. 절도부의 군장들도 소인과 다를 바 없사옵니다. 하오나 변방에 말이 부족한 것이 흠입니다. 부디 소인에게 군목(郡牧)의 도사(都使)로 임명해 주신다면 좋은 말을 배출하여 군장들의 소원을 풀어주고 싶사옵니다."

"오, 어찌 그리도 고운 생각만 하는고. 그리하라."

현종은 안녹산의 마음 씀씀이를 높이 치켜세우며 쾌히 승낙하였다.

"다른 것은 없느냐?"

"한 가지 더 있긴 하옵니다만……."

"말하라."

"절도부의 부장들 몇몇만 빼고 나머지는 직위가 없는 병사들뿐입니다. 그러다 보니 명령 하달이 무척 어렵사옵니다. 폐하께서 병사들에게 직위를 내려주셨으면 합니다. 봉록은 바라지 않사옵니다."

"오, 가상한지고. 무공이 있고 용맹한 병사들을 장군으로 임명하고 그 중간 간부들도 중랑장으로 임명할 권한을 부여하노라."

"황공하옵나이다. 폐하!"

뜻한 바를 크게 얻은 안녹산이었다.

군목부사는 전국에 널리 퍼져 있는 목장을 총괄하는 자리였으니 준마와 명마를 손아귀에 넣을 수 있는 계기가 되었다. 그뿐만 아니라 지휘계통이 정비될 수 있고 군사들에게 생색을 낼 수 있는 수백 명의 장군과 수천의 중랑장을 임명할 권한을 가지게 된 것이었다.

임지로 떠나기 전날 안녹산은 어사중승이며 병부시랑인 길온에게 군목부사를 주어 맡겼다.

"준마 공급을 속히 서둘러야 하네."

"여부가 있겠습니까. 아무 염려 마시옵소서."

길온의 입이 매기처럼 길쭉하게 찢어지고 있었다.

안녹산이 황궁을 떠나는 날, 현종은 망춘정(望春亭)까지 배웅을 나갔다. 그곳에서 입고 있던 황포(黃袍)를 벗어 안녹산에게 하사했다.

그러나 안녹산은 두려웠다. 어의를 받은 것을 구실로 조정 대신들의 계략에 말려들지 모르는 일이었다. 어서 빨리 자리를 떠나고 싶은 마음뿐이 없었다. 서둘러 자리를 떴다.

현종은 그가 시야에서 사라질 즈음 고역사에게 명을 내렸다.

"장락파(長樂坡)까지 전송하라."

장락파는 동관으로 들어서는 고갯길이었다. 고역사가 급히 말을 달려 전송하고 돌아오자 현종이 물었다.

"안녹산의 기분이 어떠하더냐?"

그 물음은 안녹산과 무슨 이야기를 나누었냐는 뜻이 담겨 있었다.

"지난번 동평장사의 조서를 거두신 걸 무척 서운해하는 눈치였사옵니다."

그때 양국충이 끼어들었다.

"한림학사 장기가 누설한 것이 틀림없습니다. 안녹산이 그걸 어떻게 알 수 있겠습니까."

"생각해 보니 그렇구나."

"조치를 취할까요?"

"그러려무나."

현종은 건성으로 답했다. 머릿속은 온통 안녹산의 생각으로 가득 차 있었다. 짐을 몹시 원망하겠구나, 하는 안타까움이었다. 한참 동안 안녹산이 떠난 자리를 넋 놓고 바라보다 어전으로 향했다.

양국충은 조정에 발을 들여놓기 무섭게 장기를 잡아들였다.

죄목은 공무누설죄였다. 장기와 관직을 가진 그의 형제들이 졸지에 귀양 길에 올랐다.

양국충이 장기 형제들을 귀양 보냈다는 보고를 하면서 아뢰었다.

"폐하, 안녹산은 반드시 모반을 일으킬 것이옵니다. 군목은 거사를 원활하게 하는 준마를 확보하는 것이옵고, 병사들의 직위 하사는 체계를 정비하려는 것이옵니다. 어명을 내리시어 안녹산을 다시 불러들이시옵소서."

"……."

 현종은 양국충의 말을 듣고 있는지 아니면 귀가 먹어 못 듣는지 일절 대꾸가 없었다. 황제의 머릿속은 안녹산이 아무 탈 없이 범양에 도착하길 바라는 마음밖에 없었다.

 동관을 무사히 통과한 안녹산은 꽁지가 빠지게 낙양 관할을 벗어나고 있었다. 행여 양국충의 등쌀에 못 이긴 황제가 마음을 바꿔 잡아들이라는 명을 내리는 날이면 끝장이었다.

짐을 위해
그대가 죽어야

 양국충은 변방 절도사들의 전공보고서를 꺼내 들었다. 케케묵은 것부터 근간에 이르는 것이었다. 그가 보고서를 꺼내 읽는 이유는 단 하나였다. 안녹산이 모반을 할 경우 그에 대응하는 전략을 살피기 위한 것이었다.
 남방지역의 절도사는 제외하고 북방지역의 절도사를 꼽아보기 시작했다.
 저 멀리 서쪽 끝자락과 바르다나의 북부 일대에 국경을 마주하고 있는 안서도호부의 도호사 고선지(高仙芝) 장군, 도호부에 소속된 안서절도사 봉상청(封常淸), 토번의 북쪽과 경계하고 있는 농우와 하서 절도사 가서한, 장안의 북쪽으로부터 돌궐의 남쪽을 차지하고 있는 삭방절도사 곽자의(郭子儀) 등이 있었다. 모두 맹장으로 이름난 장수들이었고 수하의 병사들도 용맹스러웠다. 안녹산과 견주어 볼 때 조금도 꿀릴 게 없었다. 쟁쟁한 적장들도 그들이라면 오금이 오그라들 정도였다.

 양국충에겐 그들이 안녹산이 거사를 한다 해도 걱정 없고 그를 하찮게 보는 이유이기도 했다.

 가장 멀리 있는 고선지 장군부터 불러들이기로 하였다. 싸워서 한 번도 진 적 없는 그가 얼마 전 탈라스 전투에서 처음 패배한 것이 사유였다. 그와 더불어 봉상청도 불러들였다. 다음은 가서한, 가장 가까이에 있는 곽자의는 사태를 보면서 부르기로 마음먹고 있었다. 그런데 가서한이 제일 먼저 입궐했다.

 현종이 물었다.

 "부르지도 않았는데 무슨 연유인고?"

 "폐하, 소장의 몸에 이상이 있어 치료차 왔습니다."

 물음에 답을 하는 가서한의 발음이 새고 온전치 못했다.

 "무슨 병인고?"

 "풍질(風疾)이라 하옵니다."

 "저런, 쯧쯧. 명의를 찾아 치유토록 하라."

 그 말을 듣는 양국충은 내심 쾌재를 불렀다. 그가 장안에 머무르는 동안은 마음 놓을 수 있기 때문이었다.

 '가서한이 장안에 있다는 소문이 범양으로 날아가면 안녹산 네놈도 겁을 먹을 것이다. 어서 빨리 거사를 일으켜라'

 양국충의 생각대로 안녹산은 이러지도 저러지도 못하고 주눅이 들었다.

 고선지와 봉상청이 당도하려면 두 달 남짓 걸렸으나 개의치 않았다.

 양국충은 드디어 때가 되었다고 생각하고 현종에게 아뢰었다.

 "안녹산이 거사 준비를 마쳤다는 보고이옵니다. 그자를 불러들이옵소서."

"거사라고 했느냐? 그렇다면 궁 식구를 먼저 보내봐야겠구나."

현종은 양국충의 말을 믿으려 들지 않았다.

"보구림을 보내라."

범양절도부의 잠찰사로 대전내관 보구림(輔璆琳)이 선정되어 즉시 파견되었다. 하지만 안녹산의 뇌물 공세로 성과 없이 돌아오고 말았다. 그의 보고서엔 안녹산을 두둔하고 황제에게 주청하는 글로 채워져 있었다.

보구림의 보고서를 다 읽은 현종이 물었다.

"모반의 조짐이 있던고?"

"전혀 없었습니다."

보구림이 정색을 하며 아뢰었다.

"그가 원하는 것이 이것뿐인고?"

"그렇사옵니다. 한족의 장군들이 지시를 따르지 않아 번장으로 교체해 달라는 것밖에 없었습니다."

"그놈들이 절도사가 번장 출신이라고 말을 안 듣는 모양이로다. 승낙조서를 써서 파발마를 띄워라."

흔쾌히 명을 내리며 양국충을 쳐다보는 현종의 눈길에 원망이 가득했다.

양국충은 보구림의 보고를 믿지 않았다. 안녹산의 수법에 넘어갔으리라 생각했다. 아니나 다를까 첩자의 보고가 있었다. 보구림을 뇌물수수죄로 암암리에 처형시켜 버렸다. 이제는 직접 싸움을 걸 수밖에 없었다. 장안을 관장하는 경조윤(京兆尹)을 시켜 안녹산의 저택을 철저히 수색하라 지시했다.

느닷없이 들이닥친 병사들에 꽁꽁 묶인 염탐꾼들이 짐승처럼 끌려갔다. 문초는 추사원에서 이루어졌다. 염탐꾼의 우두머리는 이초였다. 마음 같아선 안경종을 잡아들이고 싶었지만 현종의 비호가 두려워 그만두었다.

이초는 첩자로 지목될 때부터 각오가 돼 있었다. 끝내 입을 열지 않아 모진 매 끝에 죽고 말았다. 간신히 그의 수하에 있던 자를 통해 정보를 얻을 수 있었다.

양국충은 염탐꾼의 자백보고를 읽으며 온몸을 부르르 떨었다.

"길온을 잡아들여라!"

보고서에는 조정과 장안의 실태가 안녹산에게 낱낱이 제공되었다는 것과 길온이 준마만 골라서 수천 마리를 안녹산의 관할인 삼진영에 보냈다는 것이 상세하게 적혀 있었던 것이다.

길온을 불러들였지만 역모의 빌미는 찾을 수 없었다. 각 진영에 말을 공급하는 것은 당연하였다. 특별히 삼진영에 준마만 골라서 공급한 것은 죄목이 되지 않았다. 양국충은 길온을 죽이고 싶었으나 옛정을 생각해 합포(合浦)로 귀양 보내는 것으로 사건을 마무리 지었다.

'정보망을 끊어냈고 준마마저 공급이 중단되었으니 곧 소식이 있겠지'

그러나 모든 보고를 받은 현종도 묵묵부답이었고 안녹산 역시 전혀 동요하는 기색이 없었다. 되레 안달이 나는 건 양국충이었다.

따사롭던 봄기운이 극성을 부리며 여름을 불러오는 문턱이었다.

삼진(三陣)에선 연일 강도 높은 훈련이 이어지고 있었다. 병사들은 흐르는 땀을 닦을 시간도 아까워하며 훈련에 임했다. 야간훈련도 빠짐없이 진행되었고 병사들이 민가를 지날 때면 백성들은 먹을거리와 물을 제공해 주었다. 안녹산의 선정으로 크게 감동한 백성들이었다. 겨울을 대비하여 자진해서 두터운 솜옷을 만들어 병영으로 들여

보내는 백성들도 있었다.

안녹산이 각 병영의 부장들을 모아놓고 지시를 내렸다.

"백성들을 하늘처럼 떠받들어라. 민폐를 끼치는 자는 즉시 처벌하여도 된다. 병사들은 열흘에 한 번씩 휴식시간을 주되, 맘껏 먹이고 술도 허락한다."

삼진의 병사들은 불평하는 자가 하나도 없었다. 대부분이 변방 출신이었고 그들을 직접 지휘하는 중랑장과 장군들 또한 같은 이민족 출신이었으니 명령이 잘 전달되고 있었다.

그런 와중에 염탐꾼 이초의 죽음과 길온의 귀양 사건은 안녹산의 간담을 서늘하게 만들었다. 게다가 뇌물로 매수한 잠찰환관 보구림도 사사되었다는 보고를 받지 않았던가.

'드디어 칼을 뽑았구나'

그는 그동안의 정보를 분석하여 조정의 취약점을 너무도 잘 알고 있었다. 절도사들이 속속 장안으로 들어오고 있다는 것은 크게 부담이 되었으나 수하의 병사들이 없으니 조금은 마음을 놓을 수 있었다.

안녹산이 깊은 시름에 빠져 있을 때 평로에 있던 사사명이 소식을 듣고 달려왔다.

"거병을 해야겠소! 이대로 있다가는 양국충의 손에 먼저 죽음을 당할 겁니다. 결단을 내리시오."

사사명이 몹시 흥분하여 삼백안(三白眼)의 눈동자를 굴리며 안녹산의 결단을 독촉하였다.

"나도 그러고 싶다. 그러나 지금은 예리한 칼끝을 피해야 할 때야. 내가 기필코 간신배 양국충의 머리를 창끝에 매달아 간신들의 본보기로 할 것이니 조금만 더 참게."

길길이 뛰는 사사명을 달래서 임지로 보낸 안녹산은 거사를 마음에 굳혔다.

그렇지만 거병은 대군이 황하를 건너야 하는 번거로움이 따랐다. 부교(浮橋)를 설치하는 것이 크나큰 난제였다.

'음. 겨울이어야 한다. 강물이 얼기만 한다면……'

안녹산은 마음속으로 겨울에 거병할 것을 다짐하고 있었다.

명을 받은 고선지와 봉상청이 황궁에 당도하였다.

하지만 조정에선 그들에게 패전의 책임추궁은 하지 않은 채 이 핑계 저 핑계를 대며 시일만 끌고 있었다. 안녹산이 거사를 일으키지 않으니, 무용지물이나 마찬가지였다. 양국충의 마음이 점점 조급해지고 있었다.

"안경종이 조정을 염탐하여 애비에게 제공하고 있다는 보고가 들어왔습니다. 어찌할까요. 잡아들여 문초를 할까요?"

현종의 어안이 창백해지고 있었다.

"또 모반을 주청하려면 짐은 듣지 않겠노라."

참는 것도 한계가 있었다. 현종이 제일 듣기 싫어하는 말이 안녹산의 모반이었다. 양귀비 때문에 양국충은 내버려두었지만 다른 신하들은 용서하지 않았다.

재빨리 어안을 살핀 양국충은 얼른 돌려 말했다.

"소인의 마음은 그런 것이 아니오라, 행여 황실의 비밀이 밖으로 새 나가는 것이 두려워서……. 이번 기회에 혼례를 올리는 것 또한 좋지 않을까 사료되옵니다. 폐하."

양국충은 현종의 노여움을 피해 안경종의 혼례를 들고나온 것이다.

오래전부터 황실의 여인을 점지해 준 현종이었기에 이내 노여움이 사라지고 있었다. 이제나저제나 때를 기다렸는데 양국충이 들고나오니 늙은 가슴에 연꽃이 활짝 피어올랐다.

"그래, 그것 좋구먼."

양국충이 기회를 놓치지 않았다.

"소인이 곧바로 궁 식구를 시켜 혼례식을 거행한다고 전하겠사옵니다."

"그러려무나."

황제의 조서를 받아 든 칙사가 범양으로 급파되었다.

조서를 받아 든 안녹산의 표정이 사뭇 진지했다.

'볼모구나!'

아들의 생명을 담보로 하는 계략임을 단박에 알아차렸다. 계략에 넘어갈 자는 아무도 없다. 칭병을 핑계로 입궐할 수 없다고 전했다. 그 대신 명마 삼천 필을 진상하겠다고 하였다. 그러면서 말 한 필에 마부 두 명과 번장 스물두 명을 딸려 보내는 것을 제의했다.

안녹산이 보낸 상소를 읽는 현종의 어안이 무척 어두워지고 있었다.

"괴이한지고. 말을 진상하는데 무슨 마부가 둘씩 필요하고, 번장은 왜 이리 많이 필요한고. 모를 일이야……."

일흔이 넘은 노황제의 머릿속이 복잡해지고 있었다. 예로부터 일흔을 넘게 산다는 것이 드물다고 했다. 그렇지 않아도 정신이 오락가락하는 때가 잦았는데 상소를 대하고 보니 더욱 혼란스러웠다. 현종은 처음으로 안녹산을 의심하기에 이르렀다.

"폐하. 이 상소만 보아도 안녹산의 속셈을 알 수 있사옵니다. 지금은 말이 필요 없으니, 겨울에 보내라고 하시옵소서."

양국충은 안녹산의 제의를 거절하면 거병의 시기를 앞당기리라 믿고 있었다.

안녹산과 양국충의 줄다리기 속에 계절은 가을을 넘어 겨울로 치닫고 있었다.

겨울이면 화청궁으로 요양을 가는 현종이었다. 화청궁으로 떠나기 십여 일 전 손수 조서를 썼다. 조서를 믿을만한 환관 풍신위(馮神威)에게 주며 범양으로 가서 전하라 하였다.

범양이면……. 풍신위는 환관 보구림의 죽음을 떠올렸다. 떨리는 가슴을 스스로 달래며 범양으로 향했다.

'10월에 화청궁으로 오라. 그대에게 줄 아름다운 탕(湯)을 만들었노라. 와서 짐과 함께 온천욕을 즐기자'

황제의 조서를 읽는 안녹산의 눈이 비웃음으로 가득 찼다.

'저놈이 나를 죽이려 하는구나'

풍신위는 그 비웃음에 주눅이 들어 덜덜 떨고 있었다.

칙사를 맞이하는 안녹산의 태도가 보구림 때와는 크게 달랐다. 칙사는 황제를 대하는 것과 같이 예를 올려야 함에도 불구하고 예는커녕 불손하기 이루 말할 수 없었다. 아랫것 대하듯이 천대하였고 목숨을 구걸하다시피 하여 가까스로 범양을 빠져나왔던 것이다.

"안녹산이 딴마음을 품고 있는 것 같사옵니다."

현종에게 보고하는 풍신위의 이마에서 식은땀이 송골송골 맺히고 있었다.

"고생하였다. 짐에게 섭섭한 것이 많아서 그런 게야. 알았으니 푹 쉬어라."

풍신위의 보고마저 무시하며 양귀비와 세 자매를 대동하고 화청궁으로 떠나는 현종은 아무런 근심이 없어 보였다.

안녹산은 움츠렸던 허리를 펴며 측근들을 불렀다. 부장들이 군막 안으로 속속 모여들었다.

"멧돼지는 황제의 조서를 가지고 오너라!"

이저아가 조서를 받들어 올렸다.

안녹산이 움켜쥔 조서를 높이 치켜들고 명을 내렸다.

"모두 잘 들어라! 황제께서 나, 안녹산에게 명을 내리셨다. 바로 이 조서다. 내용을 간략하게 설명하면 기병하여 입궐해서 간신 양국충과 일당을 토벌하라는 것이다. 이는 어명이니 거역할 수 없다. 지금 즉시 병사들을 소집하여 장안으로 진군한다. 함부로 경거망동하거나 병사들을 불온하게 선동하는 자는 참수하라!"

거짓 조서를 빌미로 마침내 반란을 일으켰다. 755년 11월 갑자일(甲子日)이었다. 평로, 범양, 하동의 병사 총 십오만 명이 장안을 향해 질풍같이 몰려가고 있었다. 장안까지 진격하려면 황하를 건너야 했고 수많은 성읍도 제압해야 했다.

사사명한테는 서신을 보냈고 오래전에 논의가 끝난 것이니 기병하여 그의 책임을 다할 것이었다. 사사명군은 하북지역을 맡았고, 안녹산군은 황하를 건너 하남지역으로 진격하기로 되어 있었던 것이다.

안녹산군은 정주, 항주, 상주를 거쳐 영창(靈昌)까지 쉽게 진격했다. 영창은 춥기로 이름난 곳이었다. 하룻밤 사이에 얼음이 꽁꽁 얼어붙어 부교 없이 황하를 건널 수 있었다. 앞으로 진류성을 장악해야 했고 다음은 낙양성, 섬주, 동관을 무너뜨려야 장안으로 입성할 수 있었다.

화청궁에 반란 보고가 올려졌다.

"그럴 리가. 안녹산을 미워하는 자들이 만들어 낸 유언비어일게야."

현종은 믿으려 하지 않았다.

"사실이옵니다. 반란군이 하북과 하남으로 진격해 오고 있사옵니다. 그러나 염려 놓으소서. 조정에는 가서한을 비롯하여 봉상청, 고선지 장군들이 기다리고 있사옵니다. 그들이 반란군을 곧 진압할 것이옵니다."

양국충이 아뢰었다. 그동안 누차 거병할 것이라는 자신의 말을 믿지 않은 현종을 속으로 조롱하며 장담하고 있었다.

그사이 또 보고가 올라왔다.

"진류성이 무너졌습니다."

"그자가 정말 반란을 도모했단 말인가? 믿을 수 없구나. 짐이 그토록 믿었는데……. 하면, 낙양이 위험하구나."

그제야 현종은 안녹산의 반란을 실감하였다.

그 즉시 안서절도사 봉상청을 평로와 범양절도사로 임명하여 낙양으로 출진할 것을 명했고, 고선지는 낙양으로 들어가는 섬주(陝州)를 지킬 것을 명하였다. 그 두 곳이 무너진다 해도 협곡에 위치한 천연 요새 동관(東關)이 남아 있었다. 동관을 뚫어야 장안으로 올 수 있었다.

'설마, 동관까지는 무너뜨리지 못할 것이다!'

현종은 낙관하고 있었다. 느긋하게 양귀비와 세 자매의 치맛자락에 놀아나다가 사흘 뒤 장안으로 환궁하였다.

"반란군의 자식을 잡아들여 참수하라! 그리고 안녹산의 목을 치는 자에게 만금의 상금을 준다고 방을 붙여라! 황실의 창고를 열어 병사들을 모아 반란군을 물리쳐라!"

눈이 뒤집혔다. 현종은 뒤늦게 발을 동동 구르고 있었다.

미처 피하지 못한 안경종이 참수되어 성문 앞에 걸렸다. 각지에 안녹산의 목을 치라는 방이 붙었고, 가깝게 있는 삭방절도사 곽자의를 비롯하여 정천리, 왕승업, 이광필 장군 등이 전선에 배치되고 있었다.

진류성을 장악한 안녹산군은 진지를 구축하고 하남의 거점으로 삼았다. 낙양을 점령하기 위해 병사들을 쉬게 하였다. 거병을 한 이래 싸움다운 싸움을 치르지 못했다. 모두가 무혈입성이다시피 하였던 것이다.

그때 보고서가 올라왔다.

"뭐야! 안경종을 죽였다고?"

큰아들이 죽었다는 보고였다.

안녹산은 이성을 잃었다. 미친 황소가 되어 날뛰기 시작했다.

"진류성의 병사와 백성들을 모두 참수하라! 장안에서 통곡 소리가 들릴 때까지 계속 참수하라!"

앙갚음이었다. 큰아들을 죽인 대가를 진류성에서나마 보상받고 싶었다. 삼진의 선정 때와는 정반대였다. 무고한 백성들과 성의 병사들이 한 명도 남김없이 쓰러졌다. 아들 목숨 하나 때문에 일만의 목숨이 달아나는 순간이었다.

"낙양으로 진격하라!"

훈련이 잘된 병사들이었다. 눈발이 휘날리는 가운데 선봉으로 전승사와 장효충, 안충지 부장이 노도같이 낙양으로 쳐들어갔다.

낙양을 지키는 봉상청은 갖은 작전으로 안녹산을 막아내고 있었다. 그러나 급조된 낙양의 병사들은 목숨을 바쳐 싸울 생각이 없었다. 오합지졸이라 한 곳이 뚫리면 곧바로 다른 곳이 뚫렸다. 전세가 흐트러지고 도망치기 바빴다. 패전이었다. 봉상청은 남은 병사들을 이끌고 고선지 장군이 있는 섬주로 후퇴할 수밖에 없었다. 고선지 장군의 수하에서 잔뼈가 굵은 봉상청은 사팔뜨기에다가 절름발이였다. 섬주에 도착하니 눈에 덮인 산지가 모두 하얀 백지상태로 포근했다. 말에서 급히 내린 봉상청이 절뚝거리며 고선지를 찾아갔다.

"안녹산군은 훈련이 잘된 표범 같은 병사들입니다. 오합지졸을 데리고는 전쟁에 패할 수밖에 없습니다. 동관으로 후퇴하시어 마지막까지 사수하는 것이 현명하다고 봅니다. 이제 곧 안녹산군이 당도할 것입니다. 속히 후퇴하십시오, 장군!"

고선지는 봉상청을 믿었다. 봉상청이 패전하였다면 섬주에 있는 병사들도 급조하긴 마찬가지였다. 창고에 불을 지르고 동관으로 후퇴하고 말았다.

황하를 도하한 지 엿새 만에 낙양으로 입성한 안녹산군은 축제 분위기였다. 호화찬란한 황궁을 처음 대하는 병사들은 놀라움과 부러움을 감출 수 없었다. 황궁은 병사들의 질시의 대상이 되었고 그들은 굶주린 이리 떼로 변했다. 전쟁에 임하는 병사들이란 기약 없는 목숨이었다. 닥치는 대로 마구 빼앗고 부녀자를 겁탈하고 있었다. 안녹산은 병사들이 맘껏 취하도록 내버려뒀다.

눈을 뒤집어쓴 상양동궁에도 안녹산군이 밀어닥쳤다.

칼을 빼든 병사들이 백성들을 유린하고 있었고, 겁에 질린 부녀자의 앙칼진 소리가 궁 안에 가득 찼다. 후다닥 도망치는 소리, 잡으라는 소리, 끌려가지 않으려고 악악대는 소리가 뒤섞이며 개도 짖고, 닭도 짖고, 돼지 먹따는 소리까지 아우성의 도가니였다. 백설 위에 핏자국이 낭자했다.

"매비마마, 어서 몸을 피하십시오. 어서요!"

매비의 몸종이 거친 숨을 쉬며 사태의 위급함을 알렸다.

"피하긴 어디로 피한단 말이냐. 설마 그들이 나를 어찌하겠느냐?"

매비는 정갈한 몸단장으로 꼿꼿이 버티고 있었다.

매비의 말이 끝나기 무섭게 씩씩거리는 병사들이 우르르 몰려들었다.

"좋은 게 있을 줄이야, 후후후."

"이놈들! 썩 물러나지 못할까! 감히······."

말을 잇지 못했다. 순식간에 매비와 몸종의 옷이 찢기고 알몸이 드러나자 성에 굶주린 병사들이 허겁지겁 욕구를 채우기 시작했다. 병사들이 떠난 자리에는 피범벅이 된 두 여인의 싸늘한 시신만 남았다. 휘파람새를 간절히 기다리던 매비는 옥음(玉音)도 듣지 못한 채 저세상 사람이 되고 말았다.

동관으로 퇴각한 봉상청과 고선지는 환관 변령성(邊令誠)의 따가운 시선을 견딜 수 없었다. 그는 황제가 파견한 감시원이었다. 군에 대해 아무것도 모르는 환관이 사사건건, 시시콜콜하게 딴죽을 거는 꼴이 볼썽사나웠다. 그렇잖아도 후퇴한 맹장이란 소리 듣기 싫은 판인데 군에 대해 이래라저래라 참견이 많았다.

참지 못한 봉상청이 얼굴을 붉히며 핀잔을 주었다.

"감사(監司)께서는 가만히 좀 계시지요. 군에 대한 작전은 우리가 알아서 할 거요."

절름발이한테 무시당한 변령성은 앙심을 품기 시작했다. 상소를 올렸다.

'봉상청은 낙양을 버리고 퇴각하였고, 고선지는 봉상청의 책임을 추궁하지 아니하였으며, 함께 섬주를 지키지 아니하고 동관으로 후퇴하였사옵니다. 후퇴할 때 임의대로 창고를 열어 병사들에게 선심을 썼고 귀중품은 착복하였사오니 엄한 벌을 내려주시옵소서'

장계를 읽는 현종의 노여움이 하늘까지 치솟았다.

"참수하라!"

잘잘못을 따질 겨를도 없었다. 환관의 간계(奸計)와 이성을 잃은 늙은 황제의 말 한마디에 귀중한 장수 두 명의 목숨이 날아갔다.

동관을 지킬 장수로 중풍에 걸린 가서한이 팔만의 병사를 이끌고 파견되었다. 현종은 곽자의를 보낼까, 했지만 안녹산이 제일 두려워하는 자가 가서한이어서 그를 택한 것이었다.

과연 가서한이 동관을 지킨 다음부터 안녹산군의 공격은 주춤거리고 있었다.

그사이 안녹산은 나라를 세웠다. 756년 설날 아침이었다. 나라 이름을 연(燕)으로 하였고 그는 황제가 되었다. 당나라가 둘로 쪼개져 연나라와 공존하는 셈이었다. 낙양의 연나라 안녹산 황제, 장안의 당나라 이융기 황제였다.

"엇! 눈이, 눈이 안 보이는구나. 멧돼지! 멧돼지 어디 있느냐!"

안녹산 황제는 갑자기 눈이 안 보여 이저아를 불러 외치고 있었다.

열 걸음 밖에 있는 이저아를 볼 수 없었다. 이저아가 안녹산에게 달려갔다.

"폐하, 소인 여기 있사옵니다."

"어의를 불러라! 어서!"

성질이 급한 안녹산은 이저아만 보면 화증부터 앞세웠다.

"소갈(消渴)이오니 채식으로 식단을 조절하사옵고, 운동을 많이 하시옵소서."

어의의 진단은 너무 잘 먹어서 생긴 당뇨병이었다.

안녹산 황제는 입단속을 시키고 치료를 감추기 위해 부서진 낙양을 보수하며 군을 재정비하고 있었다.

다섯 달 동안 전쟁이 없었다.

그동안 양국충이 나대는 꼴이 눈꼴사나워 동관에서 묵묵히 치료에 전념하던 가서한에게 독촉이 있었다.

"팔만의 대군으로 동관만 지키고 있으면 됩니까! 밖으로 나가서 낙양을 공격하시오."

양국충의 엉뚱한 간섭이었다.

동관은 지키기만 하여도 안녹산군이 물리칠 수 없는 곳이었다. 그

사이 북방과 남방의 군사력으로 안녹산군의 후미를 공격하자는 것이 경험 많은 노장 가서한의 주장이었다. 지난 다섯 달 동안 곽자의를 비롯한 모든 장수들이 안녹산의 별동대와 싸워 일진일퇴를 거듭하고 있었다. 머지않아 별동대와 본진을 제압한다는 소문도 나돌고 있는 중에 양국충의 독촉이 있었던 것이다.

"출진하라!"

양국충의 충동질로 황제의 명이 떨어지고 말았다.

가서한은 참담한 마음으로 굳게 닫혔던 동관의 성문을 열고 안녹산군을 향해 돌진하였다. 싸워서 이길 수 없는 병사들을 독려하는 노장의 가슴에 양국충을 원망하는 노여움이 가득했다.

"물러서지 말라! 적의 숫자는 매우 적다. 승리는 우리의 것이니 진격하라!"

그러나 전투 연습도 하지 않은 병사들이 무슨 수로 정예군을 이길 수 있겠는가. 패전이었다. 가서한은 안녹산군에 포로가 되고 말았다.

최건우(崔健祐)가 지휘하는 안녹산군은 사기가 충천한 기세를 몰아 동관을 뚫고 벌떼처럼 장안으로 몰려들고 있었다.

"폐하, 가서한 장군이 전사하였다고 하옵니다. 촉으로 몽진하시었다가 난이 평정되면 다시 환궁하시옵소서. 서둘러야 하옵니다."

양국충은 제멋대로 해석하며 황제의 몽진을 독려하고 있었다. 패전이고 포로가 되었다는 보고를 전사로 둔갑하여 진언을 올리고 있었던 것이다.

"그래, 가자꾸나."

늙은 황제는 목숨이 아까웠다. 몽진을 서둘렀다. 촉은 양국충의 관하였고 동관처럼 험난한 준령에 검문관(劍門關)이 버티고 있는 곳이라 안녹산군이 침략하기 어려운 이점이 있었다. 검문관은 장안에서

서쪽으로 가다가 촉으로 들어가는 남쪽에 자리하고 있었다. 검문관만 통과하면 목숨은 유지할 수 있음이었다.

급히 어전회의가 열렸다.

"황태자에게 정사를 맡기노라. 장안은 경조윤 최광원(崔光遠)과 변령성이 다스리도록 하여라."

양위는 아니었다. 백성들에게 몽진을 감추는 것과 잠시 몸을 피할 때까지 정사를 맡긴다는 뜻이었다.

그리고 다음 날 새벽, 6월 열사흗날이었다. 밤새도록 내린 부슬비가 땅을 촉촉이 적시고 있었다. 현종은 황태자와 승상 위견소, 양국충, 어사대부 위방진, 용무대장군 진현례와 병사들, 양귀비와 세 자매, 신임하는 환관과 황실 가족 등속을 이끌고 서문인 연추문(延秋門)을 몰래 빠져나가고 있었다.

조반도 거른 채 촉으로 피난 가는 행렬은 몹시 지쳐 있었다. 야속하게도 부슬비는 계속 내리고 있었다. 오십 리 행군하고 더 이상 앞으로 나갈 수 없었다.

"저기 망현궁(望賢宮)이 보인다. 힘을 내라!"

행군의 지휘를 맡은 진현례의 일갈에 죽을힘까지 보태서 도착한 곳이 함양현이었다. 하지만 현감과 관리들은 눈을 씻고 찾아도 볼 수 없었다. 안녹산군이 동관을 돌파했다는 소문으로 모두 피난 가고 궁과 현이 텅 비어 있었던 것이다.

몽진 행렬의 모든 사람들이 뿔뿔이 흩어져 먹을거리를 찾아 나섰다. 현종과 황태자, 양귀비, 세 자매와 황실 사람들만 그들이 갖다주는 음식을 기다리고 있었다. 먹을거리는 변변치 못했다. 굶다시피 하며 어두워질 때까지 행진을 계속하고 있었다.

장안을 무혈입성한 안녹산군의 최건우는 황제가 촉으로 피난 갔다는 보고를 받았다. 뒤를 쫓으려다 망설였다. 생각해 보니 병사들이 부족했다. 적은 병력으로 추격하다가 자칫하면 후미의 공격을 받을 수 있었기 때문이었다. 또 한 가지는 안녹산 황제가 장안에 입성하여 명을 새로이 내릴 것이란 생각 때문이었다.

늦은 밤, 황제의 행렬은 금성현에 도착했다. 그러나 그곳도 텅 비긴 마찬가지였다. 아직도 함곡관까지 가려면 까마득히 멀었는데 가는 곳마다 비어 있으니 죽을 맛이었다.

'왜 이리 되었는가?'

용무대장군 진현례는 깊은 고민에 빠져들었다.

그는 현종과 평생을 같이한 자였다. 그의 늙은 얼굴에 분노가 끓어올랐다.

'이 모두 간신 양국충의 충성 싸움에서 비롯된 것이로다! 저런 놈을 살려두어서는 안 되지'

진현례는 양국충을 죽이기로 작심했다.

날이 밝자 병사들을 부추기며 행진을 독려하였다. 굶주린 병사들 입에서 양국충을 죽이자는 말이 빠르게 퍼지고 있었다.

행렬이 마외역(馬嵬驛)에 당도하였을 때였다.

토번의 사신들이 저만치에서 웅성거리고 있었다. 그들을 만나서 이야기를 나누는 자가 눈에 뜨였다. 그는 양국충이었다. 그때 누군가가 외쳤다.

"양국충이 토번인과 모반을 작당하고 있다! 죽여라!"

죽이라는 고함 소리에 놀란 양국충이 도망치기 시작했다. 그러나 성난 병사들이 활을 쏘고 칼을 꺼내 들어 양국충을 에워쌌다. 이내 목이 떨어지고 사지가 갈가리 찢겨나갔다. 뒤늦게 병사들을 제지하던 어사대부 위방진도 목이 잘렸다.

'테 두른 혹하고 중심이 문제다!' 눈먼 노인의 예언을 무시한 처사였다.

사태의 급박함을 깨달은 현종이 무슨 일이냐고 물었다.

"간신 양국충을 성난 병사들이 제거하였사옵니다."

진현례가 앞으로 나아가서 아뢰었다.

"잘했구나."

죽은 자에게 감정을 느끼지 않는 현종이었다.

"한데 어찌하여 병사들이 이리로 몰려오는고?"

병사들이 함성을 지르며 어가를 향해 달려오자, 겁에 질린 현종이 물었다.

"양씨 일가를 내놓으셔야 하겠사옵니다. 간신배의 일족이니 당연한 것이옵니다. 통촉하여 주시옵소서."

"양귀비는 아니 된다. 그녀가 무슨 죄가 있다고……."

그 사이 옥패, 옥쟁, 옥차, 세 자매가 칼을 맞고 죽었다.

어가에서 내려온 현종이 역의 망루로 올라갔다.

"양국충과 세 자매가 죽었다. 책임을 묻지 않을 것이니 진정하라!"

병사들은 어명을 따르지 않았다.

"양귀비를 버리시옵소서! 버리시옵소서!"

고집을 꺾지 않는 병사들의 목소리에 현종의 옥음이 파묻히고 말았다.

"귀비마마를 소인에게 넘겨주시옵소서. 폐하."

고역사의 진언에 현종은 어안을 들어 어가를 바라보았다.

"진정 그리하여야만 하는고?"

슬픔이 가득했다. 어가에 다소곳이 앉아 고개를 숙인 양귀비가 보였다.

제4장 이독제독(以毒制毒)

"그 길밖에 없사옵니다. 그렇지 않으시면 용체를……."

"정 그렇다면……. 잘 부탁한다."

고역사가 양귀비에게 다가갔다.

"폐하의 용체가 위태롭사옵니다. 손을 내어주시옵소서."

양귀비는 체념하고 있었다. 순순히 응하였다.

"저쪽으로……."

고역사가 가리키는 곳에 자그마한 암자가 있었다. 양귀비의 걸음걸이가 휘청거렸다. 암자에 다다랐을 때 고역사가 물었다.

"약으로 하시겠사옵니까, 도(刀)로 하시겠사옵니까?"

"아니요. 이 끈으로……."

양귀비는 허리에 둘렀던 빨간색 비단 끈을 내주며 암자 앞의 배나무를 가리켰다. 고역사는 끈으로 고리를 만들어 배나무 가지에 걸었다.

"폐하의 만수무강을 비옵나이다."

고리에 목을 걸었다. 서른여덟 해 만에 찬란했던 꽃잎을 접는 순간이었다.

"폐하, 귀비께서 운명하시었사옵니다."

고역사가 아뢰자, 현종은 촉촉이 젖은 어안을 들어 하늘을 보고 있었다.

"양지 녘에다 묻어주려무나. 촉에서 환궁하면 손을 볼 수 있게 말이다."

양귀비의 시신이 땅속으로 사라지자 모든 병사들이 무릎을 꿇었다.

"병사들은 일어나라! 몽진이 늦겠구나."

굶주린 병사들이었지만 황제의 명을 따를 수밖에 없었다.

출발 직전 황태자가 현종 앞에 나와 아뢰었다.

"소자는 삭방절도부의 영무로 피신할까 하옵니다. 윤허하여 주시옵소서."

황태자는 촉으로 가기 싫어했다. 양국충의 잔당들이 두려웠기 때문이었다.

"그러려무나."

현종을 모신 어가는 촉으로 향하였고, 황태자의 측근들은 북방으로 발걸음을 옮겼다.

보위를 위임받은 황태자는 영무에 도착하자마자 제 맘대로 황제에 올랐다. 당나라 일곱 번째 황제 숙종이었다. 힘없는 현종은 상황으로 공포하였다. 또다시 간신들이 마흔여섯 살의 젊은 숙종을 향해 몰려들고 있었다.

안녹산이 장안에 입성한 지 일 년 후였다.

나라를 세우고 장안까지 장악하였지만 안녹산이 얻은 것은 눈먼 장님이란 선물이었다. 아직도 동남쪽과 동북쪽에서는 끊임없이 전쟁이 일어나고 있었다.

자객을 두려워한 안녹산은 눈이 먼 채 황궁 깊숙이 몸을 사렸다. 그곳에서 황태자로 내세운 둘째 아들 안경서와 환관 이저아, 명령을 전달하는 엄장(嚴莊)이란 자만 대하였다.

그들은 평소에 안녹산으로부터 화증의 채찍을 당하던 자들이었다. 안녹산이 장님인 기회를 이용해 죽이고 안경서를 황제로 옹립할 앙심을 품고 있었다.

"황제가 눈을 뜨면 너나 나나 죽음을 면치 못할 것이다. 그러니 네가 먼저 돼지의 먹을 따라. 그게 우리가 황태자를 모시고 편히 살아갈 길이다."

엄장이 이저아를 꼬드겼다.

이저아는 안녹산의 채찍만 생각해도 몸서리가 쳐졌다.

안녹산이 잠든 사이, 이저아가 살금살금 침실로 들어갔다. 그의 손엔 시퍼런 칼날이 번득이고 있었다. 그러나 안녹산은 이미 잠에서 깨어나 있었다. 귀에 사람 숨소리가 들려왔다. 몸을 일으켜 더듬거리며 큰 칼을 찾았다. 하지만 머리맡에 두었던 큰 칼이 손에 잡히지 않았다. 순간 이저아의 칼이 안녹산의 커다란 배를 푹 찌르고 또 찔렀다.

"엄, 엄장, 네놈의 짓이렷다!"

이저아의 칼을 맞고 죽어가면서도 엄장으로 짐작하며 숨을 거두었다.

그 후,

안경서는 연나라의 황제가 되었고, 사사명이 안경서를 죽이고 황제에 올랐다. 똑같이 연나라였다. 사사명은 아들 사조의에게 죽음을 당했다.

황위가 뭐기에 죽이고 죽는 일이 비일비재하고, 부모와 자식을 죽이는 패륜과 어려서은 짓이 스스럼없이 자행되고 있는 황실. 그리고 황제에게 충성 다툼을 하는 간신들. 그들 때문에 백성들은 허리가 휘고 애꿎은 삶을 살아야 했다.

그들은 모두 제명을 다하지 못했는데 현종은 천수를 다하였던 것이다.